W0301001

INTERNATIONAL FZC

AUBURN TEMPEST
MICHAEL ANDERLE

ÄRA DER SÄUBERUNG

CHRONIKEN EINER URBANEN DRUIDIN
BUCH 14

Für meine Familie, Freunde und alle diejenigen, die es lieben zu lesen. Mögen wir alle das Glück haben das Leben zu leben für das wir bestimmt sind.

-Michael

Impressum

Ära der Säuberung (dieses Buch) ist ein fiktives Werk.
Alle Charaktere, Organisationen, und Ereignisse, die in diesem Roman geschildert werden, sind entweder das Produkt der Fantasie des Autors oder frei erfunden. Manchmal beides.

LMBPN International ist ein Imprint von
LMBPN® International FZC
Business Center, Sharjah,
Publishing City Free Zone,
Sharjah, Vereinigte Arabische Emirate

Version 1.01 (basierend auf der englischen Version 1.01), Mai 2023
Deutsche Erstveröffentlichung als e-Book: Mai 2023
Deutsche Erstveröffentlichung als Paperback: Mai 2023

Übersetzung des Originals A Culling Tide
(Chronicles of an Urban Druid 14) ins Deutsche, Lektorat
und Satz der deutschen Version:
4media Verlag GmbH,
Hangweg 12, 34549 Edertal,
Deutschland

ISBN der Taschenbuch-Version:
978-1-68500-873-4

DE23-0042-00280

Übersetzungsteam

Übersetzung
Astrid Handvest

Lektorat
Esther Nemecek

Betaleser-Team
Rainer Kertmann
Claudia Meurers
Jürgen Möders
Sascha Müllers
Manuel Reither

Kapitel 1

»Herzlichen Glückwunsch zum Jahrestag, Fiona.« Dionysos hebt ein Glas mit teurem Rotwein, den Sloan im Restaurant zu unserem romantischen Abendessen hat servieren lassen. »Obwohl Liebe für mich neu und Monogamie einfach nur lächerlich ist, scheinst du beides zu genießen und es freut mich, dass du glücklich dabei bist.«

Ich kichere und schicke Sloan ein entschuldigendes Lächeln. »Danke, Tarzan. Das ist lieb von dir. Wir wissen deine Unterstützung zu schätzen, nicht wahr?«

Sloan zwingt sich zu einem Lächeln. »Ja, natürlich tun wir das. Aber vielleicht nicht so sehr, wie wir uns über ein romantisches Abendessen zu zweit gefreut hätten, wie ich es einen ganzen Monat lang geplant habe.«

Dionysos lacht. »In deinem Liebesleben monogam zu bleiben, bedeutet nicht, dass du auch in deinem Sozialleben monogam sein musst. Fiona liebt es, Mahlzeiten mit Familie und Freunden zu genießen. Deshalb habe ich deine Reservierung abgeändert. Du hättest es fast vermasselt, Ire. Gut, dass Tarzan die Rettung übernommen hat.«

Ich kichere und greife unter den Tisch, um Sloans Knie zu drücken. »Das war sehr rücksichtsvoll. Du hast recht. Ich liebe gutes Essen mit Familie und Freunden. Ich bin so froh, dass ihr euch alle freischaufeln konntet.«

Dillan, Calum und Emmet finden das ein bisschen zu amüsant. So wie ich das sehe, hat Dionysos vorgeschlagen, unser Abendessen zu crashen und sie waren scheinbar sofort Feuer und Flamme für dieses Vorhaben. Meine Brüder tun alles für eine kostenlose Mahlzeit und Spaß … und wenn sie dabei ihre kleine Schwester quälen können, umso besser.

Tut mir leid, Rotschopf, entschuldigt sich Nikon in meinen Gedanken. *Falls es dich tröstet: Ich habe angemerkt, dass ihr eure Zweisamkeit genießen wollt, wurde aber überstimmt.*

Wahrscheinlich mit einem Erdrutschsieg, nicht wahr?

Du sagst es.

Ich weiß den Gedanken zu schätzen, Nikon. Keine große Sache. Seit Calum und Kevin letzten Monat nach nebenan umgezogen sind, haben wir schon oft zu zweit gegessen. Glaube nur nicht, dass du die Rechnung übernehmen musst. Das Abendessen war unser Plan. Wir übernehmen das.

Sei nicht dumm. Wir ruinieren euer Date. Ihr werdet nicht für uns alle bezahlen. Außerdem schulde ich dir noch einen Abend im BlueBloods.

Mir, ja. Nicht mir und zehn unserer engsten Freunde.

Er zuckt mit den Schultern. *Lass es uns einfach genießen. Das könnte unsere letzte Chance sein, für eine Weile so unbeschwert zusammenzukommen. Ich habe vor, mich satt zu essen, zu viel zu trinken, und deinen Bruder und seinen Bräutigam zu überreden, mich mit zu sich nach Hause zu nehmen, um mich schamlos zu benutzen.*

Ein Mann mit einem Plan. Die Gelegenheit ist günstig. Bizzy übernachtet bei Jackson und Meg.

Perfekt. Diese Nacht wird immer besser.

Dionysos sagt etwas zu unserer Bedienung, die daraufhin in Gelächter ausbricht und fast ihr Tablett fallen lässt. Dillans Gesichtsausdruck nach zu urteilen, muss es äußerst unpassend gewesen sein, denn er lacht so sehr, dass sein

Gesicht rot anläuft. Ciaras Mund steht schockiert offen, und Suede sieht ganz und gar nicht erfreut aus.

Ich will es gar nicht wissen.

»Meinst du, sie würden es merken, wenn wir abhauen?«, Sloan beugt sich zu mir.

»Ich denke schon, ja.« Ich greife über den Tisch und schnappe mir ein Brot. »Ist schon gut. Bei der Afterparty sind wir dann allein. Lass uns erst mal froh sein, dass wir glücklich sind.«

»Dagegen lässt sich schwerlich etwas sagen, *a ghrá*.«

In den nächsten fünf Minuten erkundige ich mich bei Tad nach dem Treffen der Erben des Ordens am nächsten Wochenende, frage Kevin, wie es mit dem Unterwasser-Wandbild in Bizzys Zimmer aussieht und entschuldige mich, um auf die Toilette zu gehen und einen Freund zu begrüßen, der auf der anderen Seite des Restaurants sitzt.

Von außen betrachtet, wirkt Xavier wie ein strenger koreanischer Geschäftsmann in einem Viertausend-Dollar-Anzug. Für uns, die wir in der Welt der Übernatürlichen leben, ist der König der Toronto Vampire viel mehr. Er überwacht alle Vampire im Großraum Toronto, kontrolliert den Waffen- und Drogenmarkt und ist ein furchterregender Kerl.

Bis man ihn kennenlernt.

Nein … selbst dann noch.

Nachdem er die Kontrolle verloren und versucht hat, mich zu töten, hat er sich große Mühe gegeben, höflich – sogar fast freundlich – zu sein.

Heute Abend isst er mit seiner menschlichen Gefährtin Karuna zu Abend. Ich laufe Xavier einmal im Monat bei den Treffen der Gildengouverneure über den Weg, aber mit Karuna habe ich nicht mehr gesprochen, seit unsere gemeinsame Freundin Laurel von den rivalisierenden rumänischen Eindringlingen getötet wurde.

Ich will mich gerade vorbeugen und Hallo sagen, als ich von der Mauer meines unbeliebtesten britischen Vampirs getroffen werde, der die Rolle eines ungezähmten Wachhundes spielt.

Seine Bewegung war kaum wahrzunehmen und lässt mich einen Schritt zurücktaumeln.

Meine Hände heben sich, weil ich stolpere und fast auf dem Schoß eines fein gekleideten Geschäftsmannes lande. Als ich mein Gleichgewicht wiedergefunden habe, richte ich mich auf. »Oli, lass mich in Ruhe! Wenn du tanzen willst, musst du nett fragen oder deine Hände bei dir behalten.«

Aus seiner Kehle klingt ein Knurren. »Es ist mein Job, fragwürdige Subjekte auf Abstand zu halten. In deinem Fall ist es nicht einmal ein Job. Es ist mir ein Vergnügen.«

»Wenn du mich noch einmal grundlos anfasst, werde ich dir in den Hintern treten. Du hast Glück, dass ich heute Abend die Rolle der Dame spiele.« Ich streiche mit einer Hand über mein grünes Satinkleid und schiebe mir die zerzausten Haare aus dem Gesicht.

»Nur weil du die Rolle spielst, heißt das noch lange nicht, dass es so ist.«

Ich grinse. »Genau *das* meine ich, also pass auf.«

»Du jagst mir keine Angst ein, Druidin. Du bist nichts weiter als ein großmäuliges Flittchen mit ein paar Zaubertricks und einem großen bösen Bären, der deine Kämpfe austrägt.«

Ich verziehe die Lippen. »Ich habe gehört, dass dominante Eigenschaften im zweiten Leben schlimmer werden. Du warst also schon vorher ein Arschloch und jetzt hast du dich zu einem Super-Arschloch entwickelt? Ist es das, was passiert ist?«

Oli bläht sich auf, aber dieses Mal bin ich bereit für ihn.

»Das reicht, Oscar. Setz dich auf deinen Platz. Dein Essen wartet.« Xaviers Tonfall ist ruhig und seine Stimme leise, aber die Warnung in seinen Worten ist nicht zu überhören.

Oli ist wie ein wilder Hund, dem es nicht gefällt, wenn er von seiner Beute zurückgerufen wird. Doch er weiß, dass er Xavier besser gehorchen sollte. Widerwillig fügt er sich und kehrt zu seinem Tisch auf der anderen Seite des Ganges zurück.

Nachdem wir die feindlichen Auseinandersetzungen hinter uns gelassen haben, wende ich mich dem Vampirkönig und seiner Gefährtin zu, und kehre Oli den Rücken zu. Das ist meine Art ›Fick-dich‹ zu sagen, denn sosehr er sich auch anstrengt, für mich ist er keine Bedrohung.

»Lady mac Cumhaill, wie immer ein Vergnügen«, grüßt Xavier, gelassen wie immer. »Du siehst heute Abend bezaubernd aus. Gibt es einen besonderen Anlass zu feiern?«

Ich strecke meine Hände aus und mache eine kleine Laufsteg-Pose. Das smaragdgrüne Kleid, das Sloan mir im letzten Februar gekauft hat, ist elegant, erwachsen und hat einen verruchten Schlitz an der Seite, der mein Bein und meine Hüfte zur Geltung bringt. »Es ist ein Abend, um das Leben und die Liebe zu feiern.«

»Wir wünschen euch beides in unendlicher Menge.«

»Vielen Dank. Euch beiden auch.«

»Die Farbe steht dir ausgezeichnet, Fiona«, Karuna wackelt mit den Augenbrauen. »Du siehst umwerfend aus.«

»Vielen Dank. Aber das Kompliment gebührt Sloan. Er hat ein Auge für Mode. Ich mag deine Haare. Sie sind toll.«

Xavier scheint mein Kompliment zu schätzen und seine ewig strenge Professionalität lässt ein wenig nach. »Garnet hat erzählt, du und deine Leute wart in letzter Zeit sehr beschäftigt.«

»Das waren wir. Sowohl beim Training als auch bei den Treffen mit den Gildengouverneuren, um festzustellen, wer für welches Team bei der kommenden Veranstaltung spielt.«

»Wenn du meinst, dass es euch bei der Vorbereitung helfen könnte, Sparringspartner aus meiner Familie zu haben, kann ich das arrangieren.«

»Glaubst du, wir werden auf Mitglieder deiner Gemeinschaft treffen? Ich hatte gehofft, dass du und die deinen entweder an der Seitenlinie stehen oder ganz aussetzen würdet.«

»Meine Familie wird es aussitzen, aber viele andere wie ich leider nicht. In meinem Umfeld wächst die Unzufriedenheit darüber, im Schatten zu leben. Die Leute haben die Diskretion satt und wollen gesehen werden, fürchte ich.«

»Das erleben wir in letzter Zeit immer öfter.«

Der Kellner kommt, um die Teller abzuräumen und ich trete beiseite, um ihn durchzulassen. »Genießt den Rest des Abends. Ich wollte nur Hallo sagen. Ähm … und wenn du meinst, dass es hilft, richte Benjamin meine besten Grüße aus. Ich denke oft an ihn.«

»Das ist lieb von dir, Fiona«, bedankt sich Karuna. »Ich weiß nicht, ob es ihm hilft, aber es freut mich zu hören, dass du Laurel in Erinnerung behältst.«

»Das tue ich.« Ich schenke den beiden ein aufrichtiges Lächeln. »Das tue ich definitiv.«

Sloan steht auf, als ich zu unserem Tisch zurückkehre und rückt mir meinen Stuhl zurecht. Als er meinen Blick auffängt, schaut er fragend.

Ich zwinkere und küsse seine Wange. »Alles gut.«

Na ja, bis auf den Teil mit den Vampiren außerhalb der Stadt, die während der Säuberung für das Böse kämpfen und sich outen wollen, um von der Öffentlichkeit anerkannt zu werden.

Das sind Probleme für den morgigen Tag.

Heute Abend ist mein erstes Jahrestags-Essen. Als ich mich setze, richte ich meine Aufmerksamkeit wieder auf unseren Tisch. »Was habe ich verpasst?«

Nikon gluckst. »Dionysos hat uns mit einer fesselnden Frage überrumpelt.«

Ich wende mich an den Gott des Weins und der Fruchtbarkeit und bin zu allem bereit. »Okay, raus damit.«

»Hast du schon mal ein Taubenbaby gesehen? Ich habe neulich im Park gesessen und die Tauben mit Timbits gefüttert. Sie waren alle erwachsen und fett. Da fiel mir ein, dass ich noch nie ein Taubenbaby gesehen habe. Du etwa?«

»Nun, wenn du sie mit Timbits fütterst, ist es kein Wunder, dass sie fett sind, aber darüber hinaus … Ich bin mir nicht sicher, ob ich das habe.«

Nikon gluckst. »Dann hat Emmet festgestellt, dass er noch nie ein Baby-Eichhörnchen gesehen hat.«

Ich lache. »Nö. Ich glaube auch nicht, dass ich so etwas schon gesehen habe, aber realistisch betrachtet, muss es Babys geben, die irgendwann zu Erwachsenen werden.«

»Die nächste Frage war, ob die Erwachsenen sie einsperren, bis sie vorzeigbar sind.«

»Das klingt sehr mittelalterlich, oder?«

Bei allem, was wir im vergangenen Jahr durchgemacht haben und worauf wir uns in den nächsten Wochen vorbereiten müssen, finde ich es toll, dass uns das zum Nachdenken anregt und uns von den düsteren Ereignissen zumindest kurz ablenkt.

Der fesselnde Dialog wird unterbrochen, als unsere Kellnerin mit einem großen Tablett ankommt. Sie scheint sich von Dionysos' Kommentar erholt zu haben und macht sich daran, unsere Essensbestellungen zu verteilen.

Als sie über den Tisch greift, um Calum und Kevin ihre Steaks zu reichen, sehe ich, wie die Gruppe lächelt. So war der Abend vielleicht nicht geplant, aber Dionysos hat recht. Ich liebe ein Abendessen mit Familie und Freunden.

Die Teller werden am Tisch verteilt, bis ihr Tablett leer ist. Dann bringt ihr Kollege ein zweites Tablett und sie verteilt weiter.

»Die Hochrippe mit Ofenkartoffel?«

»Für mich, danke.« Ich nehme meinen Teller entgegen und warte, bis alle versorgt sind. Während wir warten, schenkt Sloan mir Wein nach. Als alle wieder ein volles Glas haben und sich die Kellner mit ihren leeren Tabletts entfernen, hebe ich mein Glas. »Einen Toast.«

Die Gruppe kommt zur Ruhe und alle Augen sind auf mich gerichtet.

»Das vergangene Jahr brachte willkommene und weniger willkommene Herausforderungen, Erleuchtungen über mich und die Welt und mehr als nur ein paar haarige Momente. Meine Familie hat mir den Rücken gestärkt, neue Freunde sind dazugekommen, aber ich weiß ohne Übertreibung, dass ich ohne Sloan Mackenzie nicht mehr am Leben wäre.«

»Ire! Ire! Ire!«, skandieren meine Brüder und trommeln mit ihren Fingern auf den Tisch.

»Sloan hat mich öfter gerettet, als ich zählen kann. Er hat mich geheilt, als ich verhext, erstochen, vergiftet und besessen war. Er hat mich gefunden, als ich verloren war und entführt wurde. Er hat mich trainiert, gelehrt und mich verspottet. Seinetwegen bin ich nicht nur eine bessere Druidin. Ich bin ein besserer Mensch. Ich liebe dich, mein Schatz. Du, meine große, verrückte und kitschige Liebe.«

Sloan gluckst und hebt sein Glas. »Es war mir eine Ehre, *a ghrá*. Jede chaotische Minute davon.«

Wir beide stoßen an und trinken einen Schluck.

»Auf Sloan und Fiona und die kommenden Jahre«, wendet sich Calum an die Runde.

»Auf Sloan und Fiona«, stimmen die anderen ein.

Darauf stoßen wir alle an.

»Meine Frage lautet, wann wird geheiratet?«, fühlt uns Emmet auf den Zahn. »Ihr habt die Ringe und das Haus. Wann macht ihr es offiziell? Das möchten wir gerne wissen.«

Sloan zuckt mit den Schultern. »Was wir haben, ist offiziell genug für mich. Wenn deine Schwester mehr will, braucht sie es nur zu sagen. Ich gehe nirgendwohin ohne sie. Unser Hochzeitssänger steht mit Niall Horan auch schon parat.«

Ich kichere. »Ich auch nicht. Ich bin glücklich und zufrieden damit, in Sünde zu leben. Vielleicht machen wir es wie Kurt und Goldie und bleiben für immer glücklich unverheiratet.«

Sloan zuckt mit den Schultern und hebt sein Glas. »Was immer du willst, so machen wir es.«

»Wow, du hast ihn gut erzogen«, lacht Suede.

Ich winke ab. »Warum sich mit Perfektion anlegen?«

»Wo wir gerade dabei sind«, meldet sich Dillan. »Wenn du aufhörst zu schwafeln, können wir dann endlich loslegen, bevor dieses perfekte Essen kalt wird?«

»Du bist auch nicht besser, Dillan.« Ich stelle mein Glas ab und nehme mein Besteck in die Hand. »Lasst das Jubiläumsessen beginnen.«

* * *

Ich verzichte auf den Nachtisch, weil ich keinen Bissen mehr hinunterbringe. Ein Teil von mir will ›ja‹ zur Crème brûlée sagen, aber der überwiegende Teil will vermeiden, dass ich mein BlueBloods-Abendessen in das Blumenbeet kotze, wenn wir nach Hause kommen. Nicht, dass es im November noch Blumen im Garten gäbe … und nicht, dass das Düngen der Blumen meine Schuld wäre.

Damals war ich schließlich von einem bösen Grimoire besessen.

»Können wir zwei Crème brûlée zum Mitnehmen bekommen, bitte?«, erkundigt sich Sloan bei der Bedienung, als sie kommt, um die Dessertbestellungen entgegenzunehmen.

»Natürlich. Ich packe sie ein und bringe sie mit der Rechnung, wenn das in Ordnung ist.«

»Wunderbar.« Er zwinkert mir zu. »Es ist mir lieber, du isst es später, wenn wieder Platz in deinem Magen ist. Es gibt immer noch den privaten Teil des Jahrestages zu feiern und ich will nicht, dass du dich krank fühlst.«

»Das ist eines der Dinge, die ich am meisten an dir liebe, Sloan Mackenzie. Du denkst immer vorher nach.«

Während die anderen ihre Desserts essen, halten wir Small Talk, aber ehrlich gesagt, sind wir beide gedanklich schon gegangen und planen den nächsten Teil unseres Abends.

»Herzlichen Glückwunsch, ihr zwei«, Eva beugt sich in unsere Richtung, während Dillan, Kevin und Nikon über etwas lachen. »Es ist schön, euren besonderen Abend mit euch zu teilen. Dillan hat es wahrscheinlich noch nicht erwähnt, aber er ist sehr stolz auf dich und hält große Stücke auf Sloan.«

»Danke, dass du das sagst.«

Sie nickt und ihre blonden Locken fallen ihr über die Wangen. Ihr Blick schweift ab und ich folge ihm hinüber zu Xavier und Karuna, die sich zum Aufbruch bereit machen.

Nach einem Moment schüttelt sie sich und wendet sich wieder unserem Gespräch zu. »Jedenfalls hat es viel Spaß gemacht, mit euch zu feiern.«

Ich schaue zu Xavier und wieder zu Eva. »Stimmt etwas nicht?«

»Vielleicht … gibt es eine vertriebene Seele, die verzweifelt versucht, die Aufmerksamkeit des mürrischen Mannes zu bekommen, mit dem du vorhin gesprochen hast. Sie ist ziemlich lebhaft.«

»Sie?«

Eva nickt. »Ja … ungefähr in deinem Alter … blond. Sie trägt ihr Haar zu einem Pferdeschwanz hochgesteckt und Jeans …«

»Das klingt nach Laurel«, bemerkt Dillan.

»*Und* einem Viertel der örtlichen Universitätsbevölkerung«, fügt Calum hinzu.

Mein Abendessen liegt mir plötzlich schwer im Magen. »Ja, aber warum sollte einer von ihnen versuchen, mit Xavier zu sprechen?«

Emmet legt sein Besteck ab und seufzt. »Vielleicht ist das eine Sache der Vampire und wir sollten uns da raushalten. Der Kerl macht mir eine Heidenangst.«

»Das verstehe ich, Emmet … und ich will ihn wirklich nicht verärgern, aber wenn es Laurel ist und wir etwas unternehmen können, um ihr zu helfen, … Nachdem, was sie durchgemacht hat, haben wir keine andere Wahl.«

Emmet verzieht das Gesicht. »Gut. Sieh dir das an und wir machen hier weiter. Sag uns Bescheid, wenn du Verstärkung brauchst.«

Ich werfe meine Serviette auf den Tisch und stehe auf. »Eva, du kommst mit mir. Sloan auch. Vielleicht kann dein Ring helfen. Der Rest von euch hält sich bereit.«

Wir drei eilen zum Eingang und folgen Xavier, als er und Karuna die Garderobe verlassen und zum Ausgang gehen.

»Bist du dir sicher, Eva?«

»Ja. Ich habe seit Jahrhunderten mit vertriebenen Seelen und Geistern zu tun. Dieses Mädchen ist ziemlich aufgewühlt.«

»Xavier, warte mal.« Ich laufe, um aufzuholen und Oli beschließt, wieder seine Muskeln spielen zu lassen. Als er mich dieses Mal zurückstoßen will, bin ich bereit.

Bestialische Stärke. Ich rufe die Kraft ab, die ich brauche, um mich gegen einen Vampir zu behaupten, packe seine Handgelenke und schiebe mein Knie so fest ich kann zwischen seine Beine.

Bis zu diesem Moment weiß ich nicht, ob Vampire auf die gleiche Weise aus dem Rennen genommen werden wie andere Männer.

Die Antwort lautet ja.

Ja, das werden sie.

Als er auf den Marmorboden fällt, lasse ich seine Handgelenke los und schaue finster drein. »Das liegt an dir, du Arschloch. Hör auf, mir mit Gewalt entgegenzutreten und benutze verdammt noch mal deine Stimme.«

Xavier sieht wütend aus. Ich kann nicht sagen, ob er wütend auf Oscar ist, auf mich oder darauf, dass ich seinen Mann im Eingangsbereich seines Lieblingsrestaurants zu Fall gebracht habe.

»Ich entschuldige mich für die Szene, ehrlich, aber ich muss mit dir unter vier Augen sprechen. Es ist ziemlich dringend.«

Sloan deutet mit der Hand auf eine private Nische gleich neben dem Eingang. Da sich das Restaurant in den Mauern des Casa Loma befindet, hat es jede Menge architektonische Eigenarten wie diese. »Wird das genügen?«

»Perfekt. Toller Platz, Sloan.«

Ich trete zur Seite, als andere Gäste zum Ausgang strömen und ihre Mäntel abholen. Ich zeige auf die Nische. »Ich werde alles erklären. Ich möchte hier jedoch keine heiklen Dinge enthüllen.«

Xavier nickt, legt schützend eine Hand auf Karunas Rücken und folgt uns in den privaten Raum. Trotz des erhöhten Risikos, enttarnt zu werden, hält der Großteil der Gemeinschaft der Übernatürlichen an unserem Grundsatz der Geheimhaltung fest. »Worum geht es hier, Lady mac Cumhaill?«

Ich frage bei Eva nach. »Ist sie hier bei uns?«

Eva nickt. »Das ist sie. Sie hat sich beruhigt, als sie dich gesehen hat.«

»Wer bist du?« Xavier wirft Evangeline einen vernichtenden Blick zu, aber sie scheint es nicht zu bemerken.

Ich beantworte diese Frage. »Xavier und Karuna, das ist Evangeline. Sie ist mit Dillan zusammen, eine Freundin und ein Engel des Chors. Bis vor Kurzem war sie eine Seelensammlerin für den Tod.«

Xavier macht einen angriffslustigen Schritt vor Karuna und kommt auf Eva zu, mit ausgefahrenen Reißzähnen und wilden, scharlachrot glühenden Augen. »Du bist hier *nicht* willkommen.«

»Hey! Was? Nicht doch.« Ich würde mich gerne zwischen sie stellen, aber da ist eigentlich kein Platz. »Xavier, hör auf. Mensch, Kumpel, wann begreifst du endlich, dass du mir vertrauen kannst? Keiner will dir oder Karuna etwas antun.«

»Warum hast du uns dann an einen abgelegenen Ort mit einer Seelensammlerin gebracht?«

»Weil sie Laurel sehen kann … oder einen Geist, von dem ich annehme, dass er Laurel ist. Wie auch immer, der Geist versucht verzweifelt, dir etwas zu sagen.«

Xaviers Blick verengt sich.

Ich nehme Sloans Hand und zum Glück hat er seinen Ring bereits aktiviert. In dem Moment, als wir uns berühren, taucht das Bild meiner Highschool-Freundin vor mir auf. »Hey, du.«

»Fiona? Du kannst mich sehen?«

»Ja … und dafür, dass du tot bist, siehst du gut aus.«

»Vergiss es … Ich brauche Hilfe. Ich muss Xavier etwas sagen und mir läuft die Zeit davon.«

»Ich verstehe. Ich bringe euch zusammen.« Ich halte Xavier meine Hand hin. »Bitte vertraue darauf, dass ich eine Freundin bin.«

Er zögert einen Moment, bis Karuna vortritt und auf meine ausgestreckte Hand schaut. »Vampire mögen keine Geister. Das ist eine Sache der Untoten. Darf ich mal sehen?«

»Natürlich, aber beeil dich. Laurel ist wegen irgendetwas in Panik und braucht Hilfe.«

Karuna nimmt meine Hand und keucht, als ihr Blick auf Laurel fällt. »Du bist es wirklich.«

Xavier nimmt Karunas Hand und sein ernster Gesichtsausdruck wird ein wenig weicher. »Es ist schön, dich zu sehen, *Chingu*.«

Laurel richtet sich auf. »Ich würde gerne mit euch plaudern, aber wir haben keine Zeit. Benjamin ist im Begriff, eine riesige Dummheit zu begehen. Er bastelt gerade eine Schlinge aus Stacheldraht und will sich am Bloor-Viadukt aufhängen.«

Xavier zischt. »Idiot.«

Er will gerade losstürmen, als ich ihn am Handgelenk packe. »Du bist schnell, aber Sloan ist schneller. Erlaube bitte.«

Er nickt und Sloan nimmt Evas Hand, sodass wir fünf miteinander verbunden sind. Die Kraft von Sloans Gabe kribbelt auf meiner Haut und wir materialisieren uns unter den gewölbten Trägern der massiven Brücke.

Als ich nach oben schaue, sehe ich einen Mann, der vor der Sicherheitskonstruktion sitzt und fluche, als er sich von der Brücke abstößt und fällt.

Kapitel 2

»Eva, hilf ihm!«

Doch sie bewegt sich nicht.

Sloan scheint auch festzukleben.

Xavier nicht. Er rennt wie eine Gazelle, dann springt er über das Wasser in den Nachthimmel.

Mir fällt die Kinnlade runter, als ich sehe, wie er von Sekunde zu Sekunde kleiner und kleiner wird. »Ich wusste nicht, dass er fliegen kann.«

Karuna schüttelt den Kopf. »Das kann er nicht, aber er kann sehr hoch springen.«

Ich schlucke und mein Herz hämmert wie wild in meiner Brust. »Komm schon … komm schon …«

»Es tut mir leid, dass ich ihn nicht retten kann, Fiona«, entschuldigt sich Eva. »Als Taube könnte ich ihn nie abfangen und ich kann keine Seelen tragen, wenn sie nicht tot sind.«

Ich winke ab. »Es ist nicht deine Schuld. Ich konnte auch nicht helfen und habe gehofft, du könntest es übernehmen. Mach dir keine Gedanken. Xavier hat das im Griff.«

»Er kommt runter«, informiert uns Karuna. »Sloan? Kannst du uns bitte schnell zu ihm bringen?«

Wir reichen uns die Hände und Sloan teleportiert uns über die Schlucht in das bewaldete Gebiet unter der Brücke. In dem Moment, in dem wir auftauchen, stürmt Laurel zu Xavier, der auf dem Boden kniet. »Ist er am Leben?«

Xavier antwortet nicht, also übernimmt es Eva uns auf dem Laufenden zu halten. »Er lebt und ich habe nicht das Gefühl, dass sein endgültiger Tod bevorsteht.«

»Es sei denn, ich übernehme das.« Xavier sinkt rückwärts und setzt sich in das Gestrüpp. Er atmet schwer, als Karuna sich neben ihn fallen lässt.

Seine Hände zittern. Seltsam.

Entweder hat das unseren unerschütterlichen König der Vampire gründlich aus der Bahn geworfen oder er ist durch die Anstrengung so geschwächt, dass er verwundbar ist.

Faszinierend.

Ich betrachte die reglose Gestalt von Benjamin, die im Gras liegt. Er ist ein unauffälliger Mann, dem man wahrscheinlich keinen zweiten Blick schenken würde, wenn man ihm auf der Straße begegnet. Er ist definitiv niemand, den man für einen Vampir halten würde.

Trotzdem hat Laurel ihn geliebt und war ihm als menschliche Gefährtin treu ergeben.

»Er hat nicht getrunken«, sie streicht ihm mit den Fingern über die Stirn, ohne etwas zu bewirken.

Ich kichere. »Dann funktioniert deine Nase nicht mehr, Laurel, denn er stinkt nach Schnaps. Ich garantiere dir, dass er heute nichts anderes getan hat als zu trinken.«

»Nein, ich meine, er hat nichts gegessen. Xavier hat ihm mehrere neue Gefährtinnen geschickt, mit denen er sich verbinden sollte, aber er trinkt nicht. Sag es ihm.«

Ich gebe die Information weiter und Xavier runzelt die Stirn. »Ist sie sicher? Ich habe bei den Damen nachgefragt …«

»Er durchsticht ihr Fleisch, damit es so aussieht, als täte er es und verändert ihre Erinnerungen, damit sie denken, er wäre gesättigt. Er hält sie eine Weile in seinem Bann und schickt sie dann los, um Xavier Bericht zu erstatten.«

»Raffiniert.« Das gebe ich auch weiter.

Xavier flucht.

Karuna sieht erschüttert aus. »Er hat uns verheimlicht, wie schlimm es ist. Das ist unsere Schuld, weil wir es nicht bemerkt haben.«

Xavier seufzt und sieht traurig aus. »Danke, Lady mac Cumhaill. Ich weiß es zu schätzen, dass du eingesprungen bist, wie du es getan hast. Dir, *Chingu*, dass du über uns wachst.«

Er erhebt sich mit einer untypischen Anstrengung und richtet sich auf. »Sloan, wenn es dir nichts ausmacht, würde ich es begrüßen, wenn du mich zurück zum Schloss bringst.«

»Natürlich.« Sloan drückt meine Hand. »Wäre das Kutschenhaus in Ordnung?«

Xavier nickt. »Perfekt. Danke.«

* * *

Xavier und die von ihm abstammenden Vampire leben in einem geheimen Bunker, der während des Zweiten Weltkriegs unter dem Grundstück des burgartigen Herrenhauses gebaut wurde. Der Eingang führt durch den Boden einer der Pferdeboxen in den alten Stallungen am Kutschenhaus vorbei und dort bringt Sloan uns hin.

Xaviers Männer stehen herum und warten bereits auf seine Rückkehr. Sie machen ihrem König schnell den Weg frei, um ihn, Karuna und Benjamin hineinzubegleiten.

»Was ist mit dir?«, Laurel folgt mir nicht. »Gehst du mit rein?«

»Das werde ich, aber es ist so schön, mit jemandem reden zu können. Ich dachte, ich verabschiede mich richtig von dir.«

»Das liegt daran, dass du nicht begleitet worden bist«, erklärt Eva. »Es wäre anders, wenn du zu deiner letzten Ruhestätte übergegangen wärst.«

Ich zucke mit den Schultern. »Willst du, dass Eva dich an einen Ort bringt, der besser zu deinem jetzigen Zustand passt?«

Laurel wirft Eva einen misstrauischen Blick zu und schüttelt den Kopf. »Nein. Ich habe nicht vor, irgendwohin zu gehen, schon gar nicht, wenn Benjamin leidet. Ich werde nicht wegfliegen, um eine Art Engel im Jenseits zu werden, wenn der Schutzengel *meiner* Lebensgeschichte verloren und allein ist.«

Eva schenkt ihr eines ihrer preisgekrönten, sonnenbeschienenen Lächeln. »Ich würde dich nie ohne deine Zustimmung mitnehmen, aber du weißt, dass du nur ein bestimmtes Zeitfenster hast, um den nächsten Abschnitt deines Lebens zu akzeptieren. Warte nicht zu lange.«

»Es ist alles in Ordnung. Ich will bei Benjamin bleiben.«

Ich verstehe das vollkommen und würde das Gleiche tun. Wenn ich getötet würde und wüsste, dass Sloan an einem gefährlichen Ort ist, würde ich ihn auf keinen Fall verlassen. »Sloan und ich oder vielleicht auch Eva, werden alle paar Tage bei dir vorbeikommen und nach dir sehen. Wenn du den Leuten etwas zu sagen hast oder deine Meinung änderst, dann lass es uns wissen. Abgemacht?«

»Abgemacht.«

»Wenn es einen Notfall gibt, weißt du, wo ich wohne. Komm und finde mich.«

Sie runzelt die Stirn. »Ich weiß, wo du während der Highschool gewohnt hast. Am Ende der Straße neben dem Wald. Lebst du etwa immer noch dort?«

»Nebenan. Aiden und seine Frau teilen unser altes Haus mit Dillan. Sloan und ich sind nebenan. Calum und Kevin wohnen wiederum neben uns. Und Emmet ist mit seiner

Verlobten auf der anderen Straßenseite und wohnt dort bei einem Freund. Ganz ehrlich, überall in dieser Straße kannst du über einen Cumhaill stolpern.«

»Ihr seid also nah beieinander, aber du kämpfst nicht mit allen um das Badezimmer.«

»Ganz genau. Es ist perfekt.«

»Erinnerst du dich an den Abend, an dem wir uns für den Tanzabend im Rebel vorbereiten wollten?«

Ich verdrehe die Augen. »Mit angelegten Ellbogen in der Dusche zu stehen, war die Erfahrung meines Lebens. Jetzt, wo ich mein eigenes Bad habe, passiert mir das hoffentlich nicht mehr.«

Sie lächelt. »Ich bin froh, dass es für dich geklappt hat, Fiona. Mein Leben hat irgendwie eine völlig andere Wendung genommen und war ein chaotisches Durcheinander.«

Richtig. »Tut mir leid. Das war unsensibel von mir. Du hast es schwer gehabt.«

»Das dachte ich auch, bis Benjamin kam. Fiona, er hat mich aufgenommen, beschützt und geliebt. Er hat alles für mich verändert und deshalb kann ich ihn in seinen dunkelsten Stunden nicht verlassen.«

»Das ist absolut verständlich.« Ich lächle zu Sloan hoch. »Gute Männer verdienen unsere Ergebenheit. Sieh nach Benjamin … oh und finde das neue Familienmitglied, Clara. Sie ist Pariserin und kann Gedanken lesen. Vielleicht kann sie deine Wellen aufnehmen, damit du nicht ganz ungehört bleibst.«

Laurel nickt und ihr blonder Pferdeschwanz hüpft hinter ihr, wie er es immer getan hat. Ehrlich gesagt, wenn sie nicht durchsichtig wäre, wüsste ich nicht, dass sie ein Geist ist.

Durch einen Menschen hindurchzusehen, ist schon ein bisschen schräg.

»Geh. Wir sehen uns bald wieder. Und Laurel … es war schön, dich wiederzusehen.«

»Danke, Fiona. Es war sogar noch besser, gesehen zu werden.«

* * *

Sloan, Evangeline und ich verlassen die Stallungen und gehen über das stattliche Gelände des Casa Loma, um uns mit unserer Gruppe zu treffen. Es ist fast neun Uhr und Sloan legt einen Arm um meine Schultern, um mich vor der Kälte der Nacht zu schützen. Wir hatten es so eilig, dass ich meine Jacke nicht von der Garderobe mitgenommen habe.

»*Innere Wärme*«, flüstert er dicht an meinem Ohr.

Als sich die Hitze in meinem Inneren aufbaut und in meine Extremitäten ausstrahlt, seufze ich. »Es ist gut, ein Druide zu sein.«

Sloans Körper vibriert an meiner Seite. »Ja, das ist es. Nicht nur, um es im Winter warm zu haben.«

»Das kann man wohl sagen.«

»Na, wenn das mal nicht unsere Zechpreller sind«, ruft Emmet, als alle durch die Vordertüren kommen und uns vor dem Eingang treffen. Er hält meine und Sloans Jacke und Dillan hat Evas. Ich bin mir allerdings nicht sicher, ob sie die Kälte spürt, denn sie sieht so zufrieden aus wie immer.

»Hier sind die Crème brûlées.« Nikon hält eine braune Tüte mit Henkeln hoch. »Für die Afterparty.«

»Es gibt eine Afterparty?« Dionysos' Gesicht erhellt sich, sein Lächeln schimmert im Mondlicht.

»Eine *private* Angelegenheit«, ergänzt Sloan mahnend.

Damit es ganz klar wird, füge ich noch hinzu. »Eine monogame Art von Privatparty, Tarzan. Du wirst dieses Mal aussetzen müssen.«

Dionysos zuckt mit den Schultern. »Freundschaft bedeutet, Meinungen zu unterstützen, ohne sie zu verurteilen, nicht wahr, Jane?«

»Da hast du recht. Wir alle können entscheiden, was uns glücklich macht und es gibt keine falschen Antworten.«

Er nickt. »Was mich im Moment glücklich machen würde, wäre eine private Afterparty in meinem Loft. Ihr seid alle herzlich eingeladen. Es wird viel getrunken und es wird viel nackte Haut geben. Aber im Sinne der persönlichen Entfaltung ist das Ausziehen der Kleidung freiwillig. Jeder, der dabei sein möchte, ist willkommen, egal, was er anhat.«

Er streckt seine Hand aus und lächelt die Gruppe an. »Alle an Bord!«

Bis auf Sloan und mich, schließen sich alle der Einladung an. »Habt einen schönen Abend, Leute. Wir sehen uns morgen beim Brunch wieder.«

»Mmm, Brunch. Was steht auf der Speisekarte?«, will Emmet wissen.

»Himbeerpfannkuchen und Bacon.«

»Nicht schlecht.« Emmet wackelt mit den Augenbrauen. »Hast du genug Sirup?«

Tad schnaubt. »Was ist das mit dir und der Angst, dass der Sirup ausgeht? Das ist seltsam, *sham*. Wirklich seltsam.«

»Mach dich nicht über mich lustig. Musstest du die Sirup-Knappheit im Jahr 2012 miterleben? Nein, musstest du nicht.«

Tad sieht ihn an, als wäre er verrückt, aber ich schüttle den Kopf. »Nein, im Ernst, lies es nach. Der große kanadische Ahornsirup-Raub. Bis heute ist er der größte Diebstahl in der kanadischen Geschichte und hat zu einer Sirup-Knappheit geführt. Das hat Emmet für sein Leben gezeichnet.«

Emmet nickt. »Für Kanadier ist Sirupmangel eine Katastrophe. Also, ich wiederhole: Mach dich nicht über mich lustig.«

Sloan winkt. »Okay. Bis morgen, Leute. Ich hab euch gern, aber jetzt macht endlich die Fliege.«

Nikon schnaubt. »Ich glaube, das ist unser Stichwort, um zu verschwinden. Unser Loverboy hat für heute genug vom Mannschaftssport.«

Dionysos schnauft. »Mannschaftssportarten sind am besten.«

Suede gibt ihm einen Klaps auf den Arm und wirft ihm einen warnenden Blick zu. »Eins-zu-Eins ist auch schön.«

Dionysos bemerkt seinen Fehler und nickt. »Ja, genau das habe ich gemeint. Seht euch das an. Zeit zu gehen.«

Damit verschwindet unser Gefolge und Sloan und ich sind an unserem Jahrestag endlich allein.

Kapitel 3

Emmet, du solltest besser aufhören zu essen, sonst kannst du dich im Training nicht mehr bewegen.« Ich werfe meinem Bruder einen ernsten Blick zu. »Merlin bringt einen alten Kriegerfreund mit, der mit uns trainieren will. Du rückst uns in ein schlechtes Licht, wenn du vollgefressen in den Kampf rollst und keinen Angriff oder keine Verteidigung auf die Beine stellen kannst.«

Ich greife nach dem Teller und er wirft mir einen trotzigen Blick zu, während er das letzte Stück Bacon mit seiner Gabel aufspießt. »Es wird kein Essen weggeworfen. Es schmeckt zu gut.«

»Es wird nicht weggeworfen, weil ich es einpacke und für später in den Kühlschrank lege. Du musst es ja nicht gleich essen.«

»Oh, ich glaube, das muss ich.« Er nimmt einen übertrieben großen Bissen und kaut ihn mit einem breiten Grinsen. »Lecker.«

Ich lächle Ciara an. »Du hast ihn dir ausgesucht.«

»Ich war zu der Zeit stark verwirrt und stand unter einem Fruchtbarkeitszauber. Ich kann dafür nicht verantwortlich gemacht werden.«

Ich lache. »Trotzdem hast du ihn Monate später geheiratet.«

»Lediglich verbandelt. Ich habe mir einen Ausweg offen gelassen.«

Ich lache noch lauter und gehe zum Waschbecken.

»Hey«, brummt Emmet. »Seid beide nett, sonst könnte ich denken, dass ihr mich nicht liebhabt.«

Ciara beugt sich vor, um ihn auf die Wange zu küssen. »Wenn ich den Vertrag kündigen wollte, würde ich es tun, aber du bist einfach zu liebenswert. Ich fürchte, ich bin ein hoffnungsloser Fall.«

»Gut. Genau da will ich dich haben. Na ja … in der Öffentlichkeit. Privat mag ich dich ganz woanders.«

Ich verdrehe die Augen und spüle den leeren Teller ab. »Komm nicht zu mir und beschwere dich, wenn wir mit den ersten Übungen beginnen und du das Gefühl hast, du müsstest kotzen. Es wird keine Gnade geben.«

»Keine Gnade!«, wiederholen Calum und Dillan.

Ich lache. »Siehst du, ich hab's dir gesagt.«

* * *

In den letzten anderthalb Monaten hat Merlin meinen Brüdern, Sloan, Tad, Ciara und mir alles beigebracht, wozu wir als Druiden in der Offensive und Defensive in der Lage sind. Nikon und Dionysos sind regelmäßig gekommen, um ihre Fähigkeiten aufzufrischen und auf dem neuesten Stand zu bleiben und sogar Garnet und Anyx haben sich uns bei ein paar der nächtlichen Einheiten angeschlossen.

Mein Instinkt sagt mir, dass sie mit Dart arbeiten wollten. Die Tatsache, dass ein Drache in der Stadt ist, hat in der Gemeinschaft der Übernatürlichen für Aufregung gesorgt und ich glaube, Garnet hat gerne den Finger am Puls der Zeit.

Jetzt, wo Saxa zum Trainingsteam gestoßen ist, dürften die Dinge sicher noch interessanter werden.

Während dieser Zeit hat Merlin die Führung übernommen und uns stark motiviert. Die letzte Säuberung fand statt, als er um Cazzienth getrauert und sich von der Welt abgekapselt hat. Er befand sich damals in einem düsteren Nebel und kehrte der Welt für Jahrhunderte den Rücken zu.

Das stundenlange tägliche Training mit uns hat seine Fähigkeiten schnell wieder auf Stand gebracht. Er hat zwar gesagt, er müsste nur den Rost abklopfen, aber es ist viel beeindruckender als das.

Er ist ein verdammtes Phänomen.

Na ja, klar … er ist schließlich Merlin. Also, *der* Merlin.

Wir machen uns als Gruppe auf den Weg zum Druidenkreis, den wir letztes Jahr von den Barghest beschlagnahmt haben. Sie haben eine Nachbildung des heiligen Druidenaltars in Drombeg erschaffen und ihn dann mit Nekromantie und Menschenopfern pervertiert.

Obwohl …, das glaube ich nicht.

Wir haben den Steinkreis befreit und die natürliche Magie des Ortes wiederhergestellt. Er ist zu einem Prüfstein unseres Wachstums zu den Druiden geworden, die wir heute sind.

Merlin winkt uns herbei, als wir ankommen und deutet auf den androgynen Krieger, der neben ihm steht. »Leute, das ist Renis D'Jarron. Er hat sich bereit erklärt, die Offensivkraft für heute zu mimen. Nehmt euch ein paar Minuten Zeit, um euch zu dehnen und auf den Kampf vorzubereiten und wenn Nikon mit Niall eintrifft, fangen wir an.«

Ich bin begeistert, dass Pa heute zu uns stößt. Sosehr ich auch unterstütze, dass der alte Mann seinen Ruhestand in Irland genießt, wir vermissen ihn und brauchen ihn in unserem Kader.

Als wir die Große Halle der Fianna-Festung betreten haben, hat es immerhin sechs Statuen gegeben, die uns beschenkt haben. Wäre Brenny noch am Leben gewesen, wäre er vielleicht als sechste Statue gerufen worden.

Aber so … ist Pa auf Gedeih und Verderb ein Teil davon.

Für uns … ist es besser. Ich hoffe, das ist es auch für ihn.

Während ich mich strecke, denke ich an jenen Nachmittag. Fionn hat uns nach Irland geschickt, um die Schätze der Fianna aus seiner alten Festung unter dem Hill of Allen zurückzuholen. Zu seinem Entsetzen bestand die Gefahr, dass die Fiannaschätze unwiederbringlich von der Kiesfirma, die das Land abbaut, entdeckt oder zerstört werden.

Es war unser erstes Druiden-Familienabenteuer.

Als wir die große Halle der Fianna erkundeten, fanden wir die Statuen und erhielten unsere Bestimmungen und Waffen.

Fionns Statue hat mich angezogen und mir eine Eisenkrone, meine Rüstung und Birga geschenkt. Birga hatte bereits durch die Barghest-Entführung ihren Weg zu mir gefunden, also war das keine Überraschung.

Ich habe nie herausgefunden, was es mit der Krone auf sich hat.

Die Späher-Statue war für Dillan. Er hat einen Tarnumhang und seine Doppeldolche erhalten. Er ist unser Tarnkappen-Kämpfer und wenn er die Kapuze seines Umhangs aufsetzt, erhält er eine Flut von Informationen über seine Umgebung.

Calum ist unser Fernkämpfer. Er hat seinen Bogen und den Ewigen Köcher geschenkt bekommen. Sehr cool.

Aiden, der größte und stämmigste von uns, hat ein Schwert mit gebogener Klinge und einen Buckler bekommen und ist unser Verteidigungskämpfer.

Pa erhielt einen coolen Stab aus Schlangenholz. Er hat sich sehr darüber gefreut, denn der Stab war in seiner Jugend die Waffe seiner Wahl. Er freut sich, dass er als Abwehrkämpfer unsere Gruppe beschützen kann.

Und dann ist da noch Emmet.

Ich lache laut auf, als ich mich an die Szene erinnere, wie er vor der sechsten Statue steht. Der Kerl hatte keine Waffen, aber noch schlimmer … er war nackt.

»Ernsthaft? Ich habe den nackten Typ? Was zur Hölle?«

Ich überspiele mein Kichern und wechsle von den Schulterstreckern zu den Ausfallschritten. Emmets Hauptdisziplin war damals das Heilen … Seitdem hat er in den rosafarbenen Wassern des reinen Feen-Pranas gebadet.

In ihm schlummern große Dinge – ich weiß es.

Als Pa mit Nikon ankommt, gehe ich hinüber, um ihn zu begrüßen. Mein Vater hat im letzten Jahr eine schwere Zeit durchgemacht. Nachdem unser zweitältester Bruder Brendan bei einer Schießerei außerhalb des Dienstes ums Leben gekommen ist, hat Pa massiv unter der Schuld des Überlebenden gelitten, wie ich finde.

Was auch immer es war, es hat ihn sehr mitgenommen.

»Hey, Pa. Was gibt's Neues?« Ich umarme ihn.

»*Och*, in letzter Zeit ist nicht viel los, fürchte ich.«

Ich drücke ihn noch einmal, bevor ich mich zurückziehe. »Apropos … Ich habe nachgedacht. Wenn sich die Lage beruhigt hat, könnte ich dich an meinen glücklichen Ort mitnehmen, damit du etwas Zeit mit Brendan verbringen kannst. Ich weiß, dass es nicht der echte Brendan ist, aber manchmal hilft es mir, mit ihm zu reden und ihm Dinge zu erzählen, die ich auch dem echten Brendan erzählt hätte.«

Mein Vater sieht hin- und hergerissen zwischen Trauer und Entsetzen aus. »Ich weiß nicht, ob das eine Lösung für mich ist, *mo chroí*, aber ich werde darüber nachdenken.«

Ich nicke. »Gut, solange du weißt, dass es eine Option ist. Du kannst mir jederzeit Bescheid sagen. Jetzt geh dich dehnen. Wir haben in diverse Hintern zu treten.«

Ich drehe mich zu Merlin und seinem Freund um, schwinge meine Arme und gehe zu ihnen hinüber. »Wenn mein Vater und Nikon bereit sind, wie wollt ihr es machen? Was sind deine Talente, Renis?«

Merlin wirft mir einen Seitenblick zu und grinst. »Oh, das verraten wir dir nicht. Das würde die Überraschung verderben.«

Ich lese die Belustigung in Merlins Gesichtsausdruck und ein Anflug von Beklemmung überkommt mich. Wozu ist eine Person imstande, die uns alle auf einmal herausfordert? Ich habe fast Angst, es herauszufinden.

* * *

»Fiona, hinter dir!« Ich höre Dillans mädchenhaftes Kreischen, kurz, bevor die zwei Meter große Spinne meinen Arm packt und mich von den Füßen hebt. Meine Rüstung verhindert, dass der Griff schmerzt, aber er ist fest und ich kann mich nicht befreien. Ich grunze und schlage erst um mich, dann schwinge ich mich herum und trete ihr direkt in den Kiefer.

Meine Stiefel berühren ihr gruseliges Gesicht.

Nichts.

»*Bestialische Stärke.*« Während der Energieschub meine Zellen füllt und meine Kraft vervielfacht, heble ich den Griff des Tieres an meinem Arm aus, werfe meinen Körper nach hinten und trete dem Rieseninsekt direkt in den Unterkiefer.

Dieses Mal nimmt es mich ernst.

Es dreht seinen hässlichen Kopf und schleudert mich in die Luft. Ich stürze kopfüber, finde das Ziel, auf das ich mich konzentrieren kann und richte mich im Sinkflug zum Angriff aus.

Dillan hat Spinnen schon immer gehasst.

Als ich mich in Position bringe, um zuzuschlagen, wird die Manifestation von Dillans Angst von Calum und Nikon abgelenkt, die auf dem Gras neben uns mit einem Weißen Hai kämpfen.

Ja, es ist ein verrückter Sharknado-Moment, aber hey – mit Magie ist alles möglich, oder nicht?

Das Schöne an Aidens Angst vor dem weißen Hai ist, dass Dillans Spinne abgelenkt ist und ich es schaffe, Birgas gezackte Marmorspeerspitze durch ihr Auge zu stoßen.

Die Spinne taumelt und wirft ihren Kopf hin und her. Ich verliere zum zweiten Mal innerhalb weniger Minuten den Halt, aber ich habe Birga immer noch im Griff. An beiden Händen baumelnd, peitscht mich das Biest hin und her und ich hänge um mein Leben.

Verdammt … das Kreischen der Spinne zieht die Aufmerksamkeit des Geistes auf sich, der sich aus Sloans Angst manifestiert hat.

Der Poltergeist hat es auf mich abgesehen und ich kann mich nicht wehren, wenn ich keine Hände oder Füße zum Kämpfen habe.

»Oh nein, das tust du nicht, Casper.« Aiden spricht einen Verfestigungszauber und rammt den Geist in die Leere der alles verzehrenden Dunkelheit, die alles wie ein schwarzes Loch aufsaugt.

Ups … der Gegner geht auf mich.

Als Kind hatte ich immer Angst vor der Dunkelheit.

Die Spinne zieht sich zurück, aber sie schwingt mich immer noch herum wie eine Fahne, die an ihrem Augapfel hängt. Birga und ich halten es gut aus, aber dann fängt eine Armee von Zombie-Porzellanpuppen an, meine Füße zu packen.

»Verdammt. Diese untoten Puppen machen mich wahnsinnig.«

Ich verstehe ja, dass wir gegen die Ängste unserer Kindheit kämpfen, aber wer zum Teufel hat sich Zombiepuppen ausgedacht?

Mit diesen aufgemalten Gesichtern … huch, die sind richtig gruselig.

»Nikon, nimm dich in Acht vor …« Pennywise der Clown schaltet den Griechen aus, aber Pa ist schnell zur Stelle. Das heißt, bis der Clown sich gegen ihn wendet und K.-o.-Gas aus der Blume an seinem Revers versprüht.

Nikon und Pa kippen um wie Steine und fallen mit dem Gesicht voran auf den frostigen Boden.

Ich weiß nicht, wer Stephen King gelesen hat, als wir Kinder waren, aber *ES* ist in Fleisch und Blut furchterregend und ich bin vierundzwanzig.

Eine der Zombiepuppen schafft es auf meinen Stiefel und ich bewege meine Füße aneinander, um sie loszuwerden.

Verdammte Viecher. Das ist so unheimlich.

Pa und Nikon liegen immer noch am Boden, als ein riesiger Regenwurm aus dem Boden kommt und sein Loch direkt neben ihnen aufreißt. Seine Ankunft stößt Pennywise rückwärts und hinterlässt eine lange Spur aus klebriger Seide über den beiden.

Sloan hebt seine Hände und eilt ihnen zu Hilfe.

Ich frage mich, was er beschwört, bis ein riesiger Schatten die Sonne über mir verdunkelt. Vorübergehend denke ich, dass ich mein schwarzes Loch der Dunkelheit aus den Augen verloren habe. Nein, das ist es nicht. Emmet und Calum schieben gerade den großen Weißen hinein.

Ich werfe einen Blick in den grauen Himmel und mein Verstand macht nicht mehr mit, als wären die Synapsen außer Funktion. »Ist das ein Rotkehlchen?«

Ja. Das ist es.

Ein Rotkehlchen von der Größe meines Geländewagens stürzt sich auf den Regenwurm, packt ihn mit dem Schnabel und steckt ihn sich in den Schlund. Einen Wimpernschlag später beäugt es die Spinne und eilt nach vorn, um das Gleiche zu wiederholen.

Ich kann Birga gerade noch befreien und lasse mich zu Boden fallen, bevor das Rotkehlchen die Spinne schnappt, sich vom Boden abstößt und davonfliegt.

»Gut gemacht, Mackenzie«, ich werde jetzt völlig überrannt von Zombiepuppen. Ich schwinge Birga und werfe eine nach der anderen um, aber sie rappeln sich immer wieder auf, um ihren Angriff fortzusetzen.

»Ist jemand meinen verdammten Geist losgeworden?«

»Ich glaube, Aiden hat ihn in meine Dunkelheit geschoben.«

»Nö. Er hat mich gegeistert.« Aiden eilt herbei, um mir mit den Zombiepuppen zu helfen. »Siehst du, was passiert ist? Er hat mich gegeistert …«

Ich schnaube und versuche, mich zu konzentrieren.

»Ich habe eine Idee, was den Geist angeht«, Dillan rast an mir vorbei. »Fiona, du musst Emmet mit dem Psycho-ES-Clown helfen. Er versteckt sich hinter den Wattebäuschen.«

Ich lache. Schon als Kinder haben wir Emmet immer damit gequält, dass er sich vor Wattebällchen fürchtet. Auch wenn die schlimmsten Ängste zum Leben erwachen, sind es immer noch Wattebällchen – nur in Übergröße. »Was, wenn ich den Clown zum schwarzen Loch bringe?«

»Die Dunkelheit ist momentan besetzt«, ruft Calum und kämpft darum, den Weißen Hai in die Leere zu zwingen.

»Fiona, die Zombiepuppen kommen zu dir, Schatz.«

Ich stöhne und renne, um auf eines der Wattebällchen zu hüpfen, um Abstand von den gruseligen Puppen zu gewinnen. »Wessen Angst ist das? Die sind einfach nur nervig. Ich hasse diese Dinger.«

»Tut mir leid«, ruft Calum und stößt die Schwanzflosse des Hais in das schwarze Loch. »Als sie sagten, sie würden uns gegen unsere Kindheitsängste antreten lassen, konnte ich mich nicht zwischen Zombies und den Porzellanpuppen entscheiden, die Misses Graham in ihrem Gästezimmer gesammelt hat.«

»Ja, schwere Entscheidung. Sie haben mich auch immer erschreckt.«

»Ja, oder?«

»Der Clown ist erledigt!« Pa schnaubt und stützt sich auf seinem Stab ab.

»Der Geist ist klar, Sloan.« Emmet gluckst. »Siehst du, was ich da gemacht habe, Aiden? Der Geist ist *klar* …«

Er lacht. »Ja, der war gut, Emmet.«

Urkomisch. Gut, dass wir uns alle gut verstehen, uns würde niemand auch nur halb so lustig finden wie wir es tun.

Ich richte mich auf und mache eine Bestandsaufnahme von dem, was noch übrig ist: die alles verzehrende Dunkelheit und Emmets Wattebäusche. »Glaubt jemand, dass wir das schwarze Loch mit Wattebällchen stopfen können?«

Pa gluckst. »Einen Versuch ist es wert.«

Während Pa und Sloan zur Tat schreiten und die letzten verbliebenen Ängste übernehmen, lasse ich mich auf das Gras plumpsen und ringe nach Luft. Nikon lässt sich neben mich fallen, dann gesellen sich Emmet und Calum dazu.

»Verflucht, bin ich erschöpft.« Emmet keucht. »Wie sollen wir vier oder fünf Tage lang bei der Säuberung kämpfen, wenn wir schon nach einer halben Stunde ausgelaugt sind?«

»Vielleicht bringen wir Dionysos dazu, Newgrange ein wenig in Richtung des Flusses zu drehen und den Lauf der Sonne zu beeinflussen. Wenn sie nicht in die Kammer scheint, gibt es auch keine Säuberung, richtig? Meinst du, das könnte hinhauen?«

Ich höre die hoffnungsvolle Aufregung in Dillans Stimme, aber mein Instinkt sagt nein. »Leider nicht. Tut mir leid.«

»Nun, einen Versuch war es wert. Sag nicht, dass ich mich nicht an dem Brainstorming beteilige.«

Ich bin noch dabei, Luft zu holen, als die Titelmelodie von König der Löwen die Stille durchbricht und ich mich stöhnend auf die Hände und Knie rolle.

Mein Telefon ist *sooo* weit weg …

Und mein Körper ist *sooo* kaputt.

»*Windstoß!*« Die Kraft der Luft kommt mir zu Hilfe, hebt meine Handtasche hoch und legt sie vor mir ab.

Ich lasse mich wieder auf den Boden fallen, greife in meine Handtasche und nehme den Anruf entgegen. »Hey, Boss. Was liegt an?«

»Du und das Team müsst in die Hufe kommen und euch schnellstens zum Aquarium begeben. Dort hat sich eine Gruppe von übernatürlichen Aufständischen gesammelt, die es leid sind, im Verborgenen zu leben.«

»Davon gab es in letzter Zeit eine Menge.«

»Das stimmt. Sosehr ich auch immer behauptet habe, dass die Ermächtigte Gemeinschaft lieber unsichtbar bleibt, wenn die Mitglieder der gegnerischen Fraktion so weitermachen, werden wir vielleicht nicht länger in der Lage sein, den Deckel darauf zu halten.«

»Du willst vermutlich trotzdem, dass wir es versuchen?«

»Das tue ich. Ich weiß, dass du viel um die Ohren hast, Lady mac Cumhaill, aber egal, was im nächsten Monat ansteht, du musst dich um das Hier und Jetzt kümmern.«

Ich atme tief durch und zwinge mich, auf die Beine. »Verstanden. Wir sind auf dem Weg.«

Kapitel 4

Wassernymphen. Waren die Zwillinge, die Maxwell als ihren Verlobten beanspruchen wollten, nicht auch Wassernymphen?«, erkundigt sich Calum, als wir in Ripley's Aquarium ankommen.

»Es waren … Genau genommen waren es Sumpfnymphen.«

Emmet gluckst. »Musstest du nicht in ihr Sumpfgebiet und Kreide fressen?«

Ich verdrehe die Augen über meine Brüder und seufze. »Ja, Garnet und Andromeda haben erzählt, das sei der einzige Weg, um Frieden zu schließen und Maxwell vor der Nymphen-Ehe zu bewahren. Ich glaube immer noch nicht, dass ich irgendetwas falsch gemacht habe – diese Nymphenschlampen haben mir ins Gesicht gespuckt und sind auf mich losgegangen – aber Garnet hat darauf bestanden, dass eine formelle Entschuldigung das politisch korrekte Vorgehen ist.«

Pa lächelt mich an, seine strahlend blauen Augen tanzen vor Belustigung. »Erwachsen werden ist schwer, *mo chroí*. Oft müssen wir Dinge tun, auf die wir nicht scharf sind, um den Frieden zu wahren. Ich bin stolz, dass du es aushältst, wenn es nötig ist.«

»Ja, es hat nicht wirklich Spaß gemacht, aber es hat Maxwell zumindest aus Teufels Küche befreit.«

»Mad Max war schon geil!« Emmet hebt seine Faust. »Mann, ich wünschte, ich hätte das mit eigenen Augen gesehen.«

»Welchen Teil?«, hakt Calum nach. »Das Durcheinander, in dem Dionysos Maxwell einen Ecstasy-Rausch verpasst, oder dass er nackt herumrennt und alle umarmt?«

Emmet lacht. »Nein, ich habe die Bilder von ihm im Kopf, wie er Sloan bei uns zu Hause befummelt hat. Das war lustig, mitanzusehen.«

Ich lache. »Das war schon witzig, ja.«

Sloan murmelt etwas darüber, dass wir alle Idioten sind und deutet auf den Eingang zum Aquarium. »Ich will euch ja kein Feuer unter dem Hintern machen, aber wurden wir nicht gebeten, hierherzukommen, um eine Enthüllung zu verhindern?«

Sein Umgang mit Dingen, die er nicht hören möchte, bringt mich nur noch mehr zum Lachen. »Erinnere mich daran, dass ich das Bild einrahmen lasse und auf unseren Kaminsims stelle, wenn die Zeiten zu hart werden.«

»Du bist lächerlich. Ich werde kein Bild von einem nackten Maxwell und mir auf meinem Kaminsims dulden. Wenn du dich erinnerst, das Haus gehört immer noch mir.«

Meine Antwort darauf bleibt mir im Hals stecken, als wir vor dem Eingang stehen und die Szene innerhalb des Aquariums auf uns wirken lassen. »Okay, da ist das Problem.«

Touristen und Besucher kauern an den Wänden und starren mit großen Augen auf zwei blassgrüne Frauen mit Schwimmhäuten und spitzen Ohren, die mit erhobenen Händen tanzen.

Sie zeigen ihre Verbindung zum Wasser und lassen Flutwellen um den Vordereingang herum schwappen.

Nikon gesellt sich zu uns und blinzelt angesichts des öffentlichen Schauspiels. »Garnet dachte, ihr könntet Hilfe brauchen.«

»Wie immer weiß er es am besten.« Ich überlege, wie wir am besten vorgehen. »Nikon, sieh zu, dass du die Nymphen von hier weg zurück zum Stephenson's Swamp bringst. Das ist das Feuchtgebiet an der Mündung von Highland Creek Watershed.«

»Ich werde es versuchen, aber es sieht nicht so aus, als ob sie bereit wären, die Party zu verlassen.«

Als Nikon auf sie zugeht, kreischen die Mädchen, spucken ihm eine Wasserfontäne ins Gesicht und rennen tiefer in das Gebäude.

»Tut mir leid, Nikon, ich habe vergessen, dich zu warnen, dass sie spucken.«

Nikon dreht sich um und wirft mir einen drolligen Blick zu, während er sich mit einer Hand über das Gesicht wischt. »Ja, danke, Rotschopf. Zu spät.«

Ich kichere und wende mich an die anderen. »Calum, schreib Garnet und finde heraus, ob die Dschinns kommen. Hier liegt definitiv eine Gefährdung vor. Sloan, wenn du die Erinnerungen dieser Leute ändern und sie von hier wegbringen kannst, wäre das ein guter Anfang, um dieses Chaos zu beseitigen.«

Sloan sieht mich an und wölbt eine Augenbraue. »Wenn ich die Erinnerung an die Nymphen auslösche, wie erkläre ich dann den Leuten, dass sie im November draußen stehen und klatschnass sind?«

»In einen Regensturm geraten?«, schlage ich vor.

»Nein. Die Sprinkleranlage des Aquariums ist kaputtgegangen«, Dillan hat die bessere Idee. »Es hat eine elektronische Fehlfunktion gegeben und alle im Gebäude sind nass geworden.«

Dafür hebe ich meinen Daumen. »Toller Vorschlag. Das kaufe sogar ich dir ab. Du hast heute richtig gute Ideen, Bruderherz.«

Ein gellender Schrei tiefer im Gebäude veranlasst mich, nachzusehen. »Jemand muss bleiben und Sloan bei der

Evakuierung helfen. Wir werden versuchen, mehr Leute zu euch zu schicken.«

Am Drehkreuz angekommen, hebt der Junge hinter der Glasscheibe die Hand, um uns den Zutritt zu verwehren. »Ihr könnt da nicht rein. Ihr habt keine Eintrittskarten.«

»Ernsthaft, Kumpel? Ich weiß nicht, ob du es schon bemerkt hast, aber verrückte Nymphen sind in das Aquarium eingedrungen. Wir sind hier, um euch zu helfen, *nicht* um die Wunder der Ausstellung zu genießen.«

Er scheint nicht zu wissen, was er darauf antworten soll, aber ich gebe ihm keine Gelegenheit zu argumentieren. Ich springe über das Drehkreuz und stürme in das eigentliche Aquarium. »Weiß jemand, wohin wir müssen?«

Aiden schnaubt. »Es gibt nur eine Möglichkeit. Die Rampe rechts runter und in die Ausstellung.«

Er zeigt uns den Weg und ja, jetzt, wo er es erwähnt, ist es offensichtlich, dass die Besucher nur in eine Richtung können. Wir eilen nach rechts, vorbei am Gästeservice, einem Eingangsbecken mit einem Korallenriff und tropischen Fischen, und einem Meereskundezentrum.

Besucher und Mitarbeiter rennen gegen die Laufrichtung, um dem Chaos in der unteren Ebene zu entkommen und zwingen uns, seitlich auszuweichen.

»Wo sind die eigentlichen Ausstellungsstücke?«, will ich wissen.

»In der unteren Etage«, weiß Aiden.

»Was hat es mit diesem Labyrinth auf sich?«, wundert sich Emmet.

Aiden und Dillan haben es aufgegeben, sich durchzuschlängeln und springen über die niedrigen Wände, die die abwärtsführende Rampe säumt. »Du warst offensichtlich noch nie im Sommer hier.«

»Ich war überhaupt noch nie hier«, korrigiere ich ihn.

»Nun, es ist voll … man kann den Kinderwagen nicht schieben, man kann nichts sehen, und man kommt nicht wirklich voran. Kurz gesagt, es ist *verdammt* voll. Dieser ganze Bereich hier ist eine reine Massenabfertigung.«

Wir erreichen das Ende der Rampe und stoßen fast mit unseren grünhäutigen Mädels vor der Fancy Fins Mermaid Boutique zusammen. Auf ihren Handflächen wirbeln Wasserkugeln und ihre Finger sind so gekrümmt, dass die Schwimmhäute an ihren Händen sichtbar werden.

Als wir uns nähern, holen sie mit ihren Armen aus und werfen mit Wasserbällen, wie bei einer Schneeballschlacht.

Ich weiche der Kugel aus, die auf meinen Kopf zufliegt und schlage die Zweite aus der Luft. Die Chance, hier nicht tropfnass rauszukommen, ist verschwindend gering, warum es also versuchen?

Die Touristen rennen auf ihrem Weg nach oben kreischend an uns vorbei. Ich hoffe, dass Sloan und Calum die Leute an der Tür abfangen können. Ganz ehrlich, wir dürfen das auf keinen Fall nach außen dringen lassen.

Sicher, Sloan kümmert sich um die Panik am Eingang, aber wenn das hier eine Einbahnstraße ist, muss es einen zusätzlichen Strom von Leuten geben, die aus dem Ausgang eilen.

Unsere einzige Hoffnung ist, dass Dan inzwischen hier ist und die Erinnerungen der Leute löscht, die durch die andere Tür hinausstürmen.

Ein Wasserball trifft mich an der Schulter und spritzt mir ins Gesicht. »Was zum Teufel? Ihr Mädels wisst schon, dass ihr euch damit keinen Gefallen tut, oder? Garnet wird hinter euch und eurem Anführer her sein. Weiß Malachi überhaupt, dass ihr hier seid?«

Die beiden brechen in einen Kicheranfall aus und rennen tiefer ins Aquarium.

Der Anführer der Wassernymphen von Toronto ist ein aufgeblasener Trottel namens Malachi. Als ich ihn das erste Mal auf der *Jubilee Queen* beim Mittagessen der Gildengouverneure der Lakeshore-Gilde getroffen habe, war er ziemlich verärgert, weil ich ihn nicht mit Bruin spielen lassen wollte.

Im Nachhinein betrachtet hätte ich ihn lassen und Bruin die Erlaubnis geben sollen, den Bastard zu fressen.

Er war auch derjenige, der darauf bestanden hat, dass es eine Beleidigung war, als ich gesagt habe, dass Maxwell die Nymphen-Zwillinge nicht heiraten müsse, weil Dionysos ihn unter Drogen gesetzt hat.

Er ist ein Trottel mit einem zu großen Ego und dem Bedürfnis, sich wichtig zu fühlen.

Wir jagen den Nymphen in den Wassertunnel hinterher und ich gebe zu, er ist ziemlich spektakulär. Ein zwei Meter hoher Weg schlängelt sich durch eine riesige Wasserwelt. Er ist auf allen Seiten aus Glas und wölbt sich über unseren Köpfen, sodass wir komplett von Meeresbewohnern umgeben sind.

Bunte Fische, Quallen, Haie, Stachelrochen und tausende andere Wasserlebewesen schwimmen neben uns, über uns und um uns herum.

»Sind das Meeresschildkröten?«

Dillan schnaubt neben mir. »Hier ist eine weitere tolle Idee. Konzentrieren wir uns doch lieber darauf, was um uns herum gerade den Bach runtergeht und sehen uns die Fische danach an.«

»Meeresschildkröten sind Reptilien, aber ich verstehe, was du meinst.«

»Alligator!«, plärrt Emmet.

Ich will ihm gerade erklären, dass ein Alligator auf keinen Fall in einem riesigen Aquarium leben kann, als ich merke, dass er nicht auf das Aquarium zeigt. Er zeigt den Weg hinunter auf das zwei Meter große Reptil, das auf uns zukommt und mit dem Maul schnappt.

»*Bestienbindung*«, ich konzentriere mich darauf, eine Verbindung zu der Bestie herzustellen, bevor sie in Beißweite ist.

Wenn ich über meine druidische Fähigkeit Kontakt aufnehme, bekomme ich normalerweise ein Gefühl für das Tier und seine Bereitschaft, sich zu binden oder nicht. In diesem Fall dringt meine Absicht, eine Bindung einzugehen, nach außen, aber es kommt nichts zurück, außer einer metaphorischen magischen Ziegelmauer. Ich versuche es noch einmal.

»*Tierische Freundschaft.*« Unsere Gruppe hat aufgehört, die Wassernymphen zu jagen und geht jetzt Schritt für Schritt rückwärts. »Kommt jemand an diesen Alligator heran? Er reagiert überhaupt nicht auf mich.«

»Das liegt daran, dass es kein Alligator ist«, Pa runzelt die Stirn. »Das ist ein Gestaltwandler, der Ärger machen will.«

Ich bin mir nicht sicher, woher mein Vater das weiß, aber ich habe keine Zeit, ihn zu fragen. Wenn es sich um einen Gestaltwandler handelt, der noch mehr Chaos veranstalten will, ist das kein Nymphenstreich mehr, sondern ein offener Angriff auf die Geheimhaltung der Gemeinschaft der Übernatürlichen.

»Nun, das ändert die Sachlage komplett. Wir brauchen das Tier nicht zu schützen und in die Defensive zu gehen. Wo kein Tier, da auch keine Rücksicht.« An den Gestaltwandler gewandt rufe ich: »Wenn du Ärger willst, Arschloch, dann sollst du ihn bekommen.«

Da keine Außenstehenden mehr in dem Tunnel sind, hebe ich meine Handfläche und gehe vorwärts. »*Tierkontrolle.*«

Ich übernehme die Kontrolle über ihn und nagle ihn fest. In menschlicher Gestalt würde das nicht funktionieren, aber in seiner veränderten Form ist er genauso ein Tier wie jedes andere. In dem Moment, in dem mein Zauber ihn trifft, friere ich ihn auf der Stelle ein und halte ihn gefangen.

Ich packe seinen Schwanz, lege ihn an meine Hüfte und zerre ihn zu meinen Begleitern. »Du gibst ein schönes Paar Stiefel ab, Dumpfbacke. Nikon, bring ihn in die Arrestzelle in der Batcave. Ich nehme ihn mir vor, nachdem wir uns um den Nymphenaufstand gekümmert haben.«

»So machen wir es, Rotschopf.« Bevor Nikon den Schwanz des Alligators greift, schwappt eine Woge Magie durch die Luft und ich halte die Füße eines sehr verärgerten Mannes in Händen. »Lass mich los.«

Ich tue, was er verlangt, aber ich mache mir keine Gedanken, dass er entkommen könnte. Hier unten sind genug von uns, um ihn zu umzingeln. Eigentlich sind wir sogar zu viele. »Wer will sich um den Alligatorjungen kümmern?«

»Ich übernehme ihn«, meldet sich Dillan. »Hey Nikon, kannst du mich mit zur Batcave nehmen?«

»Ja. Bin gleich wieder zurück – was ist das?«

Alle Augen richten sich auf das Wasserwunderland neben uns und ja … der heutige Tag steckt voller Überraschungen.

»Ist das ein Wassermann?« Ich starre den Kerl mit dem blauen, glitzernden Schwanz an, der sich durch das Wasser im Becken schraubt. »Hm … Ich wusste gar nicht, dass wir so etwas haben.«

»Ob du es glaubst oder nicht, nein, ich habe nicht von ihm gesprochen.« Nikon zeigt auf etwas, das aussieht, wie eine katzengroße Ratte mit Kleidung, die im Wasser des Aquariums schwimmt. »Das! Was zum Teufel ist das?«

»Das ist ein Far Darrig«, weiß Pa. »Die bösen Zwillinge der Man o' Green. Fiese Biester.«

Während wir zuschauen, schwimmt das Rattenvieh zum Glas neben uns, dreht sich im Wasser und presst sich mit dem Rücken an die dicke Glaswand.

»Was macht der hässliche Rattenjunge?«, wundert sich Dillan.

Als Antwort hallt ein Bass gegen das Glas und ein Schwall von Blasen steigt aus seinem Hintern.

»Charmant.« Ich blinzle mit großen Augen. »Nikon, willst du vielleicht reingehen und dir Mister Furzblubber schnappen, um ihn mitzunehmen?«

»Zu viel verlangt, Rotschopf«, erwidert Nikon. »Ich mag dich sehr, aber ein Mann muss auch Grenzen haben.«

»Eine furzende Ratte ist zu viel?«

»Unwesentlich, ja.«

Ich lache. »Akzeptiert. Wir werden ihn und den Wassermann da rausfischen, sobald wir die Nymphen unter Kontrolle haben.«

Emmet hat sein Handy herausgeholt und nimmt jetzt ein Video von Mister Furzblubber auf, der uns eine zweite Nachricht zukommen lässt.

Als die Vibration seiner Flatulenz im Tunnel rumpelt, verdrehe ich die Augen über meinen Bruder. »Wirklich? Hast du nicht zugehört, als Kinu gesagt hat, dass wir schlechtes Verhalten ignorieren sollen, damit es aufhört?«

Emmet lacht. »Man weiß ja nie. Wir könnten das später als Beweis für sein Verhalten brauchen.«

Ich winke Nikon, Dillan und dem Mann, der sich als Alligator ausgibt, zu. »Beeilt euch, Jungs. So wie das aussieht, haben wir noch viel Spaß vor uns liegen.«

Nachdem sie verschwunden sind, gehen wir anderen weiter bis zum Ende des Aquarientunnels und landen schließlich im Discovery Center, wo wir einen Haufen Nymphen beobachten, die im Streichelbecken mit den Stachelrochen spielen.

»Sollten sie mit ihnen da drin sein?«, möchte Emmet erfahren. »Ich bin mir ziemlich sicher, wenn man nicht an das Glas klopfen darf, dann sollte man auch nicht im Streichelbecken herumspringen, wenn es voller Babyrochen ist.«

»Richtig. Holen wir sie da raus.« Ich eile nach vorn und durchsuche den Raum. Als ich sicher bin, dass sich keine Menschen in einer der Ecken verstecken, hebe ich die Hände und wirke *Flutwelle.*

Eine Wasserwand erhebt sich aus dem Becken und schleudert die Nymphen hinaus auf den Boden.

Die Szene erinnert mich an meinen letzten Kampf mit wütenden Wassernymphen, aber dieses Mal gibt es keine lustigen Hüpfburgen und keine Nacktbader in Dionysos' Planschbecken.

Eine der männlichen Wassernymphen robbt die Fliesen entlang und kommt schneller wieder auf die Beine, als ich erwartet hätte. Er richtet sich auf und stürzt sich auf mich, wobei er Salzwasser ausstößt.

Als der Salzwasserstrahl meinen Mund trifft und in meinen Nasenlöchern brennt, drehe ich meinen Kopf und spucke aus. »Was haben Nymphen eigentlich damit am Hut, mir immer ins Gesicht zu spucken?«

»Das ist ihr Ding.« Nikon kehrt von seinem Ausflug in die Batcave zurück. »Das habe ich vorhin selbst erfahren.«

Ich höre kaum die Belustigung in Nikons Worten, als ich dem Kerl meine Rückhand ins Gesicht haue und er auf dem Hintern landet. »Spucken ist eklig und bringt in einem Kampf nichts. Lass es und behalte den Mund geschlossen.«

Nikon bricht in Lachen aus.

Ich drehe mich zu ihm um, er beißt sich auf die Unterlippe und kichert. »Ich bin froh, dass du das amüsant findest. Vielleicht hättest du doch den furzenden Rattenmann aus dem Aquarium holen sollen.«

Das bringt ihn nur noch mehr zum Lachen.

Zum Glück hat Emmet sein Handy weggelegt und ringt die Nymphen mit meinem Vater und meinen Brüdern zu Boden.

»Willst du, dass all diese Störenfriede in die Batcave gebracht werden, Rotschopf?«, erkundigt sich Nikon.

»Ja. Wir lassen Garnet aussortieren und entscheiden, was er mit ihnen machen will.«

»Mit uns könnt ihr nichts machen«, schimpft eine der Frauen. »In ein paar Wochen spielt das keine Rolle mehr. Wenn erst einmal die Machtverhältnisse verändert sind, müssen wir uns nicht mehr im Schatten verstecken.«

Ich kichere. »Also, was? Glaubst du wirklich, dass das Team *Dark* die Oberhand gewinnen kann und die Menschen euch plötzlich in ihrer Gesellschaft willkommen heißen werden?«

»Es spielt keine Rolle, was die Menschen wollen oder nicht. Tatsache ist, dass wir auch existieren und es satthaben, als zweitklassige Bürger betrachtet zu werden.«

Ich schiebe sie Richtung Emmet zu den anderen. Die Jungs haben sie unter Kontrolle, also schätze ich ab, wo wir stehen. »Aiden? Wie viel Aquarium haben wir noch vor uns?«

»Nicht viel. Dieser Weg führt wieder nach oben.«

»Cool, kannst du mit Dillan hochgehen und sicherstellen, dass der Rest des Ortes abgeriegelt bleibt? Wir sind gleich da, sobald Nikon den Müll bei Garnet abgeladen hat. Oh, und frag einen Mitarbeiter, wie man in das Wasser des großen

Aquariums kommt. Der Wassermann und der Rattenjunge müssen noch eingesammelt werden.«

»Schon dabei.«

Aiden und Dillan laufen die Rampe hinauf und ich sehe unsere Gefangenen stirnrunzelnd an.

»Was ist, *mo chroí*? Du siehst verärgert aus.«

»Ja und nein. Sosehr ich dieses ganze Spektakel der Angstmacherei und des Schockeffekts auch ablehne, die Wahrheit ist, dass ich den Grund, warum sie das getan haben, verstehen kann. Die Übernatürlichen verdienen es, frei zu leben und so zu sein, wie sie sind. Wenn übernatürliche Gemeinschaften niemanden verletzen und nur Gleichheit unter ihresgleichen wollen, ist es dann falsch, für Veränderungen zu kämpfen?«

»Ich nehme an, das hängt davon ab, wie sie die Veränderungen umsetzen wollen.«

»Oh, ja. Da bin ich ganz deiner Meinung. Für diesen kindischen Wutanfall habe ich auf keinen Fall Verständnis. Diese Leute kämpfen nicht für Gleichberechtigung. Sie ziehen gegen Garnet und die Gilde und alles, wofür sie steht, ins Feld.«

»Stimmt. Es ist ein komplexes Problem.«

»Ja, aber wir haben jetzt keine Zeit, uns damit zu beschäftigen. Es geht um Leben und Tod am Ende des Tages.«

»Vielleicht ist ihre Geduld langsam zu Ende. Der Korken hält sich nur solange in der Flasche, bis der Druck zu groß wird.«

Ich denke darüber nach und nicke. »Denkst du, die Geheimhaltung der übernatürlichen Gemeinschaft hat ihre Schuldigkeit getan und wir müssen sie neu bewerten?«

Pa zuckt mit den Schultern. »Das übersteigt meine Gehaltsklasse, mein Mädchen. Ich bin im Ruhestand, schon vergessen? Ich habe die letzten dreißig Jahre damit verbracht, die Rolle des Friedenswächters, des Schiedsrichters und des Wachmannes zu spielen. Diesen Mantel habe ich weitergereicht. Jetzt bist du an der Reihe, die Welt zu einem besseren Ort zu machen.«

Ich schaue mich in dem Chaos um und frage mich, wo ich anfangen soll, um es besser zu machen.

»Okay, du bleibst hier, während Emmet und Nikon die Nymphen in die Arrestzelle bringen. Ich gehe nach oben und sehe nach, wie es Dillan und Aiden geht.«

Pa nickt. »Lass uns hier aufräumen.«

Emmet schnaubt. »Meinst du, das ist möglich, Pa? Ich meine, wie viele Leute sind aus dem Ausgang gerannt, während wir erst durch den Eingang gekommen sind? Verdammt, wie viele sind gegangen, bevor wir überhaupt hier angekommen sind?«

Er hat nicht unrecht.

»Vielleicht kann Dan die Sache mit einem flächendeckenden Gedächtniszauber in Ordnung bringen«, hoffe ich.

Pa runzelt die Stirn. »Es fühlt sich immer mehr so an, als würden wir ein undichtes Boot flicken.«

»Du sagst es. Momentan kehren wir unter den Teppich, was wir können. Wir werden uns in ein paar Wochen wieder mit der Geheimhaltung der Übernatürlichen Welt befassen. Gegenwärtig haben wir genug zu tun.«

»Amen.« Emmet zieht eines der Nymphenmännchen auf die Beine. »Ein Tag nach dem anderen, meine Lieben. Ein Tag nach dem anderen.«

Kapitel 5

»Was zum Teufel ist passiert, Fiona?« Garnet zeigt auf die Wand mit den Monitoren, auf denen uns verschiedene Aufnahmen des Aquarium-Chaos unser Versagen entgegenschreien. »Wir haben überall bestätigte Sichtungen.«

Ich überblicke die Bilder und ja, es ist so schlimm, wie ich befürchtet habe. Überall in den sozialen Medien wurden Videos von grünen Mädchen mit Kiemen, einem Wassermann und allerlei übernatürlichem Unfug gepostet.

»Tut mir leid, Boss. Es war ein riesiger Bereich und es gab ein Dutzend Übernatürliche, die magisches Feuerwerk hochgeschickt haben, um Aufmerksamkeit zu erregen. Ich hatte gehofft, dass die Dschinns sich jeden vornehmen könnten, der durch die Maschen geschlüpft ist.«

»Dan hat sein Bestes gegeben, aber mehrere Leute hatten schon Videos gepostet, bevor er oder einer seiner Dschinns vor Ort war.«

»Blöde Handys.«

Er nickt. »Sie sind jetzt ein unausweichlicher Teil unserer Welt. Es spielt keine Rolle, was vor sich geht. Wir müssen immer davon ausgehen, dass jemand in der Nähe ist, es beobachtet und wahrscheinlich auch filmt.«

»Oh, schau mal, ich bin berühmt.« Ich zeige auf das Video, in dem ich die Flutwelle rufe und runzle die Stirn. »Es war niemand in der Nähe, als ich das gemacht habe. Ich habe es zweimal überprüft.«

»Diese nette Ergänzung zum Wahnsinn stammt direkt von den Sicherheitskameras des Aquariums.«

Ich schließe meine Augen und atme tief ein. *Verdammt noch mal.* »Das ist zu einhundert Prozent meine Schuld. Vor lauter Aufregung habe ich die Aufnahmen der Sicherheitskameras nicht bedacht. Es tut mir leid.«

Garnet sieht nicht wütend aus. Er zuckt mit den muskulösen Schultern. »Das kommt vor. Anyx war dort, bevor ihr gegangen seid, aber das Video war schon veröffentlicht. Heutzutage will jeder derjenige sein, der viral geht.«

Ich überfliege die Beweise für Mythos und Magie, live und in Farbe und seufze. »Was machen wir jetzt?«

»Ich werde Emmet und Tad damit beauftragen, so viel wie möglich aus dem Internet zu entfernen und jeden aufzuspüren, der etwas postet. Dann schicke ich Dan und die Dschinns los, um die Erinnerungen zu löschen.«

»Und wenn das alles nichts hilft?«

»Dann berufen wir uns auf Fake News und diskreditieren, was die Leute zu sehen glauben. Die Welt ist unberechenbar. Die Menschen sind unsicher, was sie an einem guten Tag glauben sollen.«

»Heute ist nicht so ein Tag.«

»Nein. Leider nicht.«

Ich sehe mir das Video, in dem ich mitspiele, noch einmal an und grinse. Es ist ein totales Durcheinander, das kann man nicht leugnen, aber ich sehe gut aus, wenn ich in meinen Druidenmodus schlüpfe.

Natürlich sage ich das nicht vor Garnet.

»Wie kann ich helfen?«

Er wackelt mit den Augenbrauen »Du kommst mit Andromeda, Maxwell und mir zu Malachi, um über die Beteiligung der Nymphen zu sprechen.«

Ich stöhne. »Malachi? Er ist meine Strafe dafür, dass ich dich im Stich gelassen habe, nicht wahr?«

Er knurrt, sein Löwe regt sich. »Du hast mich *nicht enttäuscht*, Fiona. Das würde ich nie denken. Du und die deinen habt euer Bestes gegeben, um eine schwierige Situation zu meistern und der Wind hat uns dieses Mal entgegengeblasen. Wir können nicht immer gewinnen.«

»Aaaaaaber?«

»Aber du hast einen wichtigen Aspekt unserer Sicherheitsprotokolle übersehen.«

»Und du bestrafst mich dafür.«

»Nein. Ich verstärke die Bedeutung von Spitzenleistungen, indem ich eine negative Konsequenz einführe.«

Ich kichere. »Du kannst einem Schwein Lippenstift auftragen, Boss, aber es bleibt immer noch ein Schwein.«

Garnets Mund hebt sich an den Seiten. Es ist kein richtiges Lächeln, aber er wirkt auf jeden Fall amüsierter als bei meiner Ankunft hier. »Gut. Malachi ist dein Büßerschwein. Wir werden ihn befragen, du wirst doppelt so diplomatisch sein, wie du glaubst, dass du dazu in der Lage bist und ich entscheide, was ich wegen seiner Beteiligung tun will.«

»Warum ich? Du weißt, dass er mich hasst?«

Er grinst. »Genau richtig, Lady mac Cumhaill. Nymphen sind hinterhältige und unzuverlässige Biester. Sie lügen so gerne, dass selbst Gestaltwandler die Täuschung nicht immer riechen können.«

»Wird meine Anwesenheit ihn dazu bringen, die Wahrheit zu sagen?«

»Nein. Wenn du da bist, wird er sich so aufregen und darauf konzentrieren, dass ich dich dafür bestrafe, dass du wieder einmal auf seinen Leuten herumgehackt hast, dass er vergisst, seine Täuschungen zu verbergen.«

»*Ach was!* Meine bloße Anwesenheit macht mich also zum bösen Bullen in diesem Verhör und er wird aus der Reserve gelockt.«

Garnet gluckst. »Jetzt verstehst du es. Trotzdem musst du versuchen, den Eindruck zu erwecken, dass wir diplomatisch sind. Er ist nicht das hellste Licht auf der Torte, aber er ist ein wichtiges.«

Ich schnaube. »Ja, klar.«

»Nein. Ich meine es ernst.«

Ich beobachte seinen Gesichtsausdruck und ja, er meint es ernst. »Inwiefern ist Malachi wichtig? Sind die Wassernymphen mächtiger, als mir bewusst ist? Malachi sitzt bei den monatlichen Treffen ganz am Ende des Tisches.«

»Das stimmt, aber weißt du, mit wem Malachi liiert ist und mit wem er seit fast drei Jahren schläft?«

Ich stelle mir den Mann in einem romantischen Licht vor und verziehe bei seinem Anblick das Gesicht. »Igitt … zum Glück nicht.«

»Bist du neugierig? »

Ich zucke mit den Schultern. »Nun, jetzt schon. Okay, schieß los. Wer ist Malachis besonderer Schwarm?«

»Janeera Hanlon.«

Ich starre ihn an. »Nun, das ist enttäuschend. Ich dachte, es wäre jemand, den ich kenne. Sollte ich wissen, wer das ist?«

Garnet starrt mich geduldig an und lässt ein leises Knurren hören. »Sie ist die Hohepriesterin der Hexen.«

Ich kichere. »Ach, du meinst Hohepriesterin Schmelzbacke? Entschuldige. Ich kenne sie wirklich.«

Bei der Erwähnung meines unschönen Spitznamens knurrt mich Garnet erneut an, bevor er tief einatmet und resigniert erwidert: »Ja, das tust du. Kannst du dich daran erinnern, wo sie bei den monatlichen Treffen am Tisch sitzt?«

»Direkt neben Nikon und mir.«

»Genau. Nikons Kräfte sind rein und stark, geschenkt von der Feenquelle selbst. Deine Kräfte sind aktiv und wachsen, sie wurden dir von Fionn geschenkt. Ihre Kräfte wurden von den Hexen in ihrem Hexenzirkel gelehrt und gestärkt. Es ist nicht dieselbe Art von Macht, aber es ist trotzdem eine Macht.«

»Warum schläft sie dann mit Malachi? Das ergibt für mich keinen Sinn.«

Er zuckt mit den Schultern. »Vielleicht ist er ein Dynamo unter der Bettdecke. Ich kann es dir nicht sagen. Wichtig ist nur, dass die beiden seit Jahren ein Paar sind. Wenn wir ihn und die Nymphen beschuldigen, sollten wir uns dessen sehr sicher sein, denn wenn wir ihn verärgern, verärgern wir auch den Hexenzirkel von Toronto.«

»Igitt, warum muss alles so politisch sein?«

»Weil wir über Politik reden.«

»Ach ja. Da war was.«

Andromeda und Maxwell kommen aus ihren Büros. Maxwell zuckt mit den Schultern und zieht sein Jackett an. Andy hat sich bereits herausgeputzt und sieht mit ihrem langen Kaschmirmantel und der Aktentasche in der Hand wie eine echte Powerfrau aus. »Fertig.« Sie schreitet zu uns herüber. »Sind wir bereit dafür?«

Maxwell nickt. »Kann es kaum erwarten. Ich freue mich darauf. Ich weiß aber immer noch nicht, warum ich mitkommen muss.«

Ich lache über seinen Mangel an Enthusiasmus und fühle mit dem Kerl. Seine letzte Auseinandersetzung mit der Nymphengemeinschaft war eine große Blamage für ihn und indirekt auch meine Schuld.

Ups. Ich habe nicht damit gerechnet, wie lang die Lernkurve von Dionysos wäre, wenn er in die moderne Gesellschaft integriert wird.

Garnet streckt seine Hände aus, um meine und Andromedas Schulter zu berühren. Sie ergreift Maxwells Hand und eine Welle von Garnets magischer Signatur baut sich auf. »Auf einen erfolgreichen und ereignislosen Nachmittag.«

Ich lache. »Ich bin sicher, darauf können wir uns freuen. Schließlich läuft in meinem Leben immer alles nach den Hoyle'schen Theorien.«

* * *

Garnet bringt uns zu Stephenson's Swamp, dem Feuchtgebiet an der Mündung des Highland Creek Watershed. Es liegt nur etwa zwanzig Minuten von meinem Haus entfernt, aber ich war noch nie dort, bevor er mich hierher gebracht hat, um mich in aller Form dafür zu entschuldigen, dass ich ein Paar anspruchsvoller Nymphenzwillinge verärgert habe.

»Was glaubst du, wo sie sich in der Horizontale vergnügen?«, frage ich, neugierig geworden. »Schläft die Hohepriesterin in den Sümpfen oder kommt ihr Froschprinz zu ihr?«

Das leise Brummen von Garnets Löwen vibriert in meiner Brust. »Nicht der richtige Zeitpunkt und nicht der richtige Ort, Lady mac Cumhaill.«

Ich höre, was er sagt, aber ehrlich gesagt, haben wir uns Malachis Versammlungsgebäude noch nicht einmal genähert. »Ja, Boss. Ich zeige mich von meiner besten Seite.«

»Das kann ich nur hoffen.«

»Wissen sie, dass wir kommen?«

»Sie wissen, dass *ich* komme und den Rat der Gilde mitbringe. Ich habe das Recht, jeden mitzubringen, der mich begleiten soll, aber ich wollte ihn überraschen.«

Ich kichere. »Die unliebsame Überraschung soll ihn wohl aus dem Gleichgewicht werfen.«

»So ähnlich.«

Wir vier laufen vom Ufer des Ontariosees den gewundenen Pfad hinauf. Während wir uns landeinwärts in Richtung des Naturschutzgebietes vorarbeiten, in dem die Wassernymphen leben, hält die immergrüne Vegetation den Wind ab. Ein ansehnlicher Baumbestand bildet einen grünen Gürtel zwischen dem Feuchtgebiet und der städtischen Landschaft auf der anderen Seite.

»Was ist mit den Nymphen, die wir verhaftet haben? Wirst du sie an Malachi übergeben?«

»Das hängt davon ab, wie dieses Treffen verläuft. Wir müssen herausfinden, wie viel Malachi von dem Plan im Aquarium wusste. Waren es seine Untergebenen, die aus der Reihe getanzt sind oder steckt er dahinter und spielt Spielchen?«

Ich denke darüber nach. »Das ist es, was für mich auch noch nicht zusammenpasst. Wenn es bei all dem darum ging, für das Recht zu kämpfen, sein Leben in der Öffentlichkeit zu leben …«

Ich verschlucke meine Worte, als mein Schild heiß aufflackert.

Ich rufe meine Rüstung und rücke näher an Andromeda heran. »Seid auf der Hut, Leute. Wir bekommen Ärger.«

Maxwell erstarrt und Garnet flucht.

Auf der Suche nach dem, was die Warnung ausgelöst hat, zeige ich nach oben. »Im Anflug.«

Blasrohrpfeile sausen plötzlich durch die Luft und kommen schnell auf uns zu.

Ich streiche mit meinen Händen durch die Luft und lenke den Windstoß mit *Stürmischer Bö* zur Seite weg von uns. »Nach der feurigen Intensität meines Schildes zu urteilen, haben sie die Pfeile mit etwas Fiesem ausgestattet.«

Garnet zieht seine beiden Sig Sauer aus den Schulterhalftern und wir schließen unsere Reihe enger. »Maxwell, du nimmst Andromeda. Fiona, du kommst mit mir. Wenn Bruin hier ist, kann er mitmischen, Fiona. Aber ich will, dass er verstümmelt, nicht tötet.«

»Ja, gib mir für zwei Sekunden Deckung.«

»Mach dein Ding.«

*Bruin, hast du das geh*ört, Kumpel? Wir haben Ärger.

Verstümmeln? Das macht keinen Spaß.

Sorry. Nicht meine Entscheidung.

Das Gefühl, wenn mein Bär in meiner Brust herumflattert, ist immer ein Trost für mich. Ich lasse ihn frei und lächle, als er einmal um mich herumwirbelt, bevor er in die Ferne schießt, um den Müll rauszubringen.

Während er im Einsatz ist, trete ich von Maxwell und Andy zurück, halte meine freien Hände hoch und konzentriere mich darauf, sie in eine Schutzblase einzuhüllen. »*Undurchdringliche Sphäre.*«

Als die schillernde Blase meines Schutzschildes sie umgibt, stelle ich mich hinter Garnet, rufe Birga in meine Handfläche und nicke. »Alles klar. Auf deinen Befehl.«

Garnet betrachtet die Barriere und grinst. »Die ist neu.«

»Seit ein oder zwei Monaten. Wir haben uns den Arsch aufgerissen. Ich habe viele neue kleine Tricks auf Lager.«

Eine weitere Runde von Geschossen fliegt durch die winterliche Landschaft. Ich lenke sie in die Bäume ab und mache sie so unbrauchbar wie die Ersten. Ich scanne die immergrüne Wand vor uns und suche nach demjenigen, der dahintersteckt.

»Auf, auf zum fröhlichen Jagen, auf in die grüne Heid!« Ich halte inne und schaue mir die Umgebung an. »Wen jagen wir eigentlich?«

Garnet zeigt mir seine Zähne und neigt seinen Kopf zu den Bäumen. »Lass es uns herausfinden.«

* * *

In den achtzehn Monaten, seit Fionn meine Druidenkräfte geweckt und mich zu seiner Nachfolgerin ernannt hat, habe ich ein paar Mal mit Garnet Grant gekämpft. In dieser Zeit habe ich *mit* ihm gekämpft und gelegentlich auch *gegen* ihn.

Ich bevorzuge die erste Variante.

Garnet wirkt wie ein brutaler, gefährlicher Mann, der seinem Gegner das Genick brechen kann und veranstaltet im nächsten Moment ohne zu zögern mit seinem kleinen Mädchen eine Einhorn-Tanzparty.

Das liegt daran, dass er dieser Mann *ist*.

Ich habe es selbst erlebt.

Neben den tödlichen Neigungen des Mannes gibt es die wilden Instinkte des Alpha-Löwen in ihm. Ich bin seiner tierischen Seite begegnet, als Eros Liebeszauber von ihm Besitz ergriffen hat. Die Bestie ist ein Feind, den man respektieren und meiden sollte.

Warum also den Löwen angreifen, der deine Welt regiert?

Die einzige Antwort, die mir einfällt, ist, dass derjenige, der uns angreift, nicht mehr lange in dieser Welt leben will – so oder so.

Entweder haben sie vor, bei dem Versuch zu sterben, das Raubtier zu töten, das die ermächtigte Gemeinschaft anführt, oder sie denken, dass die übernatürliche Gemeinschaft eine neue Führung braucht, die sie in eine andere Richtung führt.

»Ist das ein *Staatsstreich* von Team *Dark*?« Ich überprüfe die schneebedeckte Landschaft zwischen den Tannen und Fichten.

»Vielleicht.« Garnets Stimme ist ein Knurren und seine Augen haben nicht mehr das normale Amethyst-Lila, das ich gewohnt bin, sondern das kühle Bernstein seines aufsteigenden Löwen. »Und ich dachte, heute wäre ein ganz normaler Tag.«

»Die besten Pläne, mein Freund. Wie heißt es so schön … Trage immer deine gute Unterwäsche, wenn du ausgehst. Du weißt nie, was die Nacht bringen wird.«

Garnet gluckst. »Das werde ich mir merken.«

Wir pirschen vorwärts und sind kaum hundert Meter tiefer in den Wald eingedrungen, als die nächste Angriffssalve auf uns niederprasselt. Diese Runde wird magisch unterstützt. Grüne Kugeln und lila Blitze aus knisternder Energie schießen hinter den Bäumen hervor und zeigen uns endlich ein Ziel, auf das wir uns konzentrieren können.

Ich muss nicht bei Garnet nachfragen, ob er die Flugbahn zur Quelle zurückverfolgt hat. Er weiß genauso schnell wie ich, wo unser Feind auf der Lauer liegt.

Wir beide brechen links und rechts aus und rasen durch die Bäume auf denjenigen zu, der glaubt, uns ausschalten zu können. In einem Moment, in dem ich durch eine dichte Gruppe von immergrünen Bäumen manövriere, verliere ich Garnet aus den Augen.

Der scharfe Knall seiner Waffe lässt mich meine Muskeln fester anspannen und meinen Lauf beschleunigen. Dann höre ich Bruin in der gleichen Gegend brüllen und mein Herzschlag beruhigt sich ein wenig. Wenn Bruin vor Ort ist, braucht Garnet mich nicht zur Unterstützung.

Ich haste allein weiter, bis grüne Kugeln durch die Bäume schießen. Hohepriesterin Schmelzbacke hat mich noch nie interessiert, aber wenn sie in diesen Schlamassel verwickelt ist und ihre Hexen hinter uns her sind, bin ich neugierig.

Mein Atem entweicht in Wolken aus weißem Kondenswasser bei jedem schnellen Schritt vorwärts. Das Feuchtgebiet ist still geworden, der Gesang der Nachtschwalben in der Unruhe des Kampfes verstummt. Das einzige Geräusch, das ich höre, sind meine dumpfen Schritte, während ich den Abstand verringere.

Ein Energieblitz trifft mich in die Seite, aber da ich geschützt bin, bewirkt er nichts weiter. Es ändert sich lediglich mein Fokus, weil der Treffer aus einer ganz anderen Richtung kam.

Die Hexenschlampe ist auf dem Vormarsch.

Ich ändere meinen Kurs und renne um eine Blaufichte herum. Vier Angreifer lassen sich von den Ästen fallen und umzingeln mich.

Gut. Ich bin es leid, diese Arschlöcher zu jagen. Lasst das Handgemenge beginnen. »Herumzulaufen, um einen Feind zu finden, ist anstrengend. Danke, dass ihr vorbeigekommen seid, damit wir endlich loslegen können.«

Ihrer jeweils gerunzelten Stirn entnehme ich, dass das nicht die Reaktion ist, die sie erwartet haben.

Was? Hätte ich mich ducken sollen? Wohl eher nicht.

Eine schnelle Einschätzung meiner Angreifer offenbart mir zwei männliche Nymphen und zwei Hexen. Ihrer Haltung nach zu urteilen, waren die Hexen scheinbar für meinen Hinterhalt verantwortlich.

Vielleicht hat die Hohepriesterin mehr mit diesem Aufstand zu tun, als Garnet vermutet hat.

Ich drehe Birga in meinen Händen und mich langsam im Kreis, während ich meine Konkurrenten beobachte. »Ich weiß nicht, wer euch heute Morgen in die Cornflakes gepinkelt hat, Jungs und Mädels, aber ihr habt euch die falschen Leute ausgesucht, um es an ihnen auszulassen. Ich schlage vor, ihr verschwindet, solange ihr noch laufen könnt.«

Die Hexen sind viel selbstbewusster als die Nymphen – arrogant wäre die richtige Bezeichnung, nehme ich an. Ich drehe mich, um alle im Blick zu behalten, schätze die beiden Frauen aber als die größere Bedrohung ein.

»Seid ihr sicher, dass ihr das tun wollt, meine Damen? Ich sage euch gleich, dass das nicht gut für euch ausgehen wird. Wie wäre es, wenn ihr euch zurückhaltet und ich Garnet berichte, dass ihr Vernunft habt walten lassen und er deshalb Nachsicht mit euch haben sollte? So gehorcht ihr blindlings eurer Führung, nicht wahr?«

Meinem Begrüßungskomitee ist im Moment nicht nach Reden zumute. Sie scheinen auch keine Lust zu haben, sich zurückzuziehen. Ich spüre, wie sich ihr nächster Angriff anbahnt, bevor die Funken der Macht in ihren Handflächen zu sprühen beginnen.

Wie auch immer. Wir können das auch auf die harte Tour hinter uns bringen.

Ich beobachte die Blicke, die die vier austauschen und verstehe ihre unausgesprochenen Worte sehr schnell. Die verantwortliche Hexe will, dass mich der Nymphenmann mit den Seegrashaaren angreift, aber er will, dass sie zuerst ihren magischen Angriff startet, damit er eine bessere Chance hat, mich zu Fall zu bringen.

»Hast du Angst, gegen mich zu kämpfen, Großer?« Ich halte einen Finger hoch, um meine Frage zu relativieren. »Tut mir leid, war das zu abwertend? Das wollte ich nicht. Was ich meinte, war: Warnen dich deine Instinkte vor einem Kampf?«

»Hör nicht auf sie«, zischt die Hexe. »Sie versucht, in deinen Kopf einzudringen.«

Ich winke ab. »Nein, im Ernst. Ich wollte nicht sticheln. Es ist schlau von dir, mich als Gegner einzuschätzen und wenn du dich damit auskennst, weißt du schon, dass ich dir in den Arsch treten werde.«

Das ist eine Ohrfeige für sein Ego. »Vielleicht überschätzt du dich, Druidin. Oder vielleicht bist du diejenige, die ihren Gegner nicht gut einschätzen kann.«

Ich schüttle den Kopf und bewege mich weiter, um alle im Blick zu behalten. »Nein. Lass es uns für die Zuschauer zu Hause noch einmal durchgehen, damit wir alle denselben Stand haben. Du hast zwei Möglichkeiten beim Angriff. Als Wassernymphe bist du mit dem Wasser verbunden und könntest mich mit Schnee oder Eis angreifen, denn das haben wir ja um uns herum. Deine andere Möglichkeit ist, körperliche Gewalt anzuwenden.«

Sein Blick verengt sich und ich kämpfe dagegen an, zu kichern. Glaubt er wirklich, dass ich nicht dahinterkomme?

»Wenn du mit Schnee oder Eis angreifst, kontere ich und mache deinen Angriff mit Leichtigkeit zunichte. Das kann ich, weil ich Druidin bin und die *ganze* Natur mein Herrschaftsgebiet ist. Ich werde deinen Angriff abwehren und dann den Boden, die Bäume, den Wind und alles um mich herum nutzen, um dich zu besiegen.«

Sein Gesichtsausdruck verrät mir, dass er daran nicht gedacht hat.

»Dann bleibt nur noch körperliche Gewalt. Ich bin nicht zimperlich, wenn ich das sagen darf.«

Ich hebe einen Finger, als sie skeptisch schauen. »Ich weiß, ihr denkt, ihr seid größer und stärker und ich nur ein kleines Mädchen. Das stimmt bis zu einem gewissen Grad, aber ich kann *Bestialische Stärke* rufen und mit euch machen, was ich will. Wenn meine Rüstung aktiviert ist, könnt ihr nichts tun, um mich zu verletzen oder zu Fall zu bringen. Sorry, Leute, ihr seid unterlegen.«

»Du redest zu viel, Frau.«

»Du bist nicht die erste Person, die mir das sagt. Der Punkt ist jedoch, dass ich nicht falsch liege.«

Seine Miene verfinstert sich. »Sag, was immer du willst, Schlampe. Du wirst es nicht aus diesem Wald herausschaffen.« Er hebt sein Kinn und streicht sich die Algenhaare zurück.

Dann geht er in die Knie und fängt an.

*Bestialische St*ärke. Die Kraft meines Zaubers füllt meine Zellen und ich stürze mich in seinen Angriff. Als wir aufeinandertreffen, hole ich nach hinten aus und verpasse ihm einen schwungvollen Schlag in den weichen Bauch. Ein kurzer Atemzug und ein Stöhnen entweichen ihm, während er umkippt wie ein Baum.

Die Hexe zu meiner Rechten lässt ihren Energieball los. Ich drehe mich zu ihr um, nehme Birga in die Hand und lenke ihn gegen das zweite Nymphenmännchen.

Als er schreit und sich auf die Schneedecke wirft, greife ich Birga mit beiden Händen und mache mich bereit für das erste Nymphenmännchen, das jetzt nach mir greift.

Er hat sich davon erholt, dass er durch einen einzigen Schlag k.o. gegangen ist, und ist wütend.

Als er Birgas Stab packt, nutze ich seinen Vorwärtsschwung zu meinem Vorteil. Ich rolle rückwärts, stütze mich mit meinen Stiefeln an seinen Hüften ab und schenke ihm einen druidischen Super-Duper-Flug erster Klasse.

Als er über mir aufsteigt, balanciere ich ihn nicht mit meinen Füßen in der Luft, sondern verpasse ihm mit meinen

Beinen einen ordentlichen Schwung. Er segelt einige Meter hinter mich und knallt gegen den breiten Stamm einer Ulme.

Das dumpfe Geräusch des Aufpralls ist befriedigend und ich komme zurück auf die Füße. Ich habe keine Zeit, das zu genießen, denn eine der grünen Energiebomben der Hexen trifft meine Schulter und explodiert an meinem Gesicht.

So geht das nicht!

Ich drehe mich um und verjage den verbrauchten Zauber. Der beißende Geruch von brennendem Nylon brennt in meiner Nase. »Verdammt. Ich mochte diesen Mantel.«

Als ich aus der Schusslinie des nächsten Angriffs tauche, schnappe ich mir eine Handvoll Schnee und reibe ihn über den verschmorten Stoff. Ich weiß, dass ich besser kämpfe, wenn ich nicht in Flammen stehe.

Sobald ich den Schwelbrand gelöscht habe, greife ich Birga und gehe – da die Nymphenmännchen außer Gefecht sind – die Hexen jagen.

Die beiden sind selbstbewusst, aber das ist in Ordnung. Sobald ich eine von ihnen ausschalte, wird die andere die Nerven verlieren. Ich nehme diejenige ins Visier, die sich als Anführerin aufspielt und schlage schnell zu.

Ich laufe vorwärts, lasse mich fallen und rutsche auf meiner Hüfte. Mit meiner Hand fahre ich über den Boden und rufe meine Verbindung zur Erde. Schnell wirke ich drei Zauber hintereinander, sodass sich der Schnee um uns herum in einem Wirbelsturm aus Eiskugeln hebt, sich die Erde bewegt und die Zweige und Reben auf dem Boden meinem Ruf folgen.

Die Hexe hätte vielleicht einen oder zwei meiner Zauber abwehren können, aber drei lenken ihre Aufmerksamkeit so sehr ab, dass ich mit meiner *Bestialischen Stärke* auf die Beine komme und Birga in ihren Oberschenkel ramme.

Das Geräusch von knackenden Knochen hallt laut genug, um es über die Wucht meines Wintersturms zu hören, und ich grinse.

Ich ziehe meinen Speer aus dem Oberschenkel, packe die Hände der niedergeschlagenen Hexe und werfe ihrer Freundin einen finsteren Blick zu. »Hexen brauchen keine Hände, um zu zaubern, oder doch? Lass es sein oder deine Freundin hat in Zukunft Schwierigkeiten damit.«

Die Angst in ihren Augen ist echt.

Die zweite Hexe lässt ihre Hände sinken und ihre Energiekugeln lösen sich auf.

»Was meint ihr, meine Damen? Seid ihr bereit, mir zu sagen, was zum Teufel hier los ist? Wer hat euch dazu angestiftet?«

Sie sehen mich an und schweigen.

»Okay, blinzelt einfach, wenn ich es errate. Eure Hohepriesterin hat euch hierher geschickt, um die Nymphen zu verteidigen.«

Immer noch nichts.

Ich reiße die Hände der Hexe vor ihren Körper und richte meine Schneide auf ihre Handgelenke. »Ich habe euch eine Chance gegeben. Behauptet nicht, ich hätte euch nicht gewarnt.«

Blinzel … blinzel … viel blinzeln.

»Okay, gut. Ich bin froh, dass ihr euch entschieden habt, euch auf mein Spiel einzulassen. Also ... Hohepriesterin Schmelzbacke hat euch befohlen, den Nymphen zu helfen. Wenn Garnet ausgeschaltet ist, müsst ihr nicht länger im Schatten leben. Bin ich nah dran?«

Kein Blinzeln.

»Ihr habt versucht, Garnet auszuschalten, richtig?«

Kein Blinzeln.

»Seid ihr hinter mir her?«

Kein Blinzeln.

Ich runzle die Stirn. »Hat man euch die Zunge herausgerissen? Denn wenn ihr denkt, dass ich wegen deiner Hände bluffe …«

»Es geht nicht um euch beide«, platzt die Hexe heraus.

»Nicht um uns? Aber die einzigen anderen Leute hier waren …« Meine Gedanken drehen sich im Kreis und mein Herz rast. »Scheiße. Hinter wem seid ihr her, Andromeda oder Maxwell?«

»Der griechischen Anwältin.«

Andromeda. »Warum? Was wollt ihr von ihr?«

Die Hexe keucht und ich kann sehen, dass sie darum kämpft, nicht das Bewusstsein zu verlieren. »Ich kenne die Details nicht. Es hat etwas mit der Magie der Quelle zu tun.«

Verdammter Mist. Ich lasse sie auf den gefrorenen Boden fallen, drehe mich um und renne wie der Wind. Ich greife in meine Jacke und drücke meinen Team-Trouble-Anhänger, während meine Füße über die gefrorene Oberfläche des Waldes knirschen.

»Bruin! Beschütze Andromeda!« Ich bin mir nicht sicher, ob er mich hören kann oder wo zum Teufel er ist. Ich halte nicht an, um es herauszufinden.

Ich rudere mit den Armen, um dorthin zurückzukommen, wo alles angefangen hat. »Es geht ihr gut«, ich versuche, mich zu beruhigen. »Ich habe sie in eine Blase gesteckt …«

Ich umrunde den letzten der immergrünen Bäume und stolpere. Ich lasse mich auf die Knie fallen, schnappe nach Luft und starre auf den menschenleeren Weg.

Nikon erscheint dreißig Meter näher am See mit Calum, Sloan, Dionysos, Tad und Emmet. »Rotschopf, was ist los?«

»Sie haben sie mitgenommen, Nikon. Es tut mir so leid.«
»Wie bitte? Wen, Fiona? Wovon sprichst du?«
»Andromeda … sie haben deine Schwester entführt.«

Kapitel 6

Nikon wird unheimlich ruhig, als ihm das bewusst wird, dann sucht er den Weg ab. »Sag mir, was passiert ist. Wer hat sie entführt?«

Mein geistiger Hamster fängt an, die Dinge zu ordnen. »Ich glaube, die Aktion im Aquarium war nur ein Köder. Jemand wollte vermutlich nur etwas Großes verursachen, das gegen die Regeln verstößt, damit Garnet Andromeda mitbringt, um die nächsten Schritte zu planen und Maßnahmen zur Wiedergutmachung zu besprechen.«

»Warum sollten sie Andy wollen?«, erkundigt sich Calum. »Versuchen sie, Garnet zu erpressen?«

»Das glaube ich nicht. Die Hexenschlampe, die ich befragt habe, sagte, dass sie sie wegen der Macht der Quelle brauchen.«

Nikon flucht. »Wie zum Teufel haben sie das herausgefunden?«

Es gibt eine sehr kleine Gruppe von Menschen, die weiß, wie die Familie Tsambikos unsterblich wurde und die meisten sind hier unter uns. »Nun, *ich* habe es ihnen sicher nicht erzählt und auch niemand aus meiner Familie würde es tun.«

Nikon zügelt sein Temperament und fährt sich mit den Fingern über den Nacken. »Nein. Natürlich würdet ihr das nicht tun. Verzeiht mir.«

Ich löse meine Anspannung und schüttle sie ab. »Keine Sorge, Nikon. Über überfürsorgliche Krebse weiß ich Bescheid, speziell, wenn es um Geschwister geht.«

Calum und Emmet nicken beide. »Da ist was dran.«

»Wer hat dir von Andromeda erzählt, *a ghrá*?«, fragt Sloan. »Fang ganz von vorn an.«

Ich drehe mich um und zeige auf die Bäume. »Lasst uns das beim Gehen besprechen.«

Während wir sieben durch die Bäume des Feuchtgebiets eilen, lasse ich die letzte halbe Stunde Revue passieren, um alle zu informieren. Wie Garnet mich gebeten hat, den bösen Bullen zu spielen und herauszufinden, was es mit dem Aquarium auf sich hat; dass Andromeda und Maxwell hier waren, um die juristische Seite der Dinge zu vertreten, und wie wir dachten, dass der Angriff auf Garnet ausgerichtet wäre.

»Wo *ist* Garnet?«, will Calum wissen.

»Er ist in die Richtung gelaufen und hat auf Leute geschossen. Bruin war irgendwann bei ihm, aber ich habe sie schon länger nicht mehr gesehen.«

Sloan nickt. »Wir sollten uns aufteilen und nach den beiden sehen.«

Dionysos, Calum und Emmet bilden den Unterstützungstrupp für Garnet, während Sloan, Nikon und ich weiter zu der Stelle gehen, an der ich gegen meine Vier gekämpft habe.

»Ich habe Andy und Maxwell in eine undurchdringliche Sphäre eingeschlossen, bevor ich sie verlassen habe. Ich dachte, sie wären dort sicher. Nikon, ich schwöre, wenn ich auch nur den Hauch einer Ahnung gehabt hätte, dass eine Gefahr für sie besteht, hätte ich sie nie verlassen.«

»Das weiß ich, Fiona. Ich weiß es.«

Ich blinzle gegen die Tränen an, die mir in die Augen steigen. »Ich dachte, die Nymphen und Hexen hätten es auf Garnet und die Gildenleitung abgesehen. Diese Woche ist wie verhext. Verdammt noch mal.«

»Das ist es.«

»Die gute Nachricht ist, dass sie nicht allein ist«, gibt Sloan zu bedenken. »Wenn sowohl Andromeda als auch Maxwell in Fionas Sphäre waren, dann hat derjenige, der sie entführt hat, beide mitgenommen.«

Ich nicke. »Er mag zwar wie ein nüchterner Anderson Cooper wirken, aber Maxwell hat sich bis zum Mountie bei der Polizei hochgearbeitet. Er hat Talente.«

Sloan greift den Zipfel seines Schals und wischt mir über die Wangen, um die wenigen Tränen aufzufangen, die herausgekullert sind. »Maxwell ist ein kluger Mann und sehr fähig. Konzentrieren wir uns darauf, herauszufinden, wer sie entführt hat, wo sie jetzt sind und wie wir sie zurückholen können.«

Nikon ist immer noch wütend, aber er schenkt mir ein Lächeln. »Ja, lasst uns gehen.«

* * *

Wir drei machen uns auf den Weg zurück zu der Stelle, an der ich meine Gegner zurückgelassen habe, aber sie sind weg. Wir korrigieren den Kurs, um Garnet und die anderen zu finden und mein geliebter Bär schließt sich uns an, um uns den Weg zu zeigen.

»Geht es dir gut, Rotschopf?« Er materialisiert sich neben mir.

»Ja. Haben dir die Jungs von Andromeda erzählt?«

»Das haben sie.«

Während wir durch die windgepeitschte Landschaft gehen, schenke ich Nikon ein beruhigendes Lächeln. »Wir sammeln Garnet ein, gehen zurück zur Batcave, spüren Maxwells und Andromedas Anhänger auf, und treten denjenigen, die es gewagt haben, einen von uns zu entführen, gründlich in den Hintern.«

»Hier entlang, Rotschopf.« Bruin trabt nach links davon.

Ich lasse Birga an ihrem Platz ruhen und stecke meinen Anhänger unter meinen Pullover. Eines der klügsten Dinge, die Garnet etabliert hat, war die Entwicklung dieser Sicherheitsanhänger. Sie schließen nicht nur die Haustür zur Batcave auf und rufen Hilfe, sondern haben auch einen GPS-Tracker, der fast punktgenau funktioniert.

»Da.« Ich zeige auf einen blauen Fleck zwischen den Bäumen. »Emmets Mantel kann man zum Glück schon aus hundert Metern Entfernung sehen.«

Sloan gluckst. »Zumindest ist er auch warm. Er erfüllt ja auch einen Zweck.«

»Das will ich hoffen. Wenn er uns schon den Anblick dieser Stay Puft Monstrosität zumutet, sollte er es wenigstens warm haben.«

Emmet richtet sich auf, während er an einem Baum lehnt und schaut uns finster an. »Wollt ihr Idioten schon wieder meinen Mantel schlechtmachen?«

»Wer, wir?« Ich presse meine Hand gegen meine Brust und schaue unschuldig. »Nein, warum? Was ist denn mit deinem Mantel? Er ist so schön bauschig und blau.«

Emmet zeigt mir den Mittelfinger und neigt seinen Kopf zu Garnet und Calum, die gerade eines der Nymphenmännchen befragen. Nikon eilt herbei, um sich dem Verhör anzuschließen und verpasst dem Kerl einen Faustschlag in den Bauch.

Als der Nymphenmann keuchend umkippt, erkenne ich ihn als einen der Typen, die ich vorhin erledigt habe. »Hey, Kumpel. Wie läuft's denn so? Ist dein Tag besser geworden?«

Er starrt mich an.

»Weißt du noch, was ich über die Einschätzung deines Gegners gesagt habe, um festzustellen, ob du Manns genug bist, zu gewinnen? Ich gebe dir einen Tipp. Hier gibt es niemanden, gegen den du antreten willst. Wenn man bedenkt, dass du acht zu eins in der Unterzahl bist, ganz zu schweigen von meinem widerspenstigen Kampfbären, solltest du jetzt aufgeben und unsere Fragen beantworten.«

Der Typ grinst mich an. »Das nervige Mädchen.«

Ich kichere. »Ja, ich wachse den Leuten stets ans Herz.«

Emmet schnaubt. »Wie Pilze.«

»Oder Schimmel«, fügt Calum hinzu.

Ich schnippe mit der Hand und der Baum über ihnen schüttelt seine Äste und wirft ihnen Schnee in den Nacken. »Wie wäre es mit: Ein außergewöhnlicher Geschmack? Wie ein seltener Jahrgang eines guten Weins.«

»Wie wär's, wenn wir herausfinden, wer mich fertig machen will?«,knurrt Garnet.

»Du warst nicht das Ziel, Boss. Sie haben uns weggelockt, während sie Andromeda entführt haben. Ich bin zurückgekommen, als ich es herausgefunden habe, aber sie hatten sie und Maxwell schon mitgenommen.«

Garnets Ebenholzbrauen heben sich. »Alle zurück ins Büro. Ich werde mich später um Malachi und Janeera kümmern.«

Meine Brüder schauen verwirrt.

»Wer ist Janeera?«, fragt Calum. »Haben wir eine neue Spielerin auf dem Spielfeld?«

Ich schüttle den Kopf. »Das ist die Hohepriesterin der Hexen, ihr wisst schon, … Schmelzbacke.«

Alle nicken, Garnet knurrt mich an und wir schließen uns zusammen. Im nächsten Moment tauchen wir vor der Batcave auf und Dionysos öffnet die Tür.

Eigentlich ist er der Einzige von uns, der in der Lage ist, direkt in unseren Unterschlupf zu gelangen, aber er liebt es, seinen Anhänger zu benutzen, um uns einzulassen.

Für ihn ist es ein Symbol der Zugehörigkeit. Er denkt, er hat Glück, dass er uns hat.

Nö. Im Ernst, es ist genau andersherum.

Als wir drinnen sind, übergibt Garnet den Nymphenmann an Dionysos. »Bring ihn in die Arrestzelle zu seinen Freunden aus dem Aquarium. Jungs, setzt euch an eure Computer und gebt uns einen Standort.«

Während Dionysos die Wassernymphe nach hinten verfrachtet, eilen Emmet und Tad zum Computerterminal und rufen die Ortungsgeräte in Andromedas und Maxwells Anhängern auf.

»Sie sind zusammen«, Emmets Finger gleiten über die elektronische Tastatur auf der Tischoberfläche. »Und immer noch in Toronto.«

»Gut.« Garnet dreht sich mit seinem Handy in der Hand um und zeigt seine Zähne. »Das bedeutet, dass ich zuständig bin und die Sache auf meine Art regeln kann.«

Während das Knurren dieser Aussage noch in der Luft liegt, drückt er auf ›Wählen‹ und presst sein Handy an sein Ohr. »Ich bin's. Trommelt das Rudel zusammen und macht euch bereit für den Kampf. Ich schicke euch gleich eine Adresse.«

Er legt auf und begegnet meinem neugierigen Blick. »Andromeda mag Nikons Schwester und deine Freundin sein, aber sie ist eine Schlüsselfigur in der Struktur meiner Welt, die ich beschützen muss. Wir werden das als einen Angriff auf meine Familie behandeln.«

Oh, das wird blutig.

»Heißt das, wir sind auch Teil des Löwenrudels?« Dionysos materialisiert sich neben mir und flüstert mir die Frage ins Ohr, während Garnet zu seinem Büro eilt.

»Ich denke schon. Wir sind Teil seines Teams und wichtige Akteure in der Welt der übernatürlichen Polizei.«

Dionysos grinst und seine Kleidung wechselt von Jeans und einem cremefarbenen Zopfstrickpullover zu schwarzen Khakis und einer Militärweste, wie sie auch Garnets Team trägt. »Ich kann mich nur wiederholen, Jane. Mein Leben ist viel interessanter geworden, seit du dazugehörst.«

»Das kommt davon, weil du länger als zehn Minuten am Stück nüchtern bist.«

»Was bringt es, nüchtern zu sein, wenn das Leben langweilig ist? Ist doch immer dasselbe.«

Ich kichere.

»Fiona? Was ist passiert?« Aiden stürmt durch den Eingang und Dillan ist ihm dicht auf den Fersen.

Sie sind beide in Uniform und mussten während ihres Dienstes hierherfahren. Zum Glück können sie dank Maxwells SITFO-Taskforce jederzeit aus dem Streifendienst aussteigen, wenn wir sie brauchen.

Dillan sieht sich im Raum um und ich weiß, dass er eine Bestandsaufnahme unserer Freunde und Familie macht. Das machen wir alle so, wenn es Ärger gibt. »Wir haben den Notruf bekommen, aber niemand hat uns abgeholt, also sind wir hierhergekommen.«

»Tut mir leid, aber gute Entscheidung. Wir überlegen, wo wir hinmüssen. Die Hexen haben Andromeda und Maxwell entführt.«

Die beiden reagieren darauf genauso wie wir.

»Warum sie?«, will Dillan wissen.

Ich erzähle ihnen die abgespeckte Version und bringe sie auf den neuesten Stand.

»Wir sind bereit, loszulegen«, Calum gesellt sich zu uns.

»Kannst du so los?«, erkundige ich mich. »Wir haben wirklich keine Zeit zu verlieren, sollten wir nach Hause müssen zum *Umziehen*.«

Aiden schnaubt. »Wir ziehen jeden Tag so gekleidet in den Kampf auf der Straße. Wir müssen keine Khakihosen und Waffenwesten tragen, um es mit mächtigen Arschlöchern aufzunehmen.«

»Nein. Ich nehme an, nicht.«

»Wie läuft es mit Nikon?«, Aiden wendet sich an mich.

Ich drehe mich um, um Nikon neben Emmet und Tad zu studieren. Der Grieche ist aufgeregt. Er gestikuliert mit den Händen und sieht aus, als würde er gleich platzen. »Er ist verständlicherweise besorgt.«

Als Garnet aus seinem Büro zurückkommt, zögert er einen Moment, nimmt die Ankunft von Dillan und Aiden wahr und schließt die Reihen. »Also gut, Anyx und mein Team sind auf dem Dach des Gebäudes auf der anderen Straßenseite in Position.« Er zeigt auf die Karte. »Macht euch bereit, ihnen bei der Festnahme zu helfen.«

Emmet vergewissert sich, dass das Signal aktiv ist und sich immer noch dort befindet, wo wir es erwarten. Er nickt. »Das Spiel beginnt.«

Ich greife Nikons Arm und drücke ihn. »Das wird schon, Nikon. In ein paar Minuten ist es vorbei. Diese Arschlöcher konnten nicht ahnen, dass wir sie so schnell aufspüren würden. Wir haben das im Griff.«

Er blickt auf mich herab und echte Angst trübt seine Augen. »Ich hoffe es, Fiona. Ich darf sie nicht verlieren. In einer Welt, die mir so viel genommen hat, sind Andromeda und Politimi mein Fels in der Brandung. Sie sind mein Ein und Alles.«

Ich bin entschlossener denn je, dafür zu sorgen, dass Nikon in diesem Fall ein Happy End bekommt.

* * *

Zum Glück habe ich recht damit, dass wir das Überraschungsmoment auf unserer Seite haben. Die Frauen, die aus dem Gebäude unter uns kommen und gehen, scheinen nicht zu ahnen, dass ihnen gleich das Lachen vergehen wird. Andererseits sehen sie nicht gerade wie Hexen aus, also sind sie vielleicht ganz normale Leute, die in die Bibliothek gehen und sich sicher glauben.

»Was gibt es da unten Besonderes?«, erkundigt sich Sloan.

Emmet hat die Google-Suche bereits in Gang gesetzt und liest uns das Ergebnis vor. »Die Zweigstelle Yorkville des Toronto Bibliothekssystems wurde 1907 eröffnet und ist eine von Hunderten von Carnegie-Bibliotheken, die in der ersten Hälfte des Jahrhunderts in ganz Nordamerika eröffnet wurden.«

»Das ist ja alles schön und gut, Emmet«, meint Aiden, »aber gibt es irgendetwas Nützliches? Verborgene Gänge? Unterirdische Tunnel? Versteckte Eingänge?«

»Das steht da nicht.« Er blättert ein paar andere Artikel durch und sucht nach einer Karte oder einem Grundriss oder irgendetwas, das ihm weiterhilft.

Nichts.

»Hier, versuch das mal.« Garnet ruft etwas auf seinem Handy auf und tippt damit gegen Emmets. Als er es wegnimmt, weiten sich Emmets Augen. »Was zum …? Wo ist … Wie ist …«

»Ganze Sätze, Emmet.«

Emmet hält sich den Mund zu, scrollt durch seine Bildschirme und hält dann sein Handy hoch, damit wir es alle sehen können. »Jetzt, wo ich die Wunder-App von Garnet habe – die wahrscheinlich auf zwanzig verschiedene Arten illegal ist – sieht es so aus, als gäbe es ein großes, offenes Hauptgeschoss mit Bücherregalen und Computertischen.«

»Das kann nicht sein«, schalte ich mich ein. Aber es stimmt. Die Bilder auf Emmets Bildschirm sind genau so, wie er sie beschrieben hat. »Es sieht aus wie eine ganz normale Bibliothek.«

»Dann sollten wir kein Problem haben, durch die Vordertür zu spazieren und uns umzusehen«, meint Garnet.

»Die Hexen müssen im Keller sein«, vermutet Emmet. »Die Decken sind offen und schräg. Es sieht nicht so aus, als gäbe es einen Dachboden oder etwas darüber. Sie müssen also unten sein.«

Sosehr ich es auch hasse, blind hineinzugehen, die Tatsache, dass die Bibliothek für die Öffentlichkeit zugänglich und gut besucht ist, bedeutet, dass wir das Gebäude ohne Aufhebens betreten können, was uns in die Karten spielt.

Garnet lässt einen Mann auf dem Dach, einen am Vordereingang und zwei an den Notausgängen zurück.

Der Rest von uns geht hinein.

»Guten Tag«, die Frau hinter dem Schreibtisch steht auf, weil zwanzig von uns auf einmal durch die Tür kommen. »Kann ich euch behilflich sein?«

Aiden und Dillan haben das Sagen. Sie sind in Uniform und sehen am offiziellsten aus. »Kein Grund zur Beunruhigung, Ma'am«, erklärt Aiden. »Wir suchen nach einem Paar, das wir in dieser Gegend aufgespürt haben.«

Ihre Augen weiten sich und sie hebt ihre Brille, die an der goldenen Kette um ihren Hals baumelt. »Sind sie gefährlich?«

»Nein. So ist es nicht. Sie sind einfach ganz plötzlich verschwunden und wir müssen sicherstellen, dass es ihnen gut geht. Ihre Familie ist verständlicherweise sehr aufgebracht.«

Sie sieht uns an, aber wir sind schon dabei, uns zu verteilen und den Ort zu durchsuchen.

»Gibt es einen Keller oder eine Art geheimes Tunnelsystem?«, erkundigt sich Emmet im Vorbeigehen.

Sie blinzelt erschrocken. »Einen Keller, ja. Er ist nicht Teil der Ausstellungsfläche, aber die Waschräume sind dort unten. In manchen Bereichen ist die Decke sehr niedrig, deshalb stoßen sich die Leute oft den Kopf. Dort lagern wir die Bücher, die nicht im Umlauf sind.«

»Und Tunnel oder versteckte Ausgänge?«

»Nicht, dass ich wüsste, nein.«

»Wo ist der Zugang zum Keller?«

Sie hebt ihre Hand, um uns den Weg zu zeigen und ich folge der Geste. »Um die Computertische herum und dann nach links.«

Ich mache mich auf den Weg und erblicke eine Frau, die durch eine Holztür rennt. »Wir haben eine Flüchtige.«

Ich renne ihr hinterher und erreiche die Tür einen Sekundenbruchteil, nachdem sie zugefallen ist. Ich versuche, die Klinke zu drücken und der Stromstoß, der meinen Arm hochschießt, lässt mich zurücktaumeln.

»Verdammte Schlampe!«, brülle ich und schüttle meinen Arm aus.

Mein Ausbruch bleibt bei den Leuten in der Bibliothek nicht unbemerkt. Alle starren mich an. Ich will sie anschreien, dass sie sich um ihre eigenen Angelegenheiten kümmern sollen, aber ich bin mehr damit beschäftigt, dass ich meine Finger nicht mehr spüre und mein Arm wie ein toter Ast herunterhängt.

Sloan ist eine Sekunde später an meiner Seite und er kann an meinem Gesichtsausdruck erkennen, dass es mir *nicht gut geht*, denn er fragt erst gar nicht. Er untersucht flüchtig meinen Arm und tritt zurück. »Emmet, bleib einen Moment bei deiner Schwester, während Tad und ich die Tür entschärfen.«

»Die Tür entschärfen?« Emmet gluckst. »Fiona wurde entschärft, wenn ich mir ihren Arm so ansehe.«

Ich sehe ihn stirnrunzelnd an. »Zu früh, Emmet.«

Er wirft mir einen entschuldigenden Blick zu.

Während Sloan und Tad die Türklinke studieren, fluche ich leise vor mich hin, weil ich meinen Arm nicht kontrollieren kann.

Emmet nimmt meinen Ellbogen und ein Schwall heilender Wärme strömt durch meine Zellen. »Hat dich sauber erwischt, was?«

»Ja«, keuche ich. »Mein Arm ist ein ungehorsames Kind. Egal, was ich ihm sage, er gehorcht nicht.«

Emmets Heilfähigkeiten sind nicht so gut wie Sloans oder Wallaces, aber was auch immer er tut, hilft. Während die warmen Berührungen meine Anspannung lindern, massiert er weiter Magie in meine Muskeln. »Weißt du noch, als wir als Kinder auf der Farm waren und Dillan dich mit einem Trick dazu gebracht hat, den Elektrozaun anzufassen? Deine Finger haben eine Stunde lang gekribbelt und du warst dir sicher, dass er dir deine Chance auf professionelles Banjo spielen genommen hat.«

Ich atme zitternd ein. »Ich wollte unbedingt Banjo spielen.«

»Das wolltest du … bis du erfahren hast, dass du Unterricht nehmen und üben musst.«

»Ja, also habe ich mir etwas anderes überlegt und beschlossen, Profi-Straßenhockeyspielerin zu werden.«

»Genau. Ich will damit sagen, dass sich deine Hand wieder erholt hat und du uns noch jahrelang mit Schlagschüssen versorgt hast. Das Gleiche wird auch hier passieren, Schwesterherz. Es wird alles gut. Du wirst schon sehen.«

»Wir sind drin.« Tad reißt die Tür auf.

Tad, Calum, Aiden und Dillan stürmen vor uns nach unten, und ich schaue mich um und stelle fest, dass Garnet, Nikon und Anyx schon weg sind. »Sind sie durch die Tür teleportiert, genau hier, in aller Öffentlichkeit?«

Sloan nickt, legt einen Arm auf meinen Rücken und führt mich zur Kellertür. »Ob du es glaubst oder nicht, deine Schimpftirade war eine willkommene Ablenkung.«

»Ich entschuldige mich nicht dafür.«

Ich stütze meinen Arm mit meiner guten Hand und eile die Treppe hinunter, Sloan vor mir und Emmet hinter mir. Während unseres eiligen Abstiegs gibt es einen seltsamen Moment, in dem sich mein Magen meldet und die Welt sich dreht.

Vermutlich eine Nachwirkung von dem heftigen Schlag, oder?

Wir erreichen das Ende der Treppe und gehen in den Raum, als es mir dämmert. Wir sind *nicht* in dem Keller, den die Bibliothekarin beschrieben hat.

Die Decken sind zweieinhalb Meter über unseren Köpfen, wenn nicht sogar mehr als drei, der Boden und der Korridor, durch den wir eilen, riechen nach Erde und werden von goldenen Lichtschwaden der Fackeln beleuchtet.

»Halluziniere ich?«

Sloan bleibt stehen und schaut mir einen Moment lang in die Augen. »Warum fragst du das, *a ghrá*?«

Ich mustere den Korridor und bin zunehmend verwirrt. »Ich habe das Gefühl, dass es mir gerade den Boden unter den Füßen weggezogen hat.«

»Inwiefern, Fiona?«, fragt Emmet nach.

»Als hätte mich ein Tornado ausgekotzt und als wären wir nicht mehr in der Bibliothek.« Ich mustere noch einmal den Korridor und versuche, meine Realität zu ordnen, aber nein.

Irgendetwas stimmt definitiv nicht.

Kapitel 7

Die Realität meiner Umgebung wird mir bewusst und ich bin mehr denn je überzeugt, dass wir falsch abgebogen sind. »Wir sind nicht mehr im Keller der Bibliothek.«

Sloan nickt. »Das ist richtig. Tad und ich haben um ein Portal in der Tür gekämpft. Es war knifflig, aber wir haben es geschafft, dass es uns zum Eingang der Hexen und nicht zur Bibliothek führt.«

»Wie meinst du das? Eingang der Hexen?«

»Wir haben herausgefunden, dass die Hexen die Bibliothek als Tarnung für ihren Hexenzirkel benutzen. Wenn sie die Tür öffnen, sieht es so aus, als würden sie nach unten gehen, aber in Wirklichkeit gehen sie woanders hin.«

»Und jetzt haben wir ihr Portal gekapert?«

»Ja, im Wesentlichen.«

Das ergibt Sinn, aber … »Haben Nikon und die Löwen es in diesen Keller geschafft oder in den Keller der Bibliothek?«

»Ich würde sagen, in die echte Bibliothek.« Tad kommt vor uns aus einer Abzweigung des Tunnels heraus. »Wir haben sie nicht gesehen, auch nicht Andromeda und Maxwell und auch keine Hexen. Hier unten ist ein verfluchtes Labyrinth, also gibt es viel zu tun.«

Wir setzen uns wieder in Bewegung und ich versuche, meinen Schleier der Verwirrung abzuschütteln. Es nützt nichts. Irgendetwas ist in mir unruhig geworden und ich werde das Gefühl nicht los, dass hier mehr vor sich geht, als wir verstehen.

Die Jungs gehen voran und ich arbeite daran, im Moment zu bleiben. Vielleicht ist es der Schock durch den Schlag auf meinen Arm. Ich akzeptiere das als Möglichkeit und mache weiter mit dem vorher geplanten Programm.

Wir müssen Andromeda und Maxwell finden.

Meine Stiefel knirschen auf dem Steinboden und das Geräusch löst etwas in mir aus. Ich werde von einem *Déjà-vu* überrumpelt. »Halt, wartet mal.« Ich starre auf eine Truhe an der Wand. »Ja. Es ist definitiv Zeit für einen Zwischenstopp, Jungs.«

Ich werfe einen Blick zurück in die Richtung, aus der wir gekommen sind und nach vorn in den Korridor vor uns. Meine Instinkte spielen verrückt und mir ist immer noch ein bisschen schwindelig von diesem ›Hexenschuss‹.

Sloan tritt neben mich und runzelt die Stirn. »Du siehst ein bisschen kränklich aus, *a ghrá*. Bist du sicher, dass es dir nur wegen des Schocks von der Hexe nicht gut geht?«

Ich gehe noch einen Schritt näher an die Truhe heran und betrachte die Schlangenschnitzereien, die sich um die Kanten der beiden langen Seiten schlängeln.

Meine Stimme hallt in meinem Kopf wider und ich werde von einer Erinnerung von vor über einem Jahr eingeholt. *»Nach der nächsten Abbiegung müsste links eine Truhe stehen, die Giftschlangen freisetzt. Wir können sie nicht umgehen. Anscheinend landen alle auf dem Boden und sollen entweder gezähmt werden oder wir müssen sie davon überzeugen, dass wir hierhergehören.«*

»Scheiße.« Mir fällt die Kinnlade herunter und ich trete einen Schritt zurück. »Endlich geht mir ein Licht auf. Ich glaube, ich habe es jetzt verstanden.«

»Was verstanden, Schwesterherz?«, meint Aiden. »Du redest wirres Zeug.«

Ich zeige auf die Truhe und schaue meine Brüder erwartungsvoll an. »Erinnert ihr euch nicht? Kommt euch dieser Gang und diese Truhe nicht bekannt vor?«

Sie sehen mich alle ziemlich verwundert an.

Ich frage mich, ob giftige Schlangen herauskommen und versuchen werden, uns zu töten, aber als ich mich entschließe, weiterzugehen, bleibt mein Schild unauffällig, also gehe ich davon aus, dass die Falle nicht aktiviert ist.

»Folgt mir.« Wir gehen an der aufrecht stehenden Truhe vorbei und folgen dem Korridor nach unten und dann nach links. An der nächsten Abzweigung zeige ich auf den Korridor vor uns. »Stellt euch einen Erdrutsch aus Schutt und Steinen vor, der uns den Weg versperrt. Kommt das jemandem bekannt vor?«

»*Och*, jetzt«, Sloan sucht den Korridor in der Richtung ab, aus der wir gekommen sind. »Du glaubst doch nicht …«

»Wo zum Teufel sind wir, Cumhaill?«, hakt Tad nach.

Ich nicke Sloan zu. »Oh doch, das denke ich. Wir sind in der Fianna-Festung. Und Tad … die bessere Frage ist … *wann* zum Teufel sind wir da.«

Meine Brüder scheinen meiner Einschätzung der Dinge zuzustimmen.

Dillan klopft Aiden auf die Schulter. »Ich glaube, du kommst zu spät zum Abendessen, Bruder. Entweder das oder viel, viel zu früh.«

Ich zeige auf den Boden, während ich weiter in Richtung der Großen Halle des Fianna-Heiligtums gehe. »Aiden, wenn ich richtig liege, hast du dir deine Rippen genau hier gebrochen.«

Emmet gluckst. »Dann wurde Fiona genau hier ohnmächtig.« Er zeigt auf den Boden zu meinen Füßen.

Mann, diese Reise in die Vergangenheit ist echt krass.

Wir gehen weiter und halten inne, als wir gedämpfte Männerstimmen hören. Das Geräusch macht die Jungs nervös, aber mich nicht. »Entspannt euch. Wir sind mit Fionn verwandt, wir sind Druiden und er hat uns offensichtlich aus einem bestimmten Grund hierher gebracht.«

Ich klopfe mit meiner guten Hand auf Sloans Brust und übernehme die Führung. Je näher wir der Großen Halle kommen, desto tiefer und rauer klingen die Stimmen. Ich mache mir Gedanken, dass ich unseren Aufenthalt hier überbewertet haben könnte.

Mein Hochstapler-Syndrom ist real.

Trotzdem atme ich tief durch, hebe mein Kinn und trete in den Eingangsbereich des Hauptraumes. »Hallo zusammen.«

Ein halbes Dutzend Männer greift zu den Schwertern und macht sich zum Angriff bereit.

»Halt.« Ich versuche, meine Hand zu heben, um sie aufzuhalten, aber mein verdammter Arm versagt immer noch seinen Dienst. »Wo ist Fionn? Er hat nach uns geschickt. Wir sind seine Verwandten.«

Der Anführer muss fast einen Meter achtzig groß sein und ist ein echter Kämpfer. Er hat eine buschige Mähne aus kastanienbraunem Haar, einen rostroten Bart und seine Augenbrauen sind so wuschelig wie die behaartesten Raupen.

Als er mich mustert, schürzt er die Lippen und geht drei schnelle Schritte auf mich zu. »Fionns einzige Verwandtschaft sind die Geschwister seines Vaters und deren Kinder. Ich kenne sie alle und von euch habe ich noch nie einen gesehen.«

Ich versuche, meinen rechten Arm auszustrecken, um ihm Birga zu zeigen und sie zu rufen, aber mit meiner schlaffen Nudel von Arm, misslingt mein Unterfangen. Es ist ein ungünstiger Zeitpunkt, um die Funktionalität meines Arms zu verlieren. »Ich versichere dir, wir *sind* verwandt. Ich bin Fiona mac Cumhaill und das sind meine Brüder Aiden, Calum, Dillan und Emmet.«

Die anderen Männer haben sich aufgestellt und schwingen ihre Schwerter in den Händen.

»Ihr lasst eine Frau für eure Gruppe sprechen?«, wundert sich ein Mann im Hintergrund. Ich erkenne den grünen Umhang, den er trägt. Dillan hat den gleichen zu Hause.

»Das tun sie im Moment. Wir kommen aus einem Land, das weit von hier entfernt ist. Sie sprechen die Sprache noch nicht, also müsst ihr euch damit begnügen, mit mir zu reden.«

»Nun, Fiona«, meint der erste Mann. »Wenn Fionn wirklich dein Verwandter ist …« Sein Blick fällt auf Sloans Hand, die auf meiner Schulter ruht und er funkelt mich an. »Koen, komm her zu mir.«

Ein drahtiger Mann mit langen Koteletten und einem geflochtenen Bart tritt hervor.

»Hast du deinen Ring oder hat ihn dieser Kerl gestohlen, als wir berauscht vom Bier waren?«

Koen hebt seine Hand und dreht mit dem Daumen den Knochenring um seinen Finger.

Es ist der gleiche Knochenring, wie Sloan ihn trägt.

»Wie funktioniert ein Paradoxon?«, ich denke plötzlich an die Handlung von einem Dutzend Filmen, in denen zwei gleiche Personen oder Dinge nicht im selben Raum existieren können oder katastrophale Ereignisse eintreten. »Wir sind doch nicht dabei, die Welt zu zerstören, oder?«

Meine Frage bringt den Fianna-Krieger aus der Fassung, der Anführer grunzt und packt mein Kinn. Mit brutaler Gewalt dreht er meinen Kopf so, dass ich ihn ansehe. Meine Brüder und Sloan drängen nach vorn und schreien, er solle mich loslassen.

Ihre eskalierende Aggression bringt die Krieger dazu, das Gleiche zu tun. Die Spannung im Raum explodiert.

Bruin, sei groß und furchteinflößend. Schockiere die Männer, damit sie sich zurückziehen. Ich lasse meinen Bären frei und er nimmt neben mir Gestalt an. Er schwingt seine riesige Pranke durch die Luft und ich erwarte, dass er die Krieger davon überzeugt, dass sie sich verdammt noch mal zurückziehen und uns Platz machen.

Das Gegenteil ist der Fall.

Magie knistert in der Luft. Zwei von ihnen verwandeln sich in Bären und jetzt haben wir ein riesiges Bären-Chaos.

»Nun, das sollte nicht passieren.«

Das kann nur in die Hose gehen.

Ich hebe meine Hand und gebe alles, was ich habe, um einen Energieimpuls auszusenden, der die Typen ein paar Meter zurückwirft und eine Eskalation der Situation verhindert.

Als die Kraft meiner Absicht in der Luft liegt, schreie ich aus voller Kehle. »Fionn! Wo zum Teufel bist du, alter Mann! Ich brauche dich. Fionn!«

Ich kann meinen Arm immer noch nicht heben, aber ich kämpfe gegen den Schmerz an und bewege meine Finger genug, um Birga zu rufen. Als sie auf meinen Ruf antwortet, schließe ich mühsam meine Handfläche um den Stab und greife mit der anderen Hand über meinen Körper, um sie anzuheben.

Ja, es ist ein wackeliger Zug, aber wenigstens habe ich eine Waffe, wenn es schiefgeht.

»Birga?« Koen runzelt die Stirn. »Wie zum Teufel hast du es geschafft, sie Fionn wegzunehmen?«

»Ich habe sie nicht *weggenommen*«, schnauze ich. »Das versuche ich ja gerade zu erklären. Ich bin seine Ur-Ur-Enkelin und er hat mir die Waffen der Fianna gegeben, um sie wieder zu ihrem alten Ruhm zu führen. Wir sind nicht von hier und wir sind auch nicht aus dieser Zeit«.

»Pferdescheiße«, mault der Große. »Nichts als dampfender Mist.«

Ich zucke mit den Schultern. »Glaubt, was ihr wollt, aber ich schwöre euch, wenn ihr auch nur einen von uns ankratzt, wird Fionn euch köpfen lassen.«

Die Androhung von Fionns Unmut trifft sie mehr als alles, was ich bisher gesagt oder getan habe, also mache ich mir diese Tatsache zu nutzen. »Ich werde meinen Bären zurückrufen. Ich würde es begrüßen, wenn ihr das auch tun würdet.«

Nach einem Moment des Überlegens nickt der Anführer. »Mal sehen, was das Mädchen zu sagen hat, Jungs. Danach können wir sie immer noch aufhängen.«

Ich atme tief ein. »Jungs, zeigt den Kriegern bitte eure Waffen.«

Meine Brüder haben ihre Waffen bereits gezogen, als es ernst wurde, also muss ich nur zur Seite treten, damit alle sie sehen können. »Zu meiner Zeit sollte diese Festung eingeebnet und zerstört werden. Fionn hat uns beauftragt, die Waffen der Fianna zu bergen und an uns zu nehmen.«

Der Mann mit den kastanienbraunen Locken und dem roten Bart schnauft. »Dir ist schon klar, dass du verrückt klingst, oder?«

»Ich bin sicher, für dich sieht es so aus. Aber wie erklärst *du* unsere Waffen und dass wir hier sind?«

Der Mann tritt einen Schritt zurück und kämmt sich mit den Fingern durch den Bart. »Ich habe schon viele unerklärliche Dinge gesehen, wenn ich betrunken war.«

»Du bist jetzt nicht betrunken, also versuch es noch einmal.«

Er sieht mich stirnrunzelnd an. »Das kann ich jetzt nicht behaupten, aber dass du Fionns Verwandte aus einer anderen Zeit bist, ist Blödsinn.«

»Wir sind uns einig, dass wir uns nicht einig sind. Also, wo ist Fionn?«

»Er ist oben. Er wollte die Fallen überprüfen und uns das Abendessen holen.«

Ich stoße einen erleichterten Seufzer aus. »Wunderbar. Dann wird er bald zurück sein und wir können das ganze Chaos aufklären. Wenn alle ihre Waffen weglegen, ist die Wahrscheinlichkeit geringer, dass wir uns nicht gegenseitig umbringen, bevor er zurückkommt.«

Bruin gluckst neben mir. »Die Messlatte liegt ziemlich niedrig.«

»Ich weiß, Kumpel, aber manchmal hat man die besten Chancen, wenn man tief zielt.«

* * *

Beide Seiten ziehen sich in ihre Ecken zurück und ich wende mich an meine Brüder, Tad und Sloan. »Wie viel davon habt ihr verstanden?«

Sloan scheint der Einzige zu sein, der mir folgen konnte. Das überrascht mich nicht. »Mein keltisches Bretonisch ist nicht so gut wie deines, aber ich habe das Wesentliche verstanden. Wir warten auf die Rückkehr von Fionn, um das zu klären.«

»So ist es. Jetzt müssen wir den Rest von euch noch einweihen.«

»Was war das jetzt?«, mault Emmet. »Du weißt doch, dass ich in der neunten Klasse dreimal in Französisch durchgefallen bin, oder?«

Ich schiebe Emmets Bedenken beiseite. »Dieses Mal hast du die Magie auf deiner Seite. Ich bin mir sicher, dass es wichtig ist, dass wir die Sprache der damaligen Zeit verstehen. Ich kann mir nicht vorstellen, dass Fionn uns hierher geholt hat, damit wir in der Fianna-Festung rumhängen und Schnitzen lernen.«

»Bist du sicher, dass diese Sprache das ist, was wir brauchen?«

Sloan nickt. »Das keltische Bretonisch wurde in diesem Teil der Welt vom sechsten Jahrhundert vor Christus bis zum sechsten Jahrhundert nach Christus gesprochen.«

Wir versammeln uns in der hinteren Ecke des Raumes. Mein erster Instinkt ist es, einen Sichtschutz zu errichten, um dieses Gespräch zu führen, aber die Krieger könnten daran Anstoß nehmen und denken, dass wir nichts Gutes im Schilde führen.

Stattdessen fällt mir ein, dass sie kein Englisch sprechen und daher sowieso nicht wissen, was wir tun. »Okay, lasst uns die Sprachbarriere überwinden. Ich werde euch den Zauberspruch beibringen, den Fionn mir gezeigt hat. Verbindet euch mit eurer Quellkraft und sprecht mir nach.«

Die sechs atmen tief ein, konzentrieren sich auf ihre Absichten und als ich spüre, dass ihre Verbindung zur Erde und die Magie der Umgebung greift, spreche ich den Zauberspruch.

»Alte Sprachen längst vergangener Zeiten
erfüllt die Luft wie Babylon.
Verzaubere mich mit Worten
und öffne mir neue Pforten.«

Der Refrain, in dem sie den Zauberspruch wiederholen, liegt in der Luft und erfüllt mich mit Wärme. »Ausgezeichnet. Wow. Sehr harmonisch, Leute.«

»Gut gemacht, *a leanbh.*« Da, im Eingang, steht der blonde, alte Krieger, den ich liebe und bewundere.

Ich eile zu ihm und umarme ihn fest. »Das wurde aber auch Zeit, dass du kommst. Wir sind nur knapp einer ausgewachsenen irischen Schlägerei entgangen.«

Seine geflochtenen Zöpfe kitzeln mich an den Wangen, als er mich drückt. »Wenn ich gewusst hätte, dass du kommst, hätte ich dich schon früher begrüßt. Was führt dich her, Mädchen?«

Ich weiche zurück und überprüfe seinen Gesichtsausdruck, um zu sehen, ob er mich verarschen will. »Du meinst das ernst.«

»Das tue ich. Warum sollte ich das nicht?«

Die Jungs kommen näher und ergreifen sein ausgestrecktes Handgelenk zur Begrüßung. »Weil wir in der Zeit zurückversetzt wurden und uns in deiner Festung wiederfinden. Wenn du uns nicht hergebracht hast, wer war es dann?«

»Ja, wer denn wohl?« Die Frage klingt kritisch und ich sehe den finsteren Blick der Frau, die den Raum betritt.

Die Haare in meinem Nacken stehen mir zu Berge, als ich sie studiere. Ich kenne sie, aber auch wieder nicht. Ihre Gesichtszüge sind mir so vertraut. Ich habe sie schon einmal gesehen … aber alles ist aus dem Zusammenhang gerissen.

Ich krame in meinen Erinnerungen und versuche, mir ihr Bild ins Gedächtnis zu rufen. Das Bild kommt in Puzzleteilen und ich versuche, es zusammenzufügen. Das silberne Haar bringt mich schließlich auf die richtige Fährte. Alles, was sie noch braucht, ist ein gehäkeltes Tuch – es trifft mich wie ein Blitz.

»Heiliger Bimbam.«

»Was ist los, Fiona?«, will Emmet wissen.

»Hast du gerade einen deiner Momente, *a ghrá*?«

Ich werfe einen prüfenden Blick auf die Frau, aber ich habe keinen Zweifel. »Sie ist die verrückte Schaukelstuhl-Frau.«

Kapitel 8

Die verrückte Schaukelstuhl-Frau?« Fionn fasst sich an den Bauch und kippt vor Lachen fast um. »Ja, da hast du recht, Mädchen. Ich habe immer gesagt, dass sie ein bisschen verrückt ist, nicht wahr Bodhmall?« Den letzten Teil sagt er in Richtung der Schaukelstuhl-Frau – Bodhmall.

Diese schnippt mit der Hand und schickt einen Funken in die Luft. Er überquert die Distanz zwischen ihnen und trifft Fionn, der ihn wie eine lästige Fliege wegschlägt.

Das scheint ihn nicht zu stören. Ich habe das Gefühl, dass er regelmäßig so behandelt wird. »Ich wäre dir dankbar, wenn du nicht ohne Grund über mich sprechen würdest. Ich weiß nicht, für wen ihr mich haltet, aber ich bin nicht sie.«

»Natürlich bist du das. Du warst auf dem Balkon des Hauses nebenan und hast mit mir gesprochen. Du sagtest: ›*Ní neart go cur le chéile*‹ – in der Einigkeit liegt die Kraft.«

»Du sagst, ich bin in deine Zeit gekommen und habe dir gesagt, dass in der Einigkeit die Kraft liegt.«

»Ja, genau.«

Sie zuckt mit den Schultern. »Tut mir leid, wenn ich dich damit verärgere, Fräulein, aber ich besitze nicht die Schamanenkräfte von Fionn. Ich kann weder die Zeit überwinden noch die Astralebene betreten. Der Gedanke der Stärke in der Einheit ist zwar gut, aber wenn ich in deine Zeit käme, hätte ich noch viel mehr zu sagen.«

Ich runzle verwirrt die Stirn. »Wer ist dann die Schaukelstuhl-Dame?«

»Ich kann es nicht erklären, aber ich kann dir sagen, dass ich es nicht bin.«

»Aber für mich wirst du immer die verrückte Schaukelstuhl-Dame sein, Tantchen«, scherzt Fionn.

Bodhmall schnippt wieder mit der Hand. »Verschwinde jetzt. Geh das Fleisch für das Abendessen vorbereiten. Royce und ihr alle, verschwindet.«

Die Menschen mögen die Fianna-Krieger als mutig verehren, aber als Bodhmall mit den Fingern schnippt, springen sie auf und folgen Fionn ohne Widerspruch aus der Großen Halle.

Fionn und seine Männer nehmen die Kaninchen und Fische, um sie für das Abendessen zu säubern, und Bodhmall deutet unserer Gruppe an, sich an den runden Holztisch zu setzen. Fionn hat mir einmal erzählt, dass seine Tante die beste Druidin war, die er je kannte.

Ich gebe zu, ich bin ein wenig überwältigt.

Ich setze mich ihr gegenüber an den Tisch und lege meine Hände flach auf die Holzoberfläche. »Ich bin Fiona … das weißt du ja schon, weil du zu mir gekommen bist. … Wow, das ist alles so abgefahren.«

»Wenn ›abgefahren‹ gleichbedeutend mit ›besorgniserregend‹ ist, dann ja. Wenn weder Fionn noch ich euch hierher gebracht haben, gibt es keine Erklärung dafür, warum ihr hier in unserem privaten Bereich steht.«

Na gut … Ich schätze, sie waren nicht gerade vorbereitet auf unser Erscheinen. Ich richte mich auf und hebe eine Schulter. »Ich weiß, dass ich nichts weiß. Eben noch waren wir auf der Jagd nach Hexen und jetzt sind wir hier.«

Ihr Blick verengt sich.

Sie glaubt mir nicht. Ich muss kein Einfühlungsvermögen haben, um ihre Körpersprache zu lesen. Die Frau ist angespannt, streng und ganz und gar nicht erfreut, dass ihre Familie vorbeikommt.

»Als ich ankam, warst du offensichtlich glücklich, hier zu sein. Aber warum? Was habt ihr in dieser Zeit zu suchen?«

»Nichts, eigentlich. Es geht nicht darum, dass wir hier etwas zu tun hätten. Es geht darum, dass wir uns auf eine monumentale Schlacht zwischen den hellen und dunklen Mächten vorbereiten. Als mir klar wurde, wo und in welcher Zeit wir sind, habe ich gehofft, dass Fionn uns hierher gebracht hat, um uns bei der Vorbereitung zu helfen.«

»Das ergibt Sinn. Wenn eure *Zeit der kollidierenden Mächte* gekommen ist und du Führung brauchst, könntest du genug Macht besitzen, um die Notwendigkeit der Führung zu manifestieren und dich selbst hierherzubringen.«

Ich? Sie denkt, *ich* hätte uns in der Zeit zurückportiert?

Nein, nein. Nichts in mir glaubt, dass das passiert ist. Aber sie hat aufgehört, finster dreinzuschauen, also lasse ich sie denken, was sie will. »Ja, Führung wäre toll.«

Bodhmall legt die Hände zusammen und schürzt die Lippen. »Also gut. Erzähl mir von euren Vorbereitungen für die *Zeit der kollidierenden Mächte* und ich werde mein Bestes tun, um euch auf den Weg der Stärke zu bringen.«

»Ich nehme an, die *Zeit der kollidierenden Mächte* ist das, was wir die Säuberung nennen?«

Bodhmall runzelt die Stirn. »Ich habe noch nie gehört, dass es so genannt wird, aber es gibt viele Namen für viele Dinge. Für uns sind es die *Kollidierenden Mächte*. Einmal in einer langen Zeitspanne kollidieren die irdische Ebene, die Welt hinter dem Schleier und das Reich der Geister und Seelen. Es gibt eine Zeitspanne von ein paar Tagen, in der sich die Reiche vermischen und das Gleichgewicht zwischen Gut und Böse wieder hergestellt wird.«

»Ja. Das nennen wir die Säuberung.«

»Dann wissen wir wenigstens, dass wir über dasselbe sprechen.« Sie stellt sich an den Tisch, hebt ihren Überrock und wischt die Ränder der benutzten Krüge ab.

Als sie zu einem kommt, der noch Flüssigkeit enthält, kippt sie das Bier aus, wischt ihn mit ihrem Rock aus und reicht ihn einem von uns.

Als wir alle sieben einen Krug vor uns stehen haben, nimmt sie ihren in die Hand und schenkt uns allen einen kräftigen Schluck ein.

Zum Glück verzichten Dillan und Emmet darauf, sich über das Trinken von warmem Bier aus benutzten Krügen zu äußern, und alle nehmen ihr Getränk dankend an.

»Also, raus mit der Sprache. Ich habe dich etwas gefragt.«

Hat sie das? Ach ja … unsere Vorbereitungen.

Ich streiche mit einem Finger über das Metallband an meinem Krug. »Nun, wir wissen nicht genau, wie wir uns vorbereiten sollen. Niemand, mit dem wir gesprochen haben, weiß etwas über das Ereignis, also wissen wir nicht, was uns erwartet.«

»Dann fang damit an, wie du zu den Informationen gekommen bist, die du hast.«

»Wir sind gut befreundet mit einem der griechischen Götter – Dionysos. Als ich bemerkt habe, dass die dunklen Gemeinschaften immer aufmüpfiger wurden und verzweifelt nach Macht strebten, habe ich ihm beschrieben, was vor sich ging. Er wusste von der Säuberung und hat uns erzählt, was er konnte.«

»Ich kann mir nicht vorstellen, dass sich einer der Götter darum schert. Zumindest haben sie das in all den Jahren, in denen gute Menschen um Hilfe gebetet haben, nie getan.«

Ich werde mich nicht auf einen theologischen Streit mit einer Frau einlassen, die mehr als tausend Jahre älter ist als ich. »Dionysos ist eine andere Art von Gott. Er hat uns erzählt, was er konnte, aber wir würden gerne hören, was du weißt.«

Sie hebt ihren Krug an die Lippen und schluckt. »Nun, wenn der einzige Mensch, der mit der *Zeit der kollidierenden Mächte* vertraut ist, ein Gott ist – der zweifellos nie in die Kämpfe verwickelt war – dann kann ich dir sicher eine Menge über das Kommende erzählen.«

Ein Gefühl der Erleichterung durchströmt mich. Ich habe mich so darüber geärgert, von nichts eine Ahnung zu haben. Die Vorstellung, endlich Antworten zu bekommen, ist unglaublich. »Danke. Wir würden gerne besser informiert nach Hause gehen.«

Bodhmall lächelt über den Rand des Kruges. Die tanzenden Flammen der Fackeln heben die vielen Sommersprossen auf ihren verwitterten Wangen hervor. »*Och*, wo du gerade davon sprichst, nach Hause zu kommen. Wenn ihr nicht wisst, wie ihr hierhergekommen seid, stellt sich die Frage, wie ihr wieder zurückkommen wollt, nicht wahr?«

Aiden spannt sich an und setzt sich auf. »Ich will nicht respektlos sein, Ma'am, aber ich habe eine Frau und vier Kinder zu Hause, die auf mich warten. Wir *alle* haben Menschen, die auf uns warten. Wir *müssen* zurück. Wenn nicht durch Fiona … kannst du oder Fionn uns nicht nach Hause schicken?«

Sie legt den Kopf schief und seufzt. »Das weiß ich nicht, mein Junge. Als Fionn euch aufgesucht hat, hat er lediglich eine Astralprojektion von sich selbst geschickt. Als er das Mädchen in die Vergangenheit mitgenommen hat, war das nur eine geistige Projektion, die sich manifestiert hat. Ihr Körper ist in eurer Zeit geblieben.«

Calum runzelt die Stirn. »Ja, das hat mich zu Tode erschreckt. Es war, als wäre sie leer gewesen.«

Bodhmall lässt das silberne Band ihres Rings gegen den Henkel ihres Kruges klirren und zuckt mit den Schultern. »Darüber sollten wir uns noch keine Gedanken machen, Kinder. Wenn ihr gekommen seid, um etwas über die kollidierenden Mächte zu erfahren, dann konzentriert euch in der Zeit, in der ihr hier seid, voll und ganz auf mich und wir werden euch ausbilden. Wenn das Universum meint, dass ihr bereit seid, könnt ihr vielleicht ohne Schwierigkeiten zurückkehren.«

»So wird es wohl sein«, meint Emmet.

Calum stellt sein Bier ab und schluckt. »Das ist für meinen Geschmack ein bisschen zu wage. Wir reden hier über unser Leben.«

»Ja, das ist es, aber ich habe im Moment keinen anderen Trost zu bieten. Habt Geduld. Fionn und ich werden darüber nachdenken.«

Ich atme tief ein und konzentriere mich. »In Ordnung. Sag uns, was wir wissen müssen und wir hoffen, dass du recht hast.«

Bodhmall grinst und steht auf, um zu gehen. »*Och*, Mädel. Ich werde es euch nicht *sagen* und es wird auch nicht heute Abend geschehen. Morgen, wenn der Hahn kräht, werde ich es euch *zeigen*. Für heute Abend gilt: Esst, trinkt, ruht euch aus und macht euch keine Gedanken. Die Göttin hat eine besondere Art, uns aus der Dunkelheit zu führen.«

Mit diesen Worten legt sie ihren Krug an die Lippen, schluckt den Inhalt in mehreren tiefen Zügen und wischt sich mit dem Ärmel die Tropfen vom Kinn. »Schönen Abend noch. Ich verabschiede mich.«

* * *

Zwei Stunden später fließt das Bier langsamer und die Jungs ziehen sich einer nach dem anderen zurück, um eine Strohmatte und einen Schlafsack auf dem Boden zu beziehen. Der Gedanke, hier festzusitzen, macht mich immer noch fertig und obwohl Sloan aussieht, als würde er gleich umfallen, sitzt er bei mir aufrecht wie ein Champion.

»Hast du Lust auf einen Spaziergang an der Nachtluft, bevor du ins Bett gehst, *a leanbh*?« Fionn streckt seine Hand aus und beugt sich in der Taille, als würde er förmlich um einen Tanz bitten. »Ich verspreche, dass ich dich rechtzeitig zurückbringe, wenn du deine Pflichten im Schlafgemach erfüllen möchtest.«

Ich lache und nehme seine Hand. »Wenn es eine Pflicht ist, läuft es nicht richtig, alter Mann.«

Er gluckst. »Ich versichere dir, das tut es.«

Bevor wir gehen, gebe ich Sloan einen Gute-Nacht-Kuss. »Du brauchst nicht auf mich zu warten. Du siehst aus, als würdest du gleich in Ohnmacht fallen und ich habe Fionn und Bruin bei mir. Du hast dienstfrei diese Nacht.«

»Weck mich, wenn du kommst, damit ich mir keine Sorgen mache.«

Ich kichere. »Du machst dir Sorgen, während du tief und fest schläfst, und von der Welt abgeschnitten bist, meinst du?«

»So was in der Art.« Er zwinkert. »Viel Spaß, *a ghrá*.«

Ich drücke seine Schulter, hake mich bei Fionn unter und wir beide schlängeln uns durch die Gänge der Festung in Richtung der darüber liegenden Welt.

Die Luft ›oben‹, wie sie es nennen, ist nach vielen Stunden unterhalb der Erde mehr als knackig. Es ist geradezu frostig. Ich ziehe den Kragen meiner Jacke enger um meinen Hals und wünschte, ich hätte Sloans Schal mitgenommen.

Zuerst reden wir nicht und genießen einfach die Gesellschaft des anderen, aber dann bemerkt Fionn meinen Claddagh-Ring. »Ich habe die Ringe nicht vermisst.« Er hebt meine Hand. »Wie ich sehe, hast du meinen Rat befolgt und dich entschieden. Das freut mich sehr für dich.«

Ich halte meine linke Hand in das silberweiße Licht des Halbmonds und mein Ring glitzert. »Ich mich auch. Er ist ein wunderbarer Mann und ein unglaublich fähiger Druide. Ich bin mir allerdings nicht sicher, ob wir schon sesshaft geworden sind. Die Welt der Übernatürlichen hält uns sehr auf Trab.«

Fionn nickt. »Dann ist es gut, dass du einen Partner für deine Abenteuer hast. So wie du ihn ansiehst, weiß ich, dass er dich gut behandelt und dein Herz erfüllt.«

Ich atme tief ein. »Er ist unglaublich. Ohne ihn wäre ich nicht so weit gekommen, wie ich jetzt bin. Als sich mein Schild zum ersten Mal aktiviert hat, wurde ich sprichwörtlich ins kalte Wasser geworfen.«

»Das tut mir leid. Wenn ich bei all dem hätte dabei sein können, wäre ich es gewesen.«

Ich drücke seinen Arm. »Ich weiß. Vielleicht ist es besser, dass ich gescheitert bin. Das hat mich dazu gebracht, andere um Hilfe zu bitten. Als das alles angefangen hat, sagte Pa, ich sei eine Gefahr für mich selbst, weil ich nicht wüsste, wie man um Hilfe bittet. Doch als die übernatürliche Welt angefangen hat, von allen Seiten auf mich zuzukommen, habe sogar ich dazugelernt.«

Er gluckst und tätschelt meine Hand. »Ich bin sicher, dass du das getan hast. Sehr schnell, würde ich wetten.«

Wir gehen noch ein Stück weiter, bis er stehen bleibt und ganz still wird. Es ist keine angespannte Art der Stille. Es geht darum, die Ricke und das Rehkitz, die in der Nähe auf Nahrungssuche sind, nicht zu erschrecken.

Ich spüre die beiden mit meinen Sinnen. Sie sind sich unserer Anwesenheit bewusst, aber nicht im Geringsten nervös. »Die Tiere hier vertrauen dir.«

»Das sollten sie auch. Abgesehen davon, dass ich den Kreislauf des Lebens achte, würde ich ihnen niemals Schaden zufügen und es auch niemandem sonst erlauben. Die Natur ist das Lebenselixier unseres Erbes. Mein Land gehört ihnen, sie können es ohne Angst durchstreifen.«

Es liegt Frieden in seiner Stimme und Sanftheit in seinen Augen, während er seine Worte spricht. Als er seinen Blick zu mir bewegt, scheint sich das zu ändern.

»Was immer es ist, mein Mädchen, du kannst es mir erzählen. Ich habe vielleicht nicht alle Antworten, aber es gibt Zeiten, in denen es leichter ist, seine Sorgen zu teilen.«

»Was meinst du? Es ist alles in Ordnung.«

Er gluckst und nimmt unseren gemächlichen Gang durch die Bäume wieder auf. »Irgendetwas macht dir zu schaffen. Es nützt dir nichts, es zu leugnen. Jedes Mal, wenn du mich ansiehst, liegt eine tiefe Traurigkeit in deinen schönen blauen Augen.«

Ich wusste nicht, dass er mich so gut lesen kann.

Wie sage ich dem Mann, der mich zu seiner Nachfolgerin auserkoren hat, dass ich nicht sicher bin, ob ich dem Vertrauen, das er in mich setzt, gerecht werden kann? In etwas mehr als einem Monat wird die Welt auf dem Spiel stehen und *ich* soll den Weg durch die Dunkelheit weisen.

Ich bin seit achtzehn Monaten Druidin.

Sloan, Grandpa und Merlin sind so viel qualifizierter als ich, aber selbst sie verlassen sich auf mich, wenn es um unseren Angriffsplan geht. Es ist verrückt. Sie respektieren, dass Fionn mich ans Ruder gesetzt hat, aber …

Was, wenn ich alle enttäusche?

Fionn tätschelt meine Hand. »Jetzt ist der Punkt gekommen, an dem du mir sagst, was dich belastet. Was auch immer es ist, du musst es rauslassen. Ich sehe es in den Momenten, in denen du vergisst, dich selbst zu schützen. Ich erkenne es, weil ich denselben Weg gehe. Ich weiß, wie die Ketten der Führung belasten.«

Ich atme tief ein. »Ich will dich nicht enttäuschen. Ich meine … es steht so viel auf dem Spiel. Es ist alles so wichtig und … Ich beobachte Merlin, wie er kämpft, und Garnet, wie er führt, und Grandpa und Sloan, wie sie über Schriftrollen mit vergessenem Wissen brüten, und ich glaube, dass jeder von ihnen besser geeignet ist, es mit der Säuberung aufzunehmen als ich.«

Er lehnt sich zur Seite und küsst mich an die Seite des Kopfes. »Ich habe vermutet, dass es in diese Richtung geht.«

»Es tut mir leid. Ich möchte alles sein, was du von mir erwartest – alles, was *sie* von mir erwarten – aber das ist so viel. Das Leben meiner Familie und meiner Freunde. Die Zukunft der menschlichen und übernatürlichen Gemeinschaften. Der Torwächter gegen das Böse, das sich unserer Welt bemächtigt. Der ganze Mist ist echt krass.«

Meine Stimme bricht und ich ziehe einen unsicheren Atemzug durch meine verkrampften Lungen. Es hat keinen Sinn, die Wahrheit zu leugnen. In ein paar Wochen wird es offensichtlich werden. Ich drehe mich zu ihm um und blinzle über die Tränen hinweg, die mein Blickfeld trüben. »Es tut mir leid, Fionn. Ich bin nicht bereit dafür. Ich habe dich im Stich gelassen.«

Fionn schnalzt mit der Zunge, greift in seine Tasche und zieht ein besticktes Stofftaschentuch heraus. »Mach dir keine Gedanken. Es ist sauber.«

Er zwinkert mir zu, hebt mein Kinn an und wischt mir sanft die Tränen weg. »Du wirst mich nie enttäuschen, *a leanbh*. Mit deiner Leidenschaft, deiner Zielstrebigkeit und deinen guten Absichten bist du genau die richtige Person, um das Kommando zu übernehmen. Ja, du magst noch frisch sein, aber du lässt dich auch nicht von den Winden des Lebens verbiegen. Ein junger Baum hat eine Flexibilität, die mit der Zeit verloren geht, wenn er wächst.«

»Das hört sich gut an, aber ich fühle mich dadurch nicht besser auf das vorbereitet, was auf uns zukommt.«

Er seufzt, nimmt wieder meinen Ellbogen und dreht mich so, dass ich durch die bewaldete Hügelkuppe gehe. »Nun, du bist jetzt hier. Bodhmall, die Krieger und ich werden euch so gut es geht vorbereiten. Es wird schon klappen. Du wirst sehen.«

»Ich hoffe es.«

»Mit Hoffnung und harter Arbeit werden die meisten Dinge gut. Es kann nicht schaden, auch ein wenig Vertrauen hinzuzufügen.«

Ich wünschte, ich könnte es. »Große Macht birgt große Verantwortung.«

»*Och*, das ist wahr. Gut gesagt.«

Ich kichere. »Ich fürchte, ich kann die Lorbeeren nicht ernten. Das eigentliche Zitat lautet ein wenig anders, aber das ist die gängige Version. Es ist Teil eines sehr berühmten Stücks, das in etwa zwölfhundert Jahren von einem Mann namens William Shakespeare geschrieben wird.«

»Es scheint, als wüsste der Mann etwas über den Druck, der auf einem Anführer lastet. Wenn du mich fragst: Wenn du große Macht und nicht mit Konflikten und Sorgen zu kämpfen hast, dann machst du deinen Job als Anführer nicht richtig.«

Ich denke urplötzlich an die eiserne Krone, die am Kopfteil von King Henry hängt. »Da fällt mir etwas ein.«

»Was denn?«

»Die Eisenkrone, die du mir hinterlassen hast. Mein Schild hat die Meinen und mich öfter gerettet, als ich zählen kann, meine Armschienen sind vom Baum des Lebens und einfach unglaublich. Birga ist eine bemerkenswerte Waffe, mit der man sich verbinden kann. Ich habe die Eisenkrone jedoch noch nicht zuordnen können. Was kann sie? Ist sie verzaubert? Steht sie für etwas, das ich übersehen habe?«

Fionn fischt einen Weinschlauch aus der Tasche seines schweren Umhangs und wackelt mit den Augenbrauen. »Nun, wenn du das fragen musst, dann hast du eine Menge übersehen. Diese Krone ist genauso wichtig und mächtig wie die anderen Geschenke, die ich dir gegeben habe.«

Ich denke über den Vergleich nach … so mächtig wie meine Armschienen und mein Schild? Ist das sein Ernst? »Das kann ich kaum glauben.«

Er zieht den Korken aus dem Weinschlauch, nimmt einen großen Schluck und reicht ihn an mich weiter. »Ich werde es dir morgen früh beweisen. Du wirst dich freuen. Wenn du lernst, mit der Krone umzugehen, wird sich deine Macht im Kampf verzehnfachen.«

»Verzehnfachen? Machst du Witze?« Ich trinke und gebe ihn zurück.

»*Och*, ich mache nie Witze, wenn es um mögliche Kämpfe geht.« Er grinst, nimmt den Weinschlauch und macht sich auf den Weg, um unseren Spaziergang fortzusetzen. »Komm. Wir werden morgen über Schlachten reden. Heute Abend trinken und feiern wir, dass ihr hier seid.«

* * *

Am nächsten Morgen wache ich auf, rieche gebratenes Fleisch und höre das Lachen von Männern. Es spielt wohl keine Rolle, in welchem Jahrhundert man lebt. Einem Mann morgens den Bauch zu füllen, ist der todsichere Weg, um den Tag richtig zu beginnen.

»Gesegneter Morgen, meine Schwester.« Emmet legt seinen Arm über seine Stirn und verbeugt sich, als ich ankomme. »Ich hoffe, der Schlaf hat dich gnädig behandelt und dich in guter Gesellschaft durch die Nacht geleitet.«

Ich erwidere die Belustigung meiner Brüder. »Was habe ich verpasst? Will Emmet auf den Mittelaltermarkt? Kannst du überhaupt jonglieren?«

Dillan schnaubt. »Nein, aber er kann zumindest ein Gauklerkostüm tragen.«

Emmet richtet sich auf und winkt Dillan mit einer theatralischen Geste ab. »Spuckt Gift und Galle, wenn ihr müsst, Sir Trottel. Es ist weit und breit im ganzen Königreich bekannt, dass du meine Gestalt und meinen Körper begehrst.«

Calum schnaubt, erhebt sich vom Tisch und zeigt auf seinen nun freien Platz. »Lass es dir gut gehen, Kleine. Ich hole dir einen Teller.«

Ich setze mich neben Sloan und greife nach seinem Saft. Ich halte ihn unter meine Nase, um zu sehen, ob er den Schnuppertest besteht. »Apfelsaft?«

»Frisch gepresst und ziemlich lecker.«

Calum greift über meine Schulter und stellt einen Teller vor mir ab. Gestern Abend haben wir Kanincheneintopf gegessen, also haben wir den Fisch für heute Morgen aufgehoben.«

»Danke.« Ich lächle ihn an und bemerke die dunklen Ringe unter seinen Augen. »Hast du letzte Nacht überhaupt geschlafen?«

Er rümpft die Nase und neigt den Kopf zur Seite. »Nicht viel. Ich bin es gewohnt, dass Kevin an meiner Seite ist.«

»Was? Ich bin nicht gut genug?«, echauffiert sich Dillan mit einem Lächeln. »Ich kann mich nicht erinnern, dass du dich beschwert hast, als du um zwei Uhr morgens die Decke in Beschlag genommen hast.«

Die beiden gehen und ich wende meine Aufmerksamkeit dringenderen Dingen zu … wie meinem Fisch. Das Fleisch ist ölig, aber heiß, und das Brot ist kräftig, aber es saugt das Fett auf und füllt meinen Bauch.

»Wie war dein Abend, *a ghrá*?« Sloan füllt den Saft für mich auf. »Es war schon spät, als du endlich ins Bett gekommen bist. Ist alles in Ordnung?«

»Ja, so in Ordnung wie möglich, wenn man bedenkt, wo wir sind und was auf uns zukommt.«

»Ich nehme an, das ist gut genug.«

Ich kaue zu Ende und nippe an dem Metallbecher. »Fionn und ich haben unter den Sternen Wein getrunken. Es hat Spaß gemacht, sich zu unterhalten.«

»Nun, ich bin froh, dass ihr die Gelegenheit hattet. Ich bin auch froh, dass wir hier sind. Hoffentlich können wir uns mit ihrer Hilfe bei dem kommenden Ereignis besser behaupten.«

»Was hat er gesagt, wie wir nach Hause kommen?«, Aidan beendet sein Frühstück. »Ich nehme an, du hast ihn darauf angesprochen.«

»Das habe ich. Er hat das Gleiche wie Bodhmall gesagt. Einen Besuch aus der Astralebene können sie schaffen. Einen Schamanen zurückzubringen, das ist auch machbar. Aber sieben Menschen durch die Zeit zu transportieren, dazu sind sie nicht in der Lage.«

Aiden flucht und ich drücke ihm die Hand. »Er hat auch dasselbe gesagt wie Bodhmall, dass wir das Gute darin sehen und lernen sollen, was wir können. Vielleicht erfüllen wir auf diese Art die Kriterien, wegen der wir hier sind und kehren dann nach Hause zurück. Er weiß es einfach nicht.«

»Das ist kein Trost, Fiona.«

»Nein. Ich weiß, dass es nicht so ist, aber die gute Nachricht ist, dass ich, als Fionn mich zurückgebracht hat, im selben Moment zurückgekehrt bin, in dem ich gegangen bin. Niemand hat sich Sorgen gemacht oder ist ausgeflippt, weil ich verschwunden war. Es ist keine Zeit verloren gegangen.«

»Aber das war nicht so, als du mit Nikon, Calum und Kevin ins antike Griechenland verfrachtet wurdest«, gibt Sloan zu bedenken. »Als Hekate euch mitgenommen hat, musste ich Daisy und unsere Sachen packen, um nach Hause zu kommen, und herausfinden, wohin sie euch gebracht hat und in welche Zeit. Das war keine einfache Zeit für mich.«

Ich schaue auf meinen Claddagh-Ring und lächle. »Zum Glück bin ich gechipt wie eine wertvolle Katze, damit ich nicht mehr verloren gehen kann.«

»Du bist nicht meine Katze. Ich hätte mir nicht so viel Mühe gegeben, wenn du nicht alle paar Monate verschwinden würdest.«

Ich lache und nehme noch einen Schluck von meinem Apfelsaft. »Das ist nichts, was ich planen würde.«

»Da ist ja mein Liebling.« Fionn betritt den Raum, tätschelt mir den Kopf und setzt sich auf den Platz gegenüber von Sloan und mir. »Es ist schön, dich wiederzusehen, junger Mann. Es ist auch schön zu sehen, dass du meinem Mädchen einen Ring an den Finger gesteckt hast.«

Sloan zwinkert mir zu. »Genau das haben wir gerade besprochen. Sie ist schwer zu bändigen, aber am Ende haben wir es geschafft.«

Ich schnaube. »Siehst du, ich bin doch eine geliebte Katze.«

Dillan lacht. »Der Ring ist besser als farbige Aushänge an allen Briefkästen der näheren Umgebung. Entlaufen. Liebt Leckerlis und hört auf den Namen Fiona.«

»Das sollten wir um jeden Preis vermeiden.« Ich schnippe mit der Hand und tue seine Bemerkung mit einem Lachen ab. »Nein. Ich liebe meinen Ring und alles, was er mit sich bringt.«

Fionn nickt. »Ein kluger Mann, der den Wert eines Schatzes erkennt und ihn in seiner Nähe behält.«

Ich esse mein Frühstück auf und wische mir den Mund ab. »Sloan ist ein sehr kluger Mann.«

»Habt ihr gut geschlafen, ihr beiden?«

Fionn hat Sloan und mir sein Strohbett überlassen und ich muss zugeben, dass wir es ziemlich bequem hatten. »Ich kann mich nicht beklagen. Vielen Dank!«

»War mir ein Vergnügen, *a leanbh*. Du brauchst eine gute Nachtruhe, um für das Training in Topform zu sein. Die Krieger sind skeptisch, weil ich dich deinen Brüdern vorziehe, aber ich habe ihnen erzählt, dass du unseren Clan stolz machen wirst, wenn die Zeit gekommen ist, daran habe ich keinen Zweifel.«

»Gut zu wissen. Was ist ihr Einwand? Wer sollte ihrer Meinung nach das Sagen haben?«

Fionn neigt seinen Kopf in Richtung Emmet. »*Och*, ich glaube nicht, dass sie etwas dagegen haben. Es ist einfach die Kraft, die sie von Emmet spüren. Er hat eine gute Verbindung zur Quelle.«

Dillan gluckst. »Ja, es scheint, als ob er darin gebadet hätte.«

Fionn versteht den Witz nicht, also kläre ich ihn auf. »Letzten Herbst haben wir entdeckt, dass ein paar Zirkel dunkler Hexen die Zisterne der Quelle angezapft haben. Es gab einen Kampf, bei dem Emmet durch eine Wand gestoßen und in einen Fluss aus reinem Prana geworfen wurde.«

Fionns Gesicht wird blass. »Du hättest getötet werden können. *Och*, eigentlich hättest du getötet werden *müssen*. Ich habe Geschichten von Männern gehört, die an einem Schluck oder einem Tropfen gestorben sind.«

»Emmet hat nicht geschluckt«, erklärt Dillan.

Emmet zeigt ihm den Mittelfinger. »Wir wussten nicht, welche Auswirkungen es haben wird, aber bisher sind mir keine zusätzlichen Arme gewachsen oder ich habe angefangen, Feuer zu spucken oder so, also denke ich, dass ich ein Blindgänger bin.«

»Du bist kein Blindgänger«, belehrt ihn Sloan. »Wie ich dir schon gesagt habe … Ein *Magisches Erwachen* braucht Zeit. Wir müssen abwarten und sehen, was die Göttin auf Lager hat.«

Fionn nickt. »Wir werden dich testen und trainieren. Vielleicht können wir deine Schale knacken und sehen, was sich darunter verbirgt.«

»Hört sich gut an. Ich freue mich darauf.«

»Nun, niemand wird trainieren, wenn die Vorbereitungen noch nicht getroffen sind.« Bodhmall reicht Fionn einen Teller und deutet auf die Tür. »Geh schon mal. Überlass das Schicksal der Zukunft nicht Royce und diesen Idioten. Sieh lieber zu, dass sie alles richtig machen.«

Fionn nimmt seinen Teller und eilt los, um mit Bodhmall auf den Fersen nach dem Rechten zu sehen. Emmet, Tad und Calum folgen ihnen nach draußen. Aiden und Dillan nehmen ihr schmutziges Geschirr mit und lassen Sloan und mich den Moment genießen.

»Endlich allein.« Ich esse den letzten Rest meines Frühstücks mit ein paar Apfelstückchen auf. »Was meinst du, was sie mit uns vorhaben?«

Sloan stützt seinen Arm auf die Lehne meines Stuhls. »Was auch immer es ist, ich bin dabei. Egal, ob sie uns trainieren oder lehren oder einfach nur eine Strategie durchspielen, die uns einen Vorteil verschafft, ich nehme die Hilfe gerne an.«

»Ein weiteres Zeitabenteuer zum Weitererzählen.« Ich stopfe den letzten Apfel in mich hinein und lächle ihn an. »Ich glaube, wir haben dieses Mal das bessere Ende für uns.«

»Wie das?«

»Weil Emmet, Dillan, Calum und Aiden ihre Freunde vermissen und ihre Aufmerksamkeit geteilt ist. Ich bin oft genug in die Vergangenheit zurückgeworfen worden, um zu wissen, dass ein Teil von dir sich immer danach sehnt, zu demjenigen zurückzukehren, den du liebst.«

Sloan schenkt mir ein verschmitztes Grinsen. »War ich es, nach dem du dich schon damals gesehnt hast?«

»Bist du hier, um nach Komplimenten zu fischen?«

»Vielleicht.«

Ich grinse. »Nun, wenn der großartige und talentierte Sloan Mackenzie einen Schubs für sein Ego braucht, wer bin ich, ihm das zu verweigern?«

Sein Grinsen wird breiter. »Ich würde nicht sagen, dass ich ihn *brauche*, aber ein paar Streicheleinheiten würde ich nie ablehnen.«

Ich schnaube und spucke fast meinen Apfel aus. »Nein. Ich nehme nicht an, dass du das würdest. Aber wir haben über Streicheleinheiten für dein Ego gesprochen. Das ist etwas anderes.«

»Genau. Ja, ab und zu ist es schön zu hören, dass ich nicht der Einzige war, der an der Angel hängen musste. In den ersten Tagen war ich derjenige, der dir nachgerannt ist, während du darüber schwadroniert hast, wie mürrisch und verklemmt ich doch wäre.«

»Ja, da hast du recht. Das liegt daran, dass du mürrisch und verkrampft *bist*. Ich habe einfach gelernt, das liebenswert zu finden. Aber um deine Frage zu beantworten: Ja, ich habe mich danach gesehnt, zu dir zurückzukehren und ich bin froh, dass wir uns darüber dieses Mal keine Gedanken machen müssen. Ich habe dich viel lieber an meiner Seite.«

Sloan beugt sich vor und drückt mir einen sanften Kuss auf die Lippen. »Es gibt keinen Ort, an dem ich lieber wäre. Jetzt lass uns sehen, was uns erwartet.«

Ich stehe auf. »Schlachten gewinnen. Welten retten. Auf. Auf.«

Kapitel 9

Die Fiannafestung liegt unter einem gut zweihundertdreißig Meter hohen bewaldeten Erdhügel in der Grafschaft Kildare begraben. Fionn bekam das Anwesen auf Anordnung des Hochkönigs, nachdem sein Großvater seinen Vater töten ließ und seine Mutter ins Exil verbannt hat. Die beiden jungen Liebenden mussten fliehen, um zusammen zu sein und erwarteten bereits ein Kind, als sein Vater sie fand.

Zu dieser Zeit war sie als das Anwesen von Almu bekannt. In der heutigen Zeit heißt er Hill of Allen und ist zum Kiesabbau freigegeben.

Als Fionn mir aufgetragen hat, ich solle zusammen mit meinen Brüdern seine Schätze bergen, kamen wir von der Nordseite her. Dort haben wir eine Reihe von großen Felsbrocken entdeckt und dahinter die Lichtung mit dem alten Steinaltar.

Nur jetzt … steht der Altar in perfektem Zustand vor uns.

Bodhmall winkt uns zu sich und schaut uns an. »Ich weiß, dass ihr nicht mitentscheiden konntet, ob ihr hier sein wollt, aber ihr seid trotzdem hier. Wir müssen davon ausgehen, dass es wichtig ist und bei dem, was euch bevorsteht, ist es das sicher auch. In der Zeit, die uns zur Verfügung steht, werden wir euch so gut es geht vorbereiten. Außer Fionn und mir und natürlich den Jungs werdet ihr keine bessere Quelle finden, um zu erfahren, wie ihr mit den Gaben umgehen könnt, die die Göttin euch geschenkt hat.«

Daran zweifle ich nicht eine Sekunde lang. »Egal, wie wir hierhergekommen sind, wir sind dankbar für die Gelegenheit. Wenn es um die Säuberung geht, nehmen wir jede Hilfe an, die wir bekommen können.«

Sie zeigt auf Emmet und Sloan. »Kommt her zu mir, Jungs. Ich möchte, dass Arken eure Stärken testet. Ich glaube, ihr habt euch gestern Abend beim Essen getroffen.«

Sloan nickt. »Aye, das haben wir.«

Emmet verlagert seine Position so, dass er uns nicht anschauen kann. Gestern Abend hat Dillan herausgefunden, dass Arken die nackte Statue war. Meine Brüder und ich haben uns köstlich darüber amüsiert, dass Emmet ausgerechnet von seiner Statue angezogen wurde. »Ja, wir kennen uns.«

Nachdem sich alle die Hände geschüttelt haben, fährt Bodhmall fort: »Den ersten Teil des heutigen Tages werdet ihr mit Arken trainieren. Anschließend werden die Karten neu gemischt.«

Sloan und mein Bruder nicken dem Fianna-Krieger zu und treten an den Altar heran. »Was sollen wir lernen?«, erkundigt sich Sloan.

»Arkens Stärken liegen in der Heilung«, erklärt sie. »Ich habe ihn gebeten, zu sehen, woran es bei dem jungen Emmet fehlt. Wenn er ungenutzte Kräfte hat, wird Arken sie finden. Er ist einer der klügsten Männer, die ihr je kennengelernt habt.«

Arken ist ein schlanker Mann mit einer einst athletischen Statur, ebenholzfarbenem, silberdurchzogenem Haar und tief gebräunter Haut. Er sieht ein bisschen aus wie ein plündernder Pirat … aber mit freundlichen, intelligenten Augen, die in seinem langen Leben schon viel gesehen haben.

Mir entgeht das Aufblitzen von Zuneigung nicht, das zwischen ihm und Bodhmall herrscht, wenn er sie ansieht.

Es stimmt, Druiden können jahrhundertealt werden, je nach ihrer Verbundenheit mit der Natur und ihren Fähigkeiten zur Heilung, aber selbst dann stünde Bodhmall hier auf junges Gemüse.

Schön für sie.

Arken lächelt sie an. »Zu freundlich. In Wahrheit weiß ich über vieles ein bisschen Bescheid und das führt manchmal dazu, dass die Leute denken, ich sei klüger als ich bin.«

Sie verdreht die Augen. »Pffft. Gut, ich lasse euch mit euren Dummheiten allein. Calum und Dillan, ihr lernt mit Koen etwas über Täuschung. Aiden, du kämpfst mit Royce, und Tad, du bist bei Dahir. Fiona, du bist bei Fionn und mir, Mädchen.«

Ich folge Bodhmall und Fionn von der Lichtung des Altars weg und weiter zwischen die Bäume hinein. Auch hier ist es Winter und die Luft ist frisch. Sie hat nicht den gleichen Biss wie in Toronto und ich bin mir sicher, dass es angenehmer wird, wenn wir uns erst einmal bewegen.

»Was weißt du über mich, Mädchen?«

Ich ducke mich unter einen tief hängenden Ast. »Fionn hat erzählt, dass du das jüngste von sechs Kindern bist und fünf ältere Brüder hast, so wie ich. Er sagte auch, dass du eine großartige und erfahrene Druidin bist; eine unglaubliche Frau, nach der ich mich richten sollte.«

Sie neigt den Kopf in Richtung ihres Neffen und lächelt. »Das ist netter, als ich gedacht hätte.«

Er senkt den Kopf und die Röte steigt ihm in die Wangen. »Nun, es ist die Wahrheit. Ich sage es nicht oft genug, aber du weißt, dass ich dich für ein Wunder halte, Tantchen.«

Ihr Gesichtsausdruck wird ein wenig weicher. »Die Wahrheit ist, dass Fionn ein Naturtalent war, seit er einen Stock halten oder seine Hände auf den Boden drücken konnte. Ich habe ihm nur die Kraft seiner Verbindung beigebracht und damit werde ich auch heute bei dir beginnen.«

Ich schüttle meinen rechten Arm aus.

»Hast du immer noch Probleme mit deinem Arm, Mädchen?«, will Fionn wissen.

»Es ist besser als gestern, aber er reagiert immer noch nicht normal. Ich weiß nicht, ob es eine Hexensicherheitsmaßnahme war oder ob ich einen Schock wegen des Portalzaubers bekommen habe, der uns alle hierher gebracht hat, aber ich habe einen ziemlichen Schlag abbekommen.«

Fionn nimmt sanft mein Handgelenk und hebt meinen Arm an, um meinen Bewegungsspielraum zu testen. »Tut es dir weh, wenn ich ihn so bewege, *a leanbh?*«

»Er ist nur ein bisschen steif. Das Gefühl in den Fingern ist letzte Nacht zurückgekommen. Es ist alles in Ordnung. Im vergangenen Jahr wurde ich vergiftet, erstochen, verprügelt und war besessen. Das hier ist ein Ärgernis, nichts weiter.«

Bodhmall akzeptiert das als letztes Wort in dieser Angelegenheit, aber Fionn sieht besorgt aus. Wie auch immer, es scheint, dass sie der Boss ist, also machen wir weiter.

Wir gehen den Hang des Hügels hinauf und wechseln auf einen schmalen Pfad. Ich bin mir nicht sicher, wohin wir gehen, aber es fühlt sich an, als ob unsere Richtung zielgerichtet ist.

Die beiden sind damit zufrieden, den Hang hinaufzugehen, ohne sich zu unterhalten, also tue ich dasselbe. Die nächsten zehn Minuten verbringen wir drei damit, dass unsere Stiefel auf dem gefrorenen Gras knirschen und unser Atem immer lauter wird, je höher wir kommen.

»Was weißt du über die Rolle eines Generals in großen Schlachten, Kind?«, fragt Bodhmall, als wir kurz vor einem Plateau mit Blick auf den Hügel unter uns anhalten.

Ich zucke mit den Schultern. »In Filmen ist der General immer der total wichtige Typ auf dem Pferd, der vom Hügel aus zusieht.«

Sie runzelt die Stirn. »Ich weiß nicht, was das ist, aber du hast nur teilweise recht.«

Richtig … *in Filmen* ist verwirrend. Ich versuche es noch einmal. »Nach dem, was ich gesehen habe, ist der General der Mann, der über den Truppen steht und überlegt, wie er die bevorstehende Schlacht angehen soll.«

»Im Großen und Ganzen ist das so. Allerdings würde kein General, der etwas auf sich hält, von hinten zusehen, wie seine Truppen ohne ihn kämpfen.«

»Nein. Das kann ich mir nicht vorstellen.«

Bodhmall führt uns an den Rand des Plateaus und wir gehen weiter. Unter uns ist die Altar-Lichtung, auf der Tad, Sloan und meine Brüder mit den anderen Fianna-Kriegern üben. Von hier oben sind wir nah genug dran, um alles zu sehen, aber auch weit genug entfernt, um die Dinge als Ganzes zu betrachten.

»Ein guter General ist der Befehlshaber des Kampfes, der nicht nur die Stärken seiner Truppen und die Schwächen seiner Gegner sieht, sondern auch andersherum.«

Ich nicke. »Das ergibt Sinn.«

»Fionn sagt, du hast mit jedem von ihnen gekämpft?«

»Ja, regelmäßig.«

Sie fasst mich an den Schultern und dreht mich in Richtung des Waldes, durch den wir gegangen sind. »Dann kannst du mir von den gravierendsten Schwächen eines jeden Mitglieds deines Teams erzählen.«

Gravierende Schwächen? Meiner Meinung nach ist jeder super unterwegs. »Ähm … Ich bin mir nicht sicher. Ich habe noch nie wirklich darüber nachgedacht.«

»*Och*, du musst«, meint Fionn. »Es geht nicht darum, Fehler bei den anderen zu finden. Es geht darum, die Grenzen der Leute in deinem Team zu verstehen.«

Bodhmall dreht mich wieder um, damit ich auf die Lichtung blicke. »Fangen wir mit deinem Mann an, Sloan. Was hältst du für seine größte Schwäche im Kampf?«

Ich denke einen Moment nach und zucke mit den Schultern. »Ich bin mir nicht sicher. Magisch gesehen ist er viel gelehrter und kompetenter als meine Brüder und ich. Sein Verständnis von Kräuterkunde und Biologie ist außergewöhnlich. Sein Waffentraining und sein Nahkampf sind nach jahrzehntelangem Training geschärft. Er arbeitet logisch und kann unter Druck schnell denken.«

Bodhmall grinst. »Du bewunderst ihn als Krieger genauso wie als Mann, oder?«

»Das tue ich, aber es ist alles wahr.«

»Ich will dir nicht unterstellen, dass du dich irrst. Ich bin mir sicher, dass all das zutrifft. Aber du hast meine Frage nicht beantwortet. Was ist seine größte Schwäche im Kampf?«

Ich starre auf ihn herab und gehe die Highlights unserer Abenteuer durch. »Er mag keine Geister.«

»Na gut. Ich denke allerdings an etwas, das öfter ins Spiel kommt als Geister.«

Ich beobachte, wie die beiden mich ansehen und mir dämmert, worauf sie hinaus will. »Das bin *ich*.«

Sie zwinkert. »Das bist du. Das ist keine Kritik, wohlgemerkt. Der Mann ist eindeutig in der Liebe verloren. Wenn Krieger heiraten, werden sie füreinander zur größten Schwäche. Das ist der Lauf der Dinge. Das bedeutet, dass ihr das berücksichtigen müsst, damit ihr euch beide konzentrieren könnt.«

»Das klingt nachvollziehbar.«

»Ich bin mir sicher, dass nicht alle in deinem Team gleich gut ausgebildet und kampfbereit sind. Fionn sagt, deine Brüder haben ihre Kräfte erst im letzten Herbst erlangt. Stimmt das?«

»Das ist richtig. Nachdem ich aus Irland zurückgekehrt bin, habe ich jedem von ihnen den Funken Magie gegeben, den sie bei ihrer Geburt hätten bekommen sollen. Wir sind spät dran, aber mit den Waffen der Fianna und dem Wissen, das wir durch den Zauber, den du uns hinterlassen hast, erhalten haben, haben wir große Fortschritte gemacht.«

»Fangen wir mit dem bulligen Rotschopf an.«

»Aiden.« Ich starre auf meinen ältesten Bruder hinunter.

»Sag mir, wo seine Schwächen liegen.«

Ich hasse dieses Spiel. »Das ist schwierig.«

Fionn tritt hinter mich und drückt mir eine Hand auf den Rücken. »Hier wird niemand verurteilt, *a leanbh.* Wir machen nur eine Bestandsaufnahme dessen, was dir in einer Schlacht zur Verfügung steht. In diesem Moment sind sie nicht deine Brüder. Sie sind einfach die Männer, die unter deiner Führung kämpfen.«

Bodhmall begegnet meinem Blick mit einer strengen Miene. »Du musst deine Gefühle da raushalten.«

Ich studiere Aiden in Aktion und beobachte ihn beim Sparring gegen Royce. Ob ich es nun sage oder nicht, er kann sich in einigen Dingen verbessern. Bei Tageslicht betrachtet, könnten Fionn und seine Tante das sicher auch.

»Aiden ist der Älteste von uns, deshalb macht er sich immer Sorgen. Seit dem Tod unseres Bruders Brendan ist sein Beschützerinstinkt noch größer.«

»Eine gute Sache, sich dessen bewusst zu sein. Weiter.«

»Er hat fast fünfzehn Jahre Ausbildung und Arbeit als Cop hinter sich. Er ist ein Polizist durch und durch …«

»Was heißt das … Cop und Polizist?«, erkundigt sich Bodhmall.

»Er ist ein königlicher Sheriff in ihrer Zeit«, erklärt Fionn. »Das sind alle vier Brüder von Fiona.«

Sie nickt und gibt mir ein Zeichen, dass ich fortfahren soll.

»Aiden bewegt sich wie ein Polizist … er denkt wie ein Polizist … und da seine junge Familie die Priorität in seinem Leben ist, übt er seine Druidenfähigkeiten am wenigsten von uns allen.«

Bodhmall nickt. »Was sind seine Stärken? Was bietet er eurer Gruppe, was sonst niemand tut?«

»Nun, da er seit Jahren aktiver Polizist ist, hat er die meiste Erfahrung in gefährlichen Situationen. Er kann kritische Momente und Gegner schneller einschätzen als der Rest von uns, und ist selbstbewusst genug, um sowohl die Initiative zu ergreifen als auch Befehle zu befolgen, ohne sie infrage zu stellen.«

Bodhmall nickt. »Die Schwäche, an der wir mit ihm arbeiten sollten, ist also, dass er als Druide wenig Erfahrung hat. Gut. Nehmen wir den Nächsten. Erzähl mir von Dillan. Stärken und Schwächen.«

Ich suche die Lichtung ab und stelle fest, dass Dillan mit Calum und Koen zusammenarbeitet. Sie scheinen Feinde aus der Ferne einzuschätzen und besprechen Tarntechniken, wenn sie sich von hinten nähern.

»Dillan ist mutig und aufopferungsvoll. Pa denkt manchmal, er sei rücksichtslos, aber das ist er nicht … nicht wirklich. Er zögert nicht, sich selbst in Gefahr zu bringen, um andere zu retten, aber er weiß, was auf dem Spiel steht und akzeptiert die Konsequenzen. Als Schwächen sehe ich, dass er eine sture Nervensäge und schnell reizbar ist. Er reagiert feindselig, wenn er beleidigt wird und hat sich schon mehr als einmal geprügelt.«

»Ein Schläger also«, schließt Fionn daraus.

»Auf jeden Fall … aber nie aus Bosheit. Das kann auch eine Stärke sein, denn selbst wenn jemand besser ist als er, wird er uns nie im Stich lassen und nie aufhören zu kämpfen.«

»Er ist derjenige, der Dahirs Umhang geerbt hat?«

Ich nicke. »Ja. Er liebt das Ding.«

Fionn lächelt. »Es ist ein unglaubliches Geschenk.«

Bodhmall nickt. »Als Nächstes haben wir den Linkshänder mit dem Bogen des Waldläufers.«

»Calum.«

So geht es die nächsten zwanzig Minuten. Am Ende unseres Gesprächs habe ich alle meine Brüder und Sloan aufgezählt und jetzt arbeiten wir an Tad.

»Obwohl er sagt, dass es ihm gut geht, mache ich mir Sorgen. Es muss ihn doch aufregen. Sein Vater hat sich freiwillig der Dunkelheit ergeben und versucht, ihn zu töten. Ich möchte ihn beim Wort nehmen, aber ich glaube, nicht einmal er begreift, was er durchmacht.«

Bodhmall runzelt die Stirn. »Ich stimme dir zu, Mädchen. Ein Verrat wie dieser kann jeden Mann in die eine oder andere Richtung lenken. Er könnte ganz darauf konzentriert sein, die Hölle, die er durchgemacht hat, zu überstehen oder er könnte hungrig nach Antworten und entschlossen sein, zu beweisen, dass er nicht so ist wie der Mann, der ihn gezeugt hat. Ich fühle mit dem Jungen.«

»Ja, ich auch.«

Sie ist einen Moment lang still, während sie die beiden beobachtet. »In Ordnung. Ich habe alles, was ich brauche, um einen Trainingsplan zu erstellen, der dein Team stärken wird. Ich überlasse es dir, dich auf das zu konzentrieren, was Fionn dir als Nächstes beibringen will.«

Als sie von der Kante zurücktritt und uns allein lässt, lächle ich Fionn an. »Also, worauf kann ich mich freuen? Welche Druidengeheimnisse wirst du lüften?«

Er greift in die Tasche seines schweren Wollmantels und holt die Eisenkrone heraus, die ich von ihm geerbt habe. »Ich habe versprochen, dir zu zeigen, wie die hier funktioniert.«

Eine Welle der Neugierde flammt in mir auf.

Als ich die Krone zum ersten Mal in der Hand hatte, habe ich sie ein Dutzend Mal anprobiert und nie herausgefunden, was sie kann oder wie sie funktioniert.

Am Ende habe ich gedacht, es sei nur ein Symbol.

Laut Fionn ist sie für einen Anführer der Fianna-Krieger genauso wichtig wie mein Schild, meine Rüstung und Birga. Ich kann mir nicht vorstellen, wie das möglich sein soll, aber ich bin bereit, ihm im Zweifel zuzustimmen.

Zumindest, bis ich mehr weiß.

»Da ist sie ja.« Fionn grinst den eisernen Lorbeerkranz an und hält ihn hoch, damit wir ihn bewundern können. »Na los, probier sie an. Mal sehen, ob du sie mit ein bisschen Hilfe des Meisters zum Laufen bringst.«

Ich nehme die Krone entgegen, setze sie mir auf die Stirn und richte sie aus. »Ich weiß nicht, was ich falsch gemacht habe. Vielleicht mag sie mich einfach nicht.«

Fionn gluckst. »Was gibt es da nicht zu mögen? Du bist eine frische Brise. Geduldig. Höflich. Sanftmütig.«

Jetzt bin ich an der Reihe zu lachen. »Haben Emmet und Dillan dir Sarkasmus beigebracht?«

Er schmunzelt. »Vielleicht ein bisschen.«

Ich lasse das durchgehen. Sarkasmus ist eine notwendige Fähigkeit im Umgang mit dem Clan Cumhaill. »Okay, konzentrieren wir uns auf die Krone. Was soll ich jetzt fühlen, tun, lernen? Ich spüre nichts … schon wieder.«

Er kratzt sich mit den Fingern an seinen Bartstoppeln. »Da ist ja die Geduld, von der wir gesprochen haben.«

»Ha-ha.«

»Aye, ha-ha. Ich finde es komisch, dass du nie herausgefunden hast, wofür die Krone steht. Hast du dich damit in dein kleines Schlafgemach gestellt und in den Spiegel gestarrt?«

Ja. »Nein … okay, vielleicht.« Als er lacht, erwärmen sich meine Wangen. »Ich habe nicht *nur* in den Spiegel gestarrt. Ich habe sie ein paar Tage lang im Haus getragen.«

Er lacht noch lauter. »Ist dir nicht in den Sinn gekommen, dass die Krone eines Kriegers mehr Stimulanz braucht als das?«

»Offensichtlich nicht, sonst hätte ich etwas anderes versucht. Als nach Tagen nichts passiert ist und auch nicht, als ich versucht habe, sie vor dem Spiegel zu aktivieren, musste ich denken, es wäre ein Schaustück, weil du der Anführer der Fianna bist.«

»Falsch.«

»Ach was. Jetzt hör auf, mich auszulachen und lass mich an dem Witz teilhaben.«

Fionns Augen glänzen, als er sich über mich amüsiert und so wie er jetzt aussieht, genießt er das hier wirklich. »Also gut, ich denke, ich werde das Geheimnis der Krone mit dir teilen. Bist du bereit?«

Ich verdrehe die Augen. »Ja. Ich bin bereit.«

Er tritt neben mich, legt einen Arm um meine Schultern und dreht mich so, dass ich zu den Kriegern schaue, die unten trainieren. *Bitte was?* »Heiliger Strohsack. Das ist *unglaublich.*«

Fionn gluckst hinter mir. »So soll es sein.«

Kapitel 10

Während ich über unserer Familie und unseren Freunden stehe, nehme ich die Daten auf, die in meinen Kopf geladen werden. Die Krone wirkt wie eine Art Scanner, mit dem man nicht nur sehen kann, wie viel Ausdauer und Kraft jeder von ihnen hat, sondern auch, wo ihre Schwächen liegen.

»Was bedeuten die Farben?« Ich strecke meine Hand aus und zeige auf die farbigen Auren um jeden Kämpfer.

»Je heller und leuchtender die Farbe, desto besser … Zumindest ist es bei mir so.«

»Heiliger Strohsack, sieh dir Emmet an.« Meine Kinnlade fällt herunter und mein Blick bleibt auf meinem Bruder haften.

Während die anderen eine blassrosa Aura verströmen, die wie ein Gegenlicht über ihre Körper hinausleuchtet, strahlt Emmet eine barbiepinke Kraft aus, als wäre er prana-radioaktiv. »Das ist unglaublich.«

»Du hast erwähnt, dass er ein Bad in den Gewässern der Quelle genommen hat. Ich denke, man kann sagen, dass es ihn *etwas* beeinflusst hat.«

»Ja. Aber als nach Wochen und Monaten nichts passiert ist, haben wir angenommen, dass sich nichts geändert hat.«

»Magie kann geheimnisvoll sein. Manchmal spürst du ihre Wirkung sofort und manchmal baut sie sich auf, bis sie sich offenbart.«

»Wenn er also ausbricht, müssen wir alle in Deckung gehen.«

Fionn grinst. »Siehst du, wie wichtig die Krone ist? Sie ist mehr als nur ein hübsches Schmuckstück.«

Das ist sie. Ich schaue mir die anderen an, um ein Gefühl dafür zu bekommen, was ich da sehe und freue mich, dass es allen gut geht. »Was ist mit Royce' rechter Schulter?«

»*Och*, das ist eine alte Verletzung. Eines Nachts, als wir unter den Sternen schlafen mussten, um einem Trupp der Männer des Königs zu entgehen, wurden wir von einem Rudel Wildschweine angegriffen, denen es nicht gefallen hat, dass wir in ihr Gebiet eingedrungen sind.«

»Sie sind sehr territorial, oder?«

»Fiese Mistviecher. Jedenfalls wurde Royce bei dem Versuch, ihnen aus dem Weg zu gehen, ein Stoßzahn in die Schulter gerammt. Der Mann hat gebrüllt, das Wildschwein tat dasselbe und rannte los. Das Loch, das es hinterlassen hat, hat tagelang geblutet und Monate gebraucht, um richtig zu heilen.«

»Hüte dich vor den Stoßzähnen der Wildschweine.«

»Zutreffendere Worte wurden nie gesprochen.«

Ich widme mich wieder den Männern und lerne, was die Dinge bedeuten. »Das ist cool. Ich verstehe, was du damit meinst, dass es im Kampf hilft. Ich kann sehen, wer müde wird und wer noch gut drauf ist.«

»Ja, aber ich habe dir bisher nur die Hälfte davon gezeigt.«

Ich drehe mich um und begegne seinem Blick. »Was? Wirklich? Was kann sie denn sonst noch tun?«

»Konzentriere dich auf deinen Mann dort. Er ist noch nicht an der Reihe, also lenkst du ihn nicht ab und er verletzt sich nicht. Weißt du, wie du mit deinem Bären sprechen kannst, ohne deine Stimme zu benutzen?«

»Telepathisch, ja.«

»Nun, die Krone wird dich mit den Gedanken deiner Mitstreiter verbinden. Du kannst sie warnen, wenn ein Feind an ihrer Flanke auftaucht oder sie zu einem gefallenen Mann führen oder einen Angriff oder einen Rückzug koordinieren.«

»Ernsthaft?«

Er gluckst. »Ich habe dir gestern Abend gesagt, dass ich nie Witze über den Kampf mache. Also, fang an.«

»Wann ist es privat und wann kann die ganze Gruppe hören, was ich sage?«

»Es reagiert auf deine Gedanken, *a leanbh. Du* bist diejenige, die die Verbindung herstellt. Nur zu, bring deinen Mann zum Erröten. Niemand außer euch beiden wird wissen, was gesagt wird.«

Ich kichere. »Okay, aber dreh dich um. Ich will nicht unanständig sein, wenn mein Großvater mir zusieht.«

»Du sprichst die Dinge nicht aus, du Spinnerin. Du redest nur mit ihm. Was sollte ich mitbekommen?«

Ich hebe meine Hand und lasse meinen Finger kreisen, bis er sich umdreht. »Nichts, darum geht es ja.«

»Du bist lächerlich, weißt du das?«

»Das habe ich schon das ein oder andere Mal gehört.« Als ich sicher bin, dass er sich um sich selbst kümmert und die Schönheit des Waldes hinter uns betrachtet, sende ich meine Gedanken aus, so wie ich es bei Bruin und Nikon mache. *Hey, Süßer. Sieht gut aus da unten. Sogar so gut, dass ich dachte …*

Ich beschreibe in schmutzigen Details, was ich jetzt gerne mit ihm machen würde.

Er sieht sich auf der Lichtung um und kichert. *Wo bist du? Wann sollen wir das machen?*

Ich bin über dir und zu deiner Rechten.

Sein Blick hebt sich und ich winke, als er mich sieht. *Ich nehme an, dass Fionn dir ein paar neue Tricks beibringt?*

Jepp. Ich mag das hier.

Ich bin mir sicher, dass die Fähigkeit mehr bewirken soll, als nur ein paar unflätige Bemerkungen mit deinem Liebhaber auszutauschen.

Wahrscheinlich, aber das hat Spaß gemacht.

Aye, das hat es. Okay, ich bin mit Koen dran. Zurück an die Arbeit, meine rothaarige Sexfanatikerin.

Nur Arbeit und kein Vergnügen ist langweilig.

Wie schalte ich das aus?

Ich kichere. *Na gut. Zurück an die Arbeit.*

Als ich meine Aufmerksamkeit wieder auf Fionn richte, hat er sich bereits umgedreht und grinst über das ganze Gesicht.

»Das ist nicht fair. Du hast geschummelt.«

Er lacht. »Eine Sache wirst du in diesem Jahrhundert bald lernen. Es gibt keine Privatsphäre. Jeder weiß, was du tust, also ist es sinnlos, es zu verbergen. Außerdem tut es meinem Herzen gut, euch beide so glücklich zu sehen.«

Als er sich umdreht, um den Weg zurückzugehen, den wir gekommen sind, hake ich mich bei ihm unter und grinse. »Meinem auch.«

* * *

Zum Abschluss des Vormittags nehme ich an den Nahkampfübungen teil und baue etwas Energie ab. Ich finde es störend, die Krone während der Kampfübungen zu tragen, also gebe ich sie für eine Weile an Fionn zurück.

Aber er hat recht. Die Krone während der Schlachten der Säuberung zu tragen, dürfte ein großer Vorteil sein. Ich kann nicht nur meine Kameraden einschätzen und mit ihnen kommunizieren, sondern auch die Schwächen der gegnerischen Truppen erkennen. Da die Krone auf meine Gedanken reagiert, können auch die anderen sicher miteinander reden.

»Funktioniert die Krone auch bei anderen Übernatürlichen?«, frage ich nach, als wir in der Großen Halle sitzen und unser Mittagessen essen.

»Ja, das tut sie. Aber ich glaube, ihr habt es in eurer Stadt mit Übernatürlichen zu tun, denen wir noch nie begegnet sind. Hier gibt es Feenwesen, ein paar Seemonster und den einen oder anderen Halbgott, der vom Leben gelangweilt ist.«

»Ja, wir haben viele verschiedene Gemeinschaften, Halbgötter und Dergleichen. Ich muss es in der Stadt ausprobieren.«

Dillan gluckst. »Du wirst mit deiner Krone auf der Queen Street wie eine echte Fashionista aussehen, Schwesterherz.«

»Vielleicht verziere ich sie, damit sie mehr wie eine Tiara aussieht.« Fionn schaut mich entsetzt an und ich muss lachen. »Das war ein Scherz, alter Mann. Ich würde meinen alten Schatz nie mit Strass und Glitzer verschlimmbessern.«

»Der Göttin sei Dank«, stöhnt er erleichtert.

»Wo wir gerade dabei sind, der Göttin zu danken.« Bodhmall reicht Koen einen leeren Bierkrug als stille Aufforderung, dass er ihn wieder auffüllen soll. »Was hast du getan, um ihre Gunst zu erlangen, jetzt, wo das Ereignis bevorsteht?«

Ich schaue von ihr zu Fionn und wieder zurück. »Was meinst du?«

»Ich meine deine Interaktionen mit der Göttin. Wann hast du das letzte Mal mit ihr über den Lauf der Welt gesprochen?«

»Wir haben die Zisterne der Quelle davor bewahrt, dass das Prana der Feen abgezapft wird und die Verantwortlichen gefasst. Darüber war sie glücklich.«

»Was ist mit ihrer Gunst für die *Zeit der kollidierenden Mächte*?«

Ich wende mich an meine Brüder und Sloan und sie sehen alle so ideenlos aus, wie ich mich fühle. »Ich bin mir nicht sicher, was du meinst.«

Fionn grunzt und lehnt sich in seinem Stuhl zurück. »Wie lange hast du noch Zeit bis Alban Arthan, mein Mädchen?«

Alban Arthan ist der altmodische Druidenbegriff für die Wintersonnenwende. »Sechs Wochen«, antworte ich.

»Dann könnte noch Zeit sein.«

Bodhmall runzelt die Stirn. »Ja, aber nicht viel.«

Der Blick, der zwischen Fionn und seiner Tante hin und her geht, lässt die Schmetterlinge in meinem Bauch noch mehr als sonst flattern. Als ich die Reaktion von Arken, Royce und den anderen Fianna sehe, ist es noch schlimmer.

»Was?«, mein Herzschlag beschleunigt sich. »Was wissen wir nicht?«

Fionn atmet lange aus. »Vielleicht ist es gar nichts. Eure Erfahrungen werden nicht dieselben sein wie unsere. Ihr kommt aus einer anderen Zeit, mit anderen Übeln und anderen Feinden.«

»Aber wenn sie dieselbe wäre?«, hakt Sloan nach.

Fionn nimmt einen tiefen Zug aus seinem Krug, setzt ihn ab und wischt sich den Schaum aus dem Bart. »Wie bei allen Dingen gibt es ein Gleichgewicht, das erkannt werden muss. Ein Gleichgewicht in der Natur. Ein Gleichgewicht in der Ausrichtung. Ein Gleichgewicht der Macht. Wir haben den größten Teil des letzten Jahres damit verbracht, unsere stärksten Feinde zu bewerten. Ich nehme an, ihr wisst auch, mit wem ihr es zu tun haben werdet, nicht wahr?«

Ich schlucke und setze meinen Krug ab. »Das tun wir. Wir haben Mingin und Melanippe, Barghest, Vampire,

Hexen, Nymphen und vielleicht Morgana, wenn sie ihrer Verbannung entkommen ist, bevor ich ihren Sohn gebraten habe.«

»Wisst ihr auch, wer hinter ihnen steht?«, hakt er nach.

Ich zucke mit den Schultern. »Ich verstehe nicht, was du damit sagen willst?«

»Genau das, wonach es klingt.« Er zieht den Korb mit dem Brot näher heran und reißt ein Stück ab. »Es gibt Leute in der Machthierarchie, die das Ergebnis in die eine oder andere Richtung lenken wollen und die ihre auserwählten Sieger mit Gunstbezeugungen beehren.«

Dillan lehnt sich zurück und flucht. »Du meinst, wir brauchen eine Art Sponsoring?«

Calum grinst. »Glaubst du, Nike wird uns unterstützen?«

Emmet gluckst. »Das hängt davon ab, ob du von der Sportfirma oder dem griechischen Gott sprichst. Bei Letzterem haben wir mehr Einfluss. Dionysos könnte ihn zu einer seiner Orgien einladen und wir können ihn fragen.«

Ich winke ab und versuche, mir einen Reim darauf zu machen. »Du meinst also, wir müssen uns nicht nur um die Bösewichte kümmern, die versuchen, unschuldige Menschen zu töten, um Fuß zu fassen, sondern auch um die fiesen Hintermänner?«

Bodhmall schüttelt den Kopf. »Nicht in dem Sinne, dass sie sich beteiligen werden, nein. Für uns ist es einfach eine Kraft, die berücksichtigt werden muss. Wir haben unsere Sache der Göttin vorgetragen und ihr erklärt, mit wem und womit wir es zu tun haben und sie hat uns mit Gunstbezeugungen bedacht, um die Gerechten und Rechtschaffenen zu stärken.«

Emmet setzt sich aufrechter hin. »Wenn es etwas nützt, ich glaube, sie mag uns. Als wir das letzte Mal mit ihr gesprochen haben, war sie dankbar für unsere Hilfe und sagte, sie würde den Wiederaufbau der weißen Hexen unterstützen.«

Richtig, das hat sie. »Sie hat Sarah eingeladen, mit ihr in Kontakt zu bleiben, während die weißen Hexen daran arbeiten, die Dinge mit ihrem Zirkel in Ordnung zu bringen.«

Fionn nickt. »Das ist sehr gut. Meinst du, du könntest eine Audienz bei ihr bekommen und sie um ihre Unterstützung bitten?«

Ich begegne den Blicken meiner Brüder und sie sehen genauso verloren aus wie ich. »Vielleicht. Ich weiß nicht, wie ich eine Audienz bei ihr bekomme, aber Sarah weiß es vielleicht. Emmet? Kannst du sie anrufen und fragen, wenn wir zurückkommen?«

Emmet verzieht das Gesicht. »Ähm, ja, ich freue mich schon darauf. Das wird bestimmt gut ankommen.«

»Was soll das heißen? Ich dachte, du und Sarah hättet euch als Freunde getrennt und alles wäre in Ordnung.«

»Das war es. Dann hat sie herausgefunden, dass ich mit Ciara zusammen bin und wir gleich danach geheiratet haben. Sarah war verletzt und sagte ein paar wenig schmeichelhafte Dinge. Ciara hat es gehört, das Telefon an sich genommen und ein paar Dinge erwidert … das war ein Zickenkrieg.«

Calum und Dillan versuchen beide, nicht zu lachen.

Ich zeige auf sie. »Das ist nicht der richtige Zeitpunkt, ihr zwei.«

Dillan hebt seine Hände. »Ich will nur sagen … so schlimm kann es nicht sein. Die Frau ist so gutmütig. Wenn sie sich aufregt, ist das, als würde dich ein Kätzchen mit seinen flauschigen Pfötchen schlagen.« Er dreht sich zu Calum um und knufft ihn gegen die Schulter. »Emmet Cumhaill, du bist ein Schuft. Nimm meine Prügel und spüre meinen pelzigen Zorn.«

»Halt. Hör auf. Bitte«, Calum kichert. »Du kitzelst mich mit deiner Wut.«

Emmet findet das nicht lustig.

Ich werfe ihnen einen warnenden Blick zu. »Verkneift euch eure Albernheiten.« Als sie sich beruhigt haben, richte ich meine ganze Aufmerksamkeit auf Emmet. »Es tut mir leid, dass es nicht so gut ausgegangen ist, wie es hätte sein können, Emmet, aber Sarah ist reizend und pflichtbewusst. Sie wird verstehen, was auf dem Spiel steht. Wir werden das schon hinbekommen.«

Sloan beugt sich vor und klopft mit den Fingerknöcheln auf den Tisch. »Ich werde mit ihr reden, wenn du willst. Sie war zuerst eine Freundin von mir. Wir können dich auch ganz aus dem Spiel lassen, wenn das besser für dein Eheleben ist.«

»Ja, das wäre gut, Sloan. Danke.«

Ich lächle Sloan an. »Trennungsdrama abgewendet. Jetzt haben wir wenigstens eine Aufgabe, die uns hilft, uns vorzubereiten.«

Sloan nickt. »Fionn, du hast erwähnt, dass du weißt, wer die Kräfte unterstützt, mit denen ihr es in eurer Zeit zu tun habt. Wie hoch ist die Wahrscheinlichkeit, dass wir es mit der gleichen Macht zu tun haben? Ist es ein Mensch, ein Unsterblicher oder ein Gott?«

»Gute Frage.« Ich komme wieder in die Spur. »Punkt für dich.«

Fionn zuckt mit den Schultern. »Ich kann nicht sagen, ob es derselbe Mann ist, aber er hat die Langlebigkeit, um immer noch ein Problem zu sein.«

»Wer ist es?«, will ich wissen. »Wir können ihn überprüfen und sehen, ob er in unserer Zeit noch ein Problem ist. Wenn er sich gegen Mutter Natur und ihre Wünsche auflehnt, muss er sehr mächtig sein.«

»Oder dumm«, wirft Dillan ein. »Dummheit sollte man nicht unterschätzen.«

Fionn runzelt die Stirn. »Nein. Der Tod ist nicht dumm. Er investiert in den Aufruhr, weil er am meisten von dem Chaos, den Morden und den darauffolgenden Schlachten profitieren wird.«

»Der Tod?« wiederhole ich ungläubig. »Wie der Chef der Seelensammler und Evangelines Boss?«

Fionn runzelt die Stirn. »Wer ist Evangeline?«

»Meine Freundin«, erklärt Dillan.

Fionns Gesichtsausdruck verhärtet sich und sein entsetzter Blick wird von allen Fianna im Raum widergespiegelt. »Du hast dich mit einer Seelensammlerin eingelassen? Junge, was hast du dir dabei nur gedacht?«

Dillan erstarrt. »Sie *war* eine Seelensammlerin. Jetzt ist sie dabei, ihre Bestimmung im Chor der Engel zu ändern. Auch wenn es nicht so wäre, würde das nichts an meinen Gefühlen für sie ändern. Sie ist fantastisch.«

»Ihre Bestimmung ändern?«, wundert sich Bodhmall. »Ist das überhaupt möglich?«

Dillan nickt. »Ja, ist es. Der Tod hat sie unserer Familie als Schutzengel zugewiesen.«

Mir schwirrt der Kopf. »Nur … erinnerst du dich daran, was sie nach der fiesen Vampirgeschichte zu uns gesagt hat, als sie tagelang weg war?«

Dillan runzelt die Stirn. »Sie hat eine Menge Dinge gesagt. Was meinst du?«

»Sie sagte, angesichts der Gefahren, denen wir ausgesetzt sind und des Ausmaßes der Gewalt gegen uns, sollte eine Familie wie die unsere mehrere Schutzengel haben, die über uns wachen, nicht nur einen.«

»Da ist was dran«, nickt Emmet.

»Sie hat auch erwähnt, dass unsere Schutzengel erfahrene Krieger sein sollten, die uns besser beschützen können. Kein Neuling in der Ausbildung. Eva hat vermutet, er wollte sie zum Scheitern verurteilen.«

Sloan sieht noch mürrischer aus als sonst. »Und wir haben uns gefragt, ob *wir* nicht zum Scheitern verurteilt sind.«

»Weil wir es waren«, meint Dillan eilig. »Wenn der Tod weiß, wer wir sind, und wofür wir stehen, würde er uns nicht die volle Unterstützung der Schutzengel geben wollen.«

»Glaubst du, dass deine Frau in seine Spielchen eingeweiht ist?«, hakt Koen misstrauisch nach.

Dillans Kopf dreht sich um und er wirft dem Krieger einen bösen Blick zu. »Was hast du gerade gesagt?«

Koen versteift sich, aber er gibt nicht nach. »Komm schon. Du musst dich fragen, ob deine Frau vielleicht mehr zu ihrer Gemeinschaft hält als zu deiner.«

Die Beine von Dillans Stuhl schrammen über den Steinboden, bevor das Ding nach hinten kippt. Er erhebt sich mit beängstigender Geschwindigkeit. »Nennst du meinen Engel eine Verräterin, denn wenn du das tust …!«

»Das tut er nicht!« Ich stehe auf und drücke eine Hand gegen Dillans Brust. »Koen kennt Eva nicht. Es war eine einfache Frage, um die Dinge aus einem anderen Blickwinkel zu betrachten.«

Koen sieht nicht beunruhigt aus … eher amüsiert, dass er Dillan so verärgert hat

»Eva ist auf keinen Fall eine Verräterin.« Ich werfe einen prüfenden Blick auf die Fiannas. »Sie ist ein Engel im wahrsten Sinne des Wortes. Aufrichtig. Ehrlich. Es macht einfach Spaß, mit ihr zusammen zu sein.«

Dillan wirft mir einen dankbaren Blick zu und beruhigt sich wieder. »Eva *könnte* nicht heucheln, selbst wenn sie es versuchen würde.«

»Da muss ich meinem Bruder zustimmen.« Calum steht auf der anderen Seite von Dillan und schiebt ihn zurück zu dem Stuhl, den Emmet hingestellt hat.

»Sie ist die süßeste und entspannteste Frau, die wir je getroffen haben«, fügt Emmet hinzu.

Calum grinst. »Die einzige Frage, die wir uns bei ihr stellen, ist, warum sie sich mit diesem Verlierer eingelassen hat.«

Dillan stößt sich von Calum ab, aber seine Empörung scheint sich verflüchtigt zu haben. »Sie findet mich toll.«

Aiden gluckst. »Das liegt daran, dass sie nur etwa … fünf Menschen kennt?«

Die Spannung lässt nach und meine Brüder setzen sich.

Sloan wartet so lange und führt das Gespräch wieder auf das Wesentliche zurück. »Wenn wir davon ausgehen, dass der Tod wieder einmal auf der dunklen Seite steht, haben seine Manipulationen schon vor Monaten begonnen.«

»Und wir haben es nicht bemerkt«, gestehe ich.

»Ja, ohne es zu wollen, hat Eva ihm wahrscheinlich über unsere Stärken und Schwächen berichtet und darüber, wie wir mit den Herausforderungen umgegangen sind, mit denen wir konfrontiert wurden.«

»Dieses dreckige, betrügerische Arschloch«, schimpft Dillan.

Ich winke ab. »Das ist in Ordnung. Er hat seine Abreibung erhalten. Wir sind vielleicht spät dran, aber wir haben aufgeholt. Jetzt, wo wir auf derselben Seite stehen, werden wir das Arschloch zerquetschen und er wird es nicht einmal kommen sehen.«

Dillan nickt. »Ich freue mich schon darauf.«

Kapitel 11

Am dritten Tag geht das Training bis in den späten Nachmittag hinein. Als wir aufhören, leuchtet die Sonne bereits orange am Horizont und unsere Mägen knurren. Die Druiden der Vergangenheit scheinen drei Mahlzeiten nicht für notwendig zu halten.

Ich bin eher ein Hobbit: Frühstück, zweites Frühstück, Zwischenmahlzeit, Mittagessen, Nachmittagstee, Abendessen und ein später Snack.

Wir folgen ihrem Beispiel. Wenn Bodhmall also behauptet, dass wir uns keine Sorgen um volle Bäuche machen müssen, wenn die Welt zugrunde geht, wer sind wir, um zu widersprechen?

»Wie waren deine Trainingseinheiten?«, will ich von Sloan wissen.

Alle sind in die eine oder andere Richtung gegangen und wir beide stehen auf einem Hügelkamm und genießen diesen Moment für uns allein.

»Es war aufschlussreich«, erzählt er mir. »Arken verfügt über eine Fülle von Wissen. Und obwohl mir vieles davon bekannt war, geht er die Heilung aus einer anderen Perspektive an, als ich es je in Betracht gezogen hätte. Wenn ich erst einmal verdaut habe, was das bedeuten könnte, glaube ich, dass ich in Zukunft effizientere Heilungsreserven haben könnte.«

Der Aufregung in seinem Tonfall nach zu urteilen, sind das großartige Neuigkeiten.

Ich muss nicht verstehen, was das bedeutet. Sloan ist begeistert davon und ich freue mich für ihn.

»Was ist mit deinem taktischen Training mit Dahir und Tad? Ich habe nicht viel davon mitbekommen, aber von dort, wo ich mit Royce trainiert habe, hat es so ausgesehen, als würdest du dich in Windeseile in alle Richtungen bewegen.«

»Ja, wir sollen unsere Gabe als Wanderer für den offensiven Angriff nutzen. Dahir hat uns beigebracht, wie wir auf die Schnelle von einer Seite des Gegners zur anderen teleportieren können, um ihn aus der Reserve zu locken.«

»Cool. Es hat klasse ausgesehen.«

»Offen gesagt, ist mir ein bisschen schwindelig geworden, aber Dahir meint, dass es mit etwas Übung zur zweiten Natur wird und eine verdammt effektive Art zu kämpfen ist.«

»Fantastisch. Das ergibt auch Sinn. Deine Gabe darf gerne für mehr nützlich sein als nur zum Reisen.«

»Das sollte sie. Es hat zwar ein bisschen gedauert, uns beizubringen, wie wir häufiger auf unsere Gabe zurückgreifen können, ohne zu viel Energie auf einmal zu verbrauchen, aber als wir den Dreh einmal raus hatten, war es nur noch eine Sache der Übung.«

»Ist Dahir ein Wanderer?«

»Nein. Er hat Verwandte, die es waren und viel darüber wussten, aber nicht er, nein.«

Ich lehne mich zur Seite und knuffe ihn in die Schulter. »Nun, ich bin froh, dass unsere Zeit hier für alle Beteiligten gewinnbringend ist.«

Er legt seinen Arm um meine Schultern und drückt mich an seine Seite. »Woran habt ihr heute gearbeitet?«

»Mit der Krone. Ich werde immer besser darin, die Stärken unseres Teams und unserer Gegner einzuschätzen, aber mit den Schwächen unserer Gruppe komme ich nicht gut klar. Ich weiß, wie wichtig es ist, dass wir alle unsere Schwächen akzeptieren, aber ich tue es nicht gerne.«

»Ich nehme an, du musst Emotionen von Einschätzungen unterscheiden, wenn ein Krieg bevorsteht.«

»Das fällt mir nicht leicht.«

»Nein. Ganz sicher nicht. Dein Bedürfnis, andere zu unterstützen, kollidiert mit der Analyse von Schwächen.«

»Das tut es. Meiner Meinung nach ist es vorteilhafter, die Schwächen zu kompensieren, indem wir uns auf unsere Stärken konzentrieren.«

»Ja, in gewisser Weise.« Ich erwarte, dass er fragt, was ich für seine Schwächen halte, aber das tut er nicht. »Gut zu wissen, dass die Eisenkrone mehr ist als nur ein schweres Accessoire.«

»Oder Bettpfostendekoration.«

Er gluckst. »Ehrlich gesagt, ich finde, der Look passt zu King Henry. Sehr königlich.«

»Genau. Sie ist erstaunlich mächtig, wenn man weiß, wie man sie benutzt.«

»Was du jetzt tust.«

»Ja. Es ist super cool. Mir war auch ein bisschen schwindlig, aber Fionn sagt, mit etwas Übung bekomme ich den Dreh raus.«

Die Sonne nähert sich dem Horizont und das Licht wird bald verblassen. »Es wird interessant, was wir noch lernen und wie wir es anwenden können, wenn wir nach Hause kommen.«

»Die Betonung liegt auf *wenn*.«

Sloan umarmt mich und küsst meine Schläfe. »Wir werden nach Hause kommen. Es gibt einen Grund für all das hier. Ich spüre es. Bodhmall hat recht. Wenn das Universum mit uns zufrieden ist, wird es uns zurückbringen.«

»Ich hoffe es. Ich vermisse Manx, unser Haus, Liam und die Äffchen. Was ist mit Nikon? Meinst du, sie haben Andromeda zurück?«

»Ich bin mir sicher, dass das sich alles klären wird.«

Wir sind auf halbem Weg zurück zum Eingang des unterirdischen Bunkers, als Fionn uns entdeckt und uns signalisiert, ihm zu folgen. »Kommt, ihr Turteltäubchen. Es gibt Ärger auf der Emain Ablach, der Insel der Unsterblichen. Wenn wir jetzt aufbrechen, können wir morgen Abend dort sein.«

»Wir können sofort dort sein«, erwähnt Sloan. »Ich war schon mehr als einmal auf der Insel und kann uns sofort hinbringen.«

Fionn blinzelt, als ob er das nicht bedacht hat. »Ja, natürlich kannst du das. Kommt mit. Wir versammeln die anderen. Wir haben keine Zeit zu verlieren.«

* * *

Zu dreizehnt teleportieren wir uns von Fionns Land in Kildare, östlich von Dublin, auf eine Insel in der Irischen See. In dem Moment, in dem wir uns materialisieren, bombardiert uns die Magie der Umgebung und meine Zellen fangen Feuer. Meine Müdigkeit und mein Hunger verschwinden, und meine Muskeln freuen sich über neue Energie.

»Heiliger Bimbam, was ist das für ein Ort? Es ist, als wäre diese Insel ein Batterieladegerät und ich wurde gerade aufgeladen.«

Ich schaue mir den Fluss des weißen Wassers an, das eine steile, dunkle Felswand hinunterstürzt. Die Wasserfälle stürzen nicht in einer geraden Linie hinab, sondern schlängeln sich im Zickzack um die Felsen und das dichte grüne Moos, das sich an ihnen festhält.

»Ja … äh, ich auch. Glühe ich etwa? Ich fühle mich, als würde ich glühen.« Ich schaue zu Emmet hinüber und schnappe nach Luft.

Die Aura, die ich in den vergangenen drei Tagen beim Training mit der Krone gesehen habe, wurde gerade super aufgeladen, sodass Emmet tatsächlich leuchtet wie ein heißes rosa Nachtlicht. »Was zum Teufel ist los, Emmet? Bist du in Ordnung?«

»Abgesehen davon, dass ich eine lebende Barbie-Traumhaus-Leuchtturm-Ausgabe bin, geht es mir gut. Eigentlich großartig. Es ist schwer zu erklären, aber ich fühle mich … im Einklang mit diesem Ort.«

Aiden studiert Emmet und sieht genauso erschrocken aus, wie ich mich fühle. »Was ist Emain Ablach? Hätten wir schon vorher davon erfahren sollen?«

Sloan schüttelt den Kopf. »Wenn du dich nicht mit keltischer Mythologie beschäftigst, kannst du es nicht wissen. Emain Ablach ist ein mythisches Inselparadies aus alter Zeit. Viele Gelehrte haben versucht zu erfahren, ob es ein Land der Toten, die Heimat der Götter, ein Tor zu einer irischen Walhalla oder ein Eingangstor zu einem mythischen Reich war.«

»Sie wissen es nicht?«

Er schüttelt den Kopf. »Was auch immer Emain Ablach in einer vergangenen Zeit war, in unserer Zeitlinie ist es eine Insel, die von den Göttern und den Mächtigen gleichermaßen verlassen wurde. Es gibt Geschichten über eine große Stadt, aber niemand hat je Ruinen als Beweise gefunden oder einen Ort, an dem sie gestanden haben könnte. Sie ist das druidische Pendant zu unserem großen weißen Wal.«

Nun, das ist scheiße.

Ich schaue mich um und obwohl es eine wunderschöne Insel mit üppiger Vegetation ist und vor roher Kraft pulsiert, scheint sie nichts von dem zu sein, was Sloan in den Raum gestellt hat. »Sie ist schön, aber nicht schön wie Walhalla … und es gibt keine Stadt. Bist du sicher, dass wir auf der richtigen Insel sind?«

»So sicher wie ich mir bei einer mythischen Insel sein kann, bei der sich niemand sicher ist.«

»Touché.«

»Es ist die richtige Insel.« Bodhmall zeigt auf den Wald gegenüber dem Wasserfall. »Die Stadt ist nicht da, wo sie jeder sehen kann. Kommt. Die Zeit, die wir auf der Reise gespart haben, verschafft uns glücklicherweise einen Vorsprung. Wer auch immer hier ist und unsere Verbindung zur Quelle stört, er wird nicht erwarten, dass wir so schnell reagieren.«

Ausgezeichnet. Ich genieße das Überraschungsmoment immer.

Ich überprüfe die Umgebung, während wir uns vom Ufer entfernen und über Land in Richtung Wald und Wasserfälle eilen. Obwohl sich die Dämmerung ankündigt und es in etwa zwanzig Minuten dunkel sein wird, kann ich einen großen Teil der Landschaft in beide Richtungen sehen.

Keine Stadt. Keine Anzeichen von jemandem, der gerettet werden muss.

»Dieser Ort fühlt sich an, als wäre er bereits verlassen.«

»Das ist er aber nicht«, erwidert Bodhmall.

Ich beeile mich, mit ihr Schritt zu halten. Die Frau mag ein paar Jahrhunderte alt sein, aber sie ist flink. »Was hast du damit gemeint, als du gesagt hast, jemand würde deine Verbindung zur Quelle stören?«

»Genau das«, erwidert sie.

Hier endet auch schon die Erklärung.

»Du bist keine große Rednerin in einer Krise, nehme ich an.«

»Beachte sie nicht, *a leanbh.*« Fionn stapft neben mir über das vereiste Terrain. »Die Insel Emain Ablach ist ein besonderer Ort in unserer Zeit. Sie ist heilig und wichtig für viele Feen-Zivilisationen. Sie ist eine direkte Leitung für das Feenprana.«

»Wie Ley-Linien?«

»Das gleiche Konzept, aber mit viel mehr Leistung.«

Ja, das spüre ich … und der arme Emmet. Er sieht aus wie das Nachtlicht eines vierjährigen Mädchens.

Da ich das kleinste Mitglied unserer Gruppe bin, falle ich in einen leichten Laufschritt, um mitzuhalten. »Wenn es ein Notfall ist, wäre es effizienter, wenn Tad und Sloan uns in den Wald bringen.«

»Oh, das wäre es vermutlich«, meint Fionn. »Ich fürchte allerdings, zwischen der Küste und der verborgenen Stadt kann sich keine Magie entfalten. Das hilft, das Unerwünschte fernzuhalten.«

Sloan nickt. »Ich erinnere mich an die Geschichten von gekenterten Schiffen und mysteriösen Todesfällen im Zusammenhang mit Leuten, die versucht haben, die Insel zu finden.«

»Ist es eher Schutz oder ein antikes Bermudadreieck?«, will ich wissen.

»Es ist eine Sache des rachsüchtigen Gottes«, weiß Sloan.

Fionn streckt einen Arm aus und deutet auf die Irische See entlang der Küstenlinie. »Emain Ablach gehört zum Reich des Meeresgottes Manannán mac Lir. Er ist sehr streng, wer sich seiner Insel nähern darf. Nur diejenigen, die reinen Herzens und auf der Suche nach Erholung sind, haben Zugang zu diesem Land. Diejenigen, die es unter falschen Absichten versuchen, werden auf dem Meer versenkt und man hört nie wieder von ihnen.«

»Ein Türsteher auf einem Machttrip«, pflichtet Calum bei.

Emmet schnaubt. »Mit der Kraft, dich auf den Grund des Meeres zu saugen.«

Ich frage mich, was das für uns bedeutet. »Da Sloan die Einreisebestimmungen wie bei einer Seereise umgangen hat, wie stehen die Chancen, dass wir dafür bestraft werden, dass wir hier sind?«

Fionn schüttelt den Kopf. »Keine Sorge. Wir gehören zur Kategorie derjenigen, die ein reines Herz haben. Wenn böse Mächte diesen Kraftort zerstören wollen, wird Manannán es uns nicht übel nehmen, wenn wir kommen, um dem ein Ende zu setzen.«

Ich hüpfe über einen breiten Spalt im Boden und beeile mich, mit Fionns langen, kraftvollen Schritten Schritt zu halten. »Hast du eine Ahnung, wer die Quelle der Insel angreift?«

»Du stellst zu viele Fragen«, schnauzt Bodhmall und wirft mir einen strengen Blick über ihre Schulter zu. »Vielleicht solltest du deine Neugierde zügeln und durch Beobachtung lernen.«

Calum blinzelt mich an und verzieht das Gesicht.

Ich zucke mit den Schultern und gehe unbeeindruckt weiter. »Wir sind gekommen, um euch zu helfen, jemanden vor etwas zu schützen. Wenn ihr uns sagt, was ihr wisst, können wir uns besser vorbereiten. Es ist ja nicht so, als wären wir Otto Normalsterbliche und ihr müsstet uns auf Abstand halten.«

Bodhmall betrachtet die Landschaft und blickt finster in den düsteren Himmel, als ihre Aufmerksamkeit auf Fionn fällt. »Du sagtest, sie sei willensstark, aber du hast vergessen zu erwähnen, dass sie nervtötend hartnäckig ist.«

Fionn grinst. »Genau wie ihre Großtante.«

Bodhmall schnippt mit den Fingern. Funken fliegen und gehen auf ihn los wie explodierende Feuerwerkskörper.

Nach wie vor schenkt er ihnen wenig Beachtung.

»Ignoriere sie, Mädchen. Weißt du, Emain Ablach ist nicht nur ein Inselparadies. Es ist auch die Heimat der mythischen und magischen Wesen, die außerhalb der Gesellschaft leben. Wir waren vor nicht allzu langer Zeit hier, um unsere Verbindung zur Quelle zu stärken, und haben viele Freunde gefunden.«

Na also, geht doch … *das* verstehe ich.

Ich werde auch ganz schön zickig, wenn meine Freunde in Schwierigkeiten sind und ich zu ihnen muss.

Wir folgen Bodhmall und den anderen in den Wald und ich atme die Magie der Umgebung tief ein. Es ist unglaublich. Als ich Druidin wurde und die umgebende Magie in Irland gespürt habe, war es, als würde mir an einem heißen Sommertag ein erfrischendes Glas rosa Limonade angeboten. Ich habe es in kleinen Schlucken ausgetrunken.

Das jetzt ist wie ein Sprung in einen riesigen Swimmingpool … vorausgesetzt, er ist erfrischend und nicht klebrig und eklig.

Echt irre. Nach achtzehn Monaten Ausbildung, Studium und diversen Feuerproben dachte ich, ich hätte die Macht, die mir zur Verfügung steht, begriffen.

Die ungenutzte Energie dieser Insel sprengt diese Theorie. Sie wird immer stärker, je näher wir den Bäumen kommen.

»Wenn Emain Ablach in unserer Zeit verlassen und in Trümmern liegt, warum bist du dann hier gewesen, Sloan? War das wieder einer deiner Kindheitsausflüge?«

Sloan grinst. »Ich habe mich ein- oder zweimal mit meinen Eltern hierher gewagt. Sie hatten ihre Fehler als

Erziehungsberechtigte, keine Frage, aber als Druidenausbilder waren sie hervorragend.«

Ja. Sie haben dafür gesorgt, dass ihr einziges Kind zum besten Druidensoldaten aller Zeiten geformt wurde.

»Das ist unheimlich cool.« Calum überblickt die ebenholzfarbenen Klippen, die sich in der Ferne etwa sechzig Meter hoch erheben und den dichten Wald zwischen ihnen und uns. »Ist das eine optische Täuschung oder sind die Bäume tatsächlich so dicht zusammengewachsen?«

»Ein bisschen von beidem«, bejaht Fionn.

»Um unerwünschte Besucher fernzuhalten, verschiebt sich der Wald von Emain Ablach, um den Zugang zu blockieren«, erklärt Sloan. »Er ist einer von nur drei solcher Wälder auf dem Planeten.«

»Verdammt cool«, meint Emmet.

»Das ist es«, bestätigt Fionn. »Es sei denn, ihr wollt in den privaten Bereich der Insel eindringen. Dann wird es ein bisschen anstrengend.«

Ich kann mir vorstellen, dass das die Dinge schwierig machen dürfte.

»Jeder muss sich darauf konzentrieren, die Heiligkeit der Insel zu schützen«, fordert Bodhmall. »In diesem Wald gibt es viele empfindungsfähige Lebewesen – auch die Bäume selbst. Unser Erfolg wird davon abhängen, ob sie uns den Zutritt gewähren.«

Wir fallen hinter Bodhmall und die Fianna-Krieger zurück.

Als wir den Rand der Baumgrenze erreichen, versperren uns die Bäume jedoch nicht den Weg. Bodhmall und Fionn zögern einen Moment bei der ersten Baumreihe, runzeln dann die Stirn und treten in den Schatten des Waldes.

»Das war ein bisschen enttäuschend«, flüstere ich.

Emmet sieht mich an und nickt. »Ich wollte den Laubwedler machen.«

»Und den Weidenflechter«, witzelt Calum.

»Und den Fichtenspin«, fügt Dillan hinzu und sieht mich an.

»Und den Walnusswalzer«, ich schaue Aiden herausfordernd an.

Er verdreht die Augen. »Und das Ulmenmanöver.«

Die Fianna sehen uns an, als wüssten sie nicht, was sie sagen sollen. »Es ist am besten, sie zu ignorieren, wenn sie so sind«, schlägt Sloan vor.

Ich lache. »Es bedeutet nur, dass wir uns vorstellen, was die Bäume tun könnten, wenn sie die versteckte Stadt schützen wollen.«

Koen schaut stirnrunzelnd zu uns herüber. »Das wollt ihr nicht wirklich sehen. Sie wehren Eindringlinge nicht nur ab, sie zerquetschen sie zu Brei.«

»Nun, das ist weniger faszinierend. Lassen wir uns nicht unter Druck setzen, wenn wir es vermeiden können.«

Calum gluckst. »Ich ziehe es vor, ebenfalls dreidimensional zu bleiben.«

»Ja, ich auch«, nickt Aiden.

Fionn und Bodhmall heben ihre Hände und eine Welle von Magie zirkuliert in der Luft. Sie lässt mir die Haare im Nacken zu Berge stehen und ich atme tief ein.

Ich studiere die Wurzeln und den Boden. Ich gehe in die Hocke und drücke meine Handfläche gegen die reiche Erde des Waldbodens. Die Energie, die zu mir zurückkommt, ist ganz und gar nicht natürlich.

Sie schmerzt.

»Jemand hat die Bäume an ihrem Platz fixiert. Ein Unbeweglichkeitszauber hält sie gefangen.«

Fionn drückt eine Hand gegen die Rinde eines großen Laubbaums, den ich noch nie gesehen habe. Die Rinde sieht in den Schatten der frühen Nacht dunkelblau aus. »Fiona hat recht. Es ist dunkle Zauberei.«

Bodhmall greift nach dem Baum, neben dem sie steht und berührt seinen Stamm. »Welcher Zauberer hat die Macht, die Verwunschenen Bäume von Emain Ablach zu binden?«

Die beiden starren sich an und die Schlussfolgerung, zu der sie kommen, scheint nichts Gutes für die Menschen in Emain Ablach zu verheißen.

Sie wenden sich der verborgenen Stadt zu und laufen ihr eilig entgegen.

Wir nehmen eine rasante Verfolgungsjagd auf.

»Soll ich Bruin freilassen, damit er nach dem Rechten sieht?«

Fionn schaut mich an, sein Blick ist angespannt. »Aye. Eine gute Idee. Sag ihm, er soll nicht angreifen, bis wir bei ihm sind. Irgendetwas stimmt nicht und wir sollten nicht handeln, bevor wir nicht wissen, was es ist.«

Hast du alles mitbekommen, Bruin? Die Verwunschenen Bäume sind gefesselt und wir brauchen dich, um zu sehen, was vor sich geht. Erst mal nur Informationen sammeln.

Mache ich. Ruf deine Rüstung, Rotschopf. Ich spüre, dass du sie brauchen wirst.

Ich lasse Bruin frei, um nach dem Rechten zu sehen, tue, was er vorgeschlagen hat und aktiviere meine Rüstung.

Als sie sich auf meiner Haut ausbreitet, blickt Sloan zu mir hinüber und sein Blick verengt sich. »Warnt dich dein Schild?«

»Nein. Bruin wollte, dass ich meine Rüstung aktiviere. Er hat ein ungutes Gefühl.«

Diese Aussage hat eine Menge Gewicht. Bruin ist kein Panikmacher. Wenn er also will, dass ich meine Rüstung aktiviere, ist die Wahrscheinlichkeit groß, dass etwas auf uns zukommt.

Wir gehen weiter, unsere Gruppe trennt sich nur, wenn wir unseren Weg um die Bäume nehmen. Obwohl sie sich nicht aktiv bewegen, um uns zu zerquetschen oder uns von dem verborgenen Reich dahinter fernzuhalten, ist es ein Kunststück, mit der nötigen Geschwindigkeit voranzukommen.

Der Boden hebt sich ungleichmäßig um die breiten Stämme, der von den Wurzeln hunderter dicht aneinander gewachsener Bäume zerfurcht ist.

Ein leichtes Beben unter meinen Stiefeln lässt mich meinen Stand überprüfen und den moosbewachsenen Boden und das Gestrüpp absuchen. »Haben das alle gespürt?«

Ein Blick auf meine Brüder beantwortet meine Frage.

Dillan hat seine Zwillingsdolche in den Händen, Calum seinen Bogen und den Köcher, Aiden sein Krummschwert und seinen Schild, und Emmet hat das Messer gezückt, das Kevin ihm gekauft hat, damit er nicht unbewaffnet ist.

»Die Stadt hat oberste Priorität«, befielt Bodhmall. »Lasst euch nicht ablenken. Es ist wahrscheinlich, dass die Bäume ihre Fesselung brechen.«

Ich kann mich nicht entscheiden, ob das gut ist oder nicht. Werden sie versuchen, uns zu zerquetschen oder verstehen sie, dass wir hier sind, um zu helfen? Der düstere Blick auf Sloans Gesicht lässt mich vermuten, dass er sich das Gleiche fragt.

Was auch immer passiert, die Spannung, die in der Luft liegt, ist spürbar.

Bruin brüllt irgendwo.

Bodhmall flucht und starrt mich an. »Euch wurde gesagt, dass er nicht ohne uns handeln darf.«

»Das weiß er. Es muss einen verdammt guten Grund geben, warum er es nicht befolgt.« Ich warte nicht auf eine Antwort von ihr.

Ich sprinte nach vorn, überhole sie und gebe Gas.

Fionn flucht. Bodhmall ruft mir nach. Das ändert nichts an meiner Entscheidung, mich von der Gruppe zu trennen. Wenn mein tierischer Begleiter im Kampf ist, ist mein Platz an seiner Seite und nicht am Rand.

Ein weiteres wildes Gebrüll schallt durch die Nacht und ich dränge mit noch mehr Kraft vorwärts. Bruin kämpft und er ist wütend darüber.

Jetzt ist es wirklich dunkel. Die Bäume stehen so dicht beieinander, dass kein Mondlicht mehr durch die Baumkronen dringt. Da Emmet zurückgeblieben ist, kann ich seine Fähigkeiten als Barbie-Nachtlicht nicht nutzen.

Ich löse den Verschleierungszauber von meinen Augen und verlasse mich auf meine Feensicht, die mir erlaubt, die Dunkelheit zu durchbrechen und die mir Mutter Natur in der Zisterne der Quelle gegeben hat.

Je näher ich komme, desto mehr Feenprana fließt in meine Zellen. Ich eile durch die Bäume und sauge die reiche, kühle und magische Nachtluft in meine Lungen, während ich renne.

Aufgrund meiner Feensicht bin ich viel schneller.

In einer anderen Situation könnte das sogar Spaß machen. Mit Bruins wütendem Gebrüll in der Ferne ist es das nicht.

Wo bist du, Kumpel?, frage ich und starre nach vorn in die Tiefen des endlosen Waldes. Selbst wenn wir bis zum Morgen rennen würden, würden wir nie das Ende der Bäume erreichen.

Also, wo ist mein Bär?

Ich bin in dem magischen Reich hinter den Bäumen. Du bist nah. Ich spüre, dass du dich näherst.

Seine Worte und meine Realität stimmen nicht überein, aber ich glaube, was er mir sagt. In der Welt der Übernatürlichen dreht sich alles um Schein und Täuschung.

Bruin ist meine Wahrheit.

Irgendwie, als ich gerade in den massiven Wald hineinlaufe, taucht vor mir der dunkle Stein der Felswand auf. *Bist du durch die Felswand gegangen? Gibt es einen Spalt oder eine Tür?*

Beides gibt es nicht. Er grunzt und steckt offensichtlich einen Schlag ein. *Konzentriere dich darauf, den Kreaturen zu helfen und die Felswand wird dich hindurchlassen.*

Durch den Felsen? Das hört sich überhaupt nicht verrückt oder gefährlich an. Es ist nicht genug Zeit, um stehenzubleiben, selbst wenn ich kneifen wollte. Trotz meiner Rüstung wäre es schlimm, mit dem Gesicht gegen eine Felswand zu prallen, während meine Familie und Freunde zusehen.

Ich habe schon schlimmeres Gespött erlebt.

Zwei Meter … ein … *huch!*

Ich schließe meine Augen und renne weiter, denn ich muss zu Bruin und demjenigen, dem er hilft. Als ich die andere Seite erreiche, brauche ich einen Moment, um die Szene vor mir zu erfassen, und ich bin kurz ratlos.

Ich schaue mich um, um mich zu orientieren. »Heiliger Strohsack!«

Kapitel 12

Der Weg durch den Fels führt mich von der Dunkelheit der Nacht zum goldenen Glanz des Tages, aus einem undurchdringlichen Wald zu einer Lichtung, die sich entlang des Ufers eines leuchtend rosa Wassers erstreckt. Ja, Feenprana fließt frei durch dieses ganze geheime Tal und wow … es ist üppig und duftend und stellt alle utopischen Garten-Eden-Bilder, die ich in Filmen gesehen habe, in den Schatten.

Fiona, wenn du deine Besichtigungstour abgeschlossen hast, könnte ich deine Hilfe gebrauchen.

Richtig. So unglaublich es auch ist, mein Bär wird gerade ernsthaft angegriffen. Ich sammle meine Gedanken und laufe weiter auf Bruin zu. Er hat es mit drei Bestien mit Hauern und Hörnern zu tun, die nur im Entferntesten Ähnlichkeiten mit Ochsen haben.

Die Viecher sind haarig, massiv bemuskelt und schwingen Keulen mit Stacheln. Miniaturdrachen stürzen sich auf ihre Köpfe, müssen aber jedes Mal zurückweichen, wenn eine der Bestien ausholt.

Leider werden die Drachen weggeschnappt, wie Fliegen von einem Pferdeschwanz.

Zu Bruins Füßen liegt eine bewusstlose, kleine Frau. Sie scheint zum Volk der Man o'Green zu gehören, ist übel zugerichtet und blutig und ich weiß sofort, warum er gehandelt hat, bevor er es hätte machen sollen.

Befehle hin oder her, er würde niemals zusehen, wie jemand einen Unschuldigen tötet. Das muss er auch nicht.

Die Angreifer haben meine Ankunft noch nicht bemerkt.

Bestialische Stärke. Sobald die Kraftinfusion meine Zellen stärkt, hole ich mit meinem Arm aus und lasse Birga durch die Luft fliegen. Wie immer segelt sie mit solcher Präzision und Kraft, dass sie tief im Rachen des größten Ochsen landet. »Braves Mädchen.«

Die Bestie stößt einen entsetzlichen Schrei aus, der die Aufmerksamkeit von einem Dutzend Freunden auf sich lenkt. Es ist zu spät für sie, etwas für ihn zu tun. Er hat seine Hände um Birgas Speerspitze geklammert, aber die Blutfontäne, die zwischen seinen pelzigen Fingern hervorsprudelt, lässt sich nicht aufhalten.

Ich komme an Bruins Seite und stelle mich vor die sterbende Bestie. Der Gestank von ihr und ihren Freunden brennt mir in der Nase. Es ist, als hätten Katzendurchfall und toter Fisch einen neuen Geruch hervorgebracht.

»Bäh … in was wälzt ihr euch denn, dass ihr so stinkt?« Ich beuge meine Hand und rufe Birga zurück zu ihrem Ruheplatz, dann wieder in meine Hand.

Als die hässlichen Ochsenkämpfer näher kommen, ist der, den ich festgenagelt habe, bereits ausgezählt und bricht zusammen.

»Je größer sie sind, desto härter fallen sie«, bemerke ich verächtlich.

»Du hast eine poetische Seele, Rotschopf.«

Als der haarige Typ auf dem Boden aufschlägt, hallt der donnernde Aufprall wider. Seine Kumpels nehmen es mir ziemlich übel und stürzen sich in einer Welle stinkender Gewalt auf uns.

Bruin ist wieder in seinem Element. Er kümmert sich um die ursprünglichen Gegner, damit wir uns der ankommenden Horde stellen können.

Ich gehe in Position und überprüfe unsere Umgebung.

Weil ich Bruin sofort zu Hilfe geeilt bin, hatte ich keine Zeit, die anderen Spieler auf dem Feld einzuschätzen. Das hole ich jetzt nach. Es gibt mehrere Dutzend dieser Ochsenbestien, eine Gruppe von Kriegern in waldgrüner Kampfkleidung und breiten goldenen Waffengürteln und eine rothäutige Zauberin mit dunklem Haar und Augenbrauen, die über die Seiten ihres Gesichts hinausragen und eher wie Hörner aussehen. Sie trägt eine goldene Rüstung, schwarze Stiefel und schwingt eine goldene Peitsche.

Sie ist offensichtlich der große Boss hier.

»Es gibt so viele Dinge, die ich über eine Domina sagen könnte, aber ich versuche, mich zu konzentrieren.«

»Guter Plan, Rotschopf.« Bruins Belustigung ist in seiner Stimme zu hören. »Punkt für dich.«

»Danke. Siehst du, wie reif ich geworden bin?«

Ich trete neben Bruin und schwinge mit einem Lächeln im Gesicht meinen Speer, während Birga im Wind singt. Als Nekromantenwaffe gibt es nichts, was sie mehr genießt, als Blut zu schmecken und die mächtige Essenz ihrer Beute zu trinken.

Bruin ist nicht viel anders.

Wenn mein Bär den Schalter zu seiner Klauenkiller-Persönlichkeit umlegt, tut er nichts lieber, als sich durch eine Reihe von Bösewichten zu pflügen. Wie ich zu zwei so aggressiven Gefährten gekommen bin, werde ich wohl nie erfahren.

Oder vielleicht ist es die Art des Universums, dafür zu sorgen, dass ich genug Killerinstinkt habe, um das zu tun, was ich tun muss, ohne zu wanken.

Nicht, dass ich das tun würde …

Oder vielleicht weiß ich einen Scheiß über das Universum und habe einfach nur Glück, so abgefahrene coole Freunde an meiner Seite zu haben.

Ja … das ist es wahrscheinlich.

Bruin und ich halten uns den Rücken frei und schaffen es, das vierte und fünfte Ochsenvieh zu erledigen, bis die anderen in Position sind und sich dem Kampf anschließen.

»Oh-oh, hier kommt Ärger.«

Das Pfeifen von Calums Pfeilen ertönt und ich folge der Flugbahn zurück zu dem Ort, an dem mein Bruder den höchsten Punkt erklommen hat. Er hockt auf dem Strohdach einer riesigen Palapa am Fluss und sieht ganz wie Robin von Locksley aus.

Wenn Kevin nur hier wäre, um es zu sehen.

Aiden und Sloan eilen zu unserem Kampf, während Fionn, Dillan, Tad und Emmet es mit einigen schicken grün gekleideten Kämpfern aufnehmen, und Bodhmall und die Fianna die Zauberin verfolgen.

»Dem Gesichtsausdruck der Zauberin nach zu urteilen, hat sie nicht mit Gesellschaft gerechnet«, kommentiert Bruin.

»Sie ist nicht sehr erfreut darüber, dass ihr Morden und das Chaos so frühzeitig unterbrochen werden.«

»Das ist wahrlich sehr bedauerlich.« Bruin schwingt seine Krallen durch die Luft und schlägt ein weiteres Tier auf den blutgetränkten Boden.

»Ja, es ist scheiße, sie zu sein.«

»Fiona! Pass auf!«

Die Dringlichkeit von Sloans Warnung veranlasst mich, mich umzudrehen, um den Angriff eines Ochsen zu verhindern, der, nachdem ich ihn aus der Nähe betrachtet habe, die dämonische Mischung aus einem Wasserbüffel und einem Bigfoot sein könnte.

»Verdammt, ihr seid wirklich hässlich, nicht wahr?«

Er antwortet nicht. Aber das war ja auch rhetorisch gemeint.

Mit einem Grunzen wehre ich seinen Angriff ab. Er mag hässlich sein und nach Arsch stinken, aber er ist ein brutaler Kerl. *Bestialische Stärke* bringt mich nur bedingt weiter. Ich würde sagen, dass wir in puncto Stärke gleichauf liegen.

Zum Glück habe ich beides, Muskeln und Köpfchen.

Schnell wirke ich drei Zauber hintereinander. *Verwirrung* lässt unsere Gegner den Fokus auf ihre offensiven Ziele verlieren, zurückweichen und knurrend um sich schlagen.

Riesige Skorpione, Wespen und Feuerameisen, die ich mit *Rieseninsekten* herbeigerufen habe, sind real genug, um Schaden anzurichten, aber ich habe keine Ahnung, welche Monster ihre Köpfe aufgrund von *Halluzinationen* auskotzen.

»Halluzinationen sind übel.« Ich weiß noch, wie panisch und verwirrt ich war, als Discord anfing, sich mit mir anzulegen.

Er hat mich gezwungen, Nikon zu töten. Den Schrecken dieses Moments werde ich nie vergessen, solange ich lebe.

Die Zahl der Angreifer lichtet sich und als ich meinen nächsten Gegner zu Boden ringe, lasse ich Birga in der Leiche stecken, damit sie sich satt trinken kann. Ich mag die Nekromantie als Quelle der Magie nicht, aber Birga ist eine Freundin und die Macht des Todes hält sie gesund und glücklich.

Da meine Lieblingswaffe beschäftigt ist, muss ich mir anderweitig behelfen. »*Flammenkugel.*«

Ich schöpfe die Kraft, die ich brauche, um Feuerkugeln zu erzeugen und nehme die pelzigen Biester ins Visier, die noch stehen. Wenn die Feuerbälle auf meine Gegner treffen, erfasst die Flamme ihr verfilztes Fell wie ein Buschfeuer und sie machen sich brüllend auf die Suche nach Wasser.

Ich lasse mich auf die Knie fallen, drücke meine Handflächen auf den feuchten Boden und verbinde mich mit den Pflanzen und der Erde darunter. »*Erde, tu dich auf.*«

Den Boden aufzureißen erfordert nur einen Augenblick und einen einzigen Gedanken. Der Riss weitet sich, verschluckt die Körper der Gefallenen und zwei weitere Bestien, die sich auf uns stürzen.

Die Panik in ihren Augen lässt mich nicht unberührt und ich ändere meine Taktik mitten im Zauberspruch. Anstatt die Angreifer lebendig zu begraben, verforme ich den Boden um sie herum, sodass sie bis zu den Achseln eingegraben und durch den Boden gefangen sind.

»*Schlamm zu Stein.*« Damit sind sie fixiert und stellen keine Bedrohung mehr dar.

Ich richte mich auf, greife mir Birga und eile in den Kampf gegen die Rädelsführerin. Die Erfahrung zeigt: Wenn der Anführer fällt, geben die Angreifer auf.

Wer auch immer sie ist … sie hat ihre Krallen ausgefahren und wird nicht zurückweichen. Wenn ich das richtig verstehe, kommen Leute wie Bodhmall und die Fianna hierher, um direkten Zugriff zur Quelle zu erhalten, und das befähigt sie, bessere Krieger zu werden.

Kein Wunder, dass das Team *Dark* diesen Ort zerstören will. Wenn das Team *Light* keinen direkten Zugang zur Quelle hat, hat es keine Kraft, es mit Team *Dark* aufzunehmen.

Wenn ich ein übler Bösewicht wäre, würde ich genau das tun.

»Sieh dir Emmet an.« Aiden hebt seinen Buckler und schwingt die gebogene Klinge. »Müssen wir uns Sorgen machen?«

Ich entdecke Emmet mitten im Getümmel. Er hat die Hände oben und es sieht aus, als würde er eine Art Bändertanz aufführen. Während er sich dreht und der Reichweite der Kämpfer ausweicht, winden sich lange Bänder aus rosa Energie auf seinem Weg.

»Ich wusste nicht, dass er so etwas kann.«

»Ich glaube, er auch nicht.« Sloan schließt sich uns an.

Ich versuche, mich auf meinen Gegner zu konzentrieren, aber Emmets Anblick lenkt mich ab. Nachdem mein Gegner einen glücklichen Treffer gegen meinen Kopf gelandet hat, weiß ich, dass ich mich besser konzentrieren sollte. Die Feinde haben meine Rüstung bisher nur ein paar Mal durchbrochen, aber sie *haben* sie durchbrochen.

»Hinter dir.« Ich schlage hart zu und drehe mich, um mich vorzubereiten. Ich grunze, als ich von der Seite getroffen werde und trete den Kerl direkt in Bruins Fänge.

Ich kann mich wieder frei bewegen und konzentriere mich auf die Füße der ankommenden Gegner. »*Umkehrung der Schwerkraft.*«

Ihr Vorwärtsdrang endet abrupt, als sich ihre Beine Richtung Himmel heben und sie mit dem Rücken nach unten über dem Boden baumeln. Sich vor Wut zu drehen, bringt ihnen nichts, aber mir macht es riesigen Spaß.

Dann stürmt Aiden herbei und schlägt sie bewusstlos.

»Juhu, Team!«

Die Zauberin sieht, dass ihre Bemühungen im Sande verlaufen und lässt einen gellenden Schrei los. Ich weiß nicht, welche Grausamkeiten sie hinter sich hat, aber mir stehen die Haare auf den Armen zu Berge.

Einen Moment später spüre ich, was als Nächstes kommt. »Haltet die Augen offen, Jungs. Irgendwo öffnet sich ein Portal.«

Im selben Moment geschieht es.

Neben der strohgedeckten Palapa vibriert die Luft in einem Strudel aus schwarzer Energie und das Portal spuckt eine Horde von Ochsenbestien aus.

Meine gute Laune ist mit einem Schlag dahin.

Dank des Wutanfalls der Zauberin sind wir zahlenmäßig stark in der Unterzahl und stecken jetzt tief im Schlamassel.

»Tja, ihr Scheißkerle.« Ich richte mich auf und bereite mich auf den Ansturm vor.

Fionn und die Fianna haben ihre liebe Not damit, die Zauberin zu besiegen, und jetzt hat sie so viel Muskelkraft, dass wir ihr etwa sieben zu eins unterlegen sind.

Wir sind gut in dem, was wir tun, aber das ist dumm.

»Wo ist Dart, wenn man ihn braucht?« Mein Drachenjunge könnte diese Biester in einem riesigen Lagerfeuer braten und uns eine Chance verschaffen.

»Er wird erst in tausend Jahren geboren«, erklärt Aiden knochentrocken. »Ich denke, wir dürfen ihn also getrost abschreiben.«

Wir kämpfen gegen eine wogende Wand aus Haaren und Hörnern. Es ist vergebliche Liebesmüh.

Sloan, Aiden und ich stehen Rücken an Rücken und verteidigen uns gegen die massive Kraft.

Sobald wir einen Gegner ausschalten, drängen drei weitere nach, um seinen Platz einzunehmen.

Ich werfe einen Blick in Richtung des Pranaflusses und sehe gerade noch rechtzeitig, wie Dillan und Tad hinter einer Wand aus verfilzten Monsterhaaren verschwinden. Ich suche die Gegend wild ab und hoffe, dass McNiff es geschafft hat, sie da rauszuholen, bevor sie zerfleischt werden. »Dillan! Melde dich!«

Nichts kommt zu mir zurück oder wenn doch, kann ich es vor lauter Schlachtlärm nicht hören.

Calum schreit und ich sehe entsetzt zu, wie die Angreifer die Palapa übernehmen. Vier haarige Bestien klettern auf das Strohdach, packen ihn und stoßen ihn in die Fänge der Schergen der Zauberin.

»Nein!« Es sind zu viele. Er kann sich nicht verteidigen und es ist niemand da, der ihm bei der Flucht hilft.

»Bruin, hilf Calum bei der Palapa!« Bruin steht auf seinen Hinterbeinen, schwingt seine Krallen durch die Luft und knurrt so laut, dass er mich nicht hört. »Bruin! Hilf Calum!«

Ich bin unkonzentriert und achte nicht auf meinen Kampf. Der gezielte Schlag kommt hart und schnell von links, während ein anderer pelziger Scheißkerl von rechts auf meine Füße eindrischt.

Ich gehe hart zu Boden.

Sloan flucht. Ich weiß nicht, ob er gesehen hat, wie ich zu Boden gegangen bin oder ob er von mir abgelenkt wurde und selbst einen Schlag abbekommen hat.

Wie auch immer, ich kann es nicht ändern.

Drei Biester halten mich fest und dreschen unentwegt auf mich ein. Auch wenn ich durch meine Rüstung geschützt bin, erschüttern die donnernden Schläge meinen ganzen Körper.

Vielleicht spielt es keine Rolle, dass wir nicht bereit für die Säuberung sind? In wenigen Augenblicken müssen wir uns darüber sowieso keine Sorgen mehr machen.

»GENUG!«

Die Schläge hören auf und es dauert einen Moment, bis mein Schädel aufhört, zu brummen.

»Fiona? Bist du in Ordnung, *a ghrá*?«

Sloan krabbelt die kurze Strecke über das Gras, um meinen Arm zu ergreifen und eine Verbindung herzustellen.

»Was ist passiert?« Ich mustere das leere Schlachtfeld. »Wo sind sie hin?«

Einen Moment später ist Aiden da und streckt eine Hand aus. »Ich glaube, das war Emmet.«

Ich nehme die Hand an und vergewissere mich beim Aufstehen kurz, dass ich nicht noch eine Bruchlandung mache. »Emmet hat das geschafft?«

Als ich die Lichtung absuche, entdecke ich Emmet mutterseelenallein, mit geballten Fäusten und einem wütenden Gesichtsausdruck, wie ich ihn selten gesehen habe.

Sloan setzt sich auf. Calum winkt mir zu. Tad und Dillan sind drüben bei einem Gebäude in der Nähe des Flusses. Fionn und die Fianna sehen auch okay aus. Nach dem Anwesenheitscheck gehen Aiden und ich hinüber, um nach unserem Bruder zu sehen.

»Emmet? Bist du okay?«

Sein Gesichtsausdruck ist eine Maske aus Wut, aber es gibt Streifen sauberer Haut, wo seine Tränen den Schmutz unseres Tages weggewaschen haben.

Als ich das heftige Heben und Senken seines Brustkorbs verfolge, bin ich mehr als nur ein bisschen erschrocken. »Emmet … bist du verletzt?«

Ich trete direkt vor ihn und umfasse seinen Kiefer mit beiden Händen, um seine Aufmerksamkeit auf mich zu lenken. »Hey, du. Ich bin's. Jemand zu Hause?«

Er blinzelt und seine Pupillen passen sich an. Er konzentriert sich, während er mich fokussiert. »Was … was ist passiert?«

»Das versuchen wir gerade herauszufinden. Wir wurden gerade in die Zange genommen, du hast gebrüllt und plötzlich waren die Gegner weg. Hast du das getan?«

Er schluckt und stößt einen langen Atemzug aus. »Ja. Ich glaube schon. Wir wurden regelrecht überrannt und alle gingen zu Boden … Ich konnte nicht helfen. Ich habe versucht, mich mit den Bändern zu wehren, aber es hat nicht gereicht. Es waren so viele.«

»Ja. Eine ganze Menge«, nickt Aiden.

Emmet wendet seinen Blick unserem ältesten Bruder zu und die Anspannung in ihm löst sich etwas. »Ja. Es stört mich, wisst ihr? Ich hasse es, wenn ihr alle mit euren besonderen Waffen kämpft, es mit dem Feind aufnehmt und ich bin der Volltrottel mit einfachen Zaubersprüchen und einem primitiven Messer.«

Ich winke ab. »Du bist mehr als das, Emmet. Du hast unglaubliche Kräfte. Nicht nur, dass du unsere Kräfte immens verstärken kannst, auch dein Heilvermögen wird immer besser …«

Er schüttelt den Kopf und tritt einen Schritt zurück. »Ja, das weiß ich alles, aber ich war so wütend und verängstigt und plötzlich verschwanden die Bänder der Macht. Dann hat sich alles in mir aufgebaut, bis ich es nicht mehr ausgehalten habe. Ich wollte einfach nur, dass es aufhört. Ich wollte, dass sie alle weg sind.«

»Du hast sie also *weggewollt*?« Sloan schließt sich dem kleinen Familientreffen an.

»Ja. Ich wollte, dass sie verschwinden. Ich hatte einfach genug und es ist irgendwie aus mir herausgeplatzt.«

Ich schlucke und schaue Fionn mit großen Augen an.

»Was glaubst du, wohin du sie geschickt hast, Junge?«

Emmet schüttelt den Kopf. »Ich weiß es ehrlich gesagt nicht, aber ich wollte, dass es wirklich weit weg ist.«

»Es spielt keine Rolle, wohin.« Ich streiche ihm den letzten Rest Feuchtigkeit von den Wangen. »Du hast den Tag gerettet, Emmet. Das hast du toll gemacht.«

»Das hat er«, gurrt eine weibliche Stimme hinter Fionn.

Ich trete zurück und starre auf die Stelle, an der jemand stehen sollte. Es ist niemand da. »Wer ist da?«

Die Luft kräuselt sich und meine Sicht schwankt. Es ist, als würde man versuchen, jemanden direkt vor sich durch die Verzerrung der Hitze auf dem heißen Asphalt zu sehen. Wie eine Fata Morgana in der Ferne, nur dass sie lediglich einen Meter entfernt ist.

Ich mache eine Bestandsaufnahme meiner Instinkte und meines Schutzschildes. Bei keinem von beiden läuten die Alarmglocken.

Na, das ist doch schon mal was.

Als die Verzerrung nachlässt, kommt eine seltsam große Frau mit silbern schimmernder Haut und einem Irokesen mit blaugrünen Federn zum Vorschein. Sie trägt nur einen lockeren Mantel aus goldenen Netzen und ein Lächeln, das so strahlend ist wie die Sonne über ihr.

Ich unterdrücke den heftigen Drang, sie darauf hinzuweisen, dass ihr zartes Netz keines ihrer weiblichen Vorzüge verbirgt … oder überhaupt *irgendetwas.*

Sie steht nackt vor zwei Dutzend Fremden, aber das scheint sie nicht zu bemerken. Tatsächlich scheint sie nichts und niemanden außer Emmet zu bemerken.

»Willkommen, Krieger.« Sie senkt ihr Kinn. »Wir, die Hüter von Emain Ablach, haben lange auf deine Ankunft gewartet. Endlich bist du hier und die Prophezeiung kann erfüllt werden. Gepriesen sei das Licht.«

Emmet zwingt sich zu einem Lächeln. »Äh … sicher, gepriesen sei das Licht.«

Kapitel 13

Von allen verrückten Momenten in unserem bisherigen Druidenleben ist die Geschichte mit Emmet, dem auserkorenen Krieger der Prophezeiung, einer der verrücktesten. Es ist auch einer meiner Lieblingsmomente. Viel zu oft bin ich diejenige, die im Rampenlicht steht. Dass Emmet im Mittelpunkt steht, gefällt mir sehr.

»Ich bin Kyna of Light«, die nackte silberne Dame spricht uns alle an. »Ich bin eine der Ladys of Light, der Beschützerinnen dieser großen Stadt.«

Während ich einen kritischen Blick auf die Palapa, die Calum als Ausgangspunkt benutzt hat, und ein halbes Dutzend Holzhütten am Wasser werfe, bei denen Dillan und Tad gekämpft haben, frage ich mich insgeheim, was davon sie für eine große Stadt hält.

Wie auch immer. Vielleicht ist es dort, wo sie herkommt, eine große Stadt … oder vielleicht bedeutet Stadt bei den nackten Ladys des Lichts etwas ganz anderes.

»Du und deine Leute haben heute gut gekämpft, Freundin«, sie wendet sich an Bodhmall. »Wir sind zutiefst dankbar, dass du uns geholfen hast.«

Bodhmall senkt ihr Kinn und verbeugt sich leicht. »Wir sind froh, dass wir helfen konnten … und noch glücklicher, dass die Schlacht zu unseren Gunsten ausgegangen ist.«

Als Kyna sich mir zuwendet, erfasst mich ein Strom roher Pranakraft, sodass die Schmetterlinge in meinem Bauch wild flattern.

»Geht es dir und den Deinen gut?«

Ich mustere die Gruppe und abgesehen von Schmutz, Blut und einer ordentlichen Portion Erschöpfung nach der Schlacht scheint es allen gutzugehen. »Uns geht es gut, danke.«

»Dem Licht sei Dank.« Kyna hebt ihre Hände. »Es ist alles in Ordnung, Leute. Alles ist gut. Ihr könnt jetzt rauskommen.«

Als sie sich dem Gebiet zwischen uns und den Hütten am Ufer zuwendet, trifft mich eine weitere Welle roher Kraft und ich stemme mich gegen Bruins rundes Hinterteil, um nicht auf dem feuchten Boden zu landen.

Wie zuvor kräuselt und wogt die Luft vor meinen Augen, aber als sich die Verzerrung dieses Mal auflöst, treten vier weitere seltsam große silberne Frauen aus dem Nichts.

Dann folgt die Stadt …

Ich nehme an, sie folgt nicht wirklich, sondern offenbart sich, aber es dauert ein wenig, bis ich, das was sich vor mir abspielt begreife. Im einen Moment stehen wir unten am Wasser, im nächsten Moment erhebt sich eine geschäftige Stadt mit bunten Gebäuden, die sich um einen großen goldenen Turm drängen. Sie ist wie auf den Bildern einer griechischen Insel, nur mit malvenfarbenen, goldenen, türkisen und fuchsiafarbenen Gebäuden.

»Du hast die ganze Stadt versteckt?«, hauche ich voller Ehrfurcht.

»Nicht ich allein«, antwortet Kyna. »Meine Schwestern und ich.«

»Kyna und ihre Schwestern sind Lichtweberinnen«, erklärt Fionn. »Euren Gesichtern entnehme ich, dass es ihre Art in eurer Zeit nicht gibt?«

Ich werfe einen Blick auf Sloan. Wenn jemand etwas über die seltenen, mythologischen Rassen unserer Zeit weiß, dann ist er es. Er schüttelt den Kopf. »Nein. Es wird angenommen, dass wir die letzten von ihnen während der großen Kriege vor einem Jahrhundert verloren haben.«

»Das ist wirklich eine traurige Nachricht«, stellt Kyna fest. »Aber heute geht es nicht um Traurigkeit, sondern um Freude. Kommt, wir werden ein üppiges Mahl zubereiten, um den Sieg des Tages und die Ankunft unseres Kriegers zu feiern.«

»Was ist mit euren Toten?« Fionn deutet auf die Gefallenen. »Darum können wir uns kümmern, wenn ihr wollt.«

Kyna mustert die Leichname ihrer Mitbürger, ihr Blick ist voller Trauer. »Wenn ihr unsere Gefallenen einsammelt und sie der Erde zurückgeben könntet. Wir haben einen heiligen Ort in der Nähe des Flusses. Syma wird euch zeigen, wo.«

»Ich kann helfen«, beteiligt sich Tad. »Sobald ich weiß, wohin, kann ich sie hinbringen, damit ihr sie zur Ruhe bringen könnt.«

»Ich freue mich über die Hilfe«, bedankt sich Fionn.

Tad zieht mit der Fianna-Crew und Syma los, während meine Brüder den Kreis enger schließen. Zum Glück scheint Emmets Aktion fast sechzig Plünderer auf einmal ausgeschaltet zu haben, die Nacktheit der Ladys of Light in den Schatten zu stellen.

»Emmet, wir sollten uns um die Versorgung kümmern.« Sloan deutet auf die zwei Dutzend Bürger, die während des Kampfes verletzt wurden.

»Oh, gute Idee, Mackenzie.« Ich mache mich auf den Weg, um nach Bruin und der verletzten Man o'Green zu sehen, die er beschützt hat, als ich angekommen bin.

Moment … Nein, das ist falsch.

Mein innerer Hamster macht mich auf etwas Entscheidendes aufmerksam.

»Gibt es auch *Woman* o'Green?«

Bruin hebt seine Schnauze und schnuppert an mir. »Was glaubst du, wie sie sich fortpflanzen, wenn es nicht so wäre?«

»Darüber habe ich noch gar nicht nachgedacht.« Ich gehe in die Hocke und drücke mit zwei Fingern auf die Vene in ihrem Nacken, wo zum Glück ein starker Puls und Wärme zu spüren sind. »Nur bewusstlos. Hallo, Miss. Heben wir dich vom Boden auf.«

Mit meiner immer noch aktivierten *Bestialischen Stärke* hebe ich die Woman o'Green hoch, um sie dorthin zu tragen, wo immer sie hin sollte.

»Lass sie runter!«, schreit ein feindlich gesonnener, kleiner Mann und stürzt zu uns herüber. »Du bekommst kein Gold, du Biest. Sie besitzt keins, selbst wenn du es wolltest.«

Sloan eilt herbei, um zu schlichten. »Fiona hat kein Interesse an Gold. Sie will das Mädchen nur vom verdammten Boden hochheben, um sie an einen bequemeren Ort zu bringen.«

»Warum? Hat sie ihr Ende gefunden?«

Ich runzle die Stirn. »Warum sollte sie es bequemer haben müssen, wenn sie tot wäre?«

Sloan wirft mir einen Blick zu, aber die Worte sind raus, bevor sich mein Gehirn einschaltet.

»Tut mir leid. Ich bin müde.«

Kyna hört den Tumult und kommt herüber. »Alles ist gut, Anghus. Deine Gefährtin braucht nur Zeit, um sich zu erholen.«

Dillan kommt zu uns und wiegt einen der Babydrachen in seinen Armen. Es ist ein wunderschönes kleines Ding, lang und schlank, dunkelviolett, mit goldenen Häuten an den Flügeln. Die Häute sind wirklich cool. Es sieht eher aus wie die Membran eines Fledermausflügels als die festen Schuppen der Drachen, die ich kenne.

Er bleibt vor Kyna stehen und sieht traurig aus. »Es tut mir leid. Ich habe gekämpft, um so schnell wie möglich zu ihr zu kommen, aber ich war nicht schnell genug. Eine dieser pelzigen Ochsenbestien hat sie zuerst erwischt.«

»Nyrora …« Kyna eilt zu meinem Bruder und beugt sich vor, um den Drachen zu untersuchen. Die Lady of Light ist gut zehn Zentimeter größer als jeder meiner Brüder und so gertenschlank wie ein Zweig. »Oh, dem Licht sei Dank.«

»Geht es ihr gut?«, erkundigt sich Dillan hoffnungsvoll.

»Sie wird sich erholen und wieder durch die Lüfte schweben.«

»Das ist eine Erleichterung.« Dillan atmet aus und lächelt auf die kleine Drachendame in seinen Armen herab. »Ich hatte Angst um sie. Sie ist so ein hübsches kleines Wesen.«

»Das ist sie.« Kyna lächelt und blickt zu ihren Schwestern, die außerhalb unserer Gruppe stehen. Etwas Unausgesprochenes geschieht zwischen ihnen, dann macht Kyna eine Geste in Richtung der Stadt. »Kommt. Die Bürgerinnen und Bürger wollen euren Sieg feiern und es gibt viel zu besprechen. Hättest du etwas gegen ein Bankett zu deinen Ehren, Krieger?«

Emmet grinst und steht etwas aufrechter. »Nun, ich bin kein Fan von großem Aufheben, aber wenn die Bürger mich ehren wollen, wer bin ich, nein zu sagen und sie zu enttäuschen? Sicher. Alles ist gut. Lasst die Feierlichkeiten beginnen.«

* * *

Kyna führt unsere Gruppe vom Ufer weg und durch zwei massive goldene Tore, die in eine Mauer aus Ebenholz eingelassen sind. Die Straßen der Stadt liegen dahinter und führen bergauf zum Palast. Sie und ihre Schwestern winken den Bürgern zu, die aus ihren Häusern kommen, während wir vorbeigehen. Ich habe den Eindruck, dass die Ladys of Light die großen Stars von Emain Ablach sind.

Das ergibt durchaus Sinn, denn sie weben Licht, um die Menschen, die ungesehen bleiben wollen, vor ihren Feinden zu verstecken.

Während wir den Ladys of Light folgen, schaue ich in die neugierigen Gesichter der Bürger. Die meisten sind auf die Straße oder die Balkone gegangen, um unseren Einzug zu beobachten. Andere schauen hinter dem Schutz von Vorhängen und Fensterläden zu.

Bruin zieht eine Menge Aufmerksamkeit auf sich.

Das wundert mich nicht. An normalen Tagen ist er einfach nur beeindruckend, weil er ein riesiger Grizzly ist. Doch in diesem Moment ist er noch mehr: Der Beweis für die Bedrohung, die er für einen Feind darstellt, tropft immer noch von seinem Fell. Er hat seinem Kampfnamen Klauenkiller wieder alle Ehre erwiesen und die Leute können nicht anders, als ihn anzustarren.

Jubelrufe begleiten uns und die Bewohner falten die Hände über dem Herzen. Das alles ist ein bisschen surreal.

Wir haben nie wirklich Lob für das bekommen, was wir tun.

Normalerweise nickt Garnet uns zu und sagt ›gut gemacht‹, und wir gehen zur nächsten Krise über. Das ist …

»Es ist verrückt, dass das unser Leben ist, findest du nicht?« Emmet fasst meinen Gedanken in Worte. Er gestikuliert zu unserer Gastgeberin bei der Parade. »Schaust du dich auch gerade um und fragst dich: Wie kann das wahr sein? Geheime Städte. Zauberinnen. Gezähmte Bestien und Miniaturdrachen … das ist doch verrückt, findest du nicht?«

»Das habe ich auch gerade gedacht. Als Fionn mich zum ersten Mal zu einem *airneál* am Lagerfeuer mitgenommen hat, war es zwar auch bizarr, aber ich konnte es irgendwie einordnen. Wir waren allein und mein Verstand tat so, als säßen wir an einem normalen Lagerfeuer. Die Rückkehr an König Arthurs Hof jedoch war das erste Erlebnis, das mich so richtig aus dem Konzept gebracht hat.«

»Die Rückkehr zu Merlins Höhle hat mich ebenfalls aus der Fassung gebracht.« Sloan lächelt.

»Das hier haut mich gerade voll um«, gesteht Emmet.

Ich atme tief durch und lächle die Kreaturen und Menschen an, die hier sind.

»Das ist doch eine nette Abwechslung, Bruderherz.«

»Eine nette Abwechslung, wovon?«, grätscht Aiden dazwischen.

»Meistens wenn die Welt vor die Hunde geht, fühle ich mich so schuldig, dass ich euch diese ganze Druidensache untergeschoben habe. *Ich* liebe es, aber ihr habt es euch nicht ausgesucht. Dann gibt es Momente, in denen ich mich frage, wie wir uns im normalen Leben jemals so lebendig fühlen könnten wie in diesen Zeiten.«

»Fühle dich niemals meinetwegen schuldig.« Dillan lächelt das lila Drachenmädchen in seinen Armen an. Sie hat sich so weit erholt, dass sie ihre leuchtenden, türkisfarbenen Augen geöffnet hat und Dillans Finger mit beiden Krallen umklammert. »Dieses Leben ist der Hammer. Ich würde die Arbeit, die wir tun, die Begegnung mit den Griechen und die Liebe zu Eva gegen nichts eintauschen wollen. Egal, ob Gutes oder Schlechtes auf uns zukommt, Druide zu sein, ist alles für mich.«

Emmet lächelt die blonde Woman o' Green an, die Sloan jetzt bei sich hat und ihren, kastanienbraun-haarigen, übel gelaunten Mann. »Bei mir das Gleiche. Mit den Freunden, die wir gefunden haben, den Kräften, die wir erlangt haben und Ciara, bin ich voll dabei. Mach dir keine Gedanken wegen des Chaos, das damit einhergeht.«

Calum gluckst. »Wem machen wir etwas vor? In unserem Leben herrschte schon lange vorher Chaos. Wir haben uns selbst großgezogen, Pa hat gearbeitet, um uns ein Dach über dem Kopf zu verschaffen, außerdem sind wir Polizisten und noch viel wichtiger: wir sind wir … Dass wir jetzt eine besondere Verbindung zur Natur haben, ist nur eine andere Art von Chaos.«

Aiden äußert sich nicht und ich fühle mich schlecht.

»Ich weiß, dass du nicht den gleichen Eifer für unseren Lebensstil hast wie wir, Aiden. Das tut mir leid. Ich hoffe, du wirst es nicht allzu sehr bereuen.«

Er schüttelt den Kopf. »Das tue ich nicht. Ich mache mir Sorgen um meine Kinder und wünschte, sie könnten eine normale Kindheit haben wie wir, aber ich komme klar damit.«

Calum schnaubt. »Kannst du wirklich ›normale Kindheit wie wir‹ sagen und dabei ein ernstes Gesicht machen?«

Er gluckst. »Ja, nein, vielleicht nicht.«

»Abgesehen von den Kindern … was meinst du?«

Er denkt einen Moment darüber nach und zuckt mit den Schultern. »Ich bin froh, dass ich das Druidenerbe habe, aber noch dankbarer bin ich, dass ich Grandma und Grandpa habe.«

Übereinstimmendes Gemurmel ertönt von allen Seiten.

Dafür hätten wir jedoch keine Druiden werden müssen. Pa hat uns davon abgehalten, mit ihnen Kontakt aufzunehmen, aber ich wollte schon immer einen AncestryDNA-Test machen, um lange verschollene Verwandte zu finden.

Wenn ich das getan hätte, würde Aiden vielleicht nicht in diesem Leben festsitzen.

Das tut mir im Herzen weh.

»Schau, Fiona«, sagt er. »Du hast dich entschieden, Grandpas Leben zu retten und das hier auf dich zu nehmen. Ich würde dich nie dafür verurteilen oder mir wünschen, dass du dich anders entschieden hättest. Du hast uns jahrelang deine Liebe und Unterstützung gegeben, während wir unsere Bestimmung als Polizisten gefunden haben und jetzt hast du deine gefunden. Eine Druidin zu sein, bringt dich zum Strahlen, wie nichts anderes es je getan hat. Alles ist gut auf der Welt, kleine Schwester. Mach dir keine Sorgen.«

Ich atme tief ein. Er ist ehrlich. Er ist für uns da, er genießt es, ein Druide zu sein, aber es erfüllt ihn nicht so, wie seine jüngeren Geschwister – mich eingeschlossen.

Es ist nichts, was ich nicht schon wusste.

»Ach, nicht weinen.« Er nimmt meine Hand und drückt sie. »Es ist in Ordnung. Es gibt nichts zu weinen.«

Ich kämpfe gegen die Tränen an und atme tief durch. »Ich will nur, dass du glücklich bist. Ich möchte, dass *ihr alle* glücklich seid.«

»Ich *bin* glücklich. Natürlich wäre ich glücklicher, wenn wir wüssten, wie wir nach Hause kommen, aber das liegt nicht an dir. Nicht weinen.«

Ich atme noch einmal tief durch und verdränge die Enttäuschung. »Tut mir leid. Ich bin sonst nicht so ein Weichei.«

Calum gluckst. »Wen versuchst du zu verscheißern, Rotschopf? Du bist das größte Weichei, das es gibt.«

Ich schlucke und zwinge mich zu einem Lächeln für die Leute, die zusehen. »Ist schon gut. Wie Kyna gesagt hat. Heute ist kein Tag zum traurig sein. Es ist ein Tag zum Feiern.«

Aiden zieht mich an seine Seite, während wir gehen. »Ich bin froh, diesen Weg mit euch vier zu gehen. Mein Problem ist, wenn ich hier bin, mache ich mir Sorgen um meine Familie zu Hause und wenn ich wieder zu Hause bin, mache ich mir Sorgen um meine Familie, die magische Abenteuer erlebt. Es gibt keine richtige Antwort, also gibt es keinen Grund, sich deswegen zu quälen.«

Ich verstehe das. Trotzdem … es tut weh.

»Da sind wir.« Anghus zeigt auf ein lilafarbenes Haus gegenüber dem Palast.

»Soll ich sie reinbringen oder die Treppe hinauf?«

»Nein. Das möchte ich nicht«, schnauzt Anghus. »Padraig, komm und hilf Betrys. Sie hat sich in der Schlacht verletzt.«

Ich werde sofort aus meiner Stimmung gerissen, als ich den Namen höre. Nein. Das kann nicht sein …

Ich drehe mich um und mein Herz hämmert in meiner Brust. Der Man o'Green in der Tür, ist das Ebenbild meines lieben Freundes … nur, dass sein schneeweißes Haar noch rostrot ist, … er keine Brille trägt … und sturzbetrunken ist.

Nun, das ist nicht völlig untypisch für Patty, aber er sieht nicht so aus, als würde er feiern, sondern eher seine Sorgen ertränken. Trotzdem kann man ihn nicht verwechseln.

Das ist Patty, wie er leibt und lebt.

»Patty, o mein Gott, sieh dich an!« Ich will ihn umarmen, werde aber von einem magischen Impuls zurückgestoßen und erstarre, als mein Schild aufflackert.

Er starrt zu mir hoch und seine Augen haben nichts von der Wärme, die ich gewohnt bin. Tatsächlich hat er einen Dolch gezogen und auf mich gerichtet. »Ich wäre dir dankbar, wenn du dich von mir fernhalten würdest, Frau.«

Ich trete einen Schritt zurück.

Es sollte nicht wehtun, aber ich bin immer noch ein bisschen aufgewühlt von meinem Gespräch mit Aiden. »Tut mir leid. Schon gut. Du kennst mich noch nicht, aber ich versichere dir, dass wir in meiner Zeit enge Freunde sind. Dass ich dich umarmen wollte, ist nichts Ungewöhnliches.«

Er wölbt eine Augenbraue und sieht mich skeptisch an. »Das bezweifle ich sehr, Frau. Ich würde einem gierigen Menschen nie genug vertrauen, um mit ihm befreundet zu sein, geschweige denn, dass er mich anfassen dürfte, ohne dass ich mich wehre.«

»Ja, nun, deine Einstellung dazu wird sich ändern.«

»Das bezweifle ich.«

»Ich kann es beweisen.« Ich ziehe mein Handy heraus und öffne meine Bildergalerie.

»Vielleicht solltest du es sein lassen, Fiona.« Sloan ist gerade dabei, Betrys an die beiden zu übergeben, als sie aufwacht. Ein spitzer Ellbogen in den Bauch lässt seinen Atem in Windeseile entweichen. Er beugt sich vor und stellt sie so schnell wie möglich auf die Beine. »Ganz ruhig, Miss. Ich bringe dich nur zurück zu deinem – Verdaaaa …!«

Ein harter Schlag in die Leistengegend lässt Sloan zusammensacken und rot anlaufen. Pattys Schwester sieht ihm so ähnlich, wenn sie wütend ist, dass es zum Lachen ist. Nun, es wäre auch lustig, wenn Sloans Hoden nicht angegriffen worden wären.

»Geht es dir gut, Schatz?«

Sloan hat die Hände auf die Knie gestützt und versucht zu atmen. »Ich komme schon klar«, keucht er. »Redet unter euch.«

Der Arme. Er wird wohl einen Moment brauchen.

Das erinnert mich an die Bilder.

»Hier. Das sind wir letzten Monat auf der Geburtstagsparty, die wir für die jungen Drachen gegeben haben. Das bist du und ich, wie wir uns nach Calums Hochzeit im Pub betrinken. Hier liegst du auf meiner Couch und schläfst nach einer durchzechten Nacht im letzten Sommer. Das ist Daisy, das Stinktier meines Bruders.«

Er runzelt die Stirn. »Ich weiß nicht, was für eine Art von Hexerei das ist, aber letzten Sommer habe ich nicht mit Menschen getrunken, bin nicht auf Geburtstagsfeiern gegangen und habe nicht neben Stinktieren geschlafen.«

Richtig. »Entschuldigung. Wir kommen aus der Zukunft … ungefähr tausend Jahre, soweit wir das beurteilen können.«

Er schaut stirnrunzelnd auf die Bilder. »Das soll ich sein?«

»Du sollst es nicht sein. Du *bist es*. Schau, hier ist der wütende Patty. Das habe ich aufgenommen, als wir letztes Jahr gegen die Hexe angetreten sind, die Sloan entführt hat.«

Emmet lacht. »Oh! Das war eine fantastische Nacht für dich, Patty. Wir konnten den Schutzwall nicht überwinden, also hast du dich mit allen Wertgegenständen im Haus verbunden und mit deinen Armen nach links, rechts und wieder zurückgeworfen. Du hast das Haus verwüstet und wir konnten die Hexen draußen auf der Straße schreien hören.«

Dillan lacht jetzt auch. »Das war ein Klassiker.«

Sloan räuspert sich. »Ich glaube, wir haben genug geredet, Leute. Es ist nie eine gute Idee, die Zeitlinie durcheinanderzubringen. Weniger ist in diesem Fall mehr.«

»Vielleicht hast du recht.« In dieser Version von Patty finde ich nicht einen Funken meines Freundes. »Ob du mir nun glaubst oder nicht, wir *sind* Freunde, also sage ich dir das, weil ich dich liebe: Wenn du deine dunkelste Zeit erlebst und die Menschen dir deine Schätze weggenommen haben, verbünde dich mit der Drachenkönigin der Wyrm. Sie wird jeden zermalmen, der kommt, um den Schatz zu holen und du wirst ihn wieder aufbauen …«

»Es reicht, Fiona.« Sloan packt mich am Ellbogen und schiebt mich von Patty weg. Er scheint sich von dem Angriff auf seine Eier erholt zu haben, aber seine Stimmung hat sich nicht verbessert. »Welchen Teil von ›nicht über Entscheidungen reden, die noch nicht getroffen wurden‹, verstehst du nicht.«

Ich zucke mit den Schultern und schaue zurück zu Patty, der auf der Straße vor seinem kleinen lilafarbenen Haus steht. »Es war eine schwierige Zeit für ihn. Er hat die Hoffnung fast aufgegeben. Sieh ihn dir an … das könnte es sein. Wenn ich ihm den richtigen Weg zeigen kann, muss ich es doch versuchen.«

Sloan grummelt und dreht uns in Richtung des Palastes. »Ich weiß, dass du das denkst, aber das ist nicht richtig. Letztes Mal hat er die richtige Entscheidung getroffen und hoffentlich wird er es trotz deiner Einmischung wieder tun.«

»Oder vielleicht hat er die richtige Entscheidung getroffen, weil wir uns getroffen haben und ich ihm geholfen habe, den Weg zu finden, der ihn zu mir führt. Das ist doch auch möglich, oder?«

Sloan sieht mich finster an und schnaubt zweifelnd. »Ob es so ist oder nicht, damit sollten wir nicht herumspielen. Du solltest dich nicht in solche Dinge einmischen, *a ghrá*.«

Ich hebe meine Hände und ergebe mich. »Gut. Ich habe gesagt, was ich sagen wollte. Ich lasse es gut sein und sage kein Wort mehr.«

Er atmet langsam aus. »Das glaube ich erst, wenn ich es sehe. Wenn wir Glück haben, hast du kein katastrophales Ereignis ausgelöst.«

Ich zucke mit den Wimpern und täusche Unschuld vor. »Wer? Ich?«

Kapitel 14

Kyna führt uns durch die verwinkelten Straßen der versteckten Stadt direkt in den goldenen Turm. Wenn ich ehrlich bin, sieht er aus wie ein großer, goldener Dildo, mit einer Menge eingelassener Balkone. Ich schaue meine Brüder an, um zu sehen, ob sie es bemerkt haben und ja, natürlich haben sie das. Sie beißen sich alle auf die Lippen und sind kurz davor, in lautes Gelächter auszubrechen – was als Gäste eine schlechte Idee wäre.

Auch ich muss mich konzentrieren, nicht laut zu lachen und ermahne mich, stur geradeaus zu schauen.

Was für eine schöne Treppe. Ja, schauen wir uns die Treppe an, die zum goldenen Turm hinaufführt. Oh, und die Doppeltüren öffnen sich, als wir uns nähern. Ich lächle den Türwächtern zu, als wir vorbeigehen und meine Gedanken drehen sich um goldene Dildos und darum, nicht auf die Miezen zu reagieren.

Im Ernst, es sind Katzenwächter – das ist kein Scherz.

Sie stehen auf zwei Beinen, tragen Uniform und haben Katzenköpfe, -pfoten und -schwänze.

»Danke«, sage ich, als wir vorbeigehen.

Ich warte fast darauf, dass sie miauen oder schnurren oder so etwas, aber sie würdigen uns keines Blickes. Vielleicht haben sie mich nicht verstanden oder sie sind wie die Fußtruppen der Königin im Buckingham Palast und darauf trainiert, stoisch und schweigsam zu bleiben.

Wir gehen hinein, laufen unter dem sich wiegenden Weihrauchleuchter hindurch und Kyna führt uns die geschwungene Steintreppe hinauf in den zweiten Stock. Der Stein in einem hellen, goldenen Beige ist glatt und die sanft geschwungenen Wände vermitteln das Gefühl, dass wir uns in einem Zylinder befinden.

Es ist seltsam. Die anderen Male, die ich in der Vergangenheit verbracht habe, war ich auch in Schlössern, aber die haben sich seltsam vertraut angefühlt. Dieser Palast tut das nicht. Alles an ihm fühlt sich eigenartig an und schärft mein Bewusstsein. Es ist, als würde mir jemand auf die Haare an den Armen pusten und sie aufrichten. Zumindest weiß ich jetzt, wie es sich für Haustiere anfühlen muss, gegen den Strich gekämmt zu werden.

Vielleicht ist es das Gefühl von so viel roher Kraft um uns herum. Vielleicht fühle ich mich aber auch einfach nur so nervös, weil ich so müde bin.

Wahrscheinlich letzteres.

»Da sind wir«, verkündet Kyna.

Der Raum, in den sie uns führt, ist ein großes, offenes Rechteck mit vier Betten in den Ecken. Ein langer Tisch mit zwölf Stühlen steht in der Mitte des Raumes. Dahinter befindet sich ein offener Säulengang mit einem Balkon, der einen Blick auf die Stadt bietet, durch die wir gegangen sind.

»Protzig.« Emmet pfeift durch seine Zähne. »Das ist einer dieser Momente, die eines Königs würdig sind, was?«

»Das stimmt wohl.« Calum holt sein Handy heraus und öffnet die Kamerafunktion. »Kevin wird sterben, wenn er das sieht.«

Als wir uns tiefer in den Raum zerstreuen, kommt eine Katzendame mit einem Wagen und stellt ihn in die Tür.

Darauf befinden sich zwei Becken mit Wasser und ein Stapel Tücher.

»Wenn ihr wollt«, sagt Kyna, »könnt ihr euch ausruhen und waschen, während ich mich um die Vorbereitungen kümmere. Ich werde in Kürze nach euch allen schicken.«

Ich fahre mit einem Finger durch das heiße Wasser in einem der Waschbecken und lächle. »Das ist nett. Vielen Dank!«

Kyna geht Richtung Tür und Dillan folgt ihr. »Was ist mit Nyrora?«, will er wissen. »Willst du sie mitnehmen? Braucht sie medizinische Hilfe?«

Kyna schaut auf das kleine Ding hinunter und grinst. »Sie sieht ganz zufrieden aus, wo sie ist. Koinonos-Drachen haben unglaubliche Regenerationsfähigkeiten. Wenn sie die Möglichkeit haben, sich in einer sicheren Umgebung auszuruhen, können sie sich selbst heilen. Wenn du so weitermachst, hat sie sich rechtzeitig zum Festmahl erholt. Es sei denn, du bist es leid, sie zu trösten?«

»Oh, nein«, verneint Dillan vehement. »So ist es nicht. Ich wollte nur sicherstellen, dass ihre Bedürfnisse erfüllt werden.«

Kyna legt ihre silberne Handfläche an Dillans Wange. »Ein wunderbarer Anfang für eine Freundschaft.«

Ein Schauer läuft mir über den Rücken und ich werde das Gefühl nicht los, dass hinter ihren Worten mehr steckt, als wir ahnen.

Eine weitere Katzenfrau bleibt vor der Tür stehen und Kyna wendet sich zum Gehen. »Ich mache mich auf den Weg, um eine angemessene Feier für unseren tapferen Krieger und seine Gefährten vorzubereiten. Macht's gut, Freunde. Der Palast von Emain Ablach heißt euch willkommen.«

* * *

Emmet begleitet Kyna hinaus und als er die Tür schließt, wirkt er ganz aufgeblasen und grinst. »Na, wer hätte das gedacht? Ich bin der Krieger einer alten Prophezeiung. Ziemlich cool, nicht wahr?«

Ich schüttle den Kopf. »Ich weiß nicht, was ich davon halten soll, ehrlich gesagt. Wie lautet die Prophezeiung? Das hat sie nicht erzählt. Ich hoffe, es ist nicht so eine Sache, bei der sie dich mit einem Festmahl mästen, um dich dann an die schreckliche Bestie zu verfüttern, die im Vulkan lebt.«

Emmet runzelt die Stirn. »Das wäre brutal.«

»Kribbeln deine Spiderman-Sinne?«, will Aiden wissen.

»Mein ganzer Körper kribbelt … und das nicht auf die gute Art. Diese Prana-beladene Insel ist die Hölle für mein inneres Gleichgewicht. Ich bin ganz hibbelig und aufgekratzt.«

»Das ist nie gut«, meint Calum. »Was ist mit deinem Schild?«

»Nö. Gar nichts.«

Emmet runzelt die Stirn. »Warum kann es nicht etwas Gutes sein? Vielleicht bin ich wirklich ein Wunder und dazu bestimmt, große Dinge zu tun. Hast du das jemals in Betracht gezogen?«

Ich begegne seinem Blick. »Natürlich habe ich das. Du bist in vielerlei Hinsicht ein Wunder, das die Welt in Erstaunen versetzen würde. Emain Ablach kann sich glücklich schätzen, dich als Champion zu haben. Ich möchte nur sicherstellen, dass die ›Vorbereitungen für den Krieger‹ nichts beinhalten, wovor du zurückschrecken könntest.«

Emmet nickt. »Okay, ja. Das muss ich akzeptieren. Ehrlich gesagt, ich glaube nicht, dass es so ist. Ich fühle mich hier zu Hause, ich fühle mich mit diesem Ort wirklich verbunden. Ich glaube nicht, dass das Universum so grausam sein würde, mir ein so warmes Gefühl zu geben und mich dann zu opfern.«

»Zu Hause? Was soll das denn heißen? Emmet, wir sind so weit von zu Hause entfernt, wie du es noch nie warst.«

»Ja, das sehe ich ein, aber ich kann es nicht erklären.«

»Vielleicht ist es deine Verbindung mit der Prana-Energie«, vermutet Sloan. »Die Flüsse sind rosa und die Luft ist voller Kraft. Ich wette, es ist deine Verbindung, die dich so fühlen lässt.«

»Vielleicht.«

»Also, wir waschen uns, ruhen uns aus und sammeln uns neu. Jeder geht für eine Weile in seine Ecke und wir treffen uns wieder, wenn wir mit frischem Verstand an die Sache herangehen können.«

Sloan runzelt die Stirn. »Glaubst du, Bruin hat die Zeit, schwimmen zu gehen, bevor die nächste Katastrophe droht?«

Ich lache. »Oh, ja, bitte. Dafür werden wir uns Zeit nehmen.«

Bruin gluckst. »Worauf wollt ihr hinaus? Ich fühle mich angegriffen.«

Sloan gluckst. »Du stinkst, Bär. Du bist voller Blut und Tod durch die Hallen des heiligen Palastes gewandert und stinkst wie das Innere einer verrottenden Leiche.«

Ich springe auf diesen Zug auf und unterstütze Sloan. »Es gibt nicht genug Wasserbecken im Palast, um das ganze Blut aus deinem Fell zu waschen, Kumpel.«

Bruin hebt seine schwarze Nase und grinst. »Eine Arbeit, die es wert ist, gemacht zu werden, ist es wert, *gut* gemacht zu werden.«

»Ja, so sieht es aus.«

Ich kichere und zeige auf den offenen Balkon. »Du weißt, wo wir sind. Geh und such dir einen Süßwasserteich oder einen Pool, oder so.«

»Schwimme nicht in dem rosa Wasser«, warnt Emmet. »Du wirst glühen und ich glaube nicht, dass Rosa deine Farbe ist.«

Calum schnaubt. »Nur zum besseren Verständnis, Bruder. Bei dir ist das auch nicht gerade förderlich.«

Emmet winkt ab. Zum Glück ist das Glühen inzwischen weg, nachdem er vor einer halben Stunde explodiert ist. Ob es zurückkommt oder für immer verschwunden bleibt, wird sich noch zeigen.

»In Ordnung.« Ich unterbreche das Geplänkel, das zwischen meinen Brüdern entstanden ist. »Bruin, geh dich waschen und komm anschließend bitte sofort zurück. Wenn sich etwas wegen der Kriegerprophezeiung zusammenbraut, brauchen wir dich vielleicht hier. Wenn nicht, willst du das Abendessen sicherlich nicht versäumen.«

Bruin stapft auf den Balkon zu und verschwindet in seiner Geisterform. *Als ob das jemals passieren würde.*

Kichernd mache ich eines der Handtücher nass, wringe es aus und halte den dampfenden Stoff über mein Gesicht. Meine Haut kribbelt und ich atme tief ein. »Mann, das fühlt sich gut an.«

Nachdem ich mich gesäubert habe, ziehe ich meine Stiefel und meine Jacke aus und lege mich auf eines der Betten. »Weckt mich, wenn es Zeit zum Essen ist. Ich schlafe jetzt.«

* * *

»Powernap für den Sieg.« Ich springe aus dem Bett, schlüpfe in die Stiefel und beuge mich vor, um die Chromschnallen zu schließen. »Wie lange war ich weg?«

»Vierzig Minuten, oder so.« Sloan sitzt an dem langen Tisch in der Mitte des Raumes und blättert in einem Buch.

»Was hast du da?«

Er hält den ledergebundenen Wälzer hoch, damit ich den Einband sehen kann und legt ihn zurück auf den Tisch. »Am Ende des Ganges ist eine Bibliothek. Vielleicht habe ich mir ein paar Bücher besorgt, um mir die Zeit zu vertreiben, während alle ruhen und wir auf das Abendessen warten.«

Ich kichere leise. Er ist der einzige Mensch, den ich kenne, der mehr als ein Buch braucht, um sich während einer vierzigminütigen Pause zu beschäftigen.

Nun, vielleicht würde Myra das auch tun.

Wie auch immer, ich bin in einen Büchernerd verliebt.

Wer hätte das kommen sehen?

Mein Stuhl knirscht leise auf dem Steinboden, als ich ihn herausziehe, um mich neben ihn zu setzen. »Ich kann die Sprache nicht lesen. Was steht denn da?«

»Es ist ein Tagebuch über natürliche Heilmittel, geschrieben von einer grünen Hexe, die in der alten Türkei lebte. Einige ihrer Gedanken beruhen auf einem mangelnden Verständnis der Wissenschaft. Andere wiederum sind sehr interessant … vor allem ihre Experimente, bestimmte Kräuter mit Zaubersprüchen zu mischen, um deren Wirkung zu verstärken.«

»Cool. Hast du dir Notizen gemacht?«

Er grinst und hält sein Handy hoch. »Ich habe Fotos gemacht, die ich mir später genauer ansehen werde.«

»Was ist das?« Ich tippe mit dem Finger auf ein gerolltes Pergament.

»Das ist ein Dämonenfresser-Zauber. Ich dachte, er könnte nützlich sein. Wir haben viele der mächtigen Spezies, auf die wir in den nächsten Wochen treffen werden, einkalkuliert, aber es besteht immer die Möglichkeit, dass uns andere überraschen könnten.«

»Das ist mein Pfadfinder – immer vorbereitet für alle Eventualitäten.«

Er zwinkert mir zu. »Wie war dein Nickerchen?«

»Fantastisch. Alles, was ich gebraucht habe, war eine Gelegenheit, um zu Atem zu kommen und mich an diese Kraft zu gewöhnen.«

»Dabei hast du offensichtlich ein paar riesige Baumstämme gesehen.« Emmet kommt mit Calum und Tad vom Balkon herein.

Tad blickt mich an und lacht. »Du sägst sehr intensiv, Fiona. Das muss der Grund sein, warum Mackenzie immer so mürrisch ist. Der Kerl bekommt keinen Schlaf.«

Ich verdrehe die Augen. »Ich schnarche nur, wenn ich müde bin. Sonst bin ich so leise wie ein kleines Kätzchen, das sich in seinem Bett zusammenrollt. Stimmt's, Schatz?«

Er lacht. »Was immer du sagst. Ich werde dich nicht vor unseren Freunden verraten.«

Calum lacht. »Das musst du auch nicht. Wir sind mit ihr aufgewachsen. Wir wissen, wie laut sie werden kann.«

»Das ist unhöflich. Ich wette, ihr habt mich nicht mehr schnarchen gehört, seit ich bei Sloan eingezogen bin.«

»Weil du dein Schlafzimmer nachts zum Schweigen bringst. Vielen Dank dafür. Große Brüder sollten ihre Schwester nie bei irgendetwas hören.«

»Ich rede mir lieber ein, dass Sloan ein Eunuch ist und nie etwas passiert«, lacht Emmet.

Meine Kinnlade fällt herunter. »Tust du nicht.«

Emmet schnaubt. »Nein, mache ich nicht. Tut mir leid, *sham*. Ich wollte ihr Gesicht sehen.«

Sloan starrt uns mit dem gleichen leeren Blick an, den er oft hat, wenn er uns ignoriert.

Ich zucke mit den Schultern. »Zurück zum Thema: Selbst erschöpft schnarche ich nicht so stark wie der betrunkene Dillan.«

Meine Brüder nicken. »Wahre Geschichte.«

Ich schaue mich im Zimmer um, vorbei an Bruin, der sich auf dem Teppich zusammengerollt hat und entdecke Dillans Füße, die an der Seite eines der anderen Betten hängen. »Ist er immer noch weg?«

»Wie ein Stein«, antwortet Calum, »er hat den Babydrachen mitgenommen, um ein Kuschelschläfchen zu halten.«

»Nicht schlecht.« Ich ziehe mein Handy heraus und rufe meine Kamera auf. »Davon muss ich ein Foto machen.«

»Nyrora ist kein Babydrache«, erklärt Sloan. »Ich habe mit einem der Burgwächter gesprochen, als ich im Korridor war. Die Koinonos-Drachen sind eine Art Pseudobabys.«

»Pseudo, wie nicht echt? Sie sieht aber echt aus.«

»Nein, *a ghrá*. Es ist eine Bezeichnung für eine Miniatur-Drachenrasse. Sie ist nicht klein, weil sie ein Baby ist. Nyrora ist winzig, weil das die Größe ist, die sie haben sollte.«

»Oh … das ist ja toll.« Ich stehe vom Tisch auf und passe auf, dass die Stuhlbeine nicht schaben.

Wir machen heimlich Fotos voneinander, um uns gegenseitig zu necken und zu erpressen, und ich nutze den Moment für eine weitere Fotosession.

Ich schleiche mich um das Fußende des Bettes herum und mache mich bereit, mein Foto zu schießen. »Wo ist Nyrora hin?«

Sloan schaut vom Tisch auf und runzelt die Stirn. »Nirgendwo, soweit ich weiß. Es sei denn, sie ist weggeflogen, während ich in der Bibliothek war.«

Emmet schüttelt den Kopf. »Nein. Ich habe ein Foto von ihnen gemacht, als du zurück warst. Dann sind wir auf den Balkon gegangen, um dich lesen zu lassen. Kein kleiner Drache ist uns über den Weg gelaufen.«

Dillan muss spüren, dass ich über ihm stehe, denn seine Augen flattern auf. Er holt tief Luft und blinzelt. »Hey. Ist schon Essenszeit?«

»Noch nicht. Wo ist denn deine kleine Drachenfreundin hin?«

Dillan wird schlagartig wach, setzt sich ruckartig auf und sieht sich hastig auf dem Bett um. »Sie ist nicht hier? Wo ist sie hin? Wie lange war ich weg?«

»Eine halbe Stunde«, weiß Emmet. »Wir wissen nicht, wo der Drache hingegangen sein könnte. Sloan hat am Tisch gelesen, wir waren auf dem Balkon und keiner von uns hat sie weggehen sehen.«

»Hat sie sich erschreckt und ist unter das Bett geschlüpft?« Calum geht herüber.

Ich stecke mein Handy in die Tasche und gehe in die Knie. Ich spähe in den schattigen Raum unter dem Bett und überprüfe den leeren Steinboden. »Nein. Sie ist nicht hier.«

»Bist du sicher?« Dillan rutscht von der Strohmatratze, um sich zu vergewissern.

»Ich bin mir sicher. Da unten ist es nicht dunkel genug, als dass ich einen Drachen übersehen könnte.«

Dillan richtet sich auf und sieht frustriert aus. »Ich hoffe, es geht ihr gut.«

Die aufrichtige Sorge in seinem Gesichtsausdruck bringt mich zum Lächeln. Dillan sieht aus wie ein mürrischer Dickschädel, aber er ist ein großer Softie. Er beugt sich über das Bett, um hinter den Kissen nachzusehen, wobei sein Hemd hochrutscht.

Ich starre auf die lila Tinte auf seinem Rücken und kichere. »Seit wann hast du ein Arschgeweih? Noch wichtiger: Was ist das? Ein lila Schmetterling? Bitte lass es einen lila Schmetterling sein.«

Calum springt auf und läuft um das Bett herum. »Das muss ich sehen. Wie besoffen muss Dillan sein, um einen lila Schmetterling tätowiert zu bekommen?«

Dillan stößt Calum zurück. »Verpiss dich. Als ob ich mir jemals ein Arschgeweih stechen lassen würde.« Er richtet sich auf und durchsucht den Raum, völlig verwirrt.

»Ich weiß, was ich gesehen habe.« Ich stelle mich hinter ihn. »Bleib mal kurz stehen.«

Obwohl er nicht stillsteht, sich darüber ärgert, dass ich den Zipfel seines Hemdes hochziehe und versucht, mich abzuschütteln, schaffe ich es, seinen Rücken halbwegs freizulegen. Meine Belohnung für den Kampf ist die Antwort, die wir gesucht haben.

»Okay, ich habe Nyrora gefunden.«

»Wo?« Dillan blickt sich immer noch im Raum um.

Ich greife mit den Fingern in die Gürtelschlaufen seiner Jeans und drehe seine Hüften so, dass er von den anderen abgewandt ist. Ich greife den Saum seines Hemdes und schiebe es ihm über den Rücken hoch.

»Heilige Scheiße.« Emmet eilt herüber, um einen besseren Blick zu erhaschen. »Wie zum Teufel hat sie das gemacht?«

»Was gemacht?« schnauzt Dillan, als Sloan, Calum und Tad herbeieilen. »Redet mit mir!«

»Nyrora ist nicht verschwunden.« Ich lächle in ihre leuchtenden, türkisfarbenen Augen, die mich anstarren. »Irgendwie hat sie sich mit dir verbunden, so wie Bruin mit mir. Vermutlich kannst du es nicht sehen. Du hast ein lilafarbenes Drachentattoo, das mich von deinem linken Schulterblatt aus anschaut und ihr Schwanz schlängelt sich über deine rechten Rippen und über deinen schmalen Rücken.«

»Bist du sicher?«

»Meinst du, wir haben eine Gruppenhalluzination?«

»Glaube ich, ihr könntet mich aus Jux und Tollerei verarschen?«

Ich schnaube. »Ich würde ja gerne, aber ich mache es nicht. Emmet, halte sein Hemd, damit ich ein Foto machen kann.« Emmet tut, worum ich ihn bitte und ich knipse das Bild. »Siehst du?«

Er nimmt das Telefon und vergrößert das Bild. »Das ist verdammt geil, aber was bedeutet es? Warum ist sie da?«

»Frag sie.«

Er schnaubt. »Oh, richtig! Warum ist mir das nicht selbst eingefallen?«

»Nein, im Ernst, Dumpfbacke. Schließe deine Augen, öffne deinen Geist und sprich innerlich mit ihr. Bruin und ich konnten das von dem Moment an tun, als wir uns verbunden haben. Es gibt keine Sprachbarriere, wenn ihr euch tatsächlich verbunden habt. Versuch es doch mal.«

Er macht ein bissiges Geräusch, sagt aber nichts.

Ich zeige auf die Bettkante und er lehnt seinen Hintern gegen die Matratze. »Okay, tief einatmen, klare Absicht, die geistige Hand ausstrecken und ›Hallo‹ sagen.

Mit geschlossenen Augen atmet er tief ein und aus und neigt den Kopf von einer Seite zur anderen.

Ich werfe einen Blick auf Sloan, Tad und meine Brüder. Sie sehen genauso verwirrt und aufgeregt aus, wie ich mich fühle.

Sich körperlich mit einem Drachen zu verbinden, scheint verrückt. Ich kann mir nicht vorstellen, dass ein Tier, das so groß ist wie ein überdimensionaler Dart, im Kampf aus mir herausbricht. Na ja, nicht, dass in mir noch Platz wäre.

Bruin hat bereits seinen Anspruch auf dieses Gebiet erhoben.

Vielleicht ist es gut, dass Nyrora ein kleiner Drache ist. Sie dürfte weniger Platz brauchen.

Dillans Einatmen bringt mich zu der Situation zurück, um die es geht. Den gewölbten Augenbrauen nach zu urteilen, entnehme ich, dass er zumindest etwas Erfolg hat.

Ich hoffe, das Lächeln, das seine Gesichtszüge aufhellt, bedeutet, dass die Dinge gut laufen. Zwischen seiner Liebe zu Eva und dem kleinen Drachen, den er liebt, kann ich mir vorstellen, dass Dillan endlich richtig glücklich wird.

Ich weiß, ich greife mir selbst vor, aber er war derjenige von uns, der sich nie wirklich vom Verlust von Mom erholt hat. Wir alle vermissen sie immer noch und denken ständig an sie, aber Dillan ist derjenige, der wütend und verletzt ist.

Ich habe keine Ahnung, warum der kleine Drache sich mit ihm verbunden hat und was das bedeuten wird.

Allein die Logistik ist unvorstellbar.

Ist ihre Familie hier? Kann sie in Toronto leben? Gibt es in der Drachenhöhle im Hain Platz für einen dritten Drachen?

Ich denke an Merlins Warnung vom letzten Sommer. Er sagte, ein Drache braucht seinesgleichen, um wirklich glücklich zu sein. Vielleicht ist die Gründung einer Drachenfamilie in unserem Hinterhof die Antwort.

Okay … ich greife schon wieder zu weit vor.

»Sie gehört zu mir«, in Dillans Stimme schwingen Verwirrung und Überraschung gleichermaßen mit. »Nach den Bräuchen ihrer Spezies ist ein gerettetes Leben ein geschuldetes Leben. Sie hat sich mit mir verbunden, weil sie jetzt zu mir gehört.«

»Das ist ehrenwert«, sagt Sloan mit zusammengezogenen Brauen, »aber ist es das, was sie will? Ein geschuldetes Leben ist nicht dasselbe wie eine frei getroffene Entscheidung.«

»Das tut sie. Sie ist super aufgeregt.« Er stößt sich von der Matratze ab und sieht uns freudig an.

»Heilige Scheiße!« Ich keuche.

»Houston, wir haben ein Problem«, stöhnt Emmet.

»Was jetzt?«, fragt Dillan.

»Deine Augen. Sie sind genauso türkis wie die von Nyrora.« Ich öffne die Kamera auf meinem Handy und drehe die Ansicht so, dass er sich selbst sehen kann. Ich habe noch nie die Augen eines Menschen in dieser Farbe gesehen, aber in Kombination mit seinen schwarzen Haaren ist das verdammt auffällig.

»Nun, das ist neu.«

»Ja. Das gibt mir das Gefühl, dass diese Bindung gefestigt ist.« Ich stecke mein Handy zurück in die Tasche und schaue Sloan an. »Hast du eine Ahnung, was das bedeutet?«

»Nichts, was über eine Vermutung hinausgehen würde. Ich glaube, du hast recht. Er hat mit ihr gesprochen, sie haben sich geeinigt und seine Augen haben sich verändert. Ich würde sagen, das ist ein Zeichen dafür, dass sich die Bindung gefestigt hat.«

Die Tür schwingt auf und die Fianna treten herein, um sich der Stehparty anzuschließen.

»Ich höre, ihr habt Wasser zum Waschen«, sagt Fionn und geht voran, gefolgt von Royce, Arken und den anderen Männern. »Die Göttin weiß, dass wir es gebrauchen können.«

Unseren Gesichtern nach zu urteilen, muss er gemerkt haben, dass wir mitten in einer Sache stecken. Er versteift sich und wechselt den Kurs von der Waschstation zu uns. »Was ist passiert?«

»Schau dir Dillans Augen an.« Ich zeige auf meinen Bruder, bevor ich ihn umdrehe, um ihnen seinen Rücken zu zeigen. »Es scheint, als hätte der kleine Drache, den Dillan gerettet hat, Gefallen an ihm gefunden und beschlossen, dass sie ein gutes Team sind.«

»Gesegnet seist du. Es ist eine seltene Ehre, dass sich ein Kononos-Drache mit einem verbindet.« Arken stürmt nach vorn. »Sieh dir das an. Sein Körper hat sie ohne Probleme akzeptiert. Die Göttin muss mit der Verbindung einverstanden sein.«

»Ohne Probleme?«, wundere ich mich. »Was bedeutet das? Lehnt der Körper mancher Menschen die Verbindung ab?«

»Natürlich. Nicht jeder ist ein guter Partner. Wenn es so wäre, würde jeder versuchen, sich mit ihnen zu verbinden.«

Ich will gerade fragen, was passiert wäre, wenn sie *nicht zueinander gepasst hätten*, als Sloan den Kopf schüttelt. »Das brauchen wir nicht zu wissen, *a ghrá*. Die Hauptsache ist, dass sie gut zusammenpassen und dein Bruder keinen Schaden davongetragen hat.«

»Bis auf die Augen.«

»Ehrlich gesagt, ich finde sie cool«, meint Emmet. »Unsere sind grün. Seine sind einzigartig.«

»Aiden und ich haben blaue.«

»Ja, aber ihr zwei seid Freaks. Ihr seid Anfang und Ende des Clans. Jeder weiß, dass es in der Mitte besser ist.«

»Und wir sind zu dritt«, fügt Calum hinzu.

Ich zucke mit den Schultern. »Ich sage nicht, dass sie nicht cool sind. Ich sage nur, dass es nicht einfach ist, sich daran zu gewöhnen, sich im Spiegel zu betrachten, wenn sich die eigenen Augen verändert haben.«

»Es war nicht leicht für dich«, meint Calum. »Tut mir leid, Fiona, aber die hier sind viel besser als deine Feenaugen.«

Ich verziehe das Gesicht. »Wie kommt es, dass das jetzt gegen mich verwendet wird?«

»Das wird es nicht. Es geht nur um meinen Drachen und mich. Konzentriert euch alle. Was soll ich tun?«

»Was sollst du wogegen tun, Junge?«, will Fionn wissen.

»Was soll ich tun, wenn ein Drache mich zu seinem Papa macht und mit mir verschmilzt? Sitzt sie dort fest? Was macht sie mit mir? Hat sie hier eine Familie? Werden sie denken, dass ich ihr Kind entführe? Ich weiß es nicht … Ich drehe hier durch und brauche jemanden, der mir sagt, was ich tun muss.«

Royce ist mit dem Waschen fertig und ich kann nicht aufhören, daran zu denken, dass das Wasser kalt und schmutzig war und schon von sechs Leuten benutzt wurde …

Bäh, weiter geht's.

Royce reicht Fionn das Tuch und kommt rüber, um sich Dillans Drachentattoo anzusehen. »Alles ist gut. Das Band zwischen Koinonos und ihrem Meister ist stärker als zwischen Vater und Kind, Mann und Frau oder einem lebenslangen Freund. Sie ist jetzt ein Teil von dir und wird alles sein, was du brauchst.«

»Aber was braucht *sie*?«

»Nur dir von Nutzen sein. Verstehst du nicht, was für ein Geschenk sie dir gemacht hat?«

Dillan runzelt die Stirn und seufzt. »Nein, das verstehe ich nicht. Ich weiß nicht einmal, was ein Koinonos-Drache ist. Was mir im Kopf herumschwirrt, ist, was passiert, wenn ich im Fitnessstudio bin und mein Shirt ausziehe? Was ist, wenn ich auf der Straße arbeite und mit einem Verbrecher aneinander gerate? Kann sie verletzt werden, wenn ich von hinten angegriffen werde? Es gibt so viele Dinge, über die man sich Gedanken machen muss.«

Fionn ist fertig mit waschen und kichert. »Wie wäre es, wenn du dir nicht um alles auf einmal Sorgen machst? Lasst uns zu Abend essen und sehen, wie Bodhmalls Zeit hier bei den Ladys of Light verlaufen ist. Wir können uns um dein Anliegen kümmern, aber eins nach dem anderen.«

Bruin gähnt und stößt sich auf seine Tatzen hoch. Mit einer kräftigen Drehung schüttelt er sich, wodurch sein Fell raschelt und sich wieder aufrichtet. »Hat jemand Abendbrot gesagt?« Er sieht uns an. »*Och*, verdammt. Was habe ich jetzt wieder verpasst?«

Kapitel 15

Das Festessen, das zu Ehren Emmets vorbereitet wurde, findet in einem großen, goldenen Speisesaal statt. Vier Tische erstrecken sich über die gesamte Länge des Raumes und die Bänke sind bereits mit aufgeregten Stadtbewohnern besetzt. Über den Tischen hängen Kronleuchter, um die eine leuchtende Pflanze in einem kunstvollen Muster geflochten ist, um Licht zu spenden.

Es erinnert mich an das phosphoreszierende Moos im Badezimmer von Grandma und Grandpa. Es ist wunderschön – und auch leuchtend.

Im vorderen Teil des Saales gibt es einen Haupttisch, der quer zu den anderen steht und diese Plätze sind alle frei. »Ich schätze, wir sitzen ganz vorn?«

»Wir sind die Lehrer in Hogwarts«, flüstert Calum leise. »Ich bin Lupin. Dillan, du bist Snape. Emmet, du bist Hagrid und Aiden ist Flitwick.«

»Ich bin McGonagall«, sage ich, zufrieden mit meiner Wahl.

»Ich bin nicht Hagrid«, meckert Emmet und wirft uns ein überlegenes Grinsen zu. »Heute Abend bin ich der verdammte Dumbledore. Seht den Krieger aus der Prophezeiung. Verbeugt euch vor mir, ihr Arschlöcher.«

Urkomisch. »Er hat nicht unrecht.« Ich halte einen Finger hoch und stoppe Calums Argumentation, bevor sie beginnt. »Er darf heute Abend Dumbledore sein und Aiden kann Hagrid sein. Er ist sowieso kein guter Flitwick.«

»Wer bin ich?«, Sloan macht ausnahmsweise mal bei unseren Späßen mit.

»Eindeutig Hermine«, antwortet Calum lachend.

»Ist das nicht das Mädchen?«, will Sloan wissen.

Ich kichere. »Das *unglaublich kluge* Mädchen, das alle Bücher gelesen hat und alle Antworten kennt, die die anderen täglich retten. Ich glaube, das war ein Kompliment.«

Er zieht eine Augenbraue hoch und ich kann nicht anders, als zu lachen. »Nein. Du musst nicht Hermine sein. Du kannst Sirius Black sein. Du bist klug, geheimnisvoll und wirst von allen missverstanden.«

Er schenkt Calum ein verschmitztes Lächeln und geht mit einem zufriedenen Gesichtsausdruck weiter zum Haupttisch.

Calum und ich müssen uns das Lachen verkneifen, denn das war wirklich das Kindischste, was ich Sloan je habe machen sehen.

»Wir durchbrechen seine harte Schale mit einem Schlag nach dem anderen«, stellt Calum fest. »Ich glaube aber, dass er eine tolle Hermine abgeben würde.«

Ich schiebe ihn vor mir her und versuche, professionell zu wirken. »Ich mache mir immer noch Sorgen, dass Dumbledore als Opfergabe an die Vulkanbestie verfüttert werden könnte.«

Calum nickt. »Wir werden nach ihr Ausschau halten.«

* * *

Als wir am Haupttisch ankommen, warten Kyna und zwei ihrer Schwestern darauf, uns zu begrüßen. »Einen gesegneten Abend wünsche ich euch«, heißt uns Kyna willkommen. »Ihr erinnert euch an meine Schwester Syma. Das ist Lyri.«

»Willkommen in unserer Stadt«, grüßt Lyri.

»Es ist uns eine Ehre, hier zu sein.« Ich verneige mich und versuche, die angemessene Ehrfurcht auszustrahlen.

»Ist das Bodhmall?« Dillan neigt den Kopf in Richtung unserer Urgroßtante, die sich mit einer der Katzenfrauen unterhält.

»Sie sieht reizend aus.« Ich bewundere ihr zartgrünes Kleid, das sich eng an ihren Körper anschmiegt. Ich schaue auf meine Kleidung und zucke mit den Schultern. Fionn hat uns einen Zauber beigebracht, um das Blut des Tages zu entfernen und wir haben alle unsere Kleidung gesäubert, aber es ist, wie es ist.

Wir beenden die Höflichkeitsfloskeln und nehmen Platz. Meine Instinkte nagen immer noch an mir, also bin ich erleichtert, dass ich mit dem Rücken zur Wand sitze und sowohl die Eingangstür als auch die offene Wand zum Balkon sehen kann.

Sloan sitzt zu meiner Rechten und Emmet zu meiner Linken.

Kyna sitzt links von Emmet und ihre Schwestern neben ihr. Sobald alle Platz genommen haben, beugt sich Kyna vor und spricht zu uns. »Ich nehme an, ihr hattet heute Nachmittag Gelegenheit, euch in euren Gemächern auszuruhen und zu erholen?«

Ich nicke. »Das haben wir, danke.«

»Es ist allerdings etwas Unerwartetes passiert«, gesteht Dillan und hebt einen Finger. »Nyrora hat sich mit mir verbunden und ist jetzt ein Tattoo auf meinem Rücken.«

Kyna grinst reuelos. »Wie wunderbar. Ich habe geahnt, dass so etwas passieren könnte.«

Ich öffne die Leinenserviette an meinem Platz und lege sie in meinen Schoß. »Du hast nicht daran gedacht, es uns gegenüber zu erwähnen?«

Kyna faltet ihre Serviette ebenfalls auseinander. »In Wahrheit hatte ich *gehofft, dass* es passieren würde. Nyroras Geschwister haben sich alle schon verbunden und ihren Platz gefunden. Zwei haben sich mit dem Katzenvolk verbunden und sind hier geblieben, während die anderen im Laufe der Jahre Lebenspartner bei Besuchern gefunden haben und die Insel verlassen haben.«

»Nyrora hat gewartet«, erklärt Syma. »Es ist ein langes, einsames Leben für eine Kreatur ohne Partner.«

»Ein weiterer Grund zum Feiern«, Kyna hebt ihr Glas, die Luft funkelt wie Champagner und die leeren Gläser vor uns füllen sich mit einer blassrosa Flüssigkeit. »Auf das Zusammensein mit neuen Freunden.«

Ich mustere die Gesichter unserer Gruppe, die Fianna und die Ladys of Light. Alle scheinen sich einig zu sein, dass wir feiern, also hebe ich mein Glas und führe es an meine Lippen.

Ich nehme das Getränk nicht zu mir.

Ich kippe es sanft zurück, lasse die Flüssigkeit gegen meine Lippen schwappen und stelle das volle Glas zurück auf den Tisch. Da ich jahrelang an der Bar gearbeitet habe, bin ich es gewohnt, den ein oder anderen Drink spendiert zu bekommen. Wenn ich sie alle getrunken hätte, wäre ich samstagabends immer blau gewesen, also bin ich gut darin geworden, so zu tun, als ob.

Es sei denn, es ist Redbreast. *Den* trinke ich auf jeden Fall.

Ich werde nicht mitmachen, bevor ich nicht weiß, was es mit dieser Prophezeiung auf sich hat und was sie mit Emmet vorhaben. Ich mustere den Raum.

Mein Schild ist ruhig.

Es gibt keinen Grund für meine Besorgnis, aber ich werde das Gefühl nicht los, dass irgendetwas nicht stimmt. Jemand sagt etwas Lustiges am Tisch am Fenster und die Luft füllt sich mit lautem Gelächter.

Kyna gluckst. »Es ist wunderbar, die Gelegenheit zu haben, Danke zu sagen. Die Göttin sorgt immer für uns, aber für einen kurzen Moment heute habe ich mir Sorgen gemacht, dass die Hilfe nicht schnell genug kommen könnte.«

Ein Mann in einer Schürze tritt durch die Tür und verbeugt sich vor dem Haupttisch. Die Menge fängt an zu jubeln. Dann macht der Mann eine Handbewegung und plötzlich sind alle Tische mit großen Schüsseln und Platten voller Essen gedeckt.

»Ich hab's dir gesagt«, raunt Calum. »Genau wie in Hogwarts.«

* * *

Das Abendessen verläuft reibungslos und als wir uns für Süßigkeiten und Getränke in den Empfangsraum zurückziehen, beginne ich zu glauben, dass mein Bedürfnis, Emmet zu beschützen, meine Instinkte getrübt hat. Vielleicht haben die Ladys of Light doch nicht vor, meinen Bruder der Vulkanbestie auszuliefern.

»Haben die überhaupt einen Vulkan hier?«, fragt Emmet nach.

»Nein, haben sie nicht.« Sloan flüstert mir zu: »Du musst aufhören, bevor sie dich hören, *a ghrá*. Sie waren immer sehr freundlich und zuvorkommend.«

»Gut, ich werde ihnen den Gefallen tun …«

»Sei jetzt still.« Sloan zwingt sich zu einem strahlenden Lächeln und hält seinen Drink hoch, um Bodhmall und Fionn zu begrüßen. »Wie war euer Abend bisher?«

»*Och*, ich kann mich nicht beschweren«, entgegnet Fionn. »Gutes Essen und gute Freunde sorgen stets für eine gute Zeit.«

»*Aye*, das tut es.« Sloan wirft mir einen Blick zu.

»Ich habe heute Nachmittag mit den Ladys of Light gesprochen«, erzählt Bodhmall. »Über Emmet, meine ich. Sie haben ein paar sehr bestimmte Vorstellungen von dir, Junge und ich dachte, du solltest sie hören.«

»Aha«, raune ich. »Wer hat das kommen sehen? Oh ja, das war ich.«

»Du hast noch nicht gehört, was sie zu sagen hat, Fiona. Vielleicht könntest du deine Schadenfreude zurückhalten, bis die Frau zu Wort gekommen ist.«

»Gut. Tut mir leid. Rede weiter. Ich sage schon nichts mehr.«

Bodhmall scheint nicht zu wissen, was sie von uns halten soll, aber das ist nichts Neues. Fionn ist locker, gutmütig und nimmt die Dinge nicht allzu ernst. Seine Tante ist da schon etwas strenger.

»Ja, ich habe den Ladys von den unruhigen Zeiten am Horizont erzählt und von dem, was du seinerzeit über diese Insel gesagt hast. Sie sind der Meinung, dass wir etwas dagegen unternehmen müssen.«

»Oh?«, hakt Emmet nach. »Worüber genau?«

»Dass Emain Ablach zu euer Zeit verlassen ist und in Trümmern liegt. Solange die Flüsse der Quelle die Welt mit roher Kraft versorgten, ist diese Insel eine direkte Verbindung zur Quelle. Wenn Druiden und andere natur-magisch begabte Menschen ein wenig zusätzliche Kraft gebraucht haben, war sie immer da. Wenn es stimmt, was ihr sagt, wird das irgendwann ein Ende haben.«

Kyna und ihre Schwestern kommen zu uns herüber und sehen mehr als nur ein bisschen besorgt aus.

Das trägt nicht dazu bei, meine Angst vor dem zu lindern, was als Nächstes kommt.

Sloan begrüßt die Ladys und bezieht sie in unser Gespräch mit ein. »Ich war schon mehrmals auf dieser Insel und obwohl ich noch nie in ihrem Herzen war wie jetzt, habe ich noch nie die Kraft der Energie so gespürt wie heute, als wir an der Küste ankamen. Wenn diese Insel jetzt eine Kraftquelle ist, wird sie es leider nicht für immer sein.«

Kyna lächelt. »Aber sie könnte es bleiben.«

Ich bin verwirrt. »Wie das?«

»Es gibt eine Prophezeiung, die mein Volk kennt. Sie besagt, dass ein großer Krieger, der die Macht der Quelle besitzt, kommen wird, wenn die Stunde dunkel ist. Er wird uns vor der sicheren Niederlage bewahren und die Hoffnung für die Zukunft sein.«

»Ihr denkt, Emmet ist dieser Krieger.«

Sie nicken alle. »Das tun wir. Wenn Emain Ablach aufgegeben wird und der Zugang zum Kern der Insel in eurer Zeit verloren ist, kann er derjenige sein, der diese Verbindung wiederherstellt.«

»Wie soll ich das machen?«, erkundigt sich Emmet.

»Wir könnten dir die Wege des Lichts zeigen.«

Emmet schaut verblüfft. »Ihr könnt mir beibringen, wie man durch die Luft flimmert und unsichtbar wird, so wie ihr es heute am Wasser gemacht habt?«

Kyna nickt. »Dann könntest du die verborgene Stadt betreten und vielleicht den Zugang zur Quelle wiederherstellen.«

Ich beobachte Sloan, um zu sehen, ob er das so verrückt findet, wie es klingt. Er hat seine Denkerstirn gerunzelt. »Wenn ich mich nicht irre, nutzen die Ladys of Light ihre Verbindungen untereinander, um die Wege des Lichts zu stärken, oder?«

Kyna nickt. »Du bist sehr aufmerksam.«

Da ist was dran.

»Meine Frage wäre dann, wie viel könnte er allein tun? Er hat eine unglaubliche Verbindung zur Quelle, weil er mit der rohen Kraft in Berührung gekommen ist. In dieser Hinsicht ist er einzigartig.«

Emmet ist auch in vielerlei anderer Hinsicht einzigartig, aber das behalte ich für mich.

»Für unseren Krieger wäre es anders, keine Frage. Wir können ihm zwar beibringen, das Licht zu beherrschen und zu manipulieren, aber wir *sind* das Licht.«

»Glaubst du, wir könnten die Verbindung zur Quelle reparieren und Emain Ablach reaktivieren, um unsere Position für die Säuberung und die kommenden Schlachten zu stärken?«

»Wie kann die Wiederherstellung der Insel unsere Position für die Säuberung stärken?«, werfe ich ein. »Ich kann dir nicht folgen.«

Bodhmall sieht mich an, als wäre ich zu doof. »Die kollidierenden Mächte sind ein Konflikt zwischen Licht und Dunkelheit, ja?«

Ich nicke. »Genau.«

»Dann ist es doch nur gut, mehr Licht auf die Seite des Lichts zu bringen.«

»Aber die Schlachten werden nicht auf der Insel stattfinden und wir können die Quelle nicht auf dem irischen Festland spüren. Ich stimme zu, dass es großartig wäre und dass Emmet etwas Besonderes ist. Ich sehe nur nicht, wie es uns im Hinblick auf die Säuberung hilft.«

Sloan legt eine Hand auf meinen Arm und drückt sie. »Ich glaube, ich verstehe es.«

Ich bin froh, dass es jemand tut, denn ich bin raus.

»Bodhmall und die anderen sagten, sie seien hier, um Kraft für die *Zeit der kollidierenden Mächte* zu sammeln. Sie haben die Störung der Macht auf Fionns Land gespürt und wussten, dass sie hierherkommen mussten. Ihr seid an die Stadt gebunden, nicht wahr? Ihr habt ein Blutband oder eine rituelle Verbindung geschlossen, um die Macht der Stadt zu nutzen, oder?«

»Das ist richtig«, bestätigt Kyna.

Sloan legt den Kopf schief. »Das ist eine faszinierende Idee. Wenn Emmet die Wege des Lichts lernen kann, hätten wir eine Familie mit starker Quellkraft, die ihn unterstützen könnte. Das könnte tatsächlich klappen.«

Emmet lächelt, als er sagt, dass er Sloans Gedanken für eine gute Idee hält. »Na gut, dann machen wir es so. Wann beginnt meine Lichtschulung?«

Kyna lächelt. »Beim ersten Licht, natürlich.«

* * *

Am nächsten Morgen wache ich durch das Gemurmel von Männerstimmen in der Ferne auf und bleibe im Bett liegen, während ich die Welt auf mich wirken lasse. Es ist einer dieser verwirrenden Momente, wenn du aus dem Schlaf erwachst und nicht weißt, wo du bist, wie spät es ist oder wer in deinem Schlafzimmer spricht.

Es dauert nicht lange, bis ich mich daran erinnere, dass ich auf der Insel Emain Ablach bin. Die gestrigen Ereignisse waren ziemlich denkwürdig und der heutige Tag verspricht noch aufregender zu werden.

Ich schlage die Bettdecke zurück, befreie meine Beine aus den Laken und lasse meine Füße auf den Steinboden sinken. Ich schnappe mir meine Lederhose vom Ende des Bettes, ziehe sie an und gehe hinaus auf den Balkon, um zu sehen, was ich verpasst habe.

»Dornröschen ist erwacht.« Sloan lächelt, als er seinen Blick von der Stadt unter ihm abwendet.

Sloan, Aiden und Dillan haben die morgendliche Aussicht auf die bunte und malerische Stadt genossen und mich ausschlafen lassen. »Was habe ich verpasst?«

»Außer dem Frühstück, meinst du?«, meint Aiden augenzwinkernd.

»Ja, abgesehen davon. Ist Emmet schon zu seinem Training gegangen?«

Sloan gibt mir einen Guten-Morgen-Kuss und streckt die Hand aus, um etwas von meinem morgendlichen Chaos zu glätten. Mein Haar ist lang und lockig genug, um Probleme zu verursachen, wenn ich nicht bei meiner normalen Bürste zu Hause bin.

Er ärgert sich einen Moment lang, aber dann kichert er und gibt auf. »Er ist vor ein paar Stunden mit Kyna und ihren Schwestern losgezogen.«

»Wissen wir, wo sie hingegangen sind?«

»Nicht ganz«, erklärt Aiden. »Calum und Tad sind mit ihm mitgegangen, damit sie schnell wieder hier sein können, falls etwas Unerwartetes passiert.«

Das ist gut. Ich denke nicht gerne schlecht über Menschen, die gut zu uns gewesen sind. Eine Sache, die ich jedoch im Umgang mit anderen übernatürlichen Sekten gelernt habe, ist, dass sich ihre Absichten und Motive manchmal sehr von dem unterscheiden können, was wir für akzeptabel halten.

»Wie geht es unserem kleinen Drachen heute Morgen?«

Dillan zieht sein Hemd aus. Während Nyrora sich gestern noch auf seinem Rücken niedergelassen hatte, liegt sie heute Morgen auf seiner Brust und hat ihren Schwanz um seine Taille geschlungen.

Es ist sowohl cool als auch beunruhigend, dass mich ein fühlendes Wesen von der Brust meines Bruders aus anlächelt. Ich beuge mich vor und hebe meinen Finger, um ihre kleine Stupsnase zu berühren. »Hallo, kleines Mädchen. Wie war deine erste Nacht mit Dillan?«

Mein Bruder macht einen Schritt zurück, seine hellen, blaugrünen Augen leuchten vor Aufregung. »Schau mal. Wir haben an etwas gearbeitet.«

Er streckt seinen linken Arm zwischen uns in die Luft und sagt: »Komm raus, Nyrora. Das ist deine Tante Fiona.«

Der kleine lila Drache schiebt sich aus seinem Körper, als würde er durch einen dünnen Schleier stoßen. Zuerst ragt ihr Kopf heraus, dann ihre Schultern und Flügel und schließlich greifen ihre Krallenfüße nach seinem Arm, um sich aufzustützen.

Als sie frei ist, dreht sie sich zu seinem Kopf und klettert auf seine Schulter, um sich darauf auszuruhen.

»Du hast sie zu deinem Papagei abgerichtet?«

»Das war ihre Wahl. Koinonos-Drachen werden auch Schulterdrachen genannt. Ihre Art verbindet sich mit ihrer auserwählten Person und verstärkt deren Magie im Kampf. Wenn sie also für immer so klein und niedlich bleiben soll, gibt es keinen Grund, warum sie nicht auf meiner Schulter sitzen kann.«

Ich weiß nicht, warum es mich so begeistert, dass sie so klein ist. Sosehr ich Dart in seiner jugendlichen und erwachsenen Form liebe, so niedlich war er auch als blauer Junge, als er noch ein Baby war. Der Gedanke, dass Dillans Drache da nie rauswächst, ist großartig.

»Es ist schön, dich kennenzulernen, Nyrora.« Ich halte meine Hand vor ihre Nase und gebe ihr einen Moment Zeit, an meinen Fingern zu schnuppern, bevor ich versuche, sie zu berühren. »Ich habe auch einen Drachen. Ich kann es kaum erwarten, dass du ihn kennenlernst. Er ist viel größer, aber ich wette, er ist irgendwie ein entfernter Cousin von dir.«

»Eigentlich nicht.« Sloan deutet uns an, in unsere Suite zu gehen. »Nach dem, was ich aus diesem Text gelernt habe, sind die Koinonos-Drachen durch magische Verschmelzung von Arten entstanden, nicht durch Evolution. Es gibt zwar einige Ähnlichkeiten zwischen Nyrora und Dart, aber es würde mich sehr überraschen, wenn sie in irgendeiner Weise verwandt wären.«

Ich bin mir nicht sicher, was ich davon halten soll. »Ihre Spezies wurde genetisch erschaffen, um die Magie der Übernatürlichen zu verstärken?«

»Es scheint so.«

»Weißt du, wer es war?«

»Dunkle Hexen, wenn das, was ich gelesen habe, wahr ist.«

Ich blicke in die leuchtenden, blaugrünen Augen des neuesten Mitglieds unserer Familie und versuche mich damit zu versöhnen, dass ihre Schöpfung an magische Knechtschaft gebunden ist. »Das ist traurig, findest du nicht auch?«

»Am Anfang schon«, sagt Dillan. »Nachdem wir einige Zeit recherchiert und mit Nyrora gesprochen haben, sind wir zu dem Schluss gekommen, dass sie, wie auch immer es vor Hunderten von Jahren begonnen hat, ab jetzt frei ist, ihre eigenen Entscheidungen zu treffen und ihr bestes Leben zu leben.«

Nyrora gurrt und neigt ihren Kopf, um ihn an seinem zu reiben.

Er zwinkert ihr zu und ich habe keinen Zweifel daran, dass er sich bereits verliebt hat. »Ich fühle mich geehrt, dass sie sich für mich entschieden hat und ich verspreche, dass ich mich bemühen werde, ihre Bedürfnisse genauso zu erfüllen, wie sie die meinen.«

Sloan tippt mit einem Finger gegen den Ledereinband eines dicken Wälzers. »Die ursprünglichen Absichten für etwas ändern sich unweigerlich mit der Zeit. Was auch immer Nyroras Abstammung war, sie ist ein eigenständiges Wesen und wird für ihre eigenen Verdienste geliebt und respektiert.«

Ich streiche mit meinen Fingern über den dunklen Stachel ihres Flügels. Wo Dart schuppig, hart und rau ist, ist Nyrora glatt und viel zarter. »Willkommen im Clan Cumhaill, kleines Mädchen. Ich glaube, es wird dir gefallen, eine von uns zu sein.«

Nyrora schnurrt.

Dillan greift nach oben und sie legt ihr Gesicht in seine Hand. »Komm schon. Lass uns nachsehen, wie gut Onkel Emmet die geheime Kunst des Lichtwebens schon beherrscht.«

Kapitel 16

Auf unserem Weg durch den goldenen Palast machen wir einen Abstecher in den Speisesaal, um mir ein paar Backwaren für unterwegs zu holen. Dillan und Aiden sagen, dass sie schon mal vorgehen können, wenn ich eine ganze Mahlzeit zu mir nehmen möchte, aber ich werde auf keinen Fall zurückbleiben.

Emmet lernt schließlich gerade, wie man Licht webt.

Wie cool ist das denn?

Ich laufe die steinernen Stufen vor dem goldenen Palast hinunter und beiße in etwas Seltsames. Mein Gebäck ist hellblau und glasiert mit einer Marmeladenschicht, die an … Passionsfrucht erinnert?

Es ist schwer zu beschreiben.

Es ist nicht schlecht, nur etwas eigenartig. Zum Glück haben meine Brüder, nachdem wir ein Leben lang für uns selbst gesorgt haben, jedes gruselige Überraschungsessen kreiert, das man sich vorstellen kann. Wir haben alle eiserne Mägen und können praktisch alles essen.

»Wissen wir, wo sie trainieren?«, frage ich.

»Wir haben sie heute Morgen weggehen sehen«, antwortet Sloan. »Es sah so aus, als ob sie aus den Toren hinaus auf die Wiese dahinter gehen wollten.«

»Das ergibt Sinn. Es sind weniger Menschen da draußen und wenn sie Platz brauchen, um Licht zu weben, haben sie ihn dort. Meinst du, sie brauchen Platz, um Licht zu weben?«

Sloan zuckt mit den Schultern. »Du weißt genauso viel wie ich.«

»Ha! Wenn das nur wahr wäre. Du bist wahrscheinlich fünfmal so weise wie ich, mein Bester … vielleicht zehnmal so viel.«

Er gluckst. »Du übertrumpfst mich doch ständig. Es muss mindestens zwanzig zu eins sein.«

Ich schnaube. »Was soll das den heißen?«

Er blickt mich finster an. »Ich meine, dass du das Leben besser verstehst als ich. Vielleicht hätte ich mich anders ausdrücken sollen …? Ich will damit sagen, …«

Ich lache und hebe meine Hand, um sein Stottern zu stoppen. »Ich verstehe schon. Du bist der Kopf und ich bin das Herz.«

»Aye, das ist es.«

Dillan sieht Aiden an und die Belustigung, die zwischen den beiden herrscht, ist etwas, an das ich mich im vergangenen Jahr gewöhnt habe.

»Ich weiß. Wir haben Glück, dass wir uns gefunden haben, denn sonst würde uns niemand wollen.«

Aiden hebt seine Hände zur Kapitulation. »Ich habe nichts dergleichen gesagt. Kinu und ich haben auch einen verrückten Rhythmus, den andere vielleicht nicht verstehen. Ich finde es einfach schön, dass ihr beide euch so gut ergänzt. Ich freue mich für euch beide.«

»Wem wollen wir etwas vormachen?«, fügt Dillan hinzu. »Du bist eine Cumhaill, also wäre jeder glücklich, dich zu haben. Der Glückliche hier ist der Ire.«

Ich breche in Gelächter aus und knuffe ihn in die Seite. »Sei nett. Du weißt, dass das nicht wahr ist.«

Sloan hält den Mittelfinger hoch. »Mach dir nie den klügsten Mann im Raum zum Feind. Man weiß nie, ob das nicht im Nachhinein Konsequenzen hat.«

Ich verschränke meinen Arm mit dem von Sloan und lehne mich gegen seine Schulter, wobei ich meine Wange an seinen Arm drücke. »Oh, wenn du böse Rache planst, kann ich dir dabei helfen?«

Wir vier plaudern und kichern, während wir zu den goldenen Toren unten gehen, als ein magisches grünes Kleeblatt durch die Luft segelt und auf meiner Brust landet.

Es tut nicht weh, aber es kitzelt auch nicht gerade.

»Au. Verdammt. Was war das denn?«

»Es kam von da drüben.« Dillan blickt finster auf ein sonnengelbes Gebäude, das viermal so groß ist wie die meisten Häuser hier.

Ich mustere die Vorderseite des Gebäudes, die Fenster und den Balkon darüber. In diesem Moment sehe ich sie.

»Das ist Betrys, Pattys Schwester.« Ich hebe meine Hand zur Begrüßung. »Was glaubst du, was sie will?«

Dillan gluckst. »Wahrscheinlich einen weiteren Treffer in Sloans Eier. Hey *sham*, warum sagst du nicht Hallo und findest es heraus?«

»Gar nicht witzig«, tadle ich. »Okay, ich werde nachsehen.«

Sloan hält meinen Arm fest und schaut mürrisch drein. »Ich glaube nicht, dass das eine gute Idee ist. Du hast schon zu viel gesagt. Wir wissen nicht, was für einen Schmetterlingseffekt du bereits ausgelöst hast.«

Ich werfe einen Blick auf seinen Griff um meinen Arm und er ist so vernünftig, loszulassen. Sonst könnte ich mich selbst an seinen Körperteilen zu schaffen machen. »Ich höre, was du sagst und ich verstehe, worauf du hinauswillst.«

»Bist du dir da sicher?«

»Das bin ich. Genauso wie ich sicher bin, dass ich da hochgehe, um zu sehen, was sie will.«

»Fiona, ich glaube nicht …«

»… Ich werde nicht über die Zukunft sprechen. Ich werde die Zeit nicht gefährden. Und ich verspreche, dass ich gleich zurückkomme.«

»Ich werde einen Kompromiss mit dir schließen. Ich komme mit hoch und stelle mich an die Seite.«

Ich schüttle den Kopf. »Nein. Du wirst mit Aiden und Dillan zu Emmet gehen und darauf vertrauen, dass ich eine unabhängige, intelligente Frau bin und du mich nicht überwachen musst.«

Er begegnet meinem Blick und ich weiß, dass ich gewonnen habe.

Ein Teil meines Zögerns, mit ihm – oder einem anderen Mann – auszugehen, war, dass ich meine Unabhängigkeit nicht verlieren wollte. Er will mich beschützen und das ist auch gut so, aber ich möchte nicht, dass er mich kontrolliert.

Sloan seufzt und tritt zurück. »Geht ohne uns weiter, Jungs. Eure Schwester ist mit jemandem verabredet und ich bleibe hier und passe auf sie auf, damit sie in einer fremden Stadt in einer fremden Zeit nicht verloren geht.«

Ich höre den Kompromiss in seinem Tonfall und akzeptiere. »Danke. Mach dir keine Sorgen. Ich bin gleich wieder da.«

* * *

Das große, gelbe Gebäude entpuppt sich als lokale Trinkstube. Das Hauptgeschoss besteht aus einer langen Bar, die sich über die gesamte Länge der Rückwand erstreckt, mit Sitzgelegenheiten auf dem Boden, einer Bedienung und einem Schankwirt, die sich um die Gäste kümmern. Es spielt wohl keine Rolle, in welchem Jahrhundert man lebt. Eine Bar bleibt eine Bar.

Ich finde die Treppe zum oberen Terrassenbereich und gehe zu dem Tisch am Geländer, an dem Betrys sitzt. »Hallo, noch mal. Du wolltest mit mir sprechen?«

Sie sieht zu mir auf und neigt den Kopf in Richtung Sloan, der allein auf der Straße steht. »Hat er Angst, hochzukommen?«

Ich setze mich ihr gegenüber. »Nein. Ich habe ihn nur gebeten, unten auf mich zu warten, damit wir ungestört reden können. Was kann ich für dich tun?«

»Die Bilder, die du Padraig gestern gezeigt hast …«

»Ja?«

»War es dir ernst damit, dass du ihn in einer anderen Zeit kennst?«

»Auf jeden Fall. Er ist einer meiner engsten Freunde und ich liebe ihn sehr.«

»Kann ich sie noch einmal sehen … diese Bilder?«

Ich ziehe mein Handy heraus und rufe meine Galerie auf. Ich bewege mich um den Tisch herum und setze mich neben sie, damit ich darin blättern kann.

»Kannst du mir auch von ihm erzählen?«

Ich schaue zu Sloan hinunter. »Er hat Angst, dass ich die Zukunft beeinflusse, wenn ich zu viel sage. Ich habe versprochen, dass ich das nicht tun werde.«

»Kannst du mir vielleicht sagen, ob er glücklich ist in der Zukunft?«

Ich weiß nicht, wie sich das auf die Weltordnung auswirken würde, also höre ich auf mein Bauchgefühl. »Von einer Schwester zur anderen, ich versichere dir, dass er sehr glücklich ist. Ja.«

»Du hast erwähnt, dass er in seinen dunkelsten Tagen von Menschen verfolgt wird, die ihm seine Schätze stehlen … Woher weißt du das?«

»Weil er es mir gesagt hat. Wir haben viele Nächte damit verbracht, über das Leben zu sinnieren. Er hat mir von seinen Verlusten und seinen Gewinnen erzählt. Wir werden uns erst in tausend Jahren wiedersehen, aber in meiner Zeit hat er ein gutes Leben.«

Sie streicht sich mit ihren kurzen Fingern über die Wange und wischt sich die Tränen ab. »Ich bin so erleichtert, das zu hören. Er hat es so schwer gehabt, seit er ausgeraubt wurde. Mein Volk ist stolz auf seine Cleverness. Von den Menschen erwischt zu werden und sein ganzes Gold gestohlen zu bekommen, war ein schwerer Schlag.«

»Es wird besser werden, versprochen.«

»Du hast erwähnt, dass er sich mit einer Wyrm zusammentun soll. Wie soll das gehen?«

Ich überlege, ob ich das erklären soll, aber ich schätze, das habe ich schon verraten. »Er wird der Gefährte der Königin der Wyrm-Drachen und baut seine Schätze wieder auf. Der Clou an seinem Plan ist, dass er in ihrer Höhle lebt. Wenn ihn jemand erwischt und sein Gold verlangt, verschlingt sie ihn und seine Schätze sind sicher.«

Betrys lacht und wirft noch einmal einen langen Blick auf die Bilder. »Das klingt nach Padraig.«

»Ich konnte nicht umhin zu bemerken, dass er gestern nicht er selbst war. Der Patty, den ich kenne, wäre mit fliegenden Äxten auf dem Schlachtfeld gestanden und hätte den Ochsenbestien die Hölle heiß gemacht. Die Tatsache, dass er sich sturzbetrunken versteckt hat, zeigt mir, dass er eine wirklich schwierige Phase durchmacht. Du musst nur wissen, dass sie nicht ewig andauern wird.«

Betrys lässt sich in ihrem Stuhl zurücksinken und nickt. »Von einer Schwester zur anderen, ich muss dich um einen Gefallen bitten.«

* * *

In weniger als fünf Minuten bin ich wieder bei Sloan auf der Straße und halte ihm meine Hand hin, damit wir zusammen zu Emmet gehen können.

»Wie ist es denn gelaufen?«, will er wissen.

»Es lief gut. Ich verspreche dir, dass ich nichts über die Zukunft gesagt, keine Geheimnisse verraten und nicht einmal gesagt habe, ob sie in Apple oder Microsoft investieren sollen.«

»Worüber wollte sie dann mit dir sprechen?«

»Sie macht sich Sorgen um Patty. Er befindet sich in einem Tief und sie wollte sicher sein, dass er da wieder herauskommt und sein Glück findet. Ich habe ihr versichert, dass der Patty von heute ein gutes Leben hat und wirklich glücklich ist. Das war alles, was sie hören wollte.«

»Nun, ich nehme nicht an, dass wir deswegen den Zusammenbruch der Gesellschaft herbeiführen werden.«

»Das dachte ich auch.«

Er kichert und wirft mir einen Blick zu. »Ist alles in Ordnung, *a ghrá*? Ich weiß, dass ich deine Geduld manchmal auf die Probe stelle.«

»Nicht mehr, als ich deine. Zwischen uns ist alles in Ordnung … immer.«

Ich drücke seine Hand und wir gehen ein paar Minuten in geselligem Schweigen, um die Schönheit der bunten Stadt zu genießen. Ich atme die Kraft der umgebenden Energie ein.

Es ist ein seltenes und aufregendes Leben, dass wir diese Art von Abenteuern mit anderen teilen können.

Es ist ein Geschenk.

Wir nicken den uniformierten Katzenmenschen an den riesigen goldenen Toren zu und treten auf die Wiese dahinter. Nachdem wir sie nur zerstört und mit Leichen übersät kennen, ist es schön, sie wieder in ihrem ursprünglichen Zustand zu sehen.

»Da seid ihr ja«, freut sich Calum, als wir uns zu den anderen in der großen, strohgedeckten Palapa gesellen. »Wieder einmal die Letzten auf der Party.«

»Das Beste kommt immer zum Schluss. Vergiss das bloß nicht.« Ich gehe an ihm vorbei und umarme Fionn. »Guten Morgen. Was habt ihr heute Morgen schon alles angestellt?«

Fionn gluckst. »Ist es noch Morgen? Es kommt mir vor, als wäre schon der halbe Tag vergangen. Habt ihr vergessen, dass ihr zurückgeschickt wurdet, um euch auf den Kampf vorzubereiten?«

Ich atme aus. »Nein. Das drohende Unheil der Säuberung überschattet im Moment jeden wachen Moment unseres Lebens.«

Fionn neigt seinen Kopf in Richtung des offenen Grases. »Dann sollten wir uns wohl an die Arbeit machen. Warum sollte Emmet der Einzige sein, der ins Schwitzen gerät?«

Ich kichere und kehre den Weg zurück, den wir gekommen sind. »Gut, gut. Ich nehme an, wenn Emmet am härtesten arbeitet, sind wir alle in Schwierigkeiten.«

Aiden, Calum und Dillan fangen an zu lachen.

»Kein Scheiß.«

* * *

Den größten Teil der nächsten zwei Stunden liefern wir uns einen Kampf mit den Fianna. Fionn ist verärgert, dass wir gestern den Arsch versohlt bekommen haben. »Auch wenn ihr die besseren Kämpfer seid und alles richtig macht, seid ihr manchmal einfach in der Unterzahl.«

»Vor allem, wenn irgendwelche Hexenschlampen ein Portal öffnen, um Verstärkung zu holen.« Ich drehe Birga in meiner Hand und ducke meinen Kopf außer Reichweite seines Schwertes.

»Ja und was könnt ihr tun, damit das in Zukunft nicht mehr passiert?«

»Portale blockieren?« Mit Birgas Stab in beiden Händen komme ich wieder hoch und stürze nach vorn. Fionns schwere Schritte hinter mir verraten seine Position und ich lasse mich fallen. Ich erwische seine Füße mit meinen Beinen und drehe mich gleichzeitig.

»*Erdbewegung.*« Als sich der Boden öffnet, befehle ich ihm …

Fionn lacht und ich muss mich zusammenreißen, um nicht selbst hineinzufallen.

Er kontert meinen Zauber und ich gebe ihn auf. Ich könnte genauso gut auf Treibsand stehen, so viel Bodenhaftung habe ich. Ich höre lange genug auf zu reden, um mich zu konzentrieren und die Kontrolle über meine Umgebung wiederzuerlangen.

»Gut gemacht, alter Mann. Sloan? Gibt es so etwas wie einen Portalstörungszauber?«

Sloan beaufsichtigt den Trainingskampf zwischen Dillan und Arken und beobachtet, wie der Krieger meinen Bruder anweist, mit Nyrora im Kampf zusammenzuarbeiten. »Das ist zwar kein Zauber, aber ich bin sicher, dass es Möglichkeiten gibt, Eindringlinge davon abzuhalten, sich dem Kampf anzuschließen. Ich kann nachsehen.«

»Ja, bitte. Setz es auf deine Liste.« Ich habe Mitleid mit dem Mann. Seine Liste wird immer länger und nimmt seine Zeit in Anspruch. »Ich liebe dich.«

Er gluckst. »Keine Sorge, Cumhaill. Ich liebe dich auch.«

»Warte. Kann das sein?« Calum zeigt auf die Stelle, auf die Emmet zugeht. »Ist das der mächtige Krieger aus der Prophezeiung?«

»Sei still«, brummt Aiden. »Ich glaube, das ist er.«

Dillan verräumt seine Dolche und Nyrora lässt sich auf seine Schulter nieder. »Glaubst du, er erinnert sich an uns aus der Zeit, bevor die Schwestern ihn entdeckt haben?«

Ich wische mich ab und richte mich auf. »Das sollte er besser, sonst kann er sein Ticket nach Hause vergessen.«

Dillan lacht noch lauter. »Wie kommt er nach Hause? Und überhaupt … was ist mit uns?«

»TBD. Wenn wir hart trainieren, wird es kommen.«

»Danke dafür. Man muss einen guten »*Feld der Träume*«-Moment einfach lieben.

»Das ist ein Klassiker.«

»Würdet ihr mal die Klappe halten und mich nach meinem Befinden fragen?«, schnauzt Emmet. »Ihr seid so nervig. Kommt schon. Schleimt euch bei mir ein. Erfreut euch an meiner Großartigkeit.«

Ich lache. »Schön. Okay, oh großer Krieger der Prophezeiung. Erzähl uns von deinen Erlebnissen.«

»Die Technik des Lichtwebens ist eine uralte Kunst und ich darf sie nicht mit jemandem teilen, der nicht von der Quelle berührt wurde, aber ich kann sie euch zeigen.«

Ich zeige auf einen langen Schnitt quer über den fleischigen Teil seiner Handfläche. »Hattest du einen Unfall?«

»Nein. Das war kein Unfall. Ich habe es mit meinem Messer getan. Es war ein Blutopfer für die Insel und für Manannán mac Lir. Ich habe mich als Verteidiger von Emain Ablach verpflichtet und im Gegenzug bekomme ich eine Fernverbindung zur Quelle.«

»Aye«, Fionn zeigt uns die dünne Narbe auf seiner Handfläche. »Wir haben auch alle den Eid abgelegt. Er ist Teil unserer Vorbereitung auf die *Zeit der kollidierenden Mächte.*«

Emmet nickt. »Ja, das ist cool. Es ist, als würden meine Zellen vor potenzieller Kraft brummen. Wenn ich sie brauche, muss ich sie nur rufen.«

Sein Lächeln ist strahlend und seine Energie hat sich so weit regeneriert, dass er jetzt eine rosa Aura hat wie wir alle. Sie ist nicht mehr so stark wie zuvor, als er die Zauberin und ihre Handlanger weggeschickt hat, aber er ist nicht mehr erschöpft. »Cool, Emmet. Dann lass uns mal sehen, was du kannst.«

Wir versammeln uns um Emmet und schenken ihm unsere volle Aufmerksamkeit. Ich bin die Erste, die zugibt, dass ich mich zwar für ihn freue, aber auch nervös bin. Emmet braucht einen Druiden-Sieg. Er hat seinen Platz in der Welt der Übernatürlichen noch nicht gefunden und ich hoffe, das ist es jetzt.

Der Mann, der das arkane Wissen über das Lichtweben wiederbelebt; das macht sich großartig in seinem Lebenslauf als Druide.

Ganz zu schweigen davon, dass es einfach verdammt cool ist.

Kyna und Syma gesellen sich zu uns und sie sehen überhaupt nicht nervös aus, als er sich aufrichtet und loslegt.

»Okay, seht euch das an.« Er zieht seine Stiefel und sein Hemd aus und öffnet seine Hose.

Mein Blick flackert zu den nackten Damen und mir dämmert es. »Du kannst die Kleidung nicht verschwinden lassen?«

Calums entsetzter Blick ist zu lustig. »Mensch, musst du für diese Demonstration nackt sein?«

»Nicht ganz«, schränkt Emmet ein, ohne zu zögern. »Klamotten sind schwer zu verbergen, also hilft es, wenn ich in meinen Boxershorts bin. Als ich es das erste Mal versucht habe, war ich angezogen und konnte meine Hose nicht verstecken. Es sieht extrem blöd aus, wenn ich mit einer leeren Hose herumlaufe.«

Ich schmunzle. »Ich wünschte, ich hätte das gesehen.«

Emmet zeigt mir ein breites Grinsen. »Das zeige ich dir ein anderes Mal. Aber jetzt werde ich es richtig machen. Bereit?«

»Leg los, Emmet.«

Sloan tritt hinter mich und schlingt seine Arme um meine Schultern. »Bist du seinetwegen nervös? Ich weiß nicht, warum ich das so sehr für ihn will, aber ich will es.«

»Das habe ich auch gedacht. Ich habe mir Sorgen gemacht, dass er heute keine Reserven mehr für sein großes Training haben könnte, weil er gestern sein rosa Glühen bei der Verbannung verbraucht hat.«

»Die Macht ist in diesem Fall mit ihm«, meint er mit einer anständigen Darth-Vader-Stimme.

Ich kichere. »Gut gemacht, Mackenzie. Du bekommst einen Punkt für den Hinweis und die Ausführung.«

»Danke. Ich dachte, es passt.«

Emmet hat sich fertig ausgezogen und steht in seinen BoJack Horseman Boxershorts vor uns. »Okay, jetzt seht ihr mich …« Er schließt die Augen und ich spüre, wie sich die Kraft in der Luft leicht verändert.

Im nächsten Augenblick verschwindet er.

»Du hast es geschafft! Juhu, Emmet!«

Wir starren immer noch auf die Stelle, an der er verschwunden ist, als ein Klopfen auf meinem Arm mich aufschreckt. Er taucht wieder auf und grinst. »Danke, Fiona. Das war ziemlich gut, oder?«

»Es war fantastisch«, strahlt Sloan. »Gratuliere, *sham*. Du hast jetzt eine wunderbare, neue Fähigkeit in deinem Werkzeugkasten.«

Er nickt. »Die Ladys haben mir auch gezeigt, wie die Verbindung zur Quelle funktioniert. Ich denke, ich habe gute Chancen, die Insel wiederherzustellen, wenn wir nach Hause kommen, um uns einen Boost zu verschaffen, wenn wir ihn brauchen.«

»Das hast du gut gemacht, Junge. Das hast du richtig gut gemacht.« Fionn lächelt uns an. »Ich könnte nicht stolzer auf euch alle sein. Ihr seid wahre Fianna. Das könnt ihr nicht leugnen.«

Ich will gerade antworten, als sich mein Magen zusammenzieht und die Welt sich dreht. Ich bin mir nicht sicher, was passiert, aber dann rase ich eine Treppe hinunter. Sloan ist vor mir und Emmet hinter mir.

»Was zum … Heiliger Bimbam … Wir haben es zurückgeschafft.« Garnets Löwenbrüllen ertönt irgendwo in der Ferne. Ich schaue mich um und lache. »Und Emmet ist immer noch ein Nackedei.«

Kapitel 17

Wir flitzen die Treppe hinunter und es dauert einen Moment, bis mein Kopf aufholt. Wir sind zurück. Was haben wir gemacht? Richtig … Yorkville Library … Andromeda und Maxwell wurden entführt … und wir jagen Nikon, Garnet und Anyx in das Versteck der Hexenschlampen hinterher.

»Das ist gar nicht verwirrend«, meint Tad von vorn. Er durchsucht die glänzenden Marmorkatakomben, in die wir hineingegangen sind und sieht aus, als würde sein Gehirn auf Hochtouren laufen.

Ich kann das nachvollziehen. Die ersten paar Male nach einem Zeitsprung hat mich auch immer verwirrt. »Vergiss die Gedankenspiele für den Moment. Im Augenblick konzentrieren wir uns darauf, Andromeda und Maxwell von den Hexen zurückzubekommen, schon vergessen?«

Ein weiteres Löwenbrüllen von Garnet zieht uns wie ein gewaltiges Leuchtfeuer weiter.

»Bruin, such Garnet und hilf, Andy und Maxwell zu holen.« Ich lasse meinen Bären frei. Es gibt ein kurzes Flattern in meiner Brust, dann fegt er davon.

Mit unseren Stiefeln, die einen schnellen Rhythmus auf den Marmorboden trommeln, folgen wir den Geräuschen von gerufenen Zaubern und brüllenden Löwen.

Aiden packt die lange Klinke einer raumhohen Tür und reißt sie auf. Dillan, Tad und der Rest von uns rennen vor ihm hindurch.

Die anfängliche Desorientierung legt sich schnell, sobald wir sehen, womit wir es zu tun haben. Wir scheinen die Hexen überrascht zu haben, weil sie sich offensichtlich in der Defensive befinden. Die Löwen haben bereits zwei Frauen erledigt und dort, wo ich vermute, dass Andromeda noch vor Kurzem gesessen hat, steht ein leerer Stuhl.

Ich eile zu Maxwell und greife nach seinen Fesseln. Um jedes Handgelenk befindet sich ein starkes Band aus Magie, das ihn an die Armlehne des Stuhls fesselt. »Bist du in Ordnung?«

»Wütend, aber ok.«

Ich nehme ihn beim Wort. Er hat ein paar blutige Knöchel und einen üblen Bluterguss auf dem rechten Wangenknochen, aber er sieht gesund aus. »Hat Nikon Andy?«

»Ja«, antwortet er.

»Gut.« Ich blicke finster auf seine Fesseln.

Ich habe nicht die Kraft, die magische Verbindung zu brechen, also greife ich mir die Holzarmlehne des Stuhls. Ich forme das Holz um, schiebe die Fesselungsringe ab und voilà, Maxwell trägt zwei neue magische Armbänder.

»Was soll ich damit?« Er runzelt die Stirn über die leuchtend orangefarbenen Bänder, die an seinen Unterarmen auf und ab gleiten. Jetzt, wo seine Hände vom Holz der Stuhllehnen befreit sind, sind sie auch nicht mehr an ihn gebunden.

»Wirf sie einfach auf den Müllhaufen mit den verstümmelten Hexen.«

Er wirft einen Blick auf die Stelle, an der jemand fünf Hexen mehr oder weniger verwundet, bewusstlos oder tot gegen die Wand geworfen hat. Wenn ich in einer wohlwollenden Stimmung wäre, könnte ich Mitleid mit ihnen haben. Sie haben der Anführerin ihres Hexenzirkels gehorcht und sie hat sie auf die Schlachtbank geführt.

Maxwell tut, was ich vorschlage und wirft die beiden orangefarbenen Ringe auf die Hexen. Er hat eine erstaunliche Treffsicherheit und ich notiere mir, dass ich beim Hufeisenwettbewerb im Sommer nicht gegen ihn wetten sollte.

»Sloan. Du bist für die Evakuierung von Maxwell zuständig.«

»Vergiss es«, Maxwell steht auf. »Ich bleibe.«

Ich will gerade widersprechen, aber Sloan schüttelt den Kopf. »Das hat er sich verdient.«

Ich werfe einen Blick an die Stelle, wo Bruin, Garnet, Anyx und einige weitere Mondberufene aus dem Rudel die Hexen, die zu dumm zum Fliehen waren, auseinandernehmen.

»Lasst eine am Leben«, fordere ich. »Wenn die Hohepriesterin Schmelzbacke dahintersteckt, brauchen wir noch einen Beweis.«

Garnet knurrt mich an, aber er weiß, dass ich recht habe. Mit einem Schwung seiner mächtigen Pranke schleudert er eine der übel zugerichteten Hexen in meine Richtung. Sie ist schwer verletzt, aber sie atmet noch.

»Ich schätze, dann bist du die glückliche Gewinnerin.« Ich packe sie unsanft und zerre sie auf die Beine. »Kann mich jemand in die Batcave mitnehmen?«

»Klar, Fiona«, erwidert Tad.

»Mich auch.« Emmet läuft zu uns rüber. »Die Lage ist im Griff und ich zeige ein bisschen viel von mir für einen Kampf mit Hexen.«

Ich lache. »Du zeigst so viel von dir, dass du eigentlich nicht vor deiner Haustür stehen solltest.«

Ich ducke mich, als Nyrora vorbeifliegt und sehe, wie Dillan kichert, während er Anyx den Rücken freihält. Das ist eine gute Gelegenheit für die beiden, ihre Verbindung zu festigen, ohne dass der Risikofaktor zu hoch ist.

»Wir sehen uns in der Akropolis, Jungs.«

Als ich Tad zunicke, teleportiert er uns.

Nikon und Andromeda befinden sich im Hauptraum der SITFO-Heimatbasis, als wir ankommen. Sie liegt im zehnten Stock des Akropolis-Gebäudes, das Nikon für uns gekauft hat, und ist unser zweites Zuhause. Sobald wir die Sicherheitstüren durchschritten haben, übergebe ich unsere Hexengefangene an Tad und eile zu Andy, um nach ihr zu sehen.

»Bist du in Ordnung?«

Sie hockt auf der Kante des Konferenztisches und Nikon desinfiziert gerade einige Schnittwunden mit den Utensilien aus dem Erste-Hilfe-Kasten.

»Es tut mir so leid, Andy. Als ich euch in der Sphäre gesichert habe und gegangen bin, hätte ich nie gedacht, dass du das Ziel bist.«

Andromeda schüttelt den Kopf, bekommt aber Schelte von Nikon. Stattdessen greift sie zur Seite und ich nehme ihre Hand. »Das konntest du nicht wissen. Wer, der bei Verstand ist, würde mich wollen?«

»Jeder, der weiß, welche Macht du vor der Welt verbirgst«, zischt Nikon. »Was sie anscheinend jetzt tun.«

»Wie jemand herausgefunden hat, woher die Unsterblichkeit deiner Familie kommt, ist das nächste Rätsel auf der Liste.« Ich begegne Nikons Blick. »Lass uns erst einmal dankbar sein, dass sie sicher zu Hause ist.«

Nikon runzelt die Stirn und beendet die medizinische Versorgung. »Du siehst schrecklich aus, Rotschopf … Und warum zum Teufel hast du nur Boxershorts an, Emmet? Haben die Hexen deine Klamotten geklaut?«

Ich gehe zum Wasserspender und hole Andy einen Becher. »Das ist eine lange Geschichte, mit einem Zeitsprung in die Vergangenheit, einer mythischen Insel und einem

Projekt, für das wir die Familie Tsambikos brauchen, um das Team *Light* zu stärken.«

Nikon runzelt die Stirn. »Was soll das heißen?«

»Werd nicht gleich defensiv, Nikon.« Ich werfe ihm einen beruhigenden Blick zu. »Es ist ein Geheimprojekt und da die Katze aus dem Sack ist, was die Verbindung deiner Familie zur Quelle angeht, schadet es nicht, deine Verbindung zu stärken und dir ein paar zusätzliche offensive und defensive Fähigkeiten zu verschaffen.«

Andromeda hat genug davon, dass ihr älterer Bruder sich um sie kümmert und nimmt die blutigen antiseptischen Tücher weg. »Ich bin dabei. Was immer du brauchst, Fiona. Ich bin es leid, an der Seitenlinie zu sitzen. Wenn wir in die Offensive gehen und unsere Position für die Säuberung stärken können, sind wir alle dabei.«

Nikon schnaubt. »Dürfen wir anderen nicht mitreden?«

Sie sieht ihn an und lächelt. »Nein.«

* * *

Zehn Minuten später erscheint Sloan mit Maxwell, Calum, Aiden und Dillan bei den Aufzügen der Batcave. Dionysos kommt allein. Auch Garnet und Anyx treffen ein. Sobald alle im Büro sind und das Adrenalin nachlässt, beginnt die Fragerunde.

»Warum seht ihr alle so aus, als hättet ihr einen Monat lang aus eurem Auto gelebt?«, wundert sich Anyx. »Ich schwöre, Dillan und Aiden waren vor einer Stunde noch geschniegelt und gebügelt in ihren Uniformen.«

»Halluziniere ich oder hat Emmet irgendwo zwischen der Bibliothek und der Schlacht seine Hose verloren?« Garnet sieht sich um.

»Was ist mit deinen Haaren, Jane? Zerzauster Einstein steht dir nicht … überhaupt nicht.«

Ich kichere. »Wir haben fünf Tage lang in denselben Klamotten gelebt, ohne uns zu kämmen oder zu duschen und ja, Emmet hatte nur seine Boxershorts an, als unser Zurück-in-die-Zukunft-Moment war.«

Garnet wölbt seine Augenbrauen und studiert mich. »Bist du wieder durch die Zeit gereist?«

»Ohne eigenes Verschulden, ja.«

»Wer hat dich dieses Mal zurückgeholt?«, erkundigt sich Dionysos gespielt beleidigt. »Und warum durfte ich nicht mitkommen?«

»Tut mir leid, Tarzan. Das war ein Ausflug nur für Druiden. Ich bin mir nicht sicher, wer ihn organisiert hat, aber ich habe den leisen Verdacht, dass es die Göttin selbst gewesen sein könnte.«

Calum sieht mich an. »Meinst du?«

»Es ist nur eine Vermutung, aber ja. Wenn sie die Anführerin von Team *Light* ist und weiß, was der Tod vorhat, ist es eine gute Möglichkeit, unser Team zu unterstützen, ohne etwas nach außen hin zu beeinflussen.«

Tad und Emmet – jetzt vollständig bekleidet – kommen aus dem Aufzug herein. Auf ihrem Weg haben sie Ciara und Kevin eingesammelt.

»Du hast ihnen doch nichts über mich und die Neuigkeiten erzählt, oder?« Emmet wirft mir einen flehenden Blick zu.

»Nein, Emmet. Es ist deine Sache, es zu erzählen. Nur zu.«

Während Emmet erzählt, was in den vergangenen Tagen alles passiert ist, schlendere ich zu Sloan hinüber und drücke ihn an mich.

Emmet überfliegt unsere Zeit im Trainingslager der Fianna und gewinnt an Schwung, als er die mythische Insel Emain Ablach erreicht.

Als es an der Zeit ist, den kleinen Drachen auf Dillans Schulter zu erklären, lässt Emmet Dillan die Geschichte übernehmen. Dann übernimmt er für das große Finale wieder.

»Die Ladys of Light haben mich als den großen Krieger ihrer Prophezeiung erkannt und in der unglaublich geheimnisvollen Kunst des Lichtwebens ausgebildet. Dazu braucht man jemanden, der eine direkte Verbindung zur Quelle hat und jetzt kommt ihr ins Spiel.«

Nikon schaut von Emmet zu mir. »Du willst, dass wir lernen, Licht zu weben und eine verlassene Insel wieder zum Leben erwecken?«

»Auf jeden Fall«, nicke ich. »Emain Ablach bietet einen direkten Zugang zu reinem Prana und jeder, der eine Bindung zu ihm hat, kann darauf zurückgreifen, wenn er es braucht.«

Nikon wirkt nicht überzeugt.

»Wir sind dabei«, sagt Andromeda bestimmt. »Sag uns, wo und wann, und wir werden da sein. Wie viele von uns brauchst du?«

Emmet zuckt mit den Schultern. »So bald wie möglich. Es waren fünf Ladys of Light, also vielleicht wir und zwei zusätzlich?«

»Nimm mich!«, schlägt Dionysos vor. »Oh, bitte, nimm mich. Ich will auch mitspielen.«

Emmet gluckst. »Bist du schon einmal mit der Kraft der Quelle in Berührung gekommen?«

Das Grinsen, das er aufblitzen lässt, ist zu lustig. »Das ist eine ziemlich wilde und obszöne Geschichte, in der es um mich, eine Gruppe von Nymphen, eine keltische Jungfrau und einen sehr territorialen Schwan geht.«

Ich breche in Gelächter aus und beende die Erzählung auf der Stelle. »Nö. Keine Details bitte. Wir nehmen dich beim Wort. Natürlich kannst du mitmachen, Tarzan. Wenn du den Pranasaft der Feen fließen lassen kannst, bist du dabei.«

»Willkommen an Bord«, bestätigt Emmet. »Also, wer soll unser Fünfter sein?«

Nikon sieht seine Schwester an. »Politimi?«, fragt er mit zweifelnder Stimme.

Andy gluckst. »Viel Glück dabei. Nichts für ungut, Fiona, aber Politimi ist *nicht* dein größter Fan.«

»Ich bin nicht beleidigt. Das ist mir bewusst.«

»Was ist mit Papu?«, schlägt Nikon vor. »Ich wette, er würde es gerne machen. Er hat immer Angst, etwas zu verpassen und liebt alles, was mit Fiona zu tun hat.«

Ich forme meine Finger zu einem Herz und berühre meine Brust. »Ich liebe Papu. Er ist großartig, denn er ist der Grundstein für die Unsterblichkeit eurer Familie.«

Andromeda stimmt zu. »In Ordnung, überlass das mir. Bis morgen Nachmittag hast du dein Team, Emmet. Ich trommle die Tsambikos-Lichtwebermannschaft zusammen und schreibe dir, wenn es losgeht.«

»Nicht schlecht«, freut sich Emmet. »Danke, Andy. Ich bin froh, dass du mit an Bord bist.«

»Es wird fantastisch. Los, Ladys of Light!«

Ich breche in schallendes Gelächter aus.

Nikon verdreht die Augen. »Wenn vier von uns Männer sind, sollten wir uns dann wirklich immer noch die Ladys of Light nennen? Ich stimme für einen neuen Namen.«

Andromeda lacht. »Ich weiß nicht. Ich finde ihn niedlich.«

Nikon schüttelt den Kopf. »Drei Tsambikos in einem Unternehmen könnte ein lustiges Unterfangen werden. Ich hoffe, ihr wisst, worauf ihr euch da einlasst.«

Ich deute auf meine Brüder. »Kannst du das wirklich so sagen? Ich mache mir keine Gedanken. Unsere Familie kann mit all den Verrücktheiten umgehen, die deine Familie ausspucken kann.«

Nikon lacht. »Herausforderung angenommen.«

* * *

Es dauert weitere zwanzig Minuten, bis Garnet und Anyx die Dinge in den Arrestzellen in Ordnung gebracht haben, bevor Garnet zurück in den Hauptraum kommt, damit wir uns gegenseitig auf den neuesten Stand bringen können. »Was ist passiert, nachdem wir gegangen sind?«, frage ich. »Haben wir genug gegen Schmelzbacke und Malachi in der Hand, um sie der Meuterei zu bezichtigen?«

Garnet wirft mir einen scharfen Blick zu. »Als ich das letzte Mal nachgesehen habe, waren wir nicht auf hoher See und ich war nicht der Kapitän eines Schiffes. Ich weiß nicht, ob eine Anklage wegen Meuterei durchgehen würde. Habe ich ausreichend Beweise, um Janeera und ihren Hexenzirkel zu stürzen? Nein. Werde ich es darauf ankommen lassen? Nein.«

»Verdammt, nein. Ob wir es nun beweisen können oder nicht, sie hat eine Enthüllung der übernatürlichen Gemeinschaft provoziert, uns in einen Hinterhalt gelockt und einen unserer engsten Vertrauten ins Visier genommen. Das Miststück ist ein Kotzbrocken und wird untergehen.«

Garnet schmunzelt. »Tja, da gibt es nur ein Problem: Es gibt immer noch eine Behörde, gegenüber der wir

Rechenschaft ablegen und deren Gesetze wir durchsetzen müssen. Aber mach dir keine Sorgen. Janeera und Malachi denken vielleicht, dass sie heute davongekommen sind, aber das sind sie ganz sicher nicht.«

»Freut mich zu hören. Wenn du mich jetzt entschuldigen würdest, ich stinke und brauche dringend ein Bad.«

»Dem kann ich nicht widersprechen.«

Ich lache über seine sofortige Antwort. »Tut mir leid. Es waren fünf Tage Training und das Leben in einem unterirdischen Bunker. Ich kann nichts dafür, dass ich in eine Zeit zurückversetzt wurde, in der es noch keine Sanitäranlagen gab.«

»Nein, das kannst du nicht. Darf ich sagen, dass ich wie immer erleichtert bin, dass es ein Rückflugticket gab? Es würde meine beiden Mädchen mitnehmen, wenn du plötzlich in die Vergangenheit verfrachtest und ihnen weggenommen würdest.«

Ich kichere. »Nur sie, was? Netter Versuch, Kater. Ich weiß, dass du mich auch liebst. Du kannst den mürrischen Rohling spielen, soviel du willst. Ich habe deinen weichen Kern gesehen.«

Das darauffolgende Löwenknurren vibriert in der Luft zwischen uns. »Ich versichere dir, ich habe keinen weichen Kern, Lady mac Cumhaill.«

»Wenn du das sagst.« Ich zwinkere ihm zu und werfe ihm einen Luftkuss zu. »Viel Spaß beim Foltern und Verhören. Ruf mich später an, wenn du mich brauchst. Wem machen wir was vor? Du brauchst mich immer.«

»Gute Nacht, Lady mac Cumhaill.«

* * *

Sloan teleportiert uns nach Hause und es kommt uns vor, als wäre es eine Ewigkeit her, dass wir gegangen sind. Bruin ist zum Glück vom Bad nach der Schlacht zurück und faulenzt mit Dillan, Eva, Nyrora und Manx im Wohnzimmer.

»Du bist gut zurückgekommen, wie ich sehe.«

Bruin grummelt. »Du sollst nicht ohne mich gehen, Rotschopf. Das ist eine unserer Vereinbarungen.«

»Tut mir leid, Kumpel. Ich wollte zurück in die Batcave, um nach Nikon und Andromeda zu sehen und du hattest Spaß daran, die Bösewichte anzugreifen. Ich hatte nicht die Absicht, woanders hinzugehen und wir sind direkt nach Hause gekommen.«

Er kommt auf mich zu und senkt den Kopf, sodass sein Gesicht direkt vor meinem ist. »Ich ziehe es grundsätzlich vor, dich zu begleiten, anstatt zu kämpfen, Rotschopf. Glaube nicht, dass das ein Opfer ist. Ich will bei dir sein, wenn es Ärger gibt.«

Ich beuge mich nach vorn und reibe mein Gesicht an seinem langen Fell auf der Stirn. Es ist weich an meinem Gesicht und ich atme seinen Duft ein. Er hat ein Bad im Fluss genommen. Er riecht winterlich sauber und nach immergrünen Bäumen. »Ich hab dich auch lieb, Kumpel. Danke. Du bist toll.«

Er klatscht mir seine feuchte, schlabbrige Zunge ins Gesicht und grinst. »Das war die Strafe dafür, dass du ohne mich losgezogen bist.«

Ich streiche mir mit der Hand übers Gesicht und kichere. »Na gut. Ich nehme meine Strafe an, ohne zu widersprechen.«

Bruin schwenkt seinen Kopf in Richtung der Gruppe im Wohnzimmer. »Nyrora. Willst du mit Manx und mir kommen und unsere Höhle sehen? Jetzt, wo Doc und Daisy ausgezogen sind, gibt es wieder Platz.«

Der kleine Drache sieht Dillan an und er lächelt. »Geh nur, Kleine. Ich bleibe hier. Wenn du mit den Jungs fertig bist, nehme ich dich mit nach draußen und stelle dich den Drachen und unseren Feenfreunden vor.«

Nyrora springt von der Lehne der Couch, auf der sie bei Dillan saß und fliegt die kurze Strecke, um auf Bruins Rücken zu landen. Sie erschreckt ihn kurz, aber dann scheint es ihn nicht weiter zu stören.

»Sie ist ein Schulterdrache«, necke ich ihn. »Du hast schöne, breite Schultern, Bär.«

Bruin hebt seine schwarze Nase. »Ja, die habe ich. Wir sind unten, wenn ihr uns braucht oder wenn ihr rausgehen wollt.«

Ich schmunzle über den nicht ganz so subtilen Hinweis, ihn nicht zurückzulassen. »Ich bin die ganze Nacht da, Kumpel. Ich werde ein langes, heißes Bad nehmen, mich eine Stunde mit meinem Anti-Frizz-Spray und meiner Bürste beschäftigen und dann früh ins Bett gehen. Morgen möchte ich Patty besuchen, bevor wir nach Emain Ablach reisen, also würde ich gerne ein bisschen früher als die anderen weg.«

»Ich glaube, Emmet wollte Grandma und Grandpa auf die Insel einladen«, erwähnt Dillan. »Vielleicht ziehen wir alle früh los und besuchen sie, während du zu Patty gehst.«

Sloan öffnet sein Bier und bietet Dillan und Eva auch eines an. »Wenn Lugh und Lara mitkommen, meinst du, Emmet hätte etwas dagegen, wenn ich meinen Vater einlade? Er hatte es in letzter Zeit nicht leicht und ich wette, ein Abenteuer auf Emain Ablach würde ihn auf andere Gedanken bringen.«

Ich schmunzle über das Gesicht, das Eva bei diesem Satz macht. »Das ist die irische Art zu sagen, dass er sich freuen wird.«

»Es klingt nur besser, wenn ich es so ausdrücke«, Sloan nimmt einen kräftigen Schluck Bier und reicht mir die Flasche.

»Das tut es definitiv.«

»Fühlt euch wie zu Hause.« Sloan neigt seinen Kopf zur Treppe. »Ich ziehe mir die Klamotten aus und verbrenne sie.«

»Ja, ich komme gleich zu dir.« Ich kenne meinen Bruder und es gibt einen Grund, warum er in unserem Wohnzimmer abhängt und nicht nebenan in unserem Elternhaus ist. »Was ist mit euch beiden? Was sind eure Pläne?«

Dillan grinst mich verlegen an. »Du erinnerst dich an die leeren Zimmer im ersten Stock?«

Ich kichere. »Ja. Willst du da pennen?«

Er zuckt mit den Schultern. »Aidan war ziemlich aufgeregt, weil er die letzten Tage von Kinu und den Kindern getrennt war. Ich habe versprochen, dass ich ihnen etwas Familienzeit gönne.«

»Du kannst gerne hier bleiben. Das weißt du doch.«

Er nickt. »Eigentlich ... da Kevin und Calum nebenan und Emmet mit Ciara und Tad auf die andere Straßenseite gezogen ist, habe ich mich gefragt, ob Eva und ich nicht länger als nur heute Nacht hier bleiben können?«

Ich blinzle. »Oh ... ja, das ist in Ordnung für mich. Ich werde es Sloan gegenüber erwähnen, aber ich glaube nicht, dass er etwas dagegen hat, wenn ihr eines der freien Schlafzimmer belegt.«

»Danke, Fiona. Wir dachten uns, wenn der Tod Eva im Auge behält, ist es besser, wenn sie nicht in der Wohnung ist, die er für sie über den Chor der Engel eingerichtet hat.«

»Du hast dich schon damit abgefunden, was?«

»Das ist ein sehr wichtiger Punkt, den wir einfach berücksichtigen müssen.«

»Da ist was dran. Wir müssen uns noch zusammensetzen und entscheiden, wie wir damit umgehen.«

Eva sieht mich an und ausnahmsweise strahlt sie nicht so wie sonst. »Ich hätte nie gedacht, dass er mich gegen deine Familie einsetzen könnte, Fiona. Das musst du mir glauben.«

»Das tue ich. Mach dir darüber keine Gedanken. Wir haben keine Sekunde an dir gezweifelt. Wir müssen nur herausfinden, was wir machen sollen. Ja, wenn ich so darüber nachdenke, ist es wahrscheinlich die beste Idee, wenn ihr hier einzieht.«

Dillan nickt. »Ich muss zugeben, dass das nicht meine einzige Motivation ist. Es ist schwer, mein Leben zu leben, wenn Babys die ganze Nacht schreien und Kleinkinder sich mitten in der Nacht in mein Bett kuscheln wollen.«

Ich kichere. »Bleibt heute Nacht hier und morgen früh treffen wir uns mit dem Rest der Familie. Ich sehe aber kein Problem. Bleibt nur nicht zu lange auf. Wir haben morgen einen anstrengenden Tag vor uns.«

Kapitel 18

Bist du sicher, dass es dir nichts ausmacht?« Ich werfe ein Ersatzoutfit in meinen Rucksack und lege meinen Lieblingskapuzenpulli und das in ein Taschentuch eingewickelte Päckchen, das ich abliefern muss, dazu. »Du musst nicht zustimmen, nur weil ich für dich gesprochen habe. Das hier ist dein Haus. Wenn du willst, dass es nur uns gibt, kannst du dein Veto einlegen und ich werde nicht sauer sein oder so.«

Sloan steigt aus der Dusche und wickelt ein Handtuch um seine Hüften. Mit einem zweiten saugt er die letzten Tropfen auf, die noch an seinem Sixpack kleben.

Er schnappt sich seine Zahnbürste. »Es ist in Ordnung. Wenn wir das Zimmer schon im Dezember gehabt hätten, hätte ich Dillan bereits damals eingeladen. Angesichts von Evas Situation ist es nur logisch, dass sie hier bleiben. Dein Bruder kann gerne ein Zimmer beanspruchen.«

Ich schlinge meine Arme um ihn und küsse seinen frisch rasierten Kiefer. »Danke dir. Die Tatsache, dass du meine Familie so gut erträgst, wie du es tust, lässt mich dich noch mehr lieben.«

Er schaut auf mich herunter und sein Lächeln wird schwächer. »Danke, *a ghrá*. Das ist schön zu hören.«

Ich lehne mich zurück und nehme die Veränderung seiner Stimmung wahr. »Warum habe ich nicht das Gefühl, dass es schön war, das zu hören? Ich habe dich verärgert. Wie denn? Was habe ich gesagt?«

Er schüttelt den Kopf und versucht, mich mit einem frischen Lächeln zu überzeugen. »Es ist nichts weiter. Du hast mich nicht verärgert.«

»Das habe ich und jetzt machst du mich noch nervöser, weil du lügst und so tust, als hätte ich das nicht getan. Hör auf damit. Sei ehrlich zu mir. Wenn ich Mist baue, sag es mir.«

Er schließt die Augen und atmet tief ein. »Du hast nichts vermasselt.«

»Aber?«

»Aber wenn wir ganz ehrlich sind …«

»… was wir immer sein sollten …«

»… dann wünschte ich, du würdest aufhören, sie als *deine* Familie zu bezeichnen und ich müsste sie nur deswegen ertragen. Das gibt mir das Gefühl, außen vor zu sein. Ich lebe jetzt seit einem Jahr Vollzeit mit dir zusammen. Ich würde gerne glauben, dass sie auch meine Familie geworden sind. Zumindest hoffe ich, dass sie das so sehen.«

Ich sehe den Schmerz in seinen Augen und ich weiß nicht, warum ich das nicht bemerkt habe. Sloan hatte nie Geschwister oder eine Familie oder irgendetwas, was wir haben.

In dieser Beziehung geht es um mehr als nur um uns beide. Er ist ein Teil davon, weil er Teil dieser Familie ist.

»Es tut mir so leid. Ich habe nie so darüber nachgedacht, aber das hätte ich tun sollen. In meiner Vorstellung bist du ein guter Kumpel und erträgst das Chaos meiner verrückten Familie, aber du hast recht – sie sind auch deine Familie. Grandma und Grandpa waren es schon immer und jetzt bist du vom Rest assimiliert worden.«

»Widerstand ist zwecklos.«

Ich liebe es, dass er jetzt solche Kommentare macht. »Verzeih mir. Ich war so dumm, den Zusammenhang nicht zu erkennen.«

»Es gibt nichts zu verzeihen. Ich bin ein bisschen empfindlich, wenn es darum geht, in Beziehungen außen vor zu sein. Das will ich hier bei euch nicht … oder bei ihnen.«

Ich schlinge meine Arme um ihn und drücke ihn fest an mich. »Dann hast du Glück, denn du gehörst zum engsten Kreis dieser Familie. Ich liebe dich. Sie lieben dich. Du gehörst zu uns.«

»Gut. Genau da will ich auch sein.«

Ich trete zurück, drücke meine Hand auf seine nackte Brust und freue mich über den starken und gleichmäßigen Rhythmus unter meiner Handfläche. »Mach dich fertig und wir treffen uns unten. Und Sloan, danke noch mal, dass du mich liebst.«

Er zwinkert und steckt sich die Zahnbürste in den Mund. »Ich hatte keine andere Wahl. Ich war von Anfang an verloren.«

Als das Summen seiner elektrischen Zahnbürste einsetzt, schnappe ich mir meinen Rucksack und gehe die Treppe hinunter. Als ich in der Küche ankomme, ist das Haus bereits voll.

Calum und Kevin, Emmet und Ciara, Dillan und Eva und sämtliche tierische Begleiter haben sich versammelt, lachen und futtern unseren Kühlschrank leer.

»Guten Morgen, alle zusammen.« Ich öffne den Geschirrspüler und nehme mir zwei Tassen. »Schön, dass ihr es alle zum Frühstück bei Sloan und Fiona geschafft habt.«

Calum lacht. »Ich denke, es gibt eine Klausel. Jeder, der in den letzten sechs Monaten hier gelebt hat, ist immer noch ein Ehrenmitbewohner.«

»Damit sind wir alle betroffen, Schwesterherz.« Emmet schenkt sich mehr Saft ein. »Obwohl, als wir hier gewohnt haben, gab es mehr zuckerhaltige Getreideprodukte.«

Ich lache. »Das liegt daran, dass du und Kevin es gekauft habt. Ich weiß nicht, ob ihr es schon bemerkt habt, aber Sloan ist eher für Eier Benedikt auf altem Toast zu haben.«

»Über Geschmack lässt sich nicht streiten«, meint Kevin.

Sloan kichert und kommt hinter mir die Treppe herunter. »Verurteile mich nicht dafür, dass ich den Geschmack und die Ernährung über den Preis stelle.«

Ich lache und schenke uns beiden eine Tasse aromatisierten Kaffee ein. »Das hier ist eine urteilsfreie Zone. Du tust, was du willst.«

Er gesellt sich zu uns und wir verbringen die nächsten zwanzig Minuten damit, unser Frühstück zuzubereiten und uns mit den Jungs und ihren Partnern auszutauschen.

»Du bist damit einverstanden, dass Eva und ich uns einladen, bei euch einzuziehen?«, erkundigt sich Dillan.

Sloan winkt ab. »Zweifellos. Ich habe nichts mehr gehasst, als in einem Haus aufzuwachsen, wo nichts passiert und niemand da ist, mit dem ich Tag für Tag quatschen konnte.«

Dillan kommt zu ihm herüber. »Das weiß ich sehr zu schätzen. Ich glaube, das ist auch für Aiden und Kinu gut. Sie haben ihren eigenen Rhythmus als Familie und die Zwillinge so etwas wie einen festen Zeitplan.«

Emmet lacht. »Ich glaube, das ist etwas weit hergeholt.«

»Ich sagte, etwas *wie* einen Zeitplan. Aber egal, als Pa ausgezogen ist, habe ich mich wie ein Außenseiter gefühlt. Aiden hätte nie etwas gesagt, aber sie waren es gewohnt, allein zu leben.«

»Und wir sind das nicht.« Ich esse auf, räume meinen Teller in die Spülmaschine und spüle meine Tasse aus. »Also, wer kommt wann?«

Emmet bringt seine leere Schüssel herüber und spült sie aus, bevor er sie in den Geschirrspüler stellt. »Ich muss zurück und Doc holen. Ich weiß nicht, wie lange wir auf der Insel bleiben werden, also möchte ich, dass er mitkommt.«

»Gutes Argument, Emmet«, meint Calum. »Vielleicht sollten wir die Campingausrüstung mitnehmen.«

»Klar, eine tolle Idee.« Ich gehe den Flur entlang zur Hintertür, ziehe meine Stiefel an und schnappe mir meinen Mantel. Ich lehne mich über das Geländer zum Keller und rufe meinem Bären zu. »Bruin, ich bin bereit, Kumpel.«

»Komme sofort, Rotschopf.«

Beim Gehen schlüpfe ich in meinen Wintermantel, ziehe meinen Pferdeschwanz heraus und lege meinen Schal so, dass er meinen Hals bedeckt, während ich den Reißverschluss zumache. Als ich wieder in der Küche ankomme, hänge ich meinen Rucksack um und schnalle den Hüftgurt zu.

»Hast du es eilig, Fiona?«, will Dillan wissen.

»Ich habe Betrys in der Stadt ein Versprechen gegeben und muss vor der Insel noch bei Patty vorbeischauen. Wenn ich jetzt mit Dart und Saxa aufbreche, habe ich Zeit, ihn zu besuchen und euch später auf der Insel zu treffen.«

»Kümmert sich Nikon um euren Transport?«, fragt Sloan meine Brüder.

Calum schüttelt den Kopf. »Er ist heute Morgen mit seinen Schwestern auf dem Weingut. Er holt seinen Großvater ab und trifft uns in ein paar Stunden bei Grandma.«

»Dann braucht ihr mich für den Transport?«

»Nein, wir sind versorgt. Danke, *sham*«, erklärt Calum. »Dionysos ist heute unser Reiseleiter. Er hat gesagt, er wird …«

»… in diesem Augenblick zu euch stoßen«, unterbricht ihn Dionysos. Er erscheint aus dem Nichts und zwinkert mir zu. »Als ob es irgendeinen Zweifel gäbe.«

»Nicht den geringsten.« Ich trete vor und küsse ihn auf die Wange. »Danke, dass du dich dem Team von Emain Ablach angeschlossen hast. Das bedeutet mir sehr viel.«

»Natürlich. So ist das in einer Familie, oder nicht?«

»Natürlich.«

Er grinst unbeschwert und ich merke, dass er zufrieden mit sich ist. Er mag Tausende Jahre alt sein, ein knallharter griechischer Gott und so wissend wie jeder Gelehrte, aber er lernt gerade erst, was Familie bedeutet und was es heißt, Teil einer unterstützenden Struktur wie der unseren zu sein.

Bruin kommt auf mich zu und ich streiche ihm mit den Fingern durch das Fell auf den Schultern. »Ich bin bereit, wenn du es bist.«

»Fantastisch. Komm an Bord.« Wie immer ist Bruins Anwesenheit ein beruhigendes Flattern in meiner Brust und ein sanfter Druck, der mir zeigt, dass ich nicht mehr allein in meinem Körper bin.

»Bin ich zu spät?« Dionysos schaut überrascht. »Du bist schon fast weg und ich dachte, ich wäre überpünktlich.«

»Alles gut. Ich lege in der Drachenhöhle einen Zwischenstopp ein, um Patty zu besuchen, bevor ich auf die Insel komme. Da die Zeit in der Höhle anders läuft, dachte ich, ich gehe so früh wie möglich.«

»Ich würde gerne mitkommen, *a ghrá*.« Sloan kommt mit seiner Jacke und den Stiefeln in der Hand zurück. »Natürlich nicht in die Höhle, aber durch die Steine.«

»Oh, sicher. Wie kommt's?«

»Wenn ich nach Irland teleportiere, verbrauche ich zu viel Wanderer-Energie und kann meinen Vater nicht mehr abholen oder uns nach Hause bringen, wenn wir schnell zurückkehren müssen. Wenn ich mit dir reite, kann ich zum

Stonecrest Anwesen teleportieren, sobald Dart die Steine durchquert hat.«

»Klar. Das geht. Was ist mit Manx?«

»Ich habe Manxy.« Dionysos tätschelt Manx' Kopf. »Ihr beide, geht und habt Spaß. Wir sind gleich bei Grandma.«

Wie süß ist es, dass er Grandma als seine eigene Tochter adoptiert hat?

Oder vielleicht hat sie ihn adoptiert …

Ich verabschiede mich von den anderen und es scheint, als wäre der Plan gut. »Okey-dokey, wir sehen uns gleich wieder.«

* * *

Sloan und ich machen uns auf den Weg zu unserem heiligen Hain und ich lege großen Wert darauf, mich bei Nilm zu melden, bevor wir gehen. Brownies sind etwa so groß wie ein Kleinkind, haben putzige Gesichter, runde Augen und Fühler, die über dem Kopf wackeln. »Ich bringe den stolzen Eltern ein paar Extras.« Ich stelle die Geschenktüte ab. »Wie geht es Mutter und Baby?«

Nilm streckt einen Daumen hoch und lächelt strahlend.

»Fantastisch. Brauchst du etwas?«

Er schüttelt den Kopf und seine Fühler wackeln.

»Wir sind für ein paar Tage weg. Wenn ihr etwas braucht und wir nicht da sind, klettere durch die Katzenklappe und melde dich bei Kinu oder Aiden. Okay?«

Noch mal ein erhobener Daumen.

Ich kann es kaum erwarten, dass sie uns das kleine Baby vorstellen, aber Brownies nisten ein paar Wochen mit ihren Jungen, bevor sie herauskommen und sie herumführen.

Wir warten geduldig.

Emmet ist der einzige von uns, der sich mit den Brownies unterhalten kann, also kommen wir mit Pantomime und Handgesten aus. Das ist in Ordnung. Es ist alles gut. Wir schaffen das.

»Ausgezeichnet. Hier sind ein paar Dinge, die euch gefallen könnten. Kinu hat ein paar Decken und Schlafsäcke der Zwillinge mitgeschickt und es sind auch ein paar Snacks und Leckereien für euch dabei.«

Flopsy und Mopsy, unsere Ostara-Kaninchen, flattern von ihrem Nest im Baum herunter und plumpsen mit ihren pelzigen Hintern in das moosbewachsene Gebüsch.

Ich streichle ihre samtigen Ohren und beginne, die zweite Tasche auszupacken. »Macht euch keine Sorgen. Wir haben euch nicht vergessen. Wir haben Süßes und Salziges, Gemüseleckereien, einen neuen Salzleckstein für die Rehe und all das Übliche. Habt ihr gehört, dass ich Nilm erzählt habe, dass wir für ein paar Tage weg sein werden? Wenn ihr etwas braucht, sind Kinu und Aiden mit den Kindern hier.«

Das brauche ich ihnen nicht zu sagen.

Jackson und die Kaninchen haben ein gutes Verhältnis zueinander. Er verbringt fast so viel Zeit hier draußen wie ich.

Ich lege das Buffet auf dem Boden zwischen den beiden Hängesesseln aus und überlasse es ihnen, sich umzusehen.

Obwohl es ein kühler Tag Mitte Dezember ist, ist es in unserem Hain angenehm warm. Im letzten Winter haben wir umfangreiche Schutzmaßnahmen ergriffen und die heißen Quellen eingerichtet, um die Temperatur zu regulieren. Unsere Feenfreunde haben es jetzt mit ihrer Heizung richtig kuschelig.

Wir überlassen sie sich selbst und gehen zur neuen Drachenhöhle. Sie ist unglaublich.

Selbst wenn man die Magie kennt, die ein Drache besitzt, ist die Weite der Höhle, die Saxa erschaffen hat, erstaunlich. Am Anfang ist es verwirrend, denn die Tiefe und Weite des Raums entzieht sich jeder Logik.

Der steinerne Torbogen zur Höhle ist nicht größer als die Tür zu meinem Haus. Wenn man ihn sieht, fragt man sich, wie ein Drache da durchkommen kann. Doch wenn wir uns nähern, dehnt sich der offene Raum aus, um unserer Größe gerecht zu werden. Das Gleiche gilt für Saxa und Dart. Er muss sich nur noch viel weiter ausdehnen.

»Sind alle bereit?«, frage ich in die Dunkelheit, während sich mein Blick an das fehlende Licht gewöhnt.

Dart und Saxa kommen um die Ecke ihres privaten Nistplatzes und gesellen sich zu uns in die Haupthöhle. »Drachen sind immer bereit«, erklärt Saxa ein wenig frech.

Ich kichere und freue mich über das zusätzliche Zischen ihres Schwanzes. Darts Freundin fühlt sich heute sichtlich wohl in ihrer Haut. Ich hoffe, dass ihre kleine Romanze aufkeimt und dass es mein blauer Junge ist, der ihr den Glanz verleiht.

»Sloan wird mit uns durch die Steine kommen und Wallace auf Stonecrest abholen, während wir Patty und die anderen Drachen besuchen.«

»Dann geht's los«, verkündet Dart eifrig.

Wir vier verlassen die Höhle und versammeln uns im hinteren Garten. Dart wächst schnell, aber er ist immer noch nicht halb so groß wie Saxa. Bis er sich vergrößert hat, versteht sich.

Weil er ein männlicher Western ist, wird er als Erwachsener deutlich größer als seine goldene Freundin sein. Sobald er seine Kampfgröße erreicht hat, steigen Sloan und ich auf seine Schulter und laufen zu den Sattelgriffen, die um seine Stacheln befestigt sind.

Als Darts gebundener Drachenreiter nehme ich den ersten Stachel und Sloan lässt sich direkt hinter mir nieder. Er hat schon ein paar Reisen hinter sich, also mache ich mir nicht mehr so viele Sorgen um ihn wie am Anfang.

Ehrlich gesagt, als Nikon erwähnt hat, dass er gerne einen eigenen Drachen hätte, hat mich das zum Nachdenken gebracht. Wie cool wäre es, wenn sich einige der anderen Drachen an unsere Familie binden würden?

Ich hatte gehofft, dass sich auf der Geburtstagsparty etwas zwischen Darts und unserer Familie anbahnen würde, aber bisher hatte ich kein Glück. Saxa hat ihr ganzes Leben als freier Drache gelebt, also erwarte ich nicht, dass sich daran etwas ändert, aber bei der Größe der Höhle, die sie gebaut hat, ist es möglich, dass wir einem oder zwei weiteren Drachen ein Zuhause bieten können.

Ist alles in Ordnung, Fiona?, fragt Dart direkt in meine Gedanken.

Richtig. Ich stehe zwar auf seinem Rücken, habe mich aber nicht mit ihm in Verbindung gesetzt, um uns in die Luft zu bringen. *Tut mir leid, Kumpel. Ich habe nur geträumt. Nur zu, bring uns in die Luft.*

Damit schaffe ich eine stromlinienförmige Blase um mich und den Stachel. Zu dieser Jahreszeit ist es kalt in der Luft. Nachdem ich mich vergewissert habe, dass Sloan es auch getan hat, kuschle ich mich ein und los geht's.

Kapitel 19

Halloohoo!«, rufe ich zwanzig Minuten später. Zu Beginn meiner Druidenabenteuer war es zeitaufwendig und lästig, jedes Mal einen Flug zu organisieren, um zur Smaragdinsel hin und zurückzukommen, wenn es eine Krise gab.

Jetzt ist es eine Sache von Minuten.

Egal, ob Sloan, Tad oder Nikon uns teleportieren oder die Drachen uns fliegen, mit ein bisschen Organisation sind wir im Handumdrehen dort.

»Da seid ihr ja.« Patty kommt aus seiner Schatzkammer, um uns zu begrüßen. »*Och,* und du hast auch noch Besuch mitgebracht. Hallo auch an dich, schöne Saxa. Es ist eine Freude, dich in unserem Heim zu haben.«

Saxa breitet ihre Flügel zur Seite aus und senkt ihren Kopf in einer eleganten Verbeugung. »Die Freude ist ganz meinerseits.«

»Wir sind gekommen, um die anderen zu besuchen, während ihr euch unterhaltet«, erklärt Dart. »Wo sind denn alle?«

»Die meisten von ihnen fliegen in den Höhlen. Sie haben sich einen kleinen Hindernisparcours gebaut und testen ihre Geschwindigkeit und Geschicklichkeit.«

»Das macht Spaß«, nickt Saxa.

Patty gluckst. »Ja, das tut es, bis sich einer von ihnen verschätzt und gegen etwas kracht. Ich könnte schwören, dass die ganze Höhle schon ein paar Mal fast zusammengebrochen ist.«

Ich kichere. »Los geht's, ihr zwei. Sagen wir, in einer halben Stunde?«

Als die beiden losziehen, um sich den anderen Drachen anzuschließen und etwas Spaß zu haben, umarme ich Patty und nehme seine Hand. »Können wir uns hinsetzen?«

Er sieht zu mir auf und rückt seine Brille zurecht, Sorge leuchtet in seinen blauen Augen. »Geht es dir gut, Rotschopf? Sollte ich mir Sorgen machen?«

Ich schüttle den Kopf. »Das glaube ich nicht, aber ich bin bei meinem letzten Abenteuer jemandem begegnet und möchte dir davon erzählen.«

Er führt mich nach hinten in seine Schatzkammer und ich lächle über all die glänzenden, juwelenbesetzten Gegenstände. Von magischen Artefakten, die Sloan in Ohnmacht fallen lassen würden, bis hin zu Münzen, Kronen, Kelchen und Edelsteinen. Patty hat sie alle angehäuft.

Er hat auch unsere Sessel und unsere *Animal* Crossing-Lounch hierher gebracht. »Hast du Zeit zum Spielen?«

Ich nehme Platz und warte darauf, dass er sich in seinen Sessel setzt. »Heute nicht, fürchte ich.«

Während er sich niederlässt, richte ich meinen Rucksack auf meinem Schoß aus und überlege, wie ich das am besten angehe.

»Warum siehst du so aus, als hättest du meine tote Katze in deiner Tasche, Rotschopf? Weiß Gott, ich wollte schon immer ein eigenes Kätzchen haben, aber ich habe keins, also ist es das nicht.«

»Nein, das ist es nicht.« Er wartet auf eine Antwort. Es gibt keine andere Möglichkeit, als die Worte auszusprechen. »Ich wurde diese Woche in der Zeit zurückversetzt und habe dich und Betrys getroffen. Sie hat mir etwas gegeben, das ich dir geben soll, wenn ich dich das nächste Mal sehe.«

Er blinzelt mich an und ich ziehe das in ein Taschentuch eingewickelte Erbstück aus meiner Tasche. »Erinnerst du dich, dass wir uns vor etwa tausend Jahren auf der Insel Emain Ablach getroffen haben?«

Er sieht mich an, als ob er in seinem Gedächtnis nachforschen würde, aber keine Erinnerung daran hat. »Nein, tut mir leid.«

»Das wundert mich nicht. Du warst nicht du selbst und nach dem, was du mir über deine dunklen Jahre erzählt hast, hast du dich danach lange Zeit nicht wiedergefunden.«

Seine übliche Unbeschwertheit scheint zu schwinden. Diesen Effekt habe ich heute scheinbar auf die Menschen, die ich liebe. Ich bin kein Fan davon.

»Jedenfalls habe ich ihr versprochen, dir das zu bringen, wenn du in einer besseren Verfassung bist.«

»*Och*, meine Betrys. Sie war immer ein aufmerksames Mädchen. Ich vermisse sie sehr in meinem Herzen.«

Ich denke an Brenny und atme tief durch. »Wird der Schmerz um ein verlorenes Geschwisterchen jemals leichter?«

Patty hebt eine Schulter. »Er lässt ein bisschen nach und die Zeit, die zwischen den Schmerzmomenten vergeht, dehnt sich aus, sodass er nicht so konstant bleibt, aber er ist immer da.«

Nicht wirklich die Antwort, die ich mir erhofft hatte.

»Ich glaube, was sich verbessert, ist, dass die lustigen Erinnerungen stärker werden und wachsen. Betrys und ich haben uns manchmal wie wütende Teufel geprügelt, aber an diese Momente erinnere ich mich jetzt nicht mehr. Wenn ich an meine ältere Schwester denke, erinnere ich mich daran, wie wir uns in Schwierigkeiten gebracht und aufeinander aufgepasst haben, wenn die Dinge aus dem Ruder gelaufen sind.«

»Nun, sie wollte, dass du das hier bekommst.« Ich greife nach vorn und gebe ihm das Bündel. »Du musst es nicht gleich aufmachen. Ich bin auf dem Weg nach Emain Ablach und wollte es dir geben, um mein Versprechen einzulösen.«

»Weißt du, was es ist?«

»Nein. Es war schon eingepackt, als sie es mir gegeben hat und sie hat sich nicht darüber ausgelassen. Es ist etwas zwischen euch beiden, also habe ich nicht nachgefragt. Ich kann nur sagen, dass sie sich Sorgen um dich gemacht hat und wirklich erleichtert wirkte, dass wir Freunde werden und du dein Glück wiederfindest.«

Er lächelt. »Ohne sie hätte ich nicht überlebt. Wusstest du, dass Betrys die Idee hatte, mich mit Ihrer Gnädigkeit zu verkuppeln? Ja, nachdem ich lange Zeit daran verzweifelt war, ein Man o' Green ohne Gold und ohne Schätze zu sein, hat sie mich davon überzeugt, noch einmal neu anzufangen. Sie hat mir gesagt, dass ich eine Verbindung wie diese bräuchte. Dass Ihre mächtige Wildheit mir helfen könnte, meine Schätze zu verteidigen und ich nie wieder von jemandem bestohlen werden würde.«

Ich lächle innerlich und bin froh, dass ich es dabei belassen kann.

»Ich bin froh, dass du dich zusammengerissen und es noch einmal versucht hast, Patty. Wenn ich dich nicht in meinem Leben hätte, wäre meine Welt viel weniger interessant.«

Er dreht seine Hand um und drückt meine Finger. »Das kann ich nur zurückgeben. Ich glaube, es war unser Schicksal, uns zu treffen und eine Familie zu werden.«

»Ja, das glaube ich auch.«

Damit tätschelt er meine Hand und zieht an der Schnur, die das Bündel verschließt. Als er es öffnet, hält er inne und seine Augen werden glasig. »*Och*, Betrys. Du warst schon immer ein schlaues Mädchen.«

Ich betrachte das Kleeblatt, das aus Connemara-Marmor geschnitzt ist. Es ist der gleiche grüne Stein wie Birgas Speerspitze. Wenn er die Handfläche neigt, fängt das vierblättrige Kleeblatt das Licht mal so und mal so ein.

»Was ist das?«, frage ich nach.

»Es ist ein Familienstück – eine Quelle großen Schmerzes und Trosts zugleich.« Er berührt es und streicht sanft über die Blütenblätter der Schnitzerei, bevor er es umdreht und über das abgenutzte Familienwappen und die eingravierte Schrift auf der Rückseite lächelt.

»Als Älteste war es Betrys' Pflicht, es zu hüten und an den ältesten derjenigen weiterzugeben, die unsere Familienlinie weiterführen sollten. Unser Vater war streng und hielt weniger von Betrys, weil sein Erstgeborenes kein Mann war. Er gab es stattdessen mir. Das hat sie sehr verletzt und zu einem ewigen Zerwürfnis zwischen ihr und Vater geführt.«

»Wie hat sie es bekommen?«

Er sieht zu mir auf und wischt sich mit dem Ärmel über die Augen. »Ich weiß es nicht. Ich dachte, ich hätte es verspielt oder verkauft oder etwas ähnlich Dummes getan. Weißt du, es ist eine große Schande für mein Volk, erwischt und um das eigene Gold gebracht zu werden. Als mir das einmal passiert ist, habe ich mich selbst verloren, doch es kam schlimmer und ist immer wieder passiert. Danach habe ich nicht mehr viel von mir gehalten und es verging viel Zeit, in der ich meinen Kummer ertränkt und mich vor der Welt versteckt habe.«

Das passt zu dem Patty, den ich vor ein paar Tagen getroffen habe.

»Nun, du bist jetzt hier und wer du damals warst, hat dich zu dem gemacht, wer du jetzt bist. Betrys wollte vielleicht damals nicht, dass du die Verantwortung für euren Familienschatz übernimmst, aber du bist nicht mehr dieser Mann und sie hat so sehr an dich geglaubt, dass sie ihn dir zurückgeben wollte.«

Er nimmt das Kleeblatt zwischen seine Hände und nickt. »Ja, du hast recht. Das ist ein seltenes Geschenk, Fiona. Ich werde dir nie richtig dafür danken können, dass du mir damit eine zweite Chance gegeben hast.«

Ich knie auf dem Boden der Höhle und öffne meine Arme. Pattys Umarmung ist fest und presst mir den Atem aus den Lungen, aber ich beschwere mich nicht. Das ist der Stoff, für den ich lebe.

»Du brauchst mir nicht zu danken. Lebe einfach dein bestes Leben, sei glücklich und bleibe mein Freund.«

»Betrachte das als erledigt.«

* * *

Dart, Saxa und ich verabschieden uns und fliegen los zu unserem nächsten Ziel. Wenn Emmet recht hat und die Wiederherstellung der heiligen Insel Teil unseres Erfolgsplans während der Säuberung ist, ist es eine gute Idee, das lieber früher als später zu erledigen. Ich hätte ein paar Tage gebrauchen können, um mich von unserem Zeitsprung zu erholen, aber er will unbedingt seiner Bestimmung folgen.

Ich schließe die Augen, halte mich an den Griffen meines Sattels fest und lasse meinen Körper mit der Flugbewegung von Dart treiben.

Das Leben ist zu hektisch. Manchmal muss ich mich selbst daran erinnern, langsamer zu werden und im Moment präsent zu sein. So wie jetzt.

Bist du in Ordnung, Fiona? Du wirkst abgelenkt, seit du gestern nach Hause gekommen bist, erkundigt sich Dart.

Es gibt viel zu bedenken, Kumpel. Die mögliche Bedeutung der Insel Emain Ablach. Die Verbindung mit Mutter Natur für Gefälligkeiten. Ob Morgana ihrer Verbannung entkommen ist oder nicht. Wie sich Mingin und Melanippe neu formieren. Die wachsende Unruhe der Übernatürlichen, weil sie in der Öffentlichkeit leben wollen. Wo wir die Kämpfe austragen werden. Wie der Tod in all das hineinspielt. Wie das Ergebnis die Welt in Zukunft verändern wird …

Ich verstehe, was du meinst. Vielleicht solltest du eine Sache nach der anderen angehen. Das könnte überschaubarer sein.

In etwas mehr als einem Monat bis zur Säuberung muss ich all diese Dinge bedenken, aber Dart hat recht. Es hilft mir nicht, mich überrollen zu lassen. *Ich werde es versuchen, Kumpel. Danke!*

Als Darts Flugbahn stark abfällt, öffne ich meine Augen und lächle über die kleine Insel unter mir. Sloan sagte, dass die Insel ähnlich wie Myras Buchladen geschützt ist. Nur diejenigen, die von ihr wissen und dort sein müssen, werden sie finden. Ansonsten bleibt sie unsichtbar.

Wir müssen sie unbedingt finden.

Das könnte ein Schlüsselfaktor in unseren Vorbereitungen für die kommenden Schlachten sein.

Dart und Saxa landen auf dem Sandstrand neben dem Ort, an dem sich unsere Familie und Freunde versammelt haben. Ich lasse meinen Sattel los und gehe zu Darts Schulter, um abzusteigen und mich zu den anderen zu gesellen.

Nach Papus staunend weit aufgerissenen Augen zu urteilen, wusste er entweder nicht, dass ich mit einem Drachen komme oder er war nicht darauf vorbereitet, wie das aussehen würde.

»Willkommen auf der mythischen Insel Emain Ablach.« Ich gestikuliere über das lange Gras hinweg zu den Wasserfällen, die die schwarzen Steinfelsen hinunterfließen und dem Wald dahinter. »Abgesehen davon, dass wir dringend einen Rasenmäher bräuchten, sieht sie noch genauso aus wie vor tausend Jahren.«

»Und genauso wie bei unseren Besuchen in den letzten Jahrzehnten«, erklärt Wallace. »Ich muss sagen, Kinder, die Vorstellung, dass die Legenden über die verborgene Stadt wahr sind und wir es vielleicht in das innere Heiligtum schaffen, ist unglaublich aufregend.«

»Dem kann ich nur zustimmen.« Grandma streckt ihren Arm aus. »Ihr könnt es nicht sehen, aber unter meinem Mantel habe ich eine Gänsehaut.«

Grandpa kichert und nimmt ihre Hand. »Dann nichts wie los, meine Liebe. Lass uns unser Abenteuer beginnen.«

Die beiden machen sich auf den Weg, Pa und meine Brüder dicht hinter ihnen. Ich nehme Calums Arm und beuge mich vor. »Aiden ist nicht dabei?«

»Nein. Er hat sich dafür entschieden, zu Hause bei Kinu und den Kindern zu bleiben. Ich glaube, der Zeitsprung hat ihn mehr erschüttert als den Rest von uns. Er bleibt vorerst in der Nähe seines Zuhauses.«

Ich kann nicht behaupten, dass ich nicht enttäuscht bin, aber ich verstehe ihn auch.

Ich lasse Calum los und stelle mich zu Sloan, Wallace, Nikon, Andromeda und ihrem Großvater. »Es ist schön, dich zu sehen, Papu. Ich bin froh, dass du dich uns anschließt.«

Nikon Tsambikos Senior ist ein wunderbarer Mann, den ich auch dann bewundern würde, wenn er nicht der süße Großvater eines meiner engsten Freunde wäre und mir nicht das Leben gerettet und ein Zuhause geboten hätte, als ich in der Vergangenheit gefangen war.

»Es ist mir immer ein Vergnügen, Fiona. Ich bin es, der dir danken sollte. Nachdem ein Leben lang ein Tag wie der andere ausgesehen hat, ist ein neues Abenteuer aufregend.«

Ich atme tief ein und fülle meine Lungen. »Hoffentlich wird es das. Der Unterschied in der Umgebungsmagie zwischen jetzt und dem ersten Mal, als wir auf der Insel ankamen, ist atemberaubend. Die Leitung, die die Insel mit dem Prana der Quelle verbindet, ist definitiv beschädigt.«

»Dann ist unsere Aufgabe klar.«

Ich nicke. »So ist es.«

Da wir es gemütlich angehen, ist unsere Wanderung quer über die Insel durch das Dickicht wie eine Exkursion in der Highschool. Als Grandma auf die Pflanzenarten hinweist und das Vogelgezwitscher kommentiert und Grandpa, Wallace und Sloan sich legendäre Geschichten über die Insel zusammenreimen, ist das eine Lektion an mehreren Fronten.

»Warum haben deine Brüder darauf bestanden, eine Campingausrüstung mitzubringen?« Dionysos lässt sich zurückfallen, um mit dem griechischen Kontingent zu laufen. »Du hast gesagt, es gäbe eine Stadt und einen Palast. Wollen wir nicht dort bleiben?«

»Vor tausend Jahren gab es eine Stadt und einen Palast. Irgendwann zwischen damals und heute wurde die Insel zerstört. Wir sind nicht sicher, was wir finden werden. Wenn etwas die Stadt zerstört hat, campen wir. Wenn die Stadt intakt ist, suchen wir uns einen Unterschlupf, während wir an der Wiederherstellung der Insel arbeiten.«

Dionysos schnaubt. »Wenn etwas die Stadt zerstört hat, teleportiere ich uns nach Hause, um in vernünftigen Betten zu schlafen und bringe uns am Morgen zurück.«

»Sei dir da nicht so sicher«, entgegnet Emmet. »Als wir das letzte Mal hier waren, konnten Sloan und Tad nicht ins Innere der Insel teleportieren. Die Küste war das Einzige, was sie erreichen konnten.«

Dionysos runzelt die Stirn und seinem Gesichtsausdruck nach zu urteilen, versucht er, zu den Bäumen vorzustoßen. »Warum klappt es nicht? Das gefällt mir gar nicht.«

»Die Insel gehört zum Herrschaftsgebiet des keltischen Meeresgottes Manannán mac Lir. Er ist sehr streng, wenn es darum geht, Magie zu benutzen, um das Zentrum der Insel zu erreichen. Nur diejenigen, die reinen Herzens sind, erhalten Zugang zu der verborgenen Stadt.«

Nikon schnaubt. »Dann wundert es mich, dass er Dionysos nicht schon niedergeschlagen hat.«

»Unhöflich.« Dionysos schnippt mit der Hand. »Ich bin vielleicht nicht körperlich rein, aber ich denke, mein Herz und meine Absicht können den Test sicher bestehen.«

»Das werden sie auf jeden Fall«, bestätige ich.

Wir kommen am Waldrand an und ein unheimliches *Déjà-vu-Gefühl* überkommt mich. »Die Bäume bewegen sich auch dieses Mal nicht.«

»Nein, ich glaube nicht, dass sie das tun werden«, weiß Sloan. »Wenn die Verbindung zur Quelle unterbrochen ist, haben sie nicht die Kraft, sich zu bewegen.«

»Also, wieder kein Laubwedler«, seufzt Emmet. »Enttäuschend.«

»Definitiv enttäuschend«, bestätige ich.

Sloan gluckst. »Sobald wir ihre Verbindung zum Prana-Fluss in Ordnung gebracht haben, werden sie sicher versuchen, dich zu Brei zu zerquetschen. Das erhoffst du dir doch, oder?«

»Vielleicht.«

»Du bist lächerlich.«

Ich verdrehe die Augen, aber er hat nicht unrecht. »Sag mir, dass du Bäume, die versuchen, Menschen zu zerquetschen, nicht cool findest. Lasst uns abstimmen. Wer findet gemeingefährliches Laubholz cool?«

Meine Brüder, Dionysos, Grandma, Pa, Nikon und ich heben die Hand. Das sind weniger, als ich dachte. Na ja, jeder wie er mag.

Ich nehme an, dass es auf der Welt einige risikoscheue Menschen geben muss, um den Rest von uns auszugleichen.

Ich trete in das flackernde Licht, das durch das Blätterdach über mir fällt und drücke eine Hand gegen die Rinde einer großen Ulme. Die Energie, die zurückkommt, ist mir nur zu vertraut.

Es schmerzt immer noch.

»Die Bäume mögen es nicht, wenn man sie fixiert. Diesmal ist es aber kein Zauber. Sloan hat recht. Sie haben nicht mehr die Kraft, die sie früher hatten.«

Grandma drückt eine Hand gegen die Rinde einer hohen Weide und seufzt. »Oh, meine Liebe, es tut mir so leid, dass du leidest. Wir werden tun, was wir können, um das zu ändern. Mach dir keine Sorgen.«

Wir marschieren weiter und ich versuche, mich an den Weg zu erinnern. Beim letzten Mal war es dunkel und ich bin Bruins Ruf gefolgt.

»Bruin? Magst du rauskommen und uns helfen, unseren Weg zu finden? Du warst derjenige, der uns letztes Mal zum Eingang geführt hat.«

Ich lasse meinen Bären frei und er materialisiert sich zwischen zwei immergrünen Bäumen vor mir. »Ich würde nie einen Ausflug in den Wald ablehnen.«

»Wer, der bei Verstand ist, würde das tun?«

Wir gehen weiter durch die Bäume und wie beim letzten Mal scheint sich der Wald endlos vor uns zu erstrecken. Das ist eine Illusion. So viel habe ich beim ersten Mal gelernt.

Die Frage ist nur, wie wir durch die harte äußere Schale zum weichen Kern kommen?

»Wie sieht es aus, Bruin?«

»Gut. Ich habe die Stelle gefunden, wo wir beim ersten Mal durchgegangen sind, aber irgendetwas blockiert mich.«

»Was ist es? Ein Schutz? Ein Zauberspruch?«

»Ich würde sagen, ein Zauberspruch und wenn ich mich nicht irre, fühlt sich die Signatur der Macht dahinter sehr nach der dunklen Macht an, die die Zauberin besaß, als wir das letzte Mal hier waren.«

»Ernsthaft? Das war vor über tausend Jahren. Die Magiespuren ihres Zaubers können nicht mehr hier sein und ich kann mir nicht vorstellen, dass es dieselbe Zauberin ist. Sie müsste schon längst tot sein.«

»Es sei denn, sie hat einen Zeitsprung gemacht wie wir«, gibt Sloan zu bedenken. »Denn eigentlich leben Druiden nicht lange genug, um zwei Säuberungsperioden zu erleben, aber hier sind wir nun.«

»Merlin schon«, fügt Dillan hinzu. »Sein langes Leben als Drachengefährte hat das möglich gemacht.«

»Okay, es ist möglich … aber unwahrscheinlich.«

»Was macht dich so sicher, *a ghrá*?«

»Nun, warum sollte eine Zauberin hierherkommen, um die Stadt Emain Ablach zu zerstören und dann tausend Jahre später zurückkehren, obwohl sie sie bereits zerstört hat?«

»Vielleicht ist die Stadt nicht zerstört und sie ist gekommen, um es zu beenden«, schlägt Ciara vor. »Oder vielleicht ging es nie um die Stadt. Du sagtest, die Zauberin sei auf den offenen Wiesen am Prana-Fluss gewesen.«

»Das war sie. Kyna und die anderen dachten, sie wolle die Verteidigung der Stadt ausschalten.«

»Und wenn nicht?«

»Das ist sicherlich eine Möglichkeit«, wägt Emmet ab. »Als sie besiegt waren, haben wir nicht weiter darüber nachgedacht. Vielleicht ging es bei dem Angriff die ganze Zeit um den Prana-Fluss und die Verbindung zur Quelle.«

Vielleicht. »Wenn man beim ersten Mal keinen Erfolg hat, versucht man es immer wieder? Gibt es etwas an der Ära der Säuberung, das sie besonders optimal für den Versuch macht, Zugang zur Prana-Leitung der Quelle zu bekommen?«

Emmet zuckt mit einer Schulter. »Ich habe keine Ahnung.«

Je mehr ich darüber nachdenke, desto unruhiger werde ich. »Okay, wir müssen da rein. Denkt alle darüber nach. Wenn die Zauberin zurück ist, ist es kein Zufall, dass sie wie beim letzten Mal kurz vor der Säuberung hier ist. Was auch immer ihr Grund ist, ich bezweifle, dass es dem Team *Light* nützt.«

Pa begegnet meinem Blick und runzelt die Stirn. »Nein, *mo chroí*, ich glaube nicht, dass es das wird.«

Kapitel 20

Sloan und ich arbeiten mit Wallace und Grandpa zusammen, indem wir mit den Händen über die dunklen Felsen fahren und versuchen, den Bann zu brechen, der uns abhält. »Hattet ihr Erfolg?«, ich hoffe, dass ich etwas übersehen habe.

»Hier ist nichts«, verneint Dillan. Er hat seine Kapuze auf und sucht nach einem versteckten Eingang oder einer Nahtstelle des Zaubers oder irgendetwas, das wir benutzen können.

Sloan hebt seine Hände. »In Ordnung. Fiona, geh einen Schritt zurück. Ich bin mir nicht sicher, ob das funktionieren wird.«

Ich tue, worum er mich bittet und sorge dafür, dass Grandma und Papu ebenfalls außer Gefahr sind. Dionysos unterhält sich mit ihnen und hält sie so aus der Gefahrenzone heraus.

Es ist vergeblich zu hoffen, dass er ›saubere‹ Geschichten erzählt, aber ich sende trotzdem einen Wunsch dafür aus.

Einen Moment lang baut sich Energie in der Luft auf – dann knallt es.

Ich drehe mein Gesicht weg von den elektrischen Funken und Sloan springt fluchend zurück, während er seine Hand schüttelt.

»Das tut weh, oder? Ich weiß genau, wie sich das anfühlt.«

Sloan steckt sich die Fingerspitzen in den Mund, bevor er sie erneut ausschüttelt und sie begutachtet. »Ja, das kann ich mir vorstellen. Ich glaube, meine Finger werden für den Rest des Tages genauso taub sein wie dein Arm.«

Das ist schade, aber es bringt uns trotzdem nicht rein.

»Es abzuschalten, funktioniert also nicht. Wie wäre es mit einer Art Gegenzauber? Können wir den Zauber so beeinflussen, dass wir leichter damit umgehen können?«

»Das haben wir bereits versucht.« Pa steht bei Calum.

»Dionysos und ich haben versucht, uns hinein zu teleportieren«, erzählt Nikon. »Wir werden immer noch blockiert.«

»Wie sieht es mit Graben aus?«, schlägt Doc vor.

Emmets Baummarder steht auf seinen Hinterbeinen und sieht uns an. Er hat am unteren Rand der Felswand geschnüffelt und vielleicht hat er etwas gefunden, das wir übersehen haben.

»Wo graben, Kumpel?«, erkundigt sich Emmet. »Du meinst unter der massiven Felswand?«

Er nickt. »Ja.«

»Ist der Stein wirklich da oder ist er eine Illusion?«, will ich wissen. »Letzte Woche, als ich darauf zugelaufen bin, wirkte der Stein real, aber ich konnte hindurchgehen.«

»Ich habe an das Kinderbuch gedacht, das Kinu Jackson und Meg über die Bärenjagd vorliest«, erklärt Doc. »Man kann nicht darüber gehen. Man kann nicht hindurchgehen. Man muss drunter durch.«

Er hat es nicht richtig verstanden, aber der Gedanke ist gut.

»Nun, wir können es ja mal versuchen.«

Die Druiden treten vor und wir versuchen gemeinsam die Erde zu bewegen, um uns Zugang zu dem Bereich auf der anderen Seite der Steinfelsen zu verschaffen.

Doch nichts passiert.

»Okay, was jetzt?«, frage ich. »Es ist schwer, das, was auch immer passiert, aufzuhalten und die Insel wiederherzustellen, wenn wir nicht durch die Tür kommen. Man sollte meinen, die Insel würde wollen, dass wir helfen.«

»Die Bäume wollen es auf jeden Fall, Liebes«, weiß Grandma.

»Das könnte es sein«, überlegt Sloan. »Vielleicht gehen wir die Sache falsch an. Anstatt uns auf die Zauberin und ihren Zauberspruch zu konzentrieren, der uns fernhalten soll, können wir den Gott der Insel vielleicht auf andere Weise dazu bringen, uns hineinzulassen. Unsere Absicht ist rein und wir sind hier, um sein geliebtes Emain Ablach wiederherzustellen.«

Grandpa nickt. »Das ist eine gute Idee, Junge, aber wie sollen wir seine Aufmerksamkeit erregen?«

Sloan schüttelt den Kopf. »Ich glaube nicht, dass *wir* das können, aber wenn ich recht habe, kann Emmet es. Er hat die meiste Pranakraft und er hat den Blutschwur geleistet, um sich als Verteidiger der Insel zu verpflichten. Wenn Manannán mac Lir Emain Ablach so treu ergeben ist, wie die Legende besagt, bin ich mir sicher, dass er Emmets Hilferuf hören wird.«

Grandpa überlegt und wendet sich Emmet zu. »Aye, das könnte funktionieren. Versuch es doch mal, Junge.«

Ich drücke Emmets Arm. »Es ist ein großer Tag in deinem Leben, oh großer Krieger der Prophezeiung. Los, Emmet, los!«

* * *

Meditation ist nicht Emmets Stärke, also mache ich mir Gedanken, ob er sich konzentrieren kann und ob er die Kraft hat, einen keltischen Gott zu erreichen. Wenn Manannán mac Lir nicht interessiert, in der Nähe oder auf Emmets Frequenz eingestellt ist, geht die ganze Operation schief.

Ich weiß zwar nicht wirklich, wie der Kontakt zu einem Gott funktioniert, aber ich mache mir trotzdem Gedanken.

»Kannst du ihm helfen?«, wende ich mich an Dionysos. »Du bist ein Gott. Du weißt, wie ein Mann deine Aufmerksamkeit bekommt, nicht wahr?«

Dionysos gluckst. »Nicht alle Götter sind gleich, Jane. Verschiedene Pantheons. Unterschiedliche Mächte. Unterschiedliche Personen. Du kannst uns nicht alle über einen Kamm scheren.«

»Ich versuche nicht, dich in ein Klischee zu drängen. Ich weiß, dass du einzigartig bist. Ich dachte, du könntest vielleicht seine Botschaft lenken oder verstärken oder so.«

Er hebt eine Schulter und zwinkert. »Es ist nicht mein Pantheon, aber ich könnte der Botschaft zusätzliche Kraft verleihen und seinen Ruf ein wenig verstärken.«

Ich drücke seine Hand und ziehe ihn zu Emmet. »Danke, Tarzan. Ich bin für alles dankbar, was du tust.«

Wir lassen die beiden an der Felswand zurück und der Rest von uns entfernt sich einige Meter, damit Emmet ausreichend Ruhe hat.

»Glaubst du, er kann es schaffen?«, flüstert Andromeda.

Ich nicke. »Ja, das glaube ich.«

Von einem Moment auf den anderen überrollt mich ein Ansturm von Feenenergie. Es ist unangenehm und in meinem Kopf dreht sich alles. Ich schließe die Augen, lehne mich nach vorn und warte darauf, dass die Fahrt zum Stillstand kommt.

Als sich der Nebel lichtet, dass ich die Augen öffnen kann, befinden wir uns im Zentrum der Insel und stehen auf der Grasebene vor den Toren von Emain Ablach.

Wir sind nicht allein.

Ein zwei Meter großer Mann mit tief liegenden Augen und einer wilden Mähne aus verfilztem Haar starrt uns an. Er trägt nur eine marineblaue Lederhose, silberne Ketten auf der nackten Brust und scheint nicht gerade erfreut darüber, dass wir ihn in seinem Unterwasserreich, das er regiert, gestört haben. »Du wirst das in Ordnung bringen«, dröhnt Manannán. »Du hast es geschworen.«

Ich sehe mich auf der Lichtung um und betrachte die Szene.

Die Zeit steht still, was uns eine Sekunde Zeit gibt, um zu sehen, womit wir es zu tun haben.

Es gibt tatsächlich eine rothäutige Zauberin mit Schuppen, Hörneraugenbrauen, spitzen Ohren und ebenholzfarbenem Haar. Sie schwebt mit ausgestreckten Armen in der Luft. Es ist nicht dieselbe Frau wie beim letzten Mal, aber die Ähnlichkeit ist so deutlich, dass sie eine Nachfahrin sein muss.

Auch die Ochsenviecher sind zurück. Diesmal sind es Hunderte von ihnen, statt Dutzende. Sie sehen alle gleich aus und ich tröste mich damit, dass wir vielleicht wissen, womit wir es zu tun haben. Viele von ihnen sind in einen Kampf mit riesigen, rosafarbenen Schlangenbestien verwickelt.

»Was zum Teufel sind die schon wieder?«, ruft Dillan.

»Ophidianer«, weiß Eva. »Sehr tödlich. Sehr selten. Sie passen sich ihrer Umgebung an wie Chamäleons und verteidigen ihr Revier.«

»Wo ist ihr Revier?«, fragt Calum. »Ich werde es auf jeden Fall meiden.«

Ja. Kluge Entscheidung.

So etwas habe ich noch nie gesehen. Es gibt einige an Land, aber noch mehr im Prana-Fluss, der offensichtlich nicht nur seine Farbe, sondern auch seine Kraft verloren hat. Wo früher ein leuchtendes Barbie-Pink war, ist jetzt ein blasser Zuckerwatte-Ton.

Die Bemerkung mit dem Chamäleon ergibt Sinn. Sie haben genau die Farbe des Prana-Flusses und sind unmöglich zu sehen, wenn sie unter Wasser sind. Man würde nicht denken, dass eine rosafarbene Schlange so furchterregend sein kann … aber sie ist es.

»Lakaien des Kriegers der Prophezeiung«, tönt Manannán, »ich nehme euer Versprechen, dem Krieger zu helfen, an. Ihr werdet hier bleiben, um den Wächtern der Quelle zu helfen und meine Insel wieder in ihrem alten Glanz erstrahlen zu lassen. Euer Meister schwört es.«

Unser Meister?

Manannán verschwindet und die Welt taucht aus ihrer Erstarrung auf. Wir sind nicht im Zentrum des Geschehens und bleiben zum Glück unentdeckt … aber das wird nicht lange so bleiben.

Ich betrachte unsere Gruppe. Nicht jeder hier ist ein Krieger.

»Scheiße. Wir hätten die Insel sichern sollen, bevor wir die Leute eingeladen haben, sich uns anzuschließen«, stellt Dillan fest.

Er hat recht, aber im Nachhinein ist man ja immer schlauer und so. »Emmet, mach dein Lichtweber-Ding und schütze Grandma und die anderen, damit sie in Sicherheit sind. Es sieht so aus, als müssten die Ladies of Light 2.0 mit ihrem Training warten, bis wir die Insel zurückerobert haben.«

Emmet sieht mich an, als wären mir zwei zusätzliche Köpfe gewachsen. »Fiona, ich kann nicht einmal meine Kleidung verschwinden lassen. Wie kommst du darauf, dass es bei einem halben Dutzend Menschen funktioniert?«

»Ich übernehme das, Jane«, vermeldet Dionysos. »Ich schütze die Familie und bringe sie sicher aus dem Weg. So kann der Prophezeihungskrieger dir im Kampf helfen.«

»Ich liebe dich, Tarzan. Danke.«

»Wer kommt mit mir?«, fragt er. Als sich die Hände heben, verschwindet er mit Nikons Familie, meinen Großeltern und Wallace.

Nachdem das erledigt ist, nehme ich meinen Rucksack von den Schultern, öffne ihn und hole meine Eisenkrone heraus. Ich setze sie mir auf den Kopf und bereite mich auf meine erste Schlacht vor, in der ich sie trage, um unseren Angriff zu koordinieren.

»Der furchterregende Riesengott hat also gesagt, dass wir den Schlangendingern … äh … Wächtern helfen sollen. Hoffen wir, dass sie wissen, dass wir auf ihrer Seite stehen.«

»Wer will es ihnen sagen?«, erkundigt sich Calum.

»Ich nicht«, erklärt Dillan bestimmt.

»Ich auch nicht«, ergänze ich so schnell ich kann.

Emmet hebt seine Hand. »Ich werde es tun. Ich höre ihre Gedanken und werde ihnen sagen, wer wir sind und warum wir hier sind.«

»Und bitte sie höflich, uns nicht zu fressen«, fügt Dillan hinzu.

»Oder Pranawasser auf uns zu spucken.« Calum zeigt auf eine der Schlangen, die die Oberfläche durchbricht und eine Ladung aus Pranawasser spuckt, die eine Gruppe von haarigen Ochsen im Gesicht trifft.

In dem Moment, in dem das Pranawasser sie trifft, versengen die Haare auf ihrem Körper und sie weichen brüllend zurück. Ein paar von ihnen bekommen die Gischt ins Maul und müssen etwas geschluckt haben, denn sie fallen zu Boden und bleiben totenstill liegen.

»Also gut«, ich sehe in die großen Augen meiner Familie und Freunde. »Dann wollen wir mal. Emmet, hast du Kontakt zu den Schlangen aufgenommen?«

»Ja. Ich habe ihnen alles erklärt und sie meinten, sie würden sich an den Knochen der Fleischsäcke laben. Ich bin mir nicht hundertprozentig sicher, ob sie uns einladen, als ihre Gäste den Feind zu verspeisen oder ob wir zu den Fleischsäcken gehören.«

Ich blinzle meinen Bruder an. »Das ist eine sehr wichtige Unterscheidung, Emmet. Könnten wir das bitte klären?«

Unsere Zeit ist eindeutig abgelaufen. Die Ochsen haben unsere Ankunft bemerkt und stürmen mit voller Wucht auf uns zu.

»Bruin, verschaffe uns ein bisschen Zeit, um uns zu sortieren, ja?«

»Bin schon dabei, Rotschopf.« Bruin taucht auf und materialisiert sich zwischen uns und der Horde von Kämpfern, die auf uns zukommt.

Calum wirft seinen Wintermantel auf meinen Rucksack und ruft seinen Bogen und Köcher herbei. »Gebt mir Deckung. Ich brauche einen höher gelegenen Standort.«

»Wird gemacht, Bruder.« Dillan ruft Feenfeuer in seine Handflächen und Sloan unterstützt ihm. »Glaubst du, du kommst zu dem Wachturm am Tor?«

»Auf jeden Fall. Ich wette mit dir um fünf Dollar, dass ich dort bin, bevor du zehn Feuerbälle werfen kannst.«

»Herausforderung angenommen.« Als Calum los spurtet, feuern Dillan und Sloan ihre Flammengeschosse ab.

Die Ochsenviecher mögen kein Feuer, was für uns gut ist, denn das ist eine Fähigkeit, die alle meine Brüder beherrschen. Das Werfen von Feuerbällen hatte etwas an sich, das sie doppelt hart arbeiten ließ, um es zu erlernen.

»Sloan, wenn Bruin unsichtbar wird, kannst du dann mit Tad diese Teleportations-Kampf-Geschichte machen, die Dahir euch beigebracht hat?«

Er verschwindet von dort, wo er neben mir stand, und taucht auf meiner anderen Seite wieder auf. »Ja, es scheint, dass unsere Kräfte hier einwandfrei funktionieren.«

»Ausgezeichnet. Dann legt mal los. Es gibt viel zu tun.« Ich rufe Birga in meine Handfläche und stürze mich auf die haarigen Schergen, die Bruin niedermäht.

Mit der Krone auf dem Kopf wird meine Verbindung zu den Kämpfern synchronisiert und ich bekomme einen Download von Informationen – unsere und ihre.

Fionn hat recht. Diese Krone ist unglaublich.

Die haarigen Biester haben Angst vor Feuer. Ich gebe den Gedanken an meine Gruppe weiter. *Arbeitet daran, sie zurück zum Fluss zu treiben. Mit etwas Glück werden die Wächter sie zerbeißen.*

Die Wächter versprühen Pranawasser, beißen oder winden sich um die Feinde. Pa wirbelt mit seinem Stab. *Pass auf, dass du ihnen nicht in die Quere kommst.*

Emmet hat sein Pranaband gerufen und macht wieder seine rhythmische Sportgymnastik. So verrückt es auch aussieht, es ist erstaunlich effektiv und hält die Ochsenbiester auf Abstand.

Ciara ist direkt bei ihm. Manchmal vergesse ich, dass sie schon so lange Druidin ist wie Sloan und fast genauso talentiert ist. Wenn ich sie mit der Krone ansehe, bin ich noch beeindruckter.

Sie ist ziemlich mächtig.

Nikon hat sich nicht mit seiner Familie in Sicherheit gebracht. Er hat sich ein Schwert geschnappt und mäht mit Bruin durch den Feind. Ich konzentriere mich auf die

Klinge seiner Waffe und wirke meinen Zauber. »*Flammende Klinge.*«

Mit einem Zischen, das vom Griff bis zur Spitze reicht, entzündet sich der Stahl seines Schwertes, sodass es jetzt doppelt effektiv ist. Es sticht zu und jagt ihnen Angst ein.

Tad und Sloan verschwinden und tauchen wieder auf, verwirren ihre Gegner und wie es aussieht, haben sie eine Menge Spaß miteinander. Wer hätte das vor einem Jahr vorausgesagt?

Sicherlich keiner von ihnen.

Nyrora fliegt vorbei und stürzt sich auf die Zauberin. Dillan und Eva sind direkt bei ihr. Eva mag ein Engel sein, aber sie ist eine tödliche Kämpferin und liebt es ganz offensichtlich, den Bösewichten mit ihrer Sense den Kopf abzutrennen.

Eine riesige Schlange durchbricht die rosafarbene Oberfläche und strandet auf dem Rasen wie eine lange, fette Robbe – eine fast fünfzehn Meter lange, zweitausend Kilogramm schwere Robbe mit zwölf Stummelbeinchen … und Krallen … und einem gelenkigen Kiefer mit einer Unmenge von messerscharfen Zähnen.

Habe ich schon erwähnt, dass sie furchterregend sind?

Der Boden erzittert durch den Aufprall des Tieres. Dann rast es über den Boden und schließt sich vier anderen Schlangen an, die die Zauberin bekämpfen.

Als sie ankommt, fällt eine der anderen vier zurück und gleitet zurück zum Fluss.

»War das ein Schichtwechsel?«

»So sieht es zumindest aus«, brummt Bruin. »Vielleicht war sie deshalb so lange in der Hinterhand.«

Ich weiß nicht, wie lange diese Schlacht schon wütet, aber die Verwüstung des Bodens und des Flussufers sowie die

Anhäufung von Toten lassen mich vermuten, dass es schon eine ganze Weile so geht.

Sloan, hast du einen Spruch zum Blockieren von Portalen gefunden? Ich schwöre, diese Zauberin ist die Urenkelin der Frau, der wir letzte Woche gegenübergestanden sind. Wenn sie nach demselben Schema kämpft, möchte ich keine ungebetenen Gäste begrüßen.

Ich kümmere mich darum, a ghrá. *Emmet, wenn du kannst, triff mich bei deiner Schwester. Ich werde einen Zauberspruch sprechen, damit wir die beste Chance auf Erfolg haben.*

Bin schon unterwegs.

Verdammt, ich liebe diese Krone. Die Fähigkeit, spontan zu kommunizieren und zu koordinieren, ist der Hammer.

Ich grunze, als ich Birga schwinge, einen Gegner quer über den Bauch treffe und sein Innenleben nach außen hole. Mit seinem letzten Atemzug gelingt ihm ein kraftvoller Ausfallschritt und er rammt mich mit einer eigenartigen, blau leuchtenden Klinge.

Soweit ich weiß, bin ich kein Ork, also weiß ich nicht, was es mit dem blauen Leuchten auf sich hat, aber das Wichtigste ist, dass es zwar ungewöhnlich ist, aber meine Rüstung nicht durchdringt.

Sie prallt von meinen Rippen ab, während ich mich drehe, um auszuweichen. Ich schlage sie aus seinen haarigen Pranken und sie fällt zusammen mit ihrem toten Besitzer zu Boden.

Mann, es gibt eine Menge von diesen Viechern.

Dart und Saxa, wenn ihr das hört und Zugang zu der verborgenen Stadt habt, hätten wir ein paar hundert haarige Ochsenkreaturen, die ihr für uns braten könntet.

Wir versuchen, einen Weg zu euch zu finden, antwortet Dart. *Wir können vor uns nichts sehen, aber ich folge deiner Stimme, also sprich weiter.*

Okay, ich werde es versuchen. Konzentriere dich darauf, die Insel vor Ärger zu schützen. Das sollte dir den Zugang zu den versteckten Gebieten ermöglichen.

Verstanden. Ich gebe es an Saxa weiter.

Ich eile hinüber, um Bruin zu unterstützen und stelle mich zwei Gegnern. *Neunundneunzig Ochsenbiester an der Wand, neunundneunzig Ochsenbiester. Schlage einen nieder, achtundneunzig Ochsenbiester an der Wand.*

Ich bin mir nicht sicher, ob ich während des Kampfes exakt mitgezählt habe, aber als ich bei vierundneunzig angelangt bin, fliegen Saxa und Dart über den Himmel und gesellen sich zu uns in das Allerheiligste der Insel.

Jetzt habe ich einen Moment, um die Situation neu zu bewerten. Der Schlüssel ist die Zauberin. Wenn wir sie ausschalten, haben wir gewonnen.

Ich werfe einen Blick nach hinten, um zu sehen, ob Emmet wieder einen seiner Machtwutanfälle hat, um das Spielfeld zu säubern. Sieht nicht so aus. Er ist damit beschäftigt, mit Sloan den Zauber zu verstärken, der das Öffnen eines Portals verhindert.

Wartet mal? Wird durch das Blockieren von Portalen seine Fähigkeit, zu teleportieren, ausgeschaltet? Ist das auch eine Form von Portal? Verdammt, ich muss anfangen, meine Fragen zu notieren, um später die Antworten zu bekommen.

Eine weitere riesige Schlange durchbricht die rosa Oberfläche des Pranaflusses. Sie landet mit einem Platscher auf dem Boden und bewegt sich auf die anderen vier Schlangen zu, die die Zauberin bekämpfen.

Wie zuvor fällt eine der anderen zurück und gleitet zurück zum Fluss.

Die Schlange, die jetzt ihre Schicht antritt, spuckt einen kräftigen Pranastrahl auf die schwebende rothäutige Frau.

Die flüssige Kraft trifft auf ihren Schutzschild und wird abgelenkt.

Mein Kopf dreht sich, als ich der Flugbahn der Spritzwasserzone folge und ich schreie auf. Bruin steht mit dem Rücken zur Gefahr und kämpft gegen zwei Ochsenbiester.

Er wird nie rechtzeitig aus dem Weg kommen.

Ich nehme die Beine in die Hand und stürze mich auf meinen Bären, mein Verstand rast. Den Zauberspruch spreche ich instinktiv.

Undurchdringliche Sphäre. Die schützende Blase umhüllt uns beide, als ich auf Bruins breitem, muskulösem Rücken lande. »Nach rechts fallen lassen.«

Er handelt, ohne zu fragen und wir rollen dem Pranastrahl aus dem Weg.

Ein Teil der rosafarbenen Flüssigkeit trifft die Kugel, aber viel mehr davon trifft die beiden Gegner, gegen die Bruin gekämpft hat.

Ihre Schreie sind schrill, aber nur von kurzer Dauer. Schon bald fallen sie wie die anderen um und bleiben leblos liegen.

Bruin liegt auf dem Bauch, ich liege neben ihm auf dem Boden und meine Krone sitzt schief. »Geht es dir gut, Bär? Das Prana hat dich nicht erwischt, oder?«

Bruin leckt mir über die Seite des Gesichts. »Wie süß, dass du zu mir gekommen bist, anstatt mir zu sagen, dass ich in meine Geistform wechseln soll. Du bist eine Wucht, Rotschopf, weißt du das?«

Ich grunze, stehe wieder auf und richte meine Krone so, dass sie nicht mehr über einem Auge und einem Ohr hängt. »Freut mich, dass du dich amüsierst. Ich muss für die Sicherheit meiner Leute sorgen. Ich liebe dich, Bär.«

Der tiefe Bass seiner Belustigung vibriert in meiner Brust. »Ich liebe dich auch, du Spinnerin.«

Ich schaue nach, was außerhalb unserer Schutzblase passiert und steige wieder ins Spiel ein. *Wie geht's allen?*

Wir müssen die Zauberin ausschalten, meint Calum.

Mach die rote Schlampe fertig. Dann sind wir fertig, fügt Dillan hinzu.

Einverstanden. Ich starre die Zauberin an und versuche einzuschätzen, wo wir stehen und was wir tun müssen. *Mit meiner Krone kann ich ihre Aura sehen. Sie wird nicht schwächer.*

Ich bin noch nicht lange genug hier, um zu wissen, wie ihre Energiewerte vor Stunden oder Tagen ausgesehen haben, aber so wie es auf mich wirkt, wird sie nicht bis zur Erschöpfung belastet, selbst wenn vier riesige Schlangen auf sie zustürmen, ihr Schild rammen und versuchen, sie zu zerbeißen.

Sie muss aus einer Quelle schöpfen, vermutet Sloan. *Allerdings einer anderen als die Insel. Finde ihre Quelle und nimm sie ins Visier. Schalte sie aus und mach sie mürbe.*

Ich gehe meine Lektionen über die übernatürlichen Gemeinschaften durch. Zauberei ist die Nutzung von Macht, die durch die Unterstützung oder Kontrolle böser Geister gewonnen wird. Die Machtquelle ist fast immer extern und irgendwie an den Zaubernden gebunden.

Zwei weitere Ochsen haben es auf uns abgesehen und poltern – ohne unsere Schutzkugel zu bemerken – mit voller Geschwindigkeit auf uns zu und schlagen sich praktisch selbst k.o.

»*Och*, das war lustig.« Bruin lacht. »Warum haben wir das nicht schon früher gemacht?«

Ich ignoriere seine Belustigung und konzentriere mich auf die Zauberin. Sie hat kein Zepter, kein Amulett oder irgendetwas anderes, das auf eine Machtquelle hindeutet, aber von dem Mieder ihrer Rüstung geht ein seltsames Leuchten aus.

»Hey, Bruin? Hast du so eine Rüstung schon mal gesehen? Woraus ist sie gemacht?«

Er stellt sich auf seine Hinterbeine und legt seine Tatzen auf meine Schultern. »Sieht aus wie Knochen.«

»Meinst du?«

Er neigt seinen Kopf zur Seite und lässt sich auf alle Viere fallen. »Ja, ich glaube schon.«

Könnten die Knochen ihre Quelle sein?, frage ich. *Ich sehe nichts anderes, aber ihr Mieder leuchtet und Bruin glaubt, dass es aus Knochen besteht.*

Knochen haben eine Menge Macht, antwortet Pa. *Noch mehr, wenn eine Blutsverwandtschaft zu demjenigen besteht, der sie besitzt.*

Wie zum Beispiel eine böse Urgroßmutter, wenn man in ihre Fußstapfen treten wollte.

Ja, genau so.

Was machen wir dagegen?

Schnapp dir die Knochen, salze und verbrenne sie, kommentiert Emmet atemlos.

Das ist es, was die Winchesters tun würden, fügt Dillan hinzu.

Ich schnaufe. *Das macht man bei den Geistern in Supernatural so. Das hier ist das wahre Leben, Leute.*

Ignoriere deine Brüder, fordert Pa, *aber leider hat Emmet nicht ganz unrecht. Nimm ihr die Rüstung ab und zerstöre die Knochen, um die Verbindung zu unterbrechen.*

Also gut. Dann eben so.

Kapitel 21

Bist du dazu bereit, Bär?«

»*Och*, Rotschopf, das wird der Stoff, aus dem Legenden sind.«

Ich lache über seinen Enthusiasmus und wünschte, ich hätte nur halb so viel Selbstvertrauen. »Sei vorsichtig, Kumpel. Böse Schlampen kommen und gehen, aber dich gibt's nur einmal für mich.«

»Das gilt auch für dich, Rotschopf. Jetzt sei ein großes Mädchen. Los geht's.«

Mit einem tiefen Atemzug und einem Stoßgebet lasse ich unseren undurchdringlichen Schutzschild sinken und wir laufen in entgegengesetzte Richtungen los. Meine Stiefel sinken ein, während ich über den aufgewühlten Boden spurte.

Es hat etwas von Täuschen und Tarnen.

Ich bin für die Täuschung zuständig.

Okay, das ist vielleicht ein wenig vorsintflutlich, aber es kann bei einer Druidin und ihrem Kampfbären funktionieren, oder?

Ja, zum Teufel.

Sich vor die Zauberin zu stellen, erfordert Anstrengung. Da sind vier riesige Schlangen, die sich wie Würmer winden und ihren Schild mit dem Kopf rammen. Um ihre volle Aufmerksamkeit zu bekommen, muss ich mich zwischen sie stellen, um sie von unserer Scharade abzulenken.

Ophidianer sind etwa fünfzehn Meter lang und haben einen Umfang von knapp zwei Metern, also kann man schneller über sie steigen als um sie herum gehen.

Katzengeschick. Sie sind zu groß, um über sie zu springen, also behelfe ich mir mit ein bisschen Druidenmagie, um an mein Ziel zu kommen.

Okay, dieser Teil ist ziemlich cool.

Was nicht so cool ist, ist die Tatsache, dass die Berührung ihrer Schuppen sich durch meine Jeans am linken Bein frisst.

In der einen Minute bin ich noch vollständig angezogen und in der nächsten liegt meine Haut von der Hüfte bis zur Wade frei. Als ich mich über den zweiten Ophidianer schwinge, versuche ich, Abstand zum Körper zu halten, damit ich nicht wie Emmet in Unterwäsche dastehe.

Abgesehen vom fehlenden Hosenbein bin ich schnell in Position und hebe meine Hände in den Himmel. Mein Ruf an die Macht der Elemente wird sofort beantwortet.

Ich weiß nicht, ob ihr mich verstehen könnt, wende ich mich an die Schlangen, *aber wenn ich euch das Signal gebe, greift ihr sie mit allem an, was ihr habt.*

Verstehen ist nicht das Problem. Ihre Abschirmung ist es. Die Worte hallen in meinem Kopf nach und hinterlassen einen seltsamen Nachgeschmack. *Daran arbeiten wir gerade.*

Potenzielle Energie rumpelt am Himmel über mir und die Kraft der Blitze baut sich schnell auf. Meine Zellen schalten auf volle Aufmerksamkeit um, als ein Strom von Energie meinen Körper bombardiert.

Zumindest sollte ein Blitz vom Himmel die Zauberin lange genug ablenken, damit Bruin sein Ding machen kann.

Ich schließe meine Augen und ziehe so viel Kraft wie möglich, um die Blitze zu stärken und zu verhindern, dass sie zu früh losbrechen.

Bist du bereit, Bruin?

Bereit.

Mach nichts, bevor die Blitze gezündet haben. Ich will nicht, dass du von der Ladung erwischt wirst.

Verstanden. Los geht's.

Ich höre die Ungeduld in seiner Stimme und halte ihn nicht länger hin. Er weiß, dass er sich aus der Explosionszone heraushalten muss. Ich mache mir zu viele Sorgen. »Ich hoffe, du hast deine Angelegenheiten in Ordnung gebracht, Schlampe.«

Ihr höhnisches Lachen geht mir auf den Keks.

Ich hebe meine Hand über meinen Kopf, greife die Energieladung und ziehe sie Richtung Boden. Der Blitz schlägt direkt auf ihr ein. Er trifft den Schild über ihrem Kopf hart und zum ersten Mal sieht sie nicht mehr so übermütig aus.

Sie passt ihre Haltung an und hebt ihre Hände.

Es sind definitiv Risse in ihrem Schutzschild, die sie versucht zu reparieren.

»Prügelt auf sie ein. Jetzt!«

Die Wächter verdoppeln ihre Anstrengungen und ich schließe mich dem Kampf an. Der Lärm ist ohrenbetäubend, aber das ist gut so. Wir haben ihre ganze Aufmerksamkeit auf uns gezogen und da sie versucht, die Risse in ihrem Schutzschild zu schließen, merkt sie nicht, dass es schon zu spät ist.

Ein winziger Spalt ist alles, was mein Bär braucht.

Bruin materialisiert sich innerhalb ihres Schildes und greift brutal und schnell an. Er schlägt mit seinen mächtigen Klauen nach ihr und es ist egal, wie stark man als Mensch ist. Wenn ein riesiger mythischer Grizzly dich mit voller Wucht trifft, spürst du das.

Aber ich muss ihr zugestehen, dass sie nicht aufgibt.

Sie dreht sich weg und streckt ihre Hände Richtung Schild aus, sodass ihr Oberkörper nicht mehr geschützt ist.

Das ist genau das, was wir brauchen, um an unser Ziel zu kommen.

Bruin fährt mit seinen Klauen durch das Material der Rüstung. Seiner Kraft ist sie nicht gewachsen und er reißt die Brustpanzerung ab. Sie löst sich und fällt zu Boden. Die Zauberin durchschaut unser Spiel und greift nach den alten Knochen … aber es ist zu spät.

Bruin stürzt sich auf sie und schließt sein Maul um ihre Kehle.

Die Abschirmung ist ihre einzige Möglichkeit zu überleben, aber trotzdem hat sie keine Chance. Bruin greift sie an der Kehle und schleudert sie zu den Ophidianer.

Zwei der Wächter bäumen sich auf und schnappen nach ihr. Beide packen zu und zerren an ihr. Einen Menschen in zwei Hälften zu reißen, ist eine eklige Angelegenheit und verursacht eine riesige Sauerei.

Es interessiert sie nicht.

Das Schlingen der Schlangen und das Knirschen der Gebeine verdeutlichen, wie abrupt sich das Blatt gewendet hat. Saxa und Dart vernichten Hunderte ihrer Gefolgsleute in einer Feuersbrunst. Gleichzeitig winden sich Dutzende Schlangen aus dem rosa Fluss, um dem Ganzen ein Ende zu setzen.

Ich versuche, die Geräusche und den Geruch des Todes zu ignorieren und gehe zu Bruin hinüber, der blutig und keuchend dasteht. »Gute Arbeit, Klauenkiller. Alles in Ordnung mit dir?«

»Es ging mir nie besser. Es gibt nichts Besseres, als einen richtig fiesen Bösewicht zur Strecke zu bringen. Glaubst du, das war's schon?«

Ich beobachte das chaotische Verhalten der Ochsenbestien, die vergeblich versuchen zu fliehen. »Ja. Ich glaube, das war es.«

* * *

Es dauert noch ein paar Minuten, bis das Chaos beseitigt ist und alle ihre Scharmützel beendet haben. Ich überprüfe das Schlachtfeld und soweit ich sehen kann, stehen die Unseren alle aufrecht und sind größtenteils unversehrt geblieben.

Dillan hält sich das Handgelenk unter seinem Umhang, Nikon humpelt und mein Bein brennt höllisch, weil ich mit einem Ophidianer in Kontakt gekommen bin, aber scheinbar hat unsere Seite nur oberflächliche Wunden davongetragen.

Im Gegensatz zu früher, als ich immer mit einem Messer in der Seite oder verhext in die Klinik gebracht wurde, ist eine kleine Kontaktverbrennung gar nicht so wild.

Sloan und Pa kommen zu mir und beide schauen auf mein Bein, als ob sie das Gleiche denken würden.

»Gar nicht so schlimm«, meint Pa.

»*Och*, nein. Mir geht es großartig.« Ich schalte auf meinen irischen Tonfall um. »Ein Riesenspaß.«

Sloan kniet sich neben mich und schaut finster auf mein Bein. »Was war das, *a ghrá*?«

»Ich habe einen der Wächter berührt. Ich glaube, sie sind prana-radioaktiv oder so. Aber das ist egal. Mir geht's gut.«

Pa akzeptiert das besser als Sloan und schnappt sich einen Stofffetzen, der von der Schärpe der Zauberin übrig geblieben ist. Er geht dorthin, wo sie sich postiert hat und legt ihn über das knöcherne Mieder. »Wir müssen das sofort vernichten, damit es niemandem mehr Ärger macht.«

Ja, tut das, meldet sich eine der Schlangen. *Wir sind dankbar für eure Hilfe.*

»Hoffentlich können wir weiterhin helfen«, erkläre ich. »Wir haben den Auftrag, Emain Ablach wiederherzustellen und es als Hauptleitung für die Kraft der Quelle zu etablieren. Es liegen schwierige Zeiten vor uns und wir glauben, dass diese Insel ein Schlüsselelement für die Seite des Lichts ist.«

Früher war das mal so. Doch das ist lange her.

»Es kann wieder so sein. Wisst ihr, was wir tun müssen, um die Verbindung zur Quelle wiederherzustellen?«

Es gibt nichts, was ihr tun könnt.

Ich schaue auf das blassrosa Wasser und seufze. »Das akzeptiere ich nicht. Die Magie ist noch da. Sie ist nur nicht stark genug, um die Insel mit Energie zu versorgen. Irgendwo ist die Verbindung defekt und wir müssen sie wiederherstellen.«

Es liegt nicht an euch, das zu tun.

Ich will keinen Streit mit der langen rosa Schlange anfangen, aber wir haben das alles nicht umsonst durchgemacht – in beiden Zeitlinien. »Ich lehne diese Antwort ab. Jemand hat uns in die Vergangenheit geschickt, um etwas über die Insel zu erfahren und sie zu retten. Wir sollen sie jetzt wiederherstellen – ich fühle es. Wenn sie kaputt ist, werden wir sie wieder in Ordnung bringen. Das ist unser Job.«

Es liegt nicht an euch, es zu tun.

»*Doch,* das müssen wir«, erwidere ich unbeugsam.

Pa drückt mir die Schulter. »Ich zweifle nicht an deinem Instinkt, wenn es darum geht, die Insel wiederzubeleben, *mo chroí,* aber vielleicht hast du nicht gehört, was sie gesagt hat.« Er sieht den Ophidianer an. »Du sagst, *wir* können es nicht in Ordnung bringen … Kannst *du* es denn? Gibt es etwas, das du tun kannst, um – wie Fiona es nennt – die beschädigte Verbindung wiederherzustellen?«

Es ist nichts beschädigt. Der Strom ist abgeschaltet. Ohne einen Wächter für die Insel kamen Menschen mit dunklen Absichten. Sie haben versucht, die Macht zu kontrollieren.

»Ihr habt also die Verbindung unterbrochen«, vermutet Sloan.

»Der Zustand der Unterbrechung ist beabsichtigt?«, hake ich nach. »Das ist geschehen, um die Macht vor Missbrauch zu schützen?«

Richtig.

»Ausgezeichnet. Wenn es mit Absicht getan wurde, kann man es rückgängig machen. Wenn wir es nicht rückgängig machen können, dann bitte ich dich, es zu tun.«

Ohne einen Wächter für die Insel kommen dunkelgesinnte Menschen. Unterbrochen ist besser.

»Nein, ist es nicht«, ich bin erschöpft von dieser ganzen Situation. »Wiederhergestellt wäre besser.«

»Was wäre, wenn die Insel einen Wächter hätte?« Emmet schließt sich uns an. »Was wäre, wenn sich jemand mit einer starken Verbindung zur Quelle verpflichtet, über die Insel zu wachen? Würdet ihr dann die Unterbrechung beheben?«

Die vier Wächter betrachten einander und blicken zu uns zurück. *Wenn ein geeigneter Wächter zusagen würde, die Insel zu bewachen, würden wir die Verbindung wiederherstellen, ja.*

Ich habe Emmet angesehen, während er geredet hat und mir ist nicht wohl bei der Sache »Nein, Emmet. Du musst das nicht tun. Wir werden einen Weg finden, die Insel wiederherzustellen, ohne dass du irgendwelche verrückten Versprechungen machen musst.«

Er sieht mich an und lächelt »Da ist nichts Verrücktes dran, Fiona. Zum ersten Mal weiß ich genau, wo ich hingehöre und was ich tun muss.«

Eine Welle der Übelkeit überrollt mich. Ich schaue meinen Vater an. »Pa, sag ihm, dass er sich nicht in etwas stürzen soll. Du weißt doch, wie er ist. Er ist impulsiv.«

Pas trauriges Lächeln lässt den Schmerz in meinem Bauch wachsen. »Dein Bruder weiß, was er will. Wenn er seine Bestimmung gefunden hat, ist er Manns genug, seine eigene Entscheidung zu treffen. Ich habe schon einmal versucht, für euch alle zu entscheiden, aber das Universum hat einen Weg gefunden, mich auszubooten. Du hast deine Bestimmung gefunden und dich für dein Erbe entschieden. Lass ihn seine Entscheidung ebenfalls selbst treffen.«

Ich suche in Ciaras Gesichtsausdruck nach einem Zeichen, dass sie dagegen ist. »Du willst dich doch nicht an diese Insel binden, oder? Keine Einkaufszentren. Keine Konzerte. Sag ihm, er soll das nicht tun.«

Ciara sieht nicht erfreut aus, aber sie ist nicht auf meiner Seite. »Ich fand es toll, Tads Haus umzugestalten. Vielleicht würde es Spaß machen, eine ganze alte Stadt zu renovieren. Außerdem bin ich für jedes Abenteuer zu haben, wenn Emmet hier ist und wir es gemeinsam angehen.«

Warum machen alle dabei mit?

Ich schlucke und versuche es erneut. »Emmet, das ist nicht so, als würdest du auf die andere Straßenseite ziehen. Du wirst in Irland sein und nicht nur in Irland, sondern auf einer Insel, auf der eine versteckte Stadt liegt. Du kannst nicht einfach über die Straße gehen und unser Müsli essen. Wir werden dich nicht sehen. Du wirst die Kinder nicht aufwachsen sehen. Das wird alles verändern.«

Emmet nimmt meine Hände in seine und drückt sie. »Atme, Fiona. Es wird alles wieder gut. Das ist der Ort, an dem ich sein muss. Ja, am Anfang werde ich wahrscheinlich viel hier bleiben müssen, um die Dinge in Ordnung zu bringen, aber danach kann ich kurz weggehen, um Grandma und euch zu besuchen, wenn Sloan oder die Griechen nichts dagegen haben, mich abzuholen.«

»Jederzeit, mein Freund«, nickt Nikon.

»Ich werde dir einen Anhänger besorgen«, fügt Dionysos hinzu.

Ich wische die Tränen ab, die mein Blickfeld trüben. »Warum musst du es sein?«

Emmet lächelt. »Weil ich weiß, dass es das ist, was ich tun soll. Seit ich in den Pranafluss gefallen bin, fühle ich mich nicht wohl in meiner Haut – ich bin fast nicht mehr mit mir im Reinen. Hier fühle ich mich nicht so. Auf dieser Insel fühle ich mich lebendig, vollständig und glücklich. Das ist es doch, was du für mich willst, oder?«

»Natürlich ist das so, aber …«

»Pssst …« Er drückt mir den Mund zu und fährt mit seinen Fingern über mein Gesicht, als wäre er ein Babypo. »Sag kein Wort mehr. Alles ist so, wie es sein soll. Das weißt du doch.«

Ja, leider. Aber ich hasse das hier.

Ich schaue zu Calum und Dillan. Keiner der beiden widerspricht.

Das liegt daran, dass die Schlacht bereits verloren ist.

Emmet wird hier bleiben. Ich weiß gar nicht, wie ich das verarbeiten soll.

Ich schlucke und wende mich wieder an die Ophidianer. »Okay, ihr habt euren Beschützer. Wie schnell können wir die Unterbrechung der Pranakraft beheben?«

* * *

Während die Ophidianer tun, was sie tun müssen, steht der Rest von uns herum und starrt auf die Trümmerhaufen. »Ich muss dir sagen, Bruder«, witzelt Dillan. »Dieser Ort gibt dem Begriff ›renovierungsbedürftig‹ eine ganz neue Bedeutung.

Emmet gluckst. »Kein Gegenargument.«

Dionysos löst den Schutzzauber, der unsere Familien vor der Schlacht bewahrt hat und ich gehe hinüber, um Grandma zu umarmen. »Hast du gehört? Emmet wird bleiben. Er hat sich freiwillig als Wächter der Insel gemeldet.« Während ich diese Worte ausspreche, brennen neue Tränen in meiner Nase und glänzen in meinen Augen.

Das tut so weh, dass nicht einmal eine Umarmung von Grandma hilft. »Ja, Schatz, das habe ich gehört. Ich habe auch gehört, dass er meint, er habe seinen Platz gefunden.«

»Ich weiß, aber ich werde ihn vermissen.«

Sie lehnt sich zurück und streichelt meine Wangen. »Das ist wahr. Lass dir das von jemandem sagen, der das auch schon erlebt hat. Es ist viel tröstlicher zu wissen, dass die Person, die du liebst, glücklich ist und ihre Wahrheit lebt, als du anfangs denkst.«

Ich sehe den Schmerz, den Pas Verschwinden aus ihrem Leben verursacht hat und mein emotionaler Damm bricht.

Das war ein beschissener Tag. Von Patty über Sloan bis hin zu Emmet und Grandma … warum ist mein Herz heute so aufgewühlt?

»*A ghrá*? Komm her zu mir. Mein Vater und ich sehen uns dein Bein an.«

Ich drehe mich in Grandmas Umarmung zu Sloan und halte sie weiter fest. »Emmet verlässt uns. Pa ist weggezogen. Brenny ist weg. Wie soll ich die Welt zusammenhalten, wenn ich nicht einmal meine Familie zusammenhalten kann?«

Sloans Arme sind stark und vertraut und ich bin mir ziemlich sicher, dass ich ohne sie auseinanderbrechen und im Wind davonfliegen würde. »Es tut mir leid, dass du leidest. Ich weiß, wie sehr es dich schmerzt, an dein tägliches Leben ohne sie zu denken.«

Das tut es. Ich empfand es als okay, mit Sloan nach nebenan zu ziehen, weil sie alle noch bei mir waren.

Das wird jetzt nicht mehr so sein.

»Hey, Rotschopf«, Nikon stellt sich hinter Sloan. »Was immer wir machen können, um zu helfen. Egal, wann, ob tagsüber oder mitten in der Nacht, wenn du hier sein willst, werden Dionysos oder ich dafür sorgen, dass du hierherkommst und sofort wieder zurück.«

»Danke, Leute.« Ich schlucke schwer. »Es tut mir leid, dass ich mich so anstelle.«

»Du stellst dich nicht an.« Dionysos tritt um uns herum und umarmt mich von hinten. »Jeder starke Mensch hat eine Quelle der Kraft. Deine ist die Liebe deiner Familie … und hoffentlich auch deiner erweiterten Familie.«

Ich lächle und umarme ihn. »Auf jeden Fall. Danke, dass du alle vor der Zauberin und ihren haarigen Handlangern beschützt hast.«

»Gern geschehen.« Dionysos küsst mich auf die Stirn. Die Berührung ist warm und verbreitet in Sekundenschnelle ein Gefühl der Ruhe in meinem Körper.

Zum ersten Mal, seit ich mich hingesetzt habe, um Patty von dem Geschenk seiner Schwester zu erzählen, atme ich tief durch. »Danke, Tarzan.«

Dionysos zwinkert. »Jederzeit.«

Ich drücke ihn ein letztes Mal und umarme Nikon. »Ich habe euch beide sehr ins Herz geschlossen. Danke, dass ihr immer für mich da seid.«

Nikon umarmt mich und küsst meine Schläfe. »Ich kann nicht für Dionysos sprechen, aber es gibt keinen Ort, an dem ich lieber wäre.«

Er zwinkert. »In diesem Sinne, wir werden zu unserer Lektion über die Ladys of Light gerufen.«

Ich kichere. »Nun, ich will dich nicht aufhalten. Schau mal, ob du die verborgene Stadt entlarven kannst, ja? Ich würde gerne wissen, dass mein Bruder ein Dach über dem Kopf hat.«

Dionysos und Nikon schreiten davon, um sich Papu, Andromeda und Emmet anzuschließen. Die fünf haben eine Menge zu tun, wenn sie die Fähigkeiten erlernen wollen, die Kyna und ihre Schwestern Emmet beigebracht haben, um die Stadt zu enthüllen.

Oder vielleicht ist die Stadt gar nicht mehr da.

Das wissen nur die Götter.

* * *

»Wie wäre es, wenn ich mir dein Bein ansehe, Fiona?«, Wallace lächelt auf mich herab. »Auch wenn du deine Rüstung hast, sieht es aus, als hättest du dir eine böse Verbrennung zugezogen.«

Ich befreie mich aus meinem Gefühlschaos und kehre zu dem Moment zurück, um den es geht. »Es brennt höllisch. Ich bin über ein paar Wächter gesprungen und entweder ihre Schuppen oder das Prana auf ihren Schuppen haben versucht, mich zu vernichten.«

»Welche Zaubersteine hast du dabei? Hast du einen Amethysten?«

»Habe ich.« Ich lasse meine Hand in meine Tasche gleiten und ziehe die wertvollen Kristalle heraus, die ich in den letzten anderthalb Jahren gesammelt habe. Die Sammlung von Edelsteinen in meiner Handfläche ist ein Spiegelbild meines Weges.

Ich habe meinen Peridot, den Patty mir geschenkt hat, nachdem die Drachen geschlüpft waren, den wirbelnden psychedelischen Ostara-Kot, die Anfängerkristalle, die Sloan mir an dem Tag ausgesucht hat, als wir einkaufen waren und Myra getroffen haben …

»Nimm deinen Amethyst und konzentriere dich auf die Absicht meiner Energie«, bittet mich Wallace.

Ich tue, was er sagt und lasse die vertraute Signatur seiner Heilung auf mich wirken. Wie oft musste Wallace mich bereits nach einem druidischen Missgeschick zusammenflicken? Ich glaube nicht, dass ich sie alle aufzählen könnte.

Es brennt ein wenig, während er arbeitet, aber der Schmerz ist nichts im Vergleich zu dem Druck, der auf meiner Brust lastet. Es fühlt sich an, als ob während Emmets Erklärung, auf dieser Insel zu bleiben, ein Hummer auf meiner Brust geparkt hätte und dort geblieben wäre.

Ich bin mir nicht sicher, wie ich ihn dazu bringen kann, weiterzufahren.

Dies ist weder die Zeit noch der Ort, um einen kompletten emotionalen Zusammenbruch zu erleben. Auch wenn ich es noch so sehr möchte.

»Das wird schon wieder, *a ghrá*.« Sloan streicht mir mit dem Daumen über die feuchte Wange. »Ich weiß, dass deine Bindung zu Emmet besonders eng ist, aber du musst ihm erlauben, seinen Weg zu finden.«

Ich blinzle schnell und versuche zu atmen. »Ich weiß das – wirklich. Ich habe immer geglaubt, dass er für etwas Großartiges bestimmt ist. Es ist nur … jetzt, wo seine Suche beginnt, bin ich noch nicht bereit.«

»Das ist das Komische am Schicksal, *a ghrá*. Manchmal ist es ein Opfer, das du zum Wohle der Welt bringst und manchmal ist es ein unerwarteter Moment in einer dunklen Gasse, in der dich eine kleine Höllenkatze an den Eiern packt und zu Boden wirft.«

Ich kichere. »Es ist eine verrückte Sache, das Schicksal.«

»Ja, so ist es.«

Kapitel 22

Hey, ihr zwei«, ruft Dillan von einem Haufen toter Ochsen. »Wenn ihr seht, dass alle um euch herum das Chaos aufräumen und die Insel wieder in ihren natürlichen Zustand zurückversetzen, ist das euer Stichwort, euch zusammenzureißen und zu helfen.«

Sloan schaut meinen Bruder böse an, aber ich drücke seinen Arm und kichere. »Das ist nur Dillans Art zu sagen, dass genug Tränen geflossen sind. Es gibt noch viel zu tun.«

»Ich weiß, was er sagen will, *a ghrá*. Ich wünschte nur, er würde mit deinen Gefühlen sanfter umgehen, wenn er schon etwas sagen muss.«

»Wenn es das ist, was du erwartest, wirst du sicher enttäuscht. Ich bin mit fünf Brüdern aufgewachsen, weißt du noch? Sanft mit meinen Gefühlen umzugehen, stand nie zur Debatte.«

Wallace ist mit der Behandlung meines Beins fertig und ich schaue auf die Verletzung hinunter. Es ist immer noch ziemlich offen und rosa, aber ich nehme an, dass es schwierig ist, eine Verbrennung durch Feenmagie mit Feenmagie zu heilen.

»Hast du vielleicht ein paar Klamotten zum Wechseln dabei, Fiona? Wenn nicht, riskierst du weitere Verletzungen und vielleicht eine Infektion.«

»Ja. In meinem Rucksack.« Ich umarme Sloans Vater und drehe mich um, um nach dem Haufen Habseligkeiten zu suchen, den wir auf den Boden zurückgelassen haben, bevor das alles begann.

Ein schneller Wechsel von der kaputten Jeans zur sauberen Cargohose und schon bin ich wieder startklar. Wow, dieser Ort ist wirklich eine Katastrophe.

Calum und Pa schleppen die Leichen zu zehn oder zwölf Haufen, Grandpa öffnet die Erde, damit die Leichenteile hineinfallen und Grandma und Ciara verzaubern die Überreste, um negative Nachwirkungen zu vermeiden. Zur gleichen Zeit sammeln Dillan und Tad Waffen ein und legen sie auf einen gesonderten Berg.

»Was sollen wir denn tun?«, will ich wissen.

»Wenn du keine Angst hast, ans Wasser zu gehen, wäre es hilfreich, den Boden zu bepflanzen und das Land zu heilen«, schlägt Pa vor.

»Angst, ans Wasser zu gehen?«, frage ich irritiert.

Pa gluckst. »Scheinbar trauen sich Calum, Dillan und Tad nicht, näher als zehn oder fünfzehn Meter an das Flussufer zu gehen.«

Dillan schnaubt, ohne sich von Pas Belustigung anstecken zu lassen. »Hast du gesehen, wie sie aus dem Fluss aufgestiegen sind und den Feind zermalmt haben?«

Ich kichere. »Wir sind nicht der Feind. Wir sind die Leute, die die Insel wiederherstellen wollen.«

»Haie halten Surfer für Robben. Das heißt aber nicht, dass ihnen nicht trotzdem die Beine abgebissen werden.«

Also gut.

Ich winke ab und gehe zum Flussufer. Ich glaube zwar nicht an ihre Theorie, von den rosa Pranaschlangen gefressen zu werden, aber ich bleibe ein paar Meter vom Ufer entfernt stehen und beobachte die Wasseroberfläche. »Glaubst du, dass sie in der Vergangenheit schon dort waren? Waren sie unter der Oberfläche, unsichtbar für uns?«

»Ich weiß es nicht«, antwortet Sloan neben mir. »Ich kenne mich mit Ophidianern nicht aus. Eva hat gesagt, sie sind ziemlich selten.«

Ich schaue mich um, auf der Suche nach unserem Shirley Temple Seelensammler. »Wo ist sie?«

Dillan richtet sich auf. »Sie meint, es gäbe hier viele verirrte Seelen. Als Emmet verkündet hat, dass er hier bleiben würde, hielt sie es für das Beste, ihm bei der Beseitigung der Toten zu helfen, damit er es nicht mit rachsüchtigen Geistern und Spuk zu tun bekommt.«

»Ja, das ginge uns gerade noch ab, was?«, ruft Ciara.

Trotz ihrer Aussage, als ich sie nach ihrem Wunsch gefragt habe, kann ich mir nicht vorstellen, dass Ciara sich darüber freut, als Wächterin einer einsamen Insel abgestellt zu werden. Vielleicht irre ich mich und sie überrascht mich. Vielleicht … aber das glaube ich nicht.

»Gute Entscheidung.« Ich lasse mich auf die Knie fallen und lege meine Hände auf den geschundenen Boden. »Je weniger Geister, desto besser. Stimmt's Mackenzie?«

Sloan wirft mir einen mürrischen Blick zu. »Ich weiß, was du versuchst und das ist nicht witzig.«

Ich gluckse. »Ich weiß nicht, wovon du redest. Ach ja, du hast Angst vor Geistern, oder?«

»Du weißt haargenau, dass dem so ist. Jetzt konzentriere dich darauf, die Schäden auf dem Land zu beseitigen.«

Ich schmunzle darüber, wie sehr er sich über die bloße Erwähnung von Geistern echauffiert, aber ich ziehe ihn nicht weiter auf. Stattdessen konzentriere ich mich auf die anstehende Aufgabe, sammle meine Energie und beginne, den Schaden zu heilen. »*Forme den Boden.*«

Von einem Moment auf den anderen verändert sich das Terrain um mich herum. Das ramponierte Land glättet sich, Gras sprießt und bedeckt die offenen Stellen und alle Spuren der Kämpfe werden verwischt.

Wie lange haben die Wächterschlangen wohl schon dafür gekämpft, dass die Macht der Insel nicht in die Hände von böswilligen Menschen fällt? Ich habe keine Ahnung, aber ich bin dankbar, dass sie es getan haben.

Ich lehne mich zurück und betrachte den Fluss. Er erinnert mich an dieses Magen-Darm-Mittel Pepto Bismol. Nur dass es keinem von uns besser gehen würde, wenn wir es trinken würden.

Ich starre ins Wasser und versuche, eine Farbveränderung in Richtung kräftiges Rosa zu erkennen. Bis jetzt nichts.

Ich weiß nicht, wie weit entfernt die Unterbrechung der Versorgung ist und wie lange es dauern wird, bis die Wächter sie reparieren können. Hoffentlich nicht zu lange. Es ist nur noch etwas mehr als ein Monat bis zum Beginn der Säuberung.

Ich beende die Renaturierung des Flussufers und wische mir die Hände ab, während ich zum nächsten Abschnitt auf der grasbewachsenen Lichtung gehe.

Sloan beendet ebenfalls seinen Bereich und geht in die andere Richtung.

Die hübschen Gebäude und die offene Palapa mit dem Strohdach sind verschwunden. Es gibt nur noch eine verwüstete Fläche, die mit den Trümmern der Schlacht bedeckt ist.

»Wie geht es dir?«, erkundigt sich Grandma, als ich meinen dritten Bereich beende.

»Alles in Ordnung.« Ich streife die Hände an meiner Hose ab, während ich an die Grenze des Bereichs gehe, den ich gerade wiederhergestellt habe. »Kommen wir voran?«

»Aye, ohne Zweifel. Es wird von Minute zu Minute besser.«

Gut. »Ich will das für Emmet. Wenn er hier sein muss, um diese Insel zu schützen, will ich nicht, dass er in einem Kriegsgebiet lebt.«

»Nein. Ich auch nicht.«

Grandma greift nach unten und berührt den Boden, auf dem ich arbeite. Ein Bäumchen schiebt sich durch die Grasnarbe und streckt sich dem sonnigen Himmel entgegen. Innerhalb weniger Augenblicke wird er fünf Meter hoch, der Stamm wird dicker und die Äste strecken sich aus und fangen an, Knospen zu bilden und Blätter zu entfalten.

Ich beobachte, dass der Baum viele rosa Kirschblüten trägt und sauge den Duft tief in meine Lungen. »Er ist wunderschön, Grandma.«

»Danke, Liebes.« Sie hebt den Saum ihres Rocks an und lässt sich auf dem Boden nieder, sodass der Stoff um sie herum fällt.

Ich beobachte staunend, wie sie ihre Hände in anmutigen Wellen bewegt, wobei jeder Wellenbogen von Hand und Fingern einen harmonischen Rhythmus in der Luft erzeugt und mit den sich windenden Ranken und Schilfrohren spielt, die auf ihren Ruf antworten.

Es ist hypnotisierend. Die zarten Halme schlingen sich ineinander, verweben sich in einer besonderen Art und Weise, bis wir schon bald auf eine von Grandma gefertigte Weidenbank schauen.

Als sie fertig ist, hebt sie ihre Hand und Sloan hilft ihr auf die Beine. »Das ist schön, Lara.«

»So soll es sein, mein Junge. Wenn Emmet der Torwächter der Insel Emain Ablach sein soll, verdient er einen schönen Ort zum Meditieren und Nachdenken.«

Ich atme tief ein. »Danke, Grandma.«

Sie zwinkert uns zu und deutet auf die Bereiche, die von uns noch unberührt sind. »Zurück zu unserer Aufgabe.«

»Auf jeden Fall. Lass uns loslegen.«

Obwohl wir so viele Druiden sind, dauert es fast den ganzen Tag, bis die Lichtung wieder so weit hergestellt ist, dass man nicht als Erstes an Verwüstung denkt, wenn man einen Blick über das Gras schweifen lässt.

Grandmas Kirschblütenbaum mit der Meditationsbank ist nicht die einzige Ergänzung, die sie vornimmt. Auf beiden Seiten der Stadttore lässt sie spektakuläre Fliederbäume wachsen und erblühen, sowie hübsche grüne Büsche entlang der Mauern.

»Glaubst du, die Stadt ist noch da?«, frage ich Pa und starre auf das Nichts hinter den Toren.

»Das ist schwer zu sagen. Ich kann mir nicht vorstellen, dass die Ladys of Light, die du getroffen hast, egal wie mächtig sie waren, die Stadt in ihrer Abwesenheit vor den Blicken der anderen schützen konnten. Selbst wenn, würde das nichts daran ändern, dass sie physisch vorhanden ist.«

»Also, wer lässt eine ganze Stadt verschwinden und wie?«

»Vielleicht ist sie nicht weg, sondern lediglich in dieser Ebene nicht sichtbar.« Wallace starrt auf die Leere hinter den Toren.

»Knifflig«, murmle ich.

»Ist Magie oft.«

Wir versuchen, Emmets Unterricht mit Dionysos, Nikon, Andromeda und Papu nicht zu stören. Er hat einen *Schleier der Verschwiegenheit* errichtet, der sie von unserer Sicht- und Hörweite abschirmt.

Ich habe das Gefühl, dass sie von der Veränderung überrascht sein werden, wenn sie zu uns kommen.

»Ein kleiner Obstgarten fehlt auch noch, glaube ich«, überlegt Grandma.

»Glaubst du nicht, dass du schon genug getan hast, Ma?«, will Pa wissen. »Wir müssen doch nicht alles jetzt entscheiden und du hast schon viel Energie aufgewendet.«

Sie lächelt zu meinem Vater hoch und tätschelt seine Hand, mit der er ihren Arm festhält. »Naturarbeit ist keine Arbeit. Es ist ein Vergnügen.«

»Das ist mir bewusst, aber es ist trotzdem anstrengend.«

»Wie wär's, wenn du die jüngere Generation den Obstgarten übernehmen lässt?«, mische ich mich ein. »Du sagst uns, was wir machen sollen, und Calum, Dillan und ich probieren es aus.«

»*Och*, ich kann euch zeigen, was zu tun ist«, meldet sich Sloan. »Bäume, Pflanzen, Käfer und Tiere waren meine Aufgabe als ich ein Kind war. Die Pflege des Familienhains auf Stonecrest und die Unterstützung von Lara in ihrem Garten haben die meisten meiner Tage gefüllt.«

Ich grinse und verschränke meinen Arm mit seinem. »Dann ist es abgemacht. Die Kinder übernehmen den Obstgarten, während Grandma sich ausruht.«

Grandma verdreht die Augen, wehrt sich aber nicht gegen uns. »Na gut, dann bleibe ich eben hier sitzen und rufe die Bienen und Käfer.«

Ich kichere. »Das ist kein Ausruhen.«

»Nichts von dem, was wir hier gemacht haben, wird ohne Bienen und Käfer gedeihen.«

Grandpa schnaubt. »Es hat keinen Sinn, zu streiten. Sie ist so stur wie ein Maulesel.«

Grandma setzt sich auf die Bank, die sie vor dem Tor neben dem Fliederbaum erschaffen hat, schlägt die Knöchel übereinander, schließt die Augen und lächelt zufrieden.

»Sie ruht sich nicht aus, oder?«, mutmaße ich.

Sloan schaut hinüber und kichert. »Nein. Sie ruft die Bienen, wie sie es versprochen hat.«

»Von außerhalb des Schutzfeldes?«

Sloan schüttelt den Kopf. »Die meisten Käfer, auch die Bienen, leben unter der Erde.«

»Wie bitte, was? Ich dachte, die leben in Bienenstöcken?«

»Honigbienen schon, aber siebzig Prozent der anderen leben in der Erde. Sie sind hier, in einer Art Starre und warten darauf, dass die Magie zurückkehrt und sie erweckt.«

Ich begegne seinem Blick. Er haut mich wieder einmal um. »Woher weißt du so verdammt viel?«

Er grinst. »Ich bin ein Nerd, schon vergessen? Das sagst du mir oft genug.«

Das tue ich, aber die Wahrheit ist, dass ich meinen Nerd liebe.

Wir befinden uns gerade einmal zwanzig Minuten in der Entwicklung eines kleinen Zitronenhains, als Emmet den *Schleier der Verschwiegenheit* lüftet und wir unseren ersten Blick auf die fünf erhaschen.

»Und? Wie ist es gelaufen?« Ich laufe auf die Gruppe zu.

Nikon zuckt mit den Schultern. »Es war schon eigenartig. Das Gefühl von Feenprana in meinen Zellen war schon immer ein Teil von mir, aber bis jetzt habe ich es noch nie aktiviert. Es zuzulassen, dass es von mir Besitz ergreift, ist ein seltsames Gefühl.«

»Ich mag es.« Papu gluckst. »Es ist schön zu spüren, wie sich meine Zellen entzünden.«

»Ich mag das Kribbeln«, kommt von Dionysos.

»Das ist keine Überraschung«, raunt Dillan.

Dionysos grinst noch breiter. »Mir gefällt auch, dass es eine Art von Macht ist, die nicht zu den Götterkräften zählt. Wenn ich euch helfe, ist das immer ein bisschen riskant, weil die Götter der Pantheons keinen Einfluss auf das Schicksal der Menschen haben sollen.«

»Auf diese Art geht es?«, hake ich nach.

Er nickt. »Ich habe es nicht mit Themis, der Göttin der Gerechtigkeit, abgesprochen, aber ja, ich denke schon.«

»Was ist mit dir, Andy? Was hältst du als einzige echte Lady of Light davon?«

Andromeda hebt ihre Hände und ihr Erscheinungsbild wogt in Wellen, bis sie verschwindet.

»Okay, cool. Das hast du schnell gelernt.«

»Sie kann sogar ihre Klamotten verschwinden lassen, Emmet«, spottet Calum. »Sie musste sich nicht ausziehen, um die volle Wirkung zu erzielen.«

Emmet zuckt mit den Schultern. »Du kannst auf mir herumhacken, soviel du willst. Ich habe vier Leuten eine arkane Methode der magischen Tarnung beigebracht. Ich bin die Bombe.«

»Das bist du, mein Junge.« Grandma umarmt ihn. »Dein Grandpa und ich könnten nicht stolzer auf dich sein.«

»Die Frage ist jetzt, ob wir euch auf die Probe stellen können.« Wir wenden uns alle Grandma zu. »Die Fähigkeit, unsichtbar zu werden, ist toll, aber könnt ihr auch die Stadt wieder auftauchen lassen?«

Dillan gluckst. »Sonst werden du und Ciara Pioniere an der Grenze sein und eine lange Zeit auf der Straße leben.«

Ciara grunzt. »Ich finde es schon hart, wenn man nur Baumwolllaken auf dem Bett und einen Heizstrahler auf der Kommode hat.«

Emmet runzelt die Stirn. »Das haben wir doch alles schon.«

»Eben«, murrt Ciara. »Das ist so ziemlich mein Limit. Ich verlasse mich darauf, dass ihr fünf einen goldenen Palast und eine verzauberte Stadt für mich findet.«

Oder was? Oder wird sie *nicht* hier bei Emmet bleiben?

In guten und in schlechten Zeiten! So war das doch, oder?

»Mach dir keine Sorgen, Babe. Du schläfst heute Nacht im goldenen Dil-ohhhh, Palast.« Emmets Wangen erröten und er braucht einen Moment, um seine Gedanken zu ordnen. »Ladys, nehmt eure Positionen ein.«

Die fünf verteilen sich entlang der schwarzen Steinmauer und Emmet steht vor den massiven goldenen Toren. Sie blicken auf die leere Fläche, auf der die Stadt liegen sollte und der Rausch der Macht, den sie ausstrahlen, lässt mir die Haare im Nacken zu Berge stehen.

Aber es passiert nichts.

Nach ein paar Minuten schauen sich alle um. »Müsste es nicht jetzt schon losgehen?«, wundert sich Calum. »Ich will den Prozess nicht überstürzen. Ich bin nur verwirrt.«

Emmet stößt einen schweren Seufzer aus. »Es hätte passieren müssen. Ich meine … ich habe alles gemacht, was sie mir gezeigt haben. Habe ich etwas vergessen?«

»Was war mit dem Blutritual auf der Insel?«, schlage ich vor. »Niemand hat so blutige Handflächen wie du nach deinem Training mit Kyna und ihren Schwestern.«

»Da hast du recht, Schwesterherz. Ich sage ja, mehr als nur ein hübsches Gesicht.« Emmet grinst und zieht das Messer aus der Scheide an seinem Oberschenkel. »Das Blutritual stärkt die Bindung.«

Ich will nicht diejenige sein, die seine Seifenblase zum Platzen bringt, aber der Fluss, der die Stadt umgibt, ist immer noch Pepto Bismol rosa, nicht barbiepink.

»Diejenigen von uns, die bei der Säuberung kämpfen, sollten auch den Blutschwur ablegen«, schlage ich vor. »Fionn und Bodhmall haben ziemlich deutlich gemacht, dass wir uns mit der Quelle verbinden müssen, um die Kraft, die wir von der Insel erhalten, nutzen zu können.«

Grandpa nickt. »Das ergibt Sinn … obwohl die Verbindung noch nicht wiederhergestellt ist.«

Ich blicke auf den Fluss und runzle die Stirn. »Das wird es sein. Ich habe ein gutes Gefühl. Wir müssen den Ophidianern mehr Zeit geben. Sie werden sich für uns einsetzen.«

Das müssen sie.

»Erinnerst du dich an das Ritual des Blutschwurs, Junge?«, will Grandpa von Emmet erfahren.

Er holt sein Handy heraus, ruft etwas in seiner Galerie auf und gibt es Grandpa. »Hier.«

Grandpa spielt es einmal für sich selbst und einmal für den Rest von uns ab. »Sehr gut, ihr wisst, was wir brauchen. Dillan und Calum, ihr sammelt Holz für das Lagerfeuer. Emmet, pass auf, dass wir alles so machen, wie du dich erinnerst. Wallace, du kümmerst dich um die Heilung. Der Rest von euch macht sich bereit, sich mit der Insel zu verbinden.«

Kapitel 23

Als die Vorbereitungen getroffen sind und das Lagerfeuer knistert, stehen wir zehn Kandidaten im Kreis um die Flammen herum und bereiten uns auf das große Ereignis vor.

»Ich habe das Gelöbnis bereits abgelegt«, sagt Emmet, »also werde ich das Ritual leiten und Grandpa kann überprüfen, ob ich es richtig mache. Ich möchte nicht, dass ihr euer Treuegelöbnis auf die falsche Insel ablegt oder so.«

Ich kann mir nicht vorstellen, wie das passieren sollte, aber bei Emmet ist wohl alles möglich.

»Also gut«, legt er los, um die Aufmerksamkeit aller zu erhalten. »Nehmt eine Klinge, zieht sie über die Handinnenfläche und ballt eine Faust über dem Feuer.«

Diejenigen von uns, die scharfe Waffen besitzen, rufen beziehungsweise holen sie hervor und diejenigen, die keine haben, werden Emmets Messer, Wallaces oder Dillans Ersatzdolch benutzen.

Hier fehlt es an nichts.

Ich drücke Birgas Speerspitze gegen meine Handfläche und schneide zu. *Juhu.* Ich zische, als eine scharlachrote Linie den Schnitt in meiner Haut füllt und übergebe sie Sloan. »Pass auf sie auf. Sie ist verdammt scharf und mag Blut.«

Sloan tut das Gleiche und übergibt sie an Nikon.

Und so geht es weiter.

Ich halte meine geballte Faust über das Feuer. Das Blut tropft in die Flammen, während ich auf die anderen warte.

Sobald wir alle für die Insel bluten, bringt Emmet die Dinge ins Rollen.

»Sprecht mir nach: *Bei der Göttin der Erde, der Luft und des Wassers und dem Gott dieses schönen Landes, Manannán mac Lir, schwöre ich, der Macht von Emain Ablach treu und ergeben zu sein.*

Ich werde dieses mit Recht und Besonnenheit, Barmherzigkeit und Wahrheit pflegen und schützen, und nach den Grundsätzen des Lichts niemals, weder durch Willenskraft noch durch Gewalt, weder durch Worte noch Taten, etwas tun, was als verabscheuungswürdig angesehen werden kann.

Ich schwöre diesen Eid unter der Bedingung, dass du meine Macht und Kraft stärkst und mich mit der Essenz der Quellmagie meines Volkes verbindest. So möge es sein.«

»So möge es sein«, ertönt eine raue Stimme, die sich zu uns gesellt.

»Manannán mac Lir.« Emmet verneigt sich. »Wir fühlen uns geehrt.«

Der alte Kelte überragt uns, aber als er uns diesmal ansieht, scheint sich seine Verärgerung gelegt zu haben. »Ihr habt mich überrascht, Druiden. In den letzten Jahrhunderten haben viele für sich beansprucht, was ich einst geliebt habe – Römer, Wikinger und andere zwielichtige Gestalten – jeder, der die Macht der Stärke besitzen wollte.«

»Wir sind nicht hier, um Ansprüche zu stellen«, erklärt Emmet. »Wir wollen die Insel wieder zu dem machen, was sie einmal war.«

»Ihre Motive haben sich nicht stark von deinen unterschieden. Auch sie wollten sich die Macht der Quelle zunutze machen.«

Das geht mir nicht aus dem Kopf. Wie kann er den Unterschied nicht erkennen? »Wir haben völlig andere Absichten.

Unser Interesse gilt der Harmonie und der Gerechtigkeit, nicht der Herrschaft.«

Er schnippt mit den Händen. »Die Launen der Menschen sind für mich uninteressant. Die Wahrheit ist, dass ihr die Macht dieser Insel für euren Zweck genauso braucht wie die anderen – um eure Truppen für eine bevorstehende Schlacht zu stärken.«

»Im Großen und Ganzen sieht es vielleicht ähnlich aus, aber es ist nicht so.«

»Doch, so ist es.«

»Nein. Ist es nicht.« Ich schließe meine Faust um das Tuch, das das Blut meines Schwurs aufsaugt. »Uns zu opfern, um für die Unschuldigen und diejenigen zu kämpfen, die nicht stark oder informiert genug sind, um für sich selbst zu kämpfen, ist etwas völlig anderes als machthungrige Horden, die nur mehr Macht wollen, um die Menschen zu beherrschen. Wenn du das nicht erkennst, bist du blind.«

Hinter mir werden Flüche geflüstert und ich fange mich. »Tut mir leid. Ich bin leidenschaftlich und rede mich um Kopf und Kragen.«

»Rechtfertigst du so, dass du mich nicht respektierst?«

Okay. Schwieriges Publikum. »Ich will damit sagen, dass wir uns um diese Insel sorgen. Emmet hat sich verpflichtet, ihr Wächter zu sein. Sicherlich spürst du seine Verbindung zur Quelle und kannst seine Absicht erkennen.«

»Ich kann und möchte.«

»Warum bläst du dich dann so auf? Wir haben den Blutschwur geleistet, um die Insel und die Macht hier zu verteidigen. Indirekt bedeutet das, dass wir uns dir verpflichtet haben und dafür sorgen werden, dass die Menschen deine Insel nicht missbrauchen. Wir sind hier, um die Dinge zu verbessern.«

Er starrt mich mit steinerner Miene an und wölbt eine Braue. »Weißt du nicht genug, um die Götter zu fürchten, Frau?«

Ich zucke mit den Schultern. »Nicht wirklich. Meine Cousine ist Boann, die Göttin des Boyne, und ich bin mit Themis und ihren Töchtern, den griechischen Schicksalsgöttinnen, befreundet. Außerdem sind Dionysos und ich beste Freunde. Stimmt's, Kumpel?«

»Ja, das sind wir«, bestätigt Dionysos.

Ich lehne mich an ihn, als er neben mir auftaucht. »Ich habe schon viele Götter getroffen, die arrogante Arschlöcher sind, aber meistens wollen sie das Gleiche wie alle anderen. Ich versuche, die Menschen nicht zu verurteilen oder in eine Schublade zu stecken. Das bedeutet auch, dass ich mich vor dir nicht verbeugen werde, nur weil du aus einem magischen Pantheon stammst.«

Manannán runzelt die Stirn und schaut zu Dionysos. »Gott der Feste und des Weins?«

Dionysos nickt und hält seine aufgeschnittene Hand hoch, die natürlich nicht mehr blutet und vollständig verheilt ist. »Und frischgebackener Beschützer deiner Insel, die dir, wenn ich ehrlich bin, entglitten ist. Sie war eine Müllhalde, bis wir aufgeräumt haben. Gern geschehen.«

Die beiden sehen sich in die Augen und ich habe das Gefühl, dass sie sich gegenseitig einschätzen. Ich weiß, dass Dionysos einer der mächtigsten Götter im griechischen Pantheon ist, aber ich bin mir nicht sicher, wie das im keltischen Pantheon wirkt.

»Soll das hier in einem Pisswettbewerb enden?« Ich schaue zwischen den beiden hin und her.

Dionysos gluckst. »Nein, Jane. Wir haben uns nur nebenbei auf der Frequenz der Götter unterhalten.«

»Kannst du das denn?«

»Klar. Ich bin doch fan-griechisch.« Er legt einen Arm um meine Schulter und küsst mich auf die Seite des Kopfes. »Du könntest keine besseren Wächter für die Insel haben. Im Ernst, fünf Sterne.«

Manannán scheint das zu akzeptieren und seine Haltung entspannt sich. »Wo ist der Bär, der die Zauberin vernichtet hat?«

Ich schaue mich um und entdecke Bruin, der mit Manx und Doc auf dem Rücken im Obstgarten in der Sonne liegt. »Er ist der Braune, der sich dort sonnt.«

»Hol ihn her.«

Ich blinzle den Gott an und atme tief durch. Unhöflich. »Klar, ich *bitte* ihn her. Kein Problem.«

Ich konzentriere mich auf Bruin und strecke meine Hand über unsere Verbindung aus. *Kumpel? Entschuldige, dass ich dich störe. Der große Rohling, der hier das Sagen hat, würde dich gerne kurz sprechen.*

Ohne sich auf die Füße zu rollen oder aufzustehen, wendet er den Kopf und sieht uns an. Ich habe keinen Zweifel, dass er erraten kann, wer der große Rohling ist. *Was will er?*

Keine Ahnung. Er fragte nach dem Bären, der die Zauberin vernichtet hat.

Vielleicht bekomme ich einen Ritterschlag.

Vielleicht.

Och, *na ja, wenn die Mächtigen mich loben wollen, kann ich mich wohl zur Verfügung stellen.*

Ich kichere. *Es ist schön, dass du so bescheiden bist, dich den Menschen zur Verfügung zu stellen.*

Ich versuche es. Er rollt sich auf den Bauch, stößt sich auf die Tatzen und stapft zu uns herüber.

Um ihn vorzustellen, mache ich eine Geste zwischen den beiden. »Manannán mac Lir, das ist Bruinior der Tapfere, auch bekannt als Klauenkiller.«

Beide nehmen sich einen Moment Zeit, um einander zu betrachten.

»Ich weiß zu schätzen, wie effektiv du die Zauberin ausgeschaltet hast. Die Wächterschlangen mussten tagelang gegen sie kämpfen und so effektiv sie sie auch in Schach gehalten haben, sie konnten den Kampf nicht gewinnen, bis du eingegriffen hast.«

Bruin senkt sein Kinn und brummt. »Es war mir ein Vergnügen. Es gibt nichts, was ich mehr genieße als eine gerechte Tötung … naja, außer einem guten Whiskey und einem wohlgenährten Weibchen.«

Ich presse meine Lippen zusammen und versuche, nicht zu lachen.

Manannán grunzt und sein Kopf wippt zustimmend. »Ein guter Gedanke. Ich teile dein Empfinden.«

Komisch, das einzige Wesen, mit dem Manannán offensichtlich Gemeinsamkeiten hat, ist mein Bär, der Menschen töten, trinken und sich mit kurvigen Bärinnen beschäftigen will.

Götter sind ein komischer Haufen.

»Ich habe ein Geschenk, das ich dir geben möchte.« Manannán tritt zu Bruin hinüber. »Dein Clan hat sich mit der Insel verbunden und wenn es ihnen gelingt, die Verbindung zur Quelle wiederherzustellen, werden sie die daraus resultierende Kraft als Symbol meiner Dankbarkeit erhalten. Dem Krieger, der den Feind besiegt hat, biete ich dies an.«

Er legt eine Hand auf Bruins Kopf und eine Welle von Licht geht von ihm aus. Es ist so hell, dass ich mich abwende, um meine Augen zu schützen und als ich mich wieder umdrehe, dauert es einen Moment, bis die Flecken verschwinden.

»Heilige Scheiße, Bär«, staunt Emmet. »Das ist echt geil. Du siehst knallhart aus.«

Ich schaue meinen Bären an und ja, Emmet macht keine Witze. Bruin trägt eine maßgeschneiderte Kampfrüstung und sieht aus wie ein Panzer. Plattensegmente bedecken seine Hüften, seinen Rücken und seine Schultern. Metallstacheln verlaufen entlang seiner Wirbelsäule und auf seiner Stirn. Ein mit Metall beschlagener Gesichtsschutz schützt seine Wangen und Augen.

»Du siehst härter aus als je zuvor, Kumpel.« Ich fahre mit einer Hand über die braunen Platten und klopfe darauf, um ihre Stärke zu testen. Ist sie schwer?«

»Nein. Ich spüre sie kaum.«

Emmet holt sein Handy heraus und macht ein Foto, das er ihm zeigen kann. »Schau mal. Du siehst fantastisch aus.«

Bruin studiert das Bild und grinst übermütig. »Ja, das bin ich.«

»Ja, das bist du.«

»Ja, das bin ich.«

Ich lache über die beiden und beende das Geplänkel, bevor es ausartet. »Dein Geschenk ist großzügig und wird sehr geschätzt. Wir werden gern an dich denken, wenn er es in den kommenden Schlachten trägt.«

Technisch gesehen ist Bruin ein mythischer unsterblicher Bär, aber der Gedanke zählt, denn auch wenn er noch nie so verletzt wurde, dass man sich ernsthaft Sorgen machen musste, möchte ich nicht, dass das passiert.

Manannán nimmt meinen Dank an. »Ich werde euch jetzt verlassen. Ich wollte eure Eide persönlich entgegennehmen und den Bären belohnen. Obwohl ich die Menschheit und die Hoffnung aufgegeben habe, dass Emain Ablach jemals wieder das sein wird, was es einmal war, bin ich neugierig, wie diese neuen Enthüllungen ausgehen werden. Junger Krieger, ich wünsche dir alles Gute. Behandle meine Insel mit dem Respekt, den sie verdient.«

Emmet nickt. »Das werde ich. Du hast mein Wort.«

Manannán mac Lir verschwindet und wir stehen um das Lagerfeuer herum und blinzeln uns gegenseitig an.

»Ich glaube, das lief gut«, meint Emmet.

Ich begegne den Blicken meiner Familie und meiner Freunde und der Konsens ist derselbe. »Ist es. Wir haben uns gut geschlagen.«

»Wer möchte etwas Aufmerksamkeit für seine Hände?«, bietet Wallace an.

Er und Sloan gehen um das Feuer herum, um Papu, Andromeda und Nikon zu heilen. Wir Druiden haben alle genug magische Heilkräfte, um die Blutung eines einfachen Schnittes zu stoppen.

»Diese Rüstung ist spektakulär.« Ich werfe einen weiteren Blick auf Bruins Geschenk.

Manx und Doc bewundern Bruins Upgrade, aber es ist offensichtlich, dass sie sich ein bisschen ausgeschlossen fühlen.

»Ihr habt euch in der Schlacht auch gut geschlagen. Nehmt das nicht persönlich. Ein Sieg für einen von uns ist ein Sieg für uns alle.«

Dionysos begegnet meinem Blick. »Sie sind traurig.«

»Ja, ich weiß. Als jüngstes von sechs Kindern weiß ich, wie es ist, im Schatten meiner älteren Geschwister zu leben, die da draußen die Welt im Sturm erobern.«

Dionysos nickt. »Ich auch. Das ist nichts, was ich irgendjemandem wünschen würde.«

Ich auch nicht, obwohl in Dionysos' Fall die Leute, die ihn mit seinen Geschwistern verglichen haben, ihn auch noch töten wollten, also war es für ihn noch beschissener.

Ich lege meinen Arm um seine Hüften und lehne mich an seine Schulter. Die Welle seiner Energiesignatur flackert auf, dann tragen Manx und Doc die gleiche Rüstung.

Ich umarme Dionysos fester und küsse seine Wange. »Punkt für dich, Tarzan. Du bist einmalig.«

Er zwinkert und erwidert die Umarmung. »Ich mag es nicht, wenn jemand in unserer Familie traurig ist.«

So ein süßer Kerl.

»Schickes Upgrade, Jungs«, bestätige ich. »Super schick.«

Die Rüstung von Manx ist grau mit schwarzem Metall und Stacheln.

Die von Doc ist schwarz mit silbernem Metall. Ich versuche, nicht über Doc in seiner Rüstung zu kichern. Er ist nicht besonders groß, vielleicht nur so lang wie mein Arm vom Ellbogen bis zu den Fingerspitzen, also ist seine Rüstung süß und winzig.

Aber das spielt keine Rolle. Er liebt sie.

»Seht euch unsere hübschen Krieger an.« Grandma kommt herüber, um sie zu bewundern. »Ihr seht furchterregend aus.«

Sloan beendet die Heilung und kommt rüber, um an der Rüstungsmodenschau teilzunehmen. Als er die Begleiter aus der Nähe betrachtet, runzelt er die Stirn. »Wie schwierig wird es wohl sein, in die Rüstung hinein- und wieder herauszukommen, *sham*? Ich sehe keine Riemen oder Schlösser.«

»Sie müssen sie nicht ausziehen«, erklärt ihm Dionysos. »Sie wird durch Gedanken und Bedürfnisse aktiviert, so wie Fionas Rüstung.«

Manx wendet seine Aufmerksamkeit mir zu. »Wie machst du das, Fiona?«

»Oh, das ist super einfach. Ich denke an meine Rüstung, stelle sie mir vor, wenn ich sie rufe und lasse sie wieder gehen, wenn ich sie nicht mehr brauche.«

Schnell sind Bruin und Manx rüstungsfrei. Doc hingegen hat seine noch an.

»Hast du Probleme, sie auszuziehen?«, erkundigt sich Emmet besorgt.

»Keine Probleme«, stellt Doc klar. »Ich bin noch nicht bereit, sie wegzuwünschen. Vielleicht werde ich sogar nie dazu bereit sein.«

Emmet gluckst. »Das verstehe ich total. Du siehst verdammt cool aus. Sei der knallharte Marder, solange du willst.«

Ich lache. »Ja, als Dillan seinen Tarnumhang bekommen hat, hat er ihn wochenlang nicht abgenommen.«

Dillan hebt seine Hand und kratzt sich mit dem Mittelfinger an der Augenbraue.

Ich mache mich auf seine Antwort gefasst, als meine Haut kribbelt und sich mein Körper mit einem plötzlichen Energieschub füllt. Das einzige Mal, dass ich so etwas gespürt habe, war, als wir in der Fianna-Festung waren und unsere Statuen berührt haben.

Der Moment, in dem unsere Grundfähigkeiten und unser Druidenwissen in uns geladen wurden, hat mir ein ähnliches Gefühl der Macht vermittelt. Ich ziehe einen Schwall Sauerstoff in meine Lungen und meine Zellen entzünden sich. Die Magie in der Luft hat sich verzwanzigfacht.

»Sie haben es geschafft!«, rufe ich, umrunde das Feuer und renne zum Fluss. »Sie haben die Verbindung zur Quelle wiederhergestellt.«

Schritte erklingen neben mir, aber ich drehe mich nicht um. Mein Blick ist auf das Pastellrosa des Wassers gerichtet und sucht nach dem Anstieg der Pranakraft.

»Wird es pinker? Findet jemand, dass es pinker wird?«

»Für mich sieht es genauso aus wie vorher«, meint Nikon, »aber ich fühle es. Der Unterschied ist unglaublich.«

Ich drehe mich um, um nach Emmet zu sehen. Er war vor tausend Jahren am empfindlichsten für die Magie der Umgebung und hat jetzt die stärkste Verbindung zur Insel. »Was ist mit dir, Emmet? Du spürst es doch auch, oder?«

Er schnaubt. »Ja, ich spüre es. Es ist, als hätte ich mein ganzes Leben in Schwarz-Weiß gelebt und jetzt sehe ich plötzlich in OLED HDR.«

»Wenn du das sagst«, antworte ich lachend.

Die Oberfläche des Flusses bewegt sich, die Strömung wirbelt und das dunkle Rosa, auf das wir gewartet haben, fängt endlich an aufzutauchen.

»Ja, Baby.« Ich zeige auf einen fuchsiafarbenen Fleck, dann noch einen und noch einen. Es ist genug, um die Farbe des Flusses zu intensivieren und das Wasser zu verdunkeln. »Jetzt kommen wir weiter.«

»Es ist ein berauschender Energieschub«, bemerkt Grandpa.

»Es ist wie ein unglaublicher Rausch«, kommentiert Nikon abwesend. Andromeda stößt ihn in die Seite und er räuspert sich. »Ich denke schon. Ich könnte es mir selbst nicht besser vorstellen.«

Ich lache und halte beide Daumen hoch. *Tolle Reaktion, Grieche.*

Er verdreht die Augen. *Lass mich in Ruhe. Das war ein harter Tag.*

Danke, dass du ihn mit uns verbracht hast.

Immer. Ich bin im Team Trouble, Rotschopf. Das weißt du doch.

Mann, ich muss jemanden finden, den er liebt.

Wir beobachten den Pranafluss noch ein paar Minuten lang, während die Ophidianer darin schwimmen und das Wasser aufwühlen, während wir alle von der rohen Kraft der Quelle gespeist werden.

»Ein toller erster Tag als Wächter der Insel, Emmet.« Ich stoße meine Schulter gegen seine und lächle, als seine Aura der Macht anwächst. »Bist du dir wirklich sicher?«

Seine Antwort steht in seinem zufriedenen Gesichtsausdruck. »Das ist es, was ich tun soll, Fiona. Ich weiß es.«

»Dann solltest du wohl noch einmal versuchen, die verborgene Stadt zu befreien und zu sehen, ob du und Ciara eine Bleibe habt.«

Er lächelt mich an und nickt. »Ja. Lasst uns das machen. Ist jeder bereit für einen zweiten Versuch?«

Papu, Andromeda, Dionysos und Nikon sind sich einig.

»Die Ladys of Light, sie leben hoch!«, gluckst Calum.

Kapitel 24

Während sie davonschreiten, um ihre Plätze vor den Stadttoren einzunehmen, gehe ich hinüber und umarme meinen Vater. »Du bist so still heute. Wie geht's dir, Pa?«

»*Och*, mir geht's gut, Fiona. Du musst dir keine Sorgen um deinen alten Herrn machen. Es ist *mein* Job, mir Sorgen zu machen.«

Das mag stimmen, aber ich hasse es, ihn unter der Last seiner Trauer leiden zu sehen. Es ist über ein Jahr her, dass wir Brendan verloren haben und Pa wirkt jetzt noch trauriger und distanzierter als damals, als mein Bruder getötet wurde.

Es tut uns allen weh, ihn so traurig zu sehen.

Wir beide beobachten, wie Emmet und die anderen daran arbeiten, die verlorene Stadt zu befreien. Verbunden mit der mich umgebenden Kraft und mit meinen Armen um Pas Taille drücke ich meine Wange an seine Brust, schließe die Augen und fokussiere meine Absicht.

Schmerz und Wunden der Vergangenheit,
lassen dich los, bist endlich befreit.
Dein Herz ist geheilt und die Bürde leichter,
Liebe und Güte überwiegt, denn du bist ein Kämpfer.

Mein Vater keucht, taumelt rückwärts und weg von mir. Seine Augenbrauen ziehen sich fest zusammen und er wirft mir einen anklagenden Blick zu. »Was hast du getan, *mo chroí*? Hast du mich mit einem Zauber belegt?«

»Ich wollte deine Trauer lindern, so wie ich es bei Myra und Garnet getan habe. Sie waren unter der Last des Verlustes begraben und ich habe ihnen geholfen, ihr Glück wiederzufinden.«

Er tritt einen Schritt zurück und ich verstehe den Verrat in seinem Gesichtsausdruck nicht. »Du hast kein Recht dazu. Meine Trauer war das Letzte, was ich von Brendan hatte und du hast sie mir ohne meine Erlaubnis genommen.«

Seine Wut trifft mich wie der Schlag einer Peitsche. »Die Trauer ist nicht das Letzte, was du von Brenny hast, Pa. Wir haben lustige Erinnerungen und die Freude, ihn zu lieben. Wir sind stolz darauf, dass er unser Leben und das Leben anderer Menschen verändert hat.«

Er zeigt auf mich und beugt sich vor. »Du bist zu weit gegangen, junge Dame. Du magst in druidischen Belangen die Führung übernehmen, aber ich bin immer noch dein Vater und du triffst keine Entscheidungen für mich. Wenn ich meinen Kummer loswerden wollte, hätte ich es getan. Ob du es glaubst oder nicht, ich weiß ein bisschen mehr über diese Dinge als der Rest von euch.«

»Pa, es tut mir leid, dass du sauer bist, aber …«

»Kein Wort mehr, junge Dame.« Er hebt seinen Finger und unterbricht meine Entschuldigung. »Calum, wenn dein Bruder mit den anderen fertig ist, sag einem der Griechen, er soll zu mir an den Strand kommen. Ich bin bereit, zu meiner Frau zurückzukehren.«

Man sieht Calum sein Unverständnis an. »Klar, Pa.«

Bevor ich es ihm erklären und verständlich machen kann, stapft Pa in Richtung des Eingangs zur Insel und lässt uns zurück.

»Scheiße. Was hast du getan?«, fragt Calum.

»Ich habe versucht, zu helfen. Er war so traurig …« Ich presse meine Hand gegen den Schmerz in meiner Brust, aber es lindert den Schmerz nicht. »Ich wollte nur, dass es aufhört, ihm wehzutun.«

Ich schaue mich um. Zum Glück ist nicht jeder Zeuge meines familiären Fauxpas. Die Einzigen, die es mitbekommen haben, waren Calum, Dillan und Grandma.

»Nicht weinen, mein Schatz.« Grandma schlingt ihre Arme um mich. »Dein Vater wird sich beruhigen und er wird verstehen, dass du getan hast, was du für richtig hältst, weil du ihn liebst. Aber im Moment musst du ihn in Ruhe lassen.«

»Warum sollte er traurig sein wollen, Grandma? Was ist los mit ihm? Er hat seine Arbeit geliebt und gekündigt. Er hat Toronto geliebt und ist weggezogen. Er hat uns so gut wie aus seinem Leben ausgeschlossen und ich weiß, dass er das tut, weil er verletzt ist. Warum sollte er das wollen?«

Grandma löst sich aus unserer Umarmung und gibt mir ein weiches Taschentuch mit aufgestickten Häschen und Klee. »Ich kann nicht für ihn sprechen, aber mir scheint, er bestraft sich selbst und glaubt, dass der Tod deines Bruders seine Schuld ist.«

»Das ist nicht wahr.«

»Natürlich nicht, aber Männer sind stolze Wesen und sehen ihre Verantwortung, ihre Kinder zu beschützen, manchmal als Ausdruck ihres Wertes als Mann.«

»Das ist dumm. Brendan ist als Held gestorben. Er hat sich entschieden, eine Frau und ihre Tochter zu retten. Wie kann das Pas Schuld sein? Wenn überhaupt, beweist das doch nur, dass Pa uns gelehrt hat, Unschuldige zu verteidigen, uns für das Richtige zu opfern und für unsere Überzeugungen einzustehen, egal was es kostet.«

Grandma nickt. »Das ist alles wahr, Schatz, aber dein Vater ist stur wie ein Maulesel und sieht das noch nicht ein. Mach dir keine Gedanken, er wird schon noch zu sich kommen.«

Ich möchte ihr glauben, aber das hilft nicht, dass sich meine bleiernen Lungen kaum füllen, wenn ich versuche zu atmen. »Ich wollte ihm nicht wehtun. Ich wollte ihm helfen.«

»Ich weiß, dass du das wolltest, und irgendwo in seinem Zorn weiß er es auch.«

Ich überlege, ob ich ihm an den Strand folgen soll, aber das würde nichts nützen. Wenn Pa so drauf ist, braucht er Zeit, um sich abzukühlen. »Wenn du die Gelegenheit hast … sagst du ihm, dass es mir leidtut? Wirst du ihm sagen, dass ich ihn liebe, ihn nur ein bisschen beruhigen und ihn wieder lächeln sehen wollte?«

»Ich werde es ihm sagen, Schatz, aber ehrlich gesagt, geht es hier mehr um ihn als um dich. Nimm es dir nicht zu sehr zu Herzen. Es wird sich alles klären. Das tun solche Dinge immer.«

* * *

Schweren Herzens gehen Grandma und ich zu den anderen hinüber und beobachten und warten, während die Ladys of Light daran arbeiten, die unsichtbare Stadt zu finden und wieder sichtbar zu machen. Ich versuche, das, was mit Pa passiert ist, aus meinem Kopf zu verdrängen.

Vielleicht war es falsch von mir, ihm zu helfen, seinen Kummer loszuwerden, aber ich glaube wirklich, dass er besser heilt, wenn er sich nicht in ihm suhlt.

»Was ist passiert?«, will Sloan wissen, als er mich sieht.

Ich schüttle den Kopf. »Eine Meinungsverschiedenheit mit Pa. Ich will jetzt nicht darüber reden. Das ist Emmets großer Moment.«

Sloan studiert meinen Gesichtsausdruck und nickt. »In Ordnung. Aber komm mal her zu mir. Du siehst aus, als könntest du ein paar Streicheleinheiten gebrauchen.«

Ich umarme ihn fest und nehme die heilende Magie auf, die er mir schickt, dann drehe ich mich in seinen Armen um und beobachte die Stadttore. Da er mich immer noch hält, borge ich mir seine Kraft und konzentriere mich auf Emmet und das, was sie vorhaben. »Haben sie schon Fortschritte gemacht?«

»Ein paar. Vor ein paar Augenblicken hat die Luft geflimmert und hinter den Toren sind Gebäude aufgeflackert.«

»Das ist aufregend.«

»Das ist es.«

»Was glaubst du, was mit Kyna und ihren Schwestern passiert ist? Wie lange haben sie noch gelebt, nachdem wir weg waren?«

»Ich habe keine Ahnung. Ohne zu wissen, was mit der Insel passiert ist oder zu welcher Art der Übernatürlichen sie gehören, kann ich nicht einmal eine Vermutung anstellen.«

Sie waren anders als jedes andere Feenwesen, dem ich bisher begegnet bin. Vielleicht waren sie gar keine Feen.

»Schau, schau.« Calum deutet über die Mauer, wo Gebäude in Sichtweite flackern.

Die Luft wogt neben mir, und Eva erscheint neben Dillan. »Was habe ich verpasst?«

»Nicht viel. Schau, du kommst gerade rechtzeitig, um die Enthüllung der Stadt Emain Ablach zu sehen.«

»Oh, schön. Das ist aufregend.«

Ich schließe Sloan in die Arme und die Aufregung in der Luft hebt meine Stimmung. »Es war so eine süße und bunte Stadt. Da, der Nebel lichtet sich und man kann den Palast schon sehen.«

Eva kichert. »Er sieht wirklich aus wie ein riesiger, goldener Dildo.«

»Stimmt's?« Dillan lacht. »Jetzt ist es Emmets riesiger, goldener Dildo.«

Ich kichere. »Wir sollten versuchen, das nicht vor Emmet und Ciara zu sagen. Wenn das ihr zukünftiges Zuhause ist, sollten wir uns erwachsen verhalten und sie unterstützen.«

Calum sieht mich an und verzieht das Gesicht. »Es war Emmet, der es zuerst gesagt hat.«

Das überrascht mich nicht.

»Ta-da!« Emmet streckt seine Arme aus, als sie mit dem Lichtweben fertig sind. »Seht die verborgene Stadt von Emain Ablach.«

Ich beginne zu klatschen und alle machen mit. »Ein Hoch auf die Ladys of Light 2.0. Ihr habt es geschafft.«

Emmet umarmt Nikon, Dionysos und Andromeda und schüttelt Papu die Hand. »Ohne die Griechen hätten wir das nie geschafft. Vielen Dank euch allen.«

Andromeda lächelt. »Du brauchst mir nicht zu danken, Emmet. Unser ganzes Leben lang hatten wir die Unsterblichkeit, aber wir konnten nie viel damit anfangen. Teleportieren, Zeitverschiebung, sich durch feste Oberflächen bewegen … das sind tolle Fähigkeiten, aber zu lernen, Licht zu weben und sich mit der Quellkraft der Insel zu verbinden, ist die nächste Stufe. Danke, dass wir ein Teil davon sein dürfen.«

Ich umarme Andy, Papu und Nikon. »Danke, dass ihr gekommen seid. Ich weiß, es war ein langer Tag. Ihr könnt gerne bleiben, aber wir haben keine Ahnung, was wir in der Stadt finden werden.«

Papu schüttelt den Kopf und hebt meine Hand, um meine Knöchel zu küssen. »So sehr ich die Einladung zu weiteren Abenteuern schätze, bin ich doch froh, auf meinen Weinberg zurückzukehren und den Tag als Erfolg zu bezeichnen.«

»Ich denke, ich werde mit dir gehen und die Nacht dort verbringen«, erklärt Andromeda. »Es ist Jahre her, dass ich auf der Klippe geschlafen und den Sonnenaufgang beobachtet habe.«

Nikon sieht mich an und zwinkert mir zu. »Das ist immer ein magischer Moment.«

»Kommst du zurück, wenn du sie nach Hause gebracht hast oder bleibst du auf Rhodos?«

»Ich komme wieder. Ich will mit euch schließlich die Stadt erkunden.«

»Ich bringe Grandma, Grandpa, Niall und Wallace nach Hause, dann komme ich auch zurück«, bestätigt Dionysos.

»Pa ist unten am Strand am Meer.« Ich zeige in die Richtung, in die er weggestapft ist.

»Grandma hat es mir gesagt. Mach dir keine Sorgen.« Dionysos drückt meine Hand und schickt mir eine Welle des Trostes. Offensichtlich hat Grandma entweder erklärt, dass Pa wütend auf mich ist, oder er hat es von selbst bemerkt. »Ich komme gleich wieder, um mit euch alles zu erkunden. Dillan hat mir gesagt, dass wir alle zusammen den riesigen Dildopalast besuchen können.«

Ich kichere. »Dann warten wir, bis ihr zurückkommt, bevor wir uns auf den Weg machen. Danke, dass du alle nach Hause bringst. Wir sind so unglaublich glücklich, dich in unserem Leben zu haben.«

Dionysos grinst. »Ja, das stimmt, aber das Leben macht definitiv mehr Spaß, wenn ihr in unserem seid.«

Nikon und Dionysos treten vor, um alle, die gehen wollen, nach Hause zu begleiten.

»Dann bleiben wohl nur noch wir übrig.« Ich nehme meinen Rucksack hoch und lege ihn mir auf die Schultern. Ich reiche Calum seine Jacke und nehme einen der Schlafsäcke von dem Stapel mit der Campingausrüstung.

So müde ich auch von dem Tag bin, bin ich auch stolz auf uns. Wir haben die Insel Emain Ablach von der Bedrohung befreit, die Verbindung zur Quelle repariert, uns mit der Insel verbunden und die verborgene Stadt enthüllt.

Wenn Fionn und Bodhmall recht damit haben, dass die Insel uns Zugang zu einem Notstromaggregat verschafft, auf das wir zurückgreifen können, wenn wir es brauchen, dann hat Team *Light* heute aufgestockt.

Großartig.

»Sieh sie dir an.« Dillan zeigt auf Dart, Saxa und Nyrora, die durch die Lüfte fliegen. Auch sie müssen den Rausch der Energie in der Luft spüren, denn sie machen akrobatische Kunststücke, während sie einander jagen und Fangen spielen. Schön für sie.

Ich reiche Sloan die Kühlbox und einen weiteren Schlafsack, richte mich auf und wende mich den Toren zu. »Emmet und Ciara, da ihr die Wächter der Stadt seid, gebührt euch die Ehre.«

Emmet grinst, schreitet durch die hohen, goldenen Tore und hebt seine Arme. »Willkommen auf Fantasy Island, meine Lieben.«

Wir folgen ihnen innerhalb der Stadtmauern und ich atme tief ein und aus.

»Geht es dir gut, Fiona?«, erkundigt sich Sloan.

»Ja, es ist nur … es fühlt sich an, als gäbe es noch so viel zu tun und nur eine kurze Zeit, um es zu erledigen.«

Dillan schlingt seinen Arm um Evas Hüften und zuckt mit den Schultern. »Ja, das ist nicht wirklich was Neues! Wir schaffen das schon. Der Clan Cumhaill arbeitet am besten unter Druck.«

Ich grinse. »Ja, das tun wir.«

FINIS

Fionas Abenteuer gehen weiter in:
›Eine vernichtete Gefahr‹

–

Newsletter

Möchtest Du immer über die neuesten deutschen Veröffentlichungen von uns informiert werden, ohne davon abhängig zu sein, ob Dir unsere Ankündigungen in den sozialen Medien überhaupt angezeigt werden? Dann abonniere doch einfach unseren deutschen Newsletter, dann kommen die neuesten Infos zuverlässig direkt in Dein E-Mail-Postfach: https://lmbpn.com/de/newsletter/

Rezensionen und Bewertungen

Wie hat Dir das Buch gefallen? Schreib uns eine Rezension oder bewerte uns mit Sternen bei Amazon. Dafür musst Du einfach ganz bis zum Ende dieses Buches gehen, dann sollte Dich Dein Kindle nach einer Bewertung fragen.

Als Indie-Verlag, der den Ertrag weitestgehend in die Übersetzung neuer Serien steckt, haben wir von LMBPN International nicht die Möglichkeit große Werbekampagnen zu starten. Daher sind konstruktive Rezensionen und

Sterne-Bewertungen bei Amazon für uns sehr wertvoll, denn damit kannst Du die Sichtbarkeit dieses Buches massiv für neue Leser, die unsere Buchreihen noch nicht kennen, erhöhen. Du ermöglichst uns damit, weitere neue Serien parallel in die deutsche Übersetzung zu nehmen.

Wie geht es weiter?

Fionas Abenteuer gehen weiter im fünfzehnten Buch ›Eine vernichtete Gefahr‹

›Eine vernichtete Gefahr‹
als E-Book jetzt (vor)bestellen.

Achtung: wir erstellen die Vorbestellungen mit sehr viel Zeitreserve. Sobald das Buch fertig ist, ziehen wir die Veröffentlichung der Vorbestellung zeitlich nach vorne.

Irische Sprache

a ghrá – meine Liebe, ein romantischer Kosename
a leanbh – mein Kind
a mhuirnín – mein Liebling
Arragh – ein irischer Ausruf, um seiner Verärgerung Ausdruck zu verleihen
Boyo – Junge, Bursche
Brunaidh – Feenwesen, ähnlich Brownies
Comhghairdeachas – Glückwunsch
Culchie – diejenigen, die auf dem Land leben
Dia dhuit – Begrüßung, vergleichbar mit: ›Grüß Gott‹
Eejit – Idiot, weniger beleidigend
Go raibh maith agat – Danke
Howeya/Howaya/Howya – Grußwort, erfordert nicht unbedingt eine Antwort
Irish – traditionelle irische Sprache (auch bekannt unter Irisch-Gälisch – es sei denn, man ist Ire)
Ley – Drache
Maith go leor – in Ordnung, gut
Mo chroí – mein Herz (Aussprache: *muh chree*)
Ni he la na gaoithe la na scolb – Ein windiger Tag ist nicht die Zeit für ein Strohdach
Ní neart go cur le chéile – In der Einigkeit liegt die Kraft
Och – wird verwendet, um Zustimmung oder Ablehnung zu etwas Gesagtem auszudrücken
Sham – umgangssprachlich Alter
Shite – Shit, weniger anstößig als Scheiße
Slan! – Gesundheit sei mit dir (Aussprache: *slawn*)
Slàinte mhath – Prost, gute Gesundheit (Aussprache: *slonsche vay*)
Tá mo chroí istigh ionat – Ich liebe dich (Dein Herz ist in mir)

Auburns Autorennotizen (17.01.2022)

Danke, dass du Ära der Säuberung gelesen und Fiona und den Clan Cumhaill durch vierzehn Bücher begleitet hast. Du bist toll!

Hier sind also die Neuigkeiten aus den Chroniken der urbanen Druidin.

Buch fünfzehn, *Eine vernichtete Gefahr* wird uns zum Ende dieser Serie führen – der ersten Serie im Universum der urbanen Druidin. Michael und ich betrachten diese ersten fünfzehn Bücher als die Sprungbretter, auf denen Fiona und ihre Familie lernen, Druiden zu sein und sich als Team Trouble zu sammeln.

Wir arbeiten noch an dem Namen für die nächsten Bücher, aber sie werden die Abenteuer von Fiona und der Familie nach der Säuberung **fortsetzen**. Du wirst die gleichen Charaktere, den gleichen schrägen Humor und die gleichen verrückten Streiche finden, nur mit einem neuen Ausgangspunkt für die Leser, die uns gerade erst entdeckt haben und nicht fünfzehn Bücher zurückgehen wollen.

Wir sind so unglaublich dankbar für unsere Fangemeinde und die Tatsache, dass du diese Geschichten so sehr liebst wie wir. Es wird mehr geben. Wir wollen nur einen neuen Startpunkt haben, um die Dinge wieder aufzufrischen.

Soooo, meine Fragen an dich sind … wer ist dein Lieblingscharakter? Über welche Charaktere würdest du gerne mehr erfahren? Welche Situationen hast du noch nicht gelesen, die du unbedingt lesen willst? Welchen Mythos, welchen Ort oder welche Idee würdest du gerne in der nächsten Buchreihe lesen? Und wenn es Nebenbücher gäbe, wen würdest du gerne in seinen eigenen Abenteuern erleben?

Du kannst es in eine Rezension schreiben oder mir eine E-Mail oder FB-Nachricht schicken oder was immer du willst. Lass mich einfach wissen, wonach du dich sehnst.

Seid gesegnet,
Auburn Tempest

Michaels Autorennotizen (21.02.2022)

Danke, dass du sowohl diese Geschichte als auch diese Autorennotizen hier hinten gelesen hast!

Wie Auburn bereits erwähnt hat, stehen wir kurz vor dem Ende dieser Geschichte. Wir haben zwei Ideen, wie es weitergehen soll und wir würden uns freuen, wenn du uns sagst, was wir bisher nicht erzählt haben oder welche Bereiche und Mythen du gerne geöffnet und betreten hättest.

Kurz gesagt, die Welt wird bald ein ganzes Stück heller … und sehe ich da in der Ferne eine Explosion?

Wahrscheinlich.

Doch unabhängig vom Unglück in der Welt kannst du dir sicher sein, dass der Clan Cumhaill auch weiterhin die Familie unterstützen, die freie Welt rocken und andere mit bissigen Streichen zur Verzweiflung treiben wird.

Das ist es, was sie tun.

Wir würden uns freuen, wenn du uns auf unseren Abenteuern begleitest, während wir mit Fiona weitermachen und versuchen, ihr gerecht zu werden!

Vielen Dank, dass du uns (immer) bei unseren lustigen Streichen unterstützt und mit uns einen Einblick in die Welt der urbanen Druidin gewagt hast.

UND JETZT EIN WORT VON UNSEREM SPONSOR

Nicht so sehr ein Sponsor, sondern ein alarmierter Mensch. Könnte bitte irgendjemand die verdammte Heizungsrechnung der Welt bezahlen? Es ist @#@#%!#% kalt und wird immer kälter hier in der Wüste von Nevada und ich würde gerne glauben, dass ich meine Zehen bald wieder spüren werde.

(*Anmerkung der Redaktion: Perfektes Lesewetter! Ich habe meine kuschelige Decke, meinen Tee und eine neue Serie mit sechs Büchern. Hoffentlich bleibt es noch lange kalt!*)

Okay, zurück zu deiner regelmäßig gesponserten Lektüre. Genieße deine Woche oder dein Wochenende!

Ad Aeternitatem,

Michael Anderle

Über Auburn Tempest

Auburn Tempest ist eine Multigenre-Romanautorin, die Urban Fantasy, Paranormales und Sci-Fi-Abenteuer zum Leben erweckt. Unter dem Pseudonym JL Madore schreibt sie in den gleichen Genres, dabei lässt sie jedoch Erotika nicht aus. Ob Romanze oder nicht, sie liebt es, knallharte Heldinnen und Helden in urkomische und magische Situationen zu verwickeln, die für ihr Happy End schuften müssen.

Auburn Tempest lebt im Großraum Toronto in Kanada und seit dreißig Jahren mit ihrem wunderbaren Ehemann und einer ganzen Menagerie von Familie, Freunden und Tieren zusammen.

Die Para-Militärische Anwerberin

Julie Meadows ist vom Pech verfolgt, sowohl in der Jobsuche als auch in der Liebe, als sie eine E-Mail erhält, in der sie in die Offizielle Para-Militärische Agentur eingezogen wird. Fälschlicherweise. Sie hat nicht erwartet, dass ›para‹ paranormal bedeutet. Ihr Partner ist ein Ætherelf-Prinz, ihr Chef ist ein Wer… irgendwas und in der IT-Abteilung arbeiten buchstäblich Trolle.

Die Aussicht auf einen festen Job und finanzielle Sicherheit zieht sie in eine Welt voller Mythen und Legenden, von der sie immer wieder gelesen hat. Das Problem dabei? Julie ist ein Mensch, die, wenn man von ihrem losen Mundwerk absieht, über keine besonderen Fähigkeiten verfügt, geschweige denn irgendwelche magischen Fähigkeiten eines ebenso überraschend wie passend offenbarten Familienvermächtnisses. Und der Preis dafür, wenn sie keinen Rekruten findet, ist ihr Leben.

Mit dem Buch ›Einberufen‹ startet eine sechzehnteilige Urban-Fantasy-Serie.

›Einberufen‹ jetzt bestellen.

Mehr Lesestoff: Kriegerin der Moore

Ist Idina Moorfield verrückt geworden oder hat eine uralte Magie ihren Ursprung gefunden? Seltsame Visionen lassen sie an ihrem Verstand zweifeln.

Ihre Familie sagt, sie sei keine echte Moorfield und werde nie gut genug für das Familienunternehmen sein. Statt Betriebswirtschaft möchte sie Kunst studieren und stelle ihre Familie vor eine Wahl: Kunststudium oder Militärdienst. Wenn man der Familie eine Pistole auf die Brust setzt, muss man damit rechnen, dass nicht das gewünschte Ergebnis dabei herauskommt.

Mit ›Ertrag es oder ab nach Hause‹ startet eine zwölfteilige Urban-Fantasy-Serie mit der Suche einer jungen Frau nach ihrer Bestimmung und der verdrängten Geschichte ihrer Familie.

›Ertrag es oder ab nach Hause‹ jetzt bestellen.

Mehr Lesestoff: Unzähmbare Liv Beaufont

Olivia Beaufont liebt es, Dinge zu reparieren und für sich zu bleiben. Sie ist einfach so - aber ihr Leben steht vor einer drastischen Veränderung. Liv ist ein Rebellin mit königlichem Blut, die auf ihr Geburtsrecht verzichtet hat. Eine Reihe von Morden verändert alles und das Haus der Sieben verlangt von ihr, ihre Rolle als eine von sieben Kriegern zu übernehmen, die zum Schutz der Magie ständig einsatzbereit sein müssen.

›Die rebellische Schwester‹ ist der Beginn einer zwölfteiligen Urban-Fantasy-Serie (fertig übersetzt) und Einstiegspunkt für weitere Folgeserien über die Frauen der Beaufont-Familie (derzeit eine Serie mit 21 von 24 Teilen übersetzt).

›Die rebellische Schwester‹ jetzt bestellen.

Mehr Lesestoff: So wird man eine knallharte Hexe

Genervt davon, das normale Spiel des Lebens zu spielen, ändert Kera MacDonagh – die frischgebackene Uni-Absolventin, Ex-Cum-Laude, Ex-Fußballstar, Ex-Beliebtheit und größtenteils pleite – ihr Leben.

Sie fühlt sich ein wenig verzweifelt, weil sie ihren eigenen Weg gehen will, und kauft sich ein paar Bücher über Betriebswirtschaft. Und eines aus Jux und Dollerei: ›So wird man eine knallharte Hexe‹. Damit fingen die Probleme an.

›So wird man eine knallharte Hexe‹ ist eine neunteilige Urban-Fantasy-Serie über eine Magiervereinigung, die dringend neue Mitglieder sucht und eine junge Frau, die merkt, dass Magie nicht nur Probleme löst, sondern auch neue schafft.

SOZIALE MEDIEN

Möchtest Du mehr?

Abonnier unseren Newsletter, dann bist Du bei neuen Büchern, die veröffentlicht werden, immer auf dem Laufenden:
https://lmbpn.com/de/newsletter/

Tritt der Facebook-Gruppe & der Fanseite hier bei:

https://www.facebook.com/groups/ZeitalterderExpansion/
(Facebook-Gruppe)
https://www.facebook.com/DasKurtherianischeGambit/
https://www.facebook.com/LMBPNde/
(Facebook-Fanseiten)

Die E-Mail-Liste verschickt sporadische E-Mails bei neuen Veröffentlichungen, die Facebook-Gruppe ist für Veröffentlichungen und ›hinter den Kulissen‹-Informationen über das Schreiben der nächsten Geschichten. Sich über die Geschichten zu unterhalten ist sehr erwünscht.

Da ich nicht zusichern kann, dass alles was ich durch mein deutsches Team auf Facebook schreiben lasse, auch bei Dir ankommt, brauche ich die E-Mail-Liste, um alle Fans zu benachrichtigen wenn ein größeres Update erfolgt oder neue Bücher veröffentlicht werden.

Ich hoffe Dir gefallen unsere Buchserien, ich freue mich immer über konstruktive Rezensionen, denn die sorgen für die weitere Sichtbarkeit unserer Bücher und ist für unabhängige Verlage wie unseren die beste Werbung!

Jens Schulze für das Team von LMBPN International

DEUTSCHE BÜCHER VON
LMBPN INTERNATIONAL FZC

Kurtherianisches™-Gambit-Universum:

Das kurtherianische™ Gambit
(Michael Anderle – Paranormal Science Fiction)

Erster Zyklus:
Mutter der Nacht (01) · Queen Bitch – Das königliche Biest (02) · Verlorene Liebe (03) · Scheiß drauf! (04) · Niemals aufgegeben (05) · Zu Staub zertreten (06) · Knien oder Sterben (07)

Zweiter Zyklus:
Neue Horizonte (08) · Eine höllisch harte Wahl (09) · Entfesselt die Hunde des Krieges (10) · Nackte Verzweiflung (11) · Unerwünschte Besucher (12) · Eiskalte Überraschung (13) · Mit harten Bandagen (14)

Dritter Zyklus:
Schritt über den Abgrund (15) · Bis zum bitteren Ende (16) · Ewige Feindschaft (17) · Das Recht des Stärkeren (18) · Volle Kraft voraus (19) · Hexenjagd (20) · Die Rückkehr der Matriarchin (21)

Das kurtherianische™ Endspiel:
Die Piraten von High Tortuga (22) · Zwingende Beweise (23)
Durch Feuer und Flamme (24)
Im Krieg und beim Blutbad ist alles erlaubt (25)
Das Geheimnis der Ooken (26)

Kurzgeschichten:
Frank Kurns – Geschichten aus der Unbekannten Welt

In Vorbereitung:
...die restlichen Bücher des Kutherianischen™ Endspiels

Das zweite Dunkle Zeitalter
(Michael Anderle & Ell Leigh Clarke
– Paranormal Science Fiction)
Der Dunkle Messias (01) · Die dunkelste Nacht (02)
Dunkelheit vor der Dämmerung (03)
Dämmerung naht (04)

Die Chroniken der Gerechtigkeit
(Natalie Grey & Michael Anderle
– Paranormal Science Fiction)
Der Rächer (01) · Der Wächter (02) · Der Hüter (03)
Der Paladin (04) · Der Justiziar (05)
In Vorbereitung sind die restlichen Bücher bis Band 7.

Richterin, Geschworene & Vollstreckerin
(Craig Martelle & Michael Anderle
– Juristische Space Opera Science Fiction)
Du wurdest verurteilt (01) · Zerstöre die Korrupten (02)
Der diplomatische Serienkiller (03)
Dein Leben ist verwirkt (04)
Interstellarer Sklavenhandel (05) · Geschwistermord (06)
In Vorbereitung sind die restlichen Bücher bis Band 15+.

Aufstieg der Magie
(CM Raymond, LE Barbant &
Michael Anderle – Fantasy)
Unterdrückung (01) · Wiedererwachen (02)
Rebellion (03) · Revolution (04)
Die Passage der Ungesetzlichen (05) · Dunkelheit erwacht (06)
Die Götter der Tiefe (07) · Wiedergeboren (08)
Die solyrianische Verschwörung (09)

Geschichten einer mutigen Druidin
(Candy Crum & Michael Anderle – Fantasy)
Die Druidin von Arcadia (01)
Die Verschwörung von Arcadia (02)
In Vorbereitung sind die restlichen Bücher bis Band 8

Oriceran-Universum:

Die Leira-Chroniken
(Martha Carr & Michael Anderle – Urban Fantasy)
Das Erwecken der Magie (01) · Das Entfesseln der Magie (02)
Der Schutz der Magie (03) · Herrschaft der Magie (04)
Der Handel mit Magie (05) · Der Diebstahl der Magie (06)
In Vorbereitung sind die restlichen Bücher der Serie

Der unglaubliche Mr. Brownstone
(Michael Anderle – Urban Fantasy)
Von der Hölle gefürchtet (01) · Vom Himmel verschmäht (02)
Auge um Auge (03) · Zahn um Zahn (04)
Die Witwenmacherin (05) · Wenn Engel weinen (06)
Bekämpfe Feuer mit Feuer (07) · Lang lebe der König (08)
Alison Brownstone (09) · Nur eine schlechte Entscheidung (10)
Fataler Fehler (11) · Karma ist ein Miststück (12)
Vax Humana (13) · Ein epischer Ring (14)
Spontane Gerechtigkeit (15) · Im Schatten des Rings (16)
Die Reiter versammeln sich (17)
In Vorbereitung sind die restlichen Bücher der Serie

Der Kopfgreldjäger-Zwerg
(Martha Carr & Michael Anderle – Urban Fantasy)
Los, zwerg dich selbst (01) · Ist mir doch zwergegal (02)
In Vorbereitung sind die restlichen Bücher der zwölfteiligen Serie

Fallakten einer Vorstadt-Hexe
(Martha Carr & Michael Anderle – Cozy Urban Fantasy)

Mom, die Geheimagentin (01) · Die Mom-Identität (02)
Ein-Mom-Armee (03)
In Vorbereitung sind die restlichen Bücher der achtteiligen Serie

Die Kacy-Chroniken
(A.L. Knorr & Martha Carr – Urban Fantasy)
Abkömmling (01) · Aufsteigerin (02)
Kombattantin (03) · Tranzendent (04)

Die Schule der grundlegenden Magie
(Martha Carr & Michael Anderle – Urban Fantasy)
Dunkel ist ihre Natur (01) · Hell ist ihr Augenlicht (02)
Aufrichtig ist ihre Liebe (03) · Stark ist ihre Hoffnung (04)
In Vorbereitung sind die restlichen Bücher der Serie

Die Schule der grundlegendesten Magie: Raine Campbell
(Martha Carr & Michael Anderle – Urban Fantasy)
Mündel des FBI (01) · Magische Berufung (02)
Hexe des FBI (03) · Gefährliches, magisches Spiel (04)
Ermittlungen einer Hexe (05) · Hexe des Chaos (06)
Erschütternde Offenbarung (07)
In Vorbereitung sind die restlichen Bücher der Serie

›Das Haus der 14‹-Universum:

Unzähmbare Liv Beaufont
(Sarah Noffke & Michael Anderle – Urban Fantasy)
Die rebellische Schwester (01) · (02) · (03) · (04) · (05) · (06)
(07) · (08) · (09) · (10) · (11) · (12)

Die einzigartige S. Beaufont
(Sarah Noffke & Michael Anderle – Urban Fantasy)
Die außergewöhnliche Drachenreiterin (01)
(02) · (03) · (04) · (05) · (06) · (07) · (08) · (09)

(10) · (11) · (12) · (13) · (14) · (15) · (16) · (17) · (18)
(19) · (20) · (21) · (22) · (23)
In Vorbereitung sind die restlichen Bücher bis Band 24

Eine Beaufont-Geschichte
(Sarah Noffke & Michael Anderle – Urban Fantasy)
Der geheimnisvolle Plato (01)
Der fantastische Lunis (02)
In Vorbereitung sind die restlichen Bücher bis Band 3

Sonstige Serien

Die Chroniken des Komplettisten
(Dakota Krout – LitRPG/GameLit)
Ritualist (01) · Regizid (02) · Rexus (03)
Rückbau (04) · Rücksichtslos (05) · Inferno (06)
Die Serie wird aktiv vom Autor weitergeschrieben.

Der Hexenmeister der Wolfsmenschen
(James Hunter & Dakota Krout – LitRPG/GameLit)
Bibliomant (01)
Die Serie wird aktiv vom Autor weitergeschrieben.

Der totale Mörderhobo
(Dakota Krout – LitRPG/GameLit)
Etwas (01)
In Vorbereitung sind die restlichen Bücher der Trilogie

Die Chroniken von KieraFreya
(Michael Anderle – LitRPG/GameLit)
Newbie (01) · Anfängerin (02) · Kriegerin (03) · Heldin (04)
Halbgöttin (05)
In Vorbereitung sind die restlichen Bücher bis Band 6

Die guten Jungs
(Eric Ugland – LitRPG/GameLit)
Noch einmal mit Gefühl (01)
Heute Erbe, morgen Schachfigur (02) · Dungeonschinder (03)
Und täglich droht die Nebenquest (04)
Hochadel für Einsteiger (05)
Eine Belagerung kommt selten allein (06)
Ein Halali für den Herzog (07)
Wer stirbt, braucht festes Schuhwerk (08)
Vier Enthauptungen und ein Todesfall (09)
Nacht der Unholde (10)
Die Serie wird aktiv vom Autor weitergeschrieben.

Die bösen Jungs
(Eric Ugland – LitRPG/GameLit)
Schurken & Halunken (01) · Der Dieb im ersten Stock (02)
Die Freischaufler (03) · Krieg der Aufschneider (04)
Seeungeheuer und andere Kalamitäten (05)
Unterm Arsch der Welt, und dann links (06)
Zurück auf Eins (07) · Spaß in der Nacht (08)
Die Serie wird aktiv vom Autor weitergeschrieben.

Die Reiche
(C.M. Carney – LitRPG/GameLit)
Der König des Hügelgrabs (01) · (02) · (03) · (04)
(05) · (06)
In Vorbereitung sind die restlichen Bücher bis Band 8

Aufstieg des Großmeisters
(Bradford Bates & Michael Anderle – LitRPG/GameLit)
Heiler auf Abwegen (01)
Ein Wispern aus der Tiefe (02)
In Vorbereitung sind die restlichen Bücher bis Band 15

Stahldrache
(Kevin McLaughlin & Michael Anderle – Urban Fantasy)
Drachenhaut (01) · (02) · (03) · (04) · (05) · (06) · (07) · (08) (09) · (10) · (11) · (12) · (13) · (14) · (15)

So wird man eine knallharte Hexe
(Michael Anderle – Urban Fantasy)
Magie & Marketing (01) · (02) · (03) · (04) · (05) · (06) · (07)
In Vorbereitung sind die restlichen Bücher bis Band 9

Animus
(Joshua & Michael Anderle – Science Fiction)
Novize (01) · (02) · (03) · (04) · (05) · (06) · (07) · (08) · (09) · (10)
In Vorbereitung sind die restlichen Bücher bis Band 12

Opus X
(Michael Anderle – Science Fiction)
Der Obsidian-Detective (01) · (02) · (03) · (04) · (05) · (06) (07) · (08)
In Vorbereitung sind die restlichen Bücher bis Band 12

Chroniken einer urbanen Druidin
(Auburn Tempest & Michael Anderle – Urban Fantasy)
Ein vergoldeter Käfig (01) · Ein heiliger Hain (02)
Ein Familieneid (03) · Die Rache einer Hexe (04)
Ein gebrochener Schwur (05) · Ein verfluchter Druide (06)
Eines Unsterblichen Schmerz (07)
Eines Schamanen Macht (08)
Ein schicksalhaftes Bündnis (09)
Eines Drachen Wagnis (10) · Eines Gottes Fehler (11)
Des Schicksals Offenbarung (12)
In Vorbereitung sind die restlichen Bücher bis Band 15

Die magischen Abenteuer von Lily Singer

(Lydia Sherrer – Urban Fantasy)

Liebe, Lügen & Hokuspokus: Anfänge (01)

Enthüllungen (02)

In Vorbereitung sind die restlichen Bücher bis Band 12

Entfesselte Goth-Drow

(Martha Carr & Michael Anderle – Urban Fantasy)

Eigensinnig und ziemlich ungewöhnlich (01)

(02) · (03) · (04) · (05) · (06) · (07) · (08)

In Vorbereitung sind die restlichen Bücher bis Band 18

Kriegerin der Moore

(Martha Carr & Michael Anderle – Urban Fantasy)

Ertrag es oder ab nach Hause (01)

CHARLIE FOXTROT für Anfänger (02)

Chaos und Geschützfeuer (03)

In Vorbereitung sind die restlichen Bücher bis Band 12

Der große Aufstand

(David Beers & Michael Anderle – Science Fiction)

Des Kriegsherrn Geburt (01) · Des Kriegsherrn Aufstieg (02)

Des Kriegsherrn Eroberungen (03)

In Vorbereitung sind die restlichen Bücher bis Band 9

Die Geburt von Heavy Metal

(Michael Anderle – Science Fiction)

Er war nicht vorbereitet (01) · (02) · (03) · (04) · (05) · (06)

In Vorbereitung sind die restlichen Bücher bis Band 9

Skharr TodEsser

(Michael Anderle – Sword & Sorcery Fantasy)

Das todbringende Verlies (01) · (02) · (03)

In Vorbereitung sind die restlichen Bücher bis Band 8

Pain und Agony

(Michael Anderle – Buddy-Comedy-Action)
Gerechtigkeit vor Recht (01)
Entführer und andere Schädlinge (02)
Waffen und die richtige Einstellung (03)
In Vorbereitung sind die restlichen Bücher der Serie

Beschützt durch die Verdammten
(Michael Todd – Dämonen-Action)
Zerrissener Geist (01) · Ausknipsen ist mein Geschäft (02)
In Vorbereitung sind die restlichen Bücher bis Band 8

Weihnachts-Kringle
(Michael Anderle –
Action-Adventure-Weihnachtsgeschichten)
Weihnachts-Kringle: Stille Nacht (01)
Der Weihnachts-Kringle kommt in die Stadt (02)
Weihnachts-Kringle: Winterwunderland (03)
Ob die Serie weitergeht, sehen wir jedes Jahr vor Weihnachten